감성담론의 세 층위

– 균열·분출·공감

감성담론의 세 층위

- 균열·분출·공감

호남학연구원
인문한국사업단

경인문화사

차 례

0

서설

'감성이란 무엇인가?'에 대한 답 대신에

'감성이란 무엇인가?'에 대한 답 대신에

1

'감성感性'이란 무엇인가? 물론 이 물음에 대해 그것은 감각을 매개로 외부의 자극을 받아들이는 마음의 능력이다, 식의 사전적 정의로 답할 수는 있다. 그러나 무언가를 정의definition하는 일이 그 본래의 의도와는 다르게 일정한 사태를 명확히 한정하거나 구획해주지 않는다는 사실을 곧잘 발견하게 된다. 예컨대 어떤 단어의 사전적 정의를 묻고 따지다가, 결국 사전의 미로에 휘말려 드는 사태를 한번쯤은 겪어 보았으리라. 다소 어렵게 말하자면, 기표signifiant에 대한 기의signifié의 저항, 혹은 기표 속에서 기의의 끊임없는 미끄러짐을 두고 하는 말이다.

사전적 정의로부터 어떤 논의를 시작하는 것이 의미 없는 일은 아니다. 그러나 그렇게 시작한 논의 자체가 그리고 그 결과가 이미 유보적이며 잠정적일 수밖에 없다는 점은 감수해야 한다. 아무튼 다시금 감성이란 무엇인가? 이 물음은 꽤 묵직해 보이는, 이를테면 '자유란 무엇인가?' 또는 '정의justice란 무엇인가?'하는 식의 물음들과 비교해서 결코 쉬워 보이는 것도 아니다. 그럼에도 우리는 간혹 어떤 사람을 평가할 때 저 사람은 '감성이 무디다', 혹은 '섬세하다' 아니면 '뛰어나다' 식으로 말하는 데 익숙하다. 때때로 어떤 사태나 대상에 대해 그야말로 손쉽게 감성적이라는 수식어를 갖다 붙이곤 한다. 예컨대 감성적 영화, 감성적 소설, 감성적 드라마, 감성적 스타일 하는 식으로 말이다. 더구나 이 감성이라는 단어를 앞세운 신조어들이 마치 경쟁하듯 사회 전 영역에서 출현하고 있음도 이채롭다. 감성공학, 감성경영, 감성마케팅, 감성브랜드, 감성커뮤니케이션, 감성패션, 감성표현, 감성지능, 감성교육 등, 다 헤아리기 곤란할 만큼 많은 신조어들이 유통되고 있다. 하늘 아래 감성 아닌 것이 없다 해도 과언이 아니지 싶다. 감성이라는 단어의 대중적 유행과 홍수 속에서 우리는 살고 있는지 모른다. 한데 신기한 것은 누구 하나 나서서 감성이란 이것이다 혹은 무엇이다, 라고 꼭 집어 말해주는 일은 결코 없다는 점, 게다가 더 신기한 것은 그럼에도 불구하고 대부분의 사람들이 감성에 대해서 아주 잘 알고 있다는 듯이 그것을 말한다는 점이다.

다양한 학문 영역 및 분과 안에서 감성에 대한 복잡한 이론적(지적) 전통과 맥락이 있어왔던 게 사실이다. 그러나 감성이란 무엇인가라는 물음에 대한 보편적인 합의 같은 것을 그 안에서 찾아보기는 어렵다. 더욱이 감성이라는 용어 그리고 그것과 이웃한 것들, 이를테면 '감정感情', '정서情緖', '감각感覺' 등과 어떻게 같고 다른가, 혹은 그것들이 어떤 관계 구조와 지평 속에서 논의될 수 있는가에 대한 대략적인 지침조차 없다. 그런데다가 서구적 맥락에서 말하는 감성과 한국을 비롯한 동아시아적 맥락에서의 그것이 과연 일치하는지에 대해서조차 여전히 불확실하며 논쟁적이다. 예컨대 감성을 나타내는 영어의 'emotion' 또는 'sensibility' 등이 지칭하는 것과 우리가 말하는 그것이 같은 것인지도 확실치 않다.

용어상의 혼란은 차치하고 감성에 관한 다양한 이론적 논의를 참조할라 치면, 우리는 필시 철학, 문학, 역사학, 심리학, 정신분석학, 사회학, 인류학은 물론이려니와 최근 부상하고 있는 학문영역들 이를테면 인지과학, 뇌생물학, 인공두뇌학에 이르는 광범위한 영역의 성과들을 종횡으로 누비고 다녀야 할 상황이다. 따라서 감성이라는 것 자체가 이미 학제적(요즘 각광받는 말로는 '통섭적') 연구의 난관과 수고로움을 예고하고 있는 주제이기도 하다. 그럼에도 불구하고 우리 호남학연구원은 무모하다 싶은 '의제agenda'를 앞세워 지금 한창 인문학 연구에 몰두하는 중이다. 즉 "세계적 소통 코드로서의 한국 감성 체계 정립"이 그것이다. 그러나 이 담대한 연구 의제 안에는 다음처럼 피해갈 수 없는 난관이 도사리고 있다.

우선 앞서 밝힌 바와 같이 아직 감성에 관한 보편적 정의나 일반이론이라는 게 없다. 따라서 동서양의 지적 전통과 갈래에서 어느 지점을 참조하느냐, 그리고 오늘날의 다양한 학문 분과 안에서 어떤 이론적 입장과 관점을 채택하느냐에 따라 감성에 대한 정의들은 다종다양할 수밖에 없다. 결국 그 지점들, 입장들, 관점들을 아우르면서도 그것들 각각이 지닌 고유성과 특이성을 소거시키지 않는 감성에 관한 보편 이론을 정초하는 일이 시급하다. 물론 이것은 형용모순에 가까울 수도 있다. 그러나 이 난관을 실천적으로 극복하지 못하는 한 특히 인문학에서 감성에 대한 지적 탐구는 개별 학문 분과 안에 고립된 채 파편적인 것으로 남을 수밖에 없다.

다음으로 우리가 만나게 될 두 번째 난관은 우리의 강조점이 기실 감성 그 자체보다는 '한국의(혹은 한국적)' 감성에 놓여 있다는 점에서 불가피한 것이다. 이미 세계화란 시대의 대세이고, 국가와 민족의 경계를 넘나들며 문화적 혼종성이 하나의 거대한 흐름을 형성하고 있는 시점이다. 이런 판국에 '한국적인 것'을 강조하는 것이 어떤 의미가 있을까, 하는 회의론이 우선 제기될 수 있다. 또 한편으로는 한국적 특수성에 매몰되고 그것을 신성시한 나머지 그러한 사태가 내셔널리즘을 강화하는 보수적 국수주의의 길로 가는 것은 아닌가 하는 우려와 종종 마주쳐야 할지도 모른다. 그러한 비판들을 비켜가기 위해서는 이른바 한국감성이 세계화와 문화적 혼종성에 대응하는 개방성과 유연성을 지닌 것이라는 점을 증명해 내야한다. 즉 한 사태의 원형성과 불변성에 고착되는 대신 관계성과 개방성을 담보할 수 있는 유연한 틀일 수 있다는 점을 밝혀내야 한다는 점이다. 이 점은 난제가 아닐 수 없다. 그러나 더욱 난감한 것은 감성에 관한 보편 이론을 확정할 수 없는 상태에서 과연 한국감성이란 무엇인가에 대한 대답을 섣불리 내릴 수도 없고, 그래서도 안 된다는 점이다.

이 외에도 예상되는 난관들은 적지 않다. 그러나 이 의제를 위해 모인 공동연구자들이 이러한 난관들을 일거에 뛰어넘을 수 있는 재주는 사실상 없다. 다만 일종의 개략적인 윤곽에 흡사한 탐구의 지층들 혹은 지평들에 합의하는 선에서 일단 연구를 진행하기로 마음먹은 바 있다. 그런데 우리가 생각하는 감성이란 단순히 이성(혹은 오성)에 대한 대타적對他的 개념은 아니라는 점을 강조해야 할 듯싶다. 우리가 감성을 주장하는 것은 인간 사유의 영역에서 이성을 몰아내고, 그것이 누렸던 지위를 감성에게 돌려줘야 한다는 식의 패권주의적 발상에 동조하자는 것도 아니다. 따라서 감성을 이성보다 우월한 것, 또는 이성적 사유를 온전히 대체할 수 있는 어떤 것으로 여기지도 않는다. 이를테면 합리주의를 대신해서 비(혹은 반)합리주의 따위를 주창할 의도는 아예 없다.

잠정적으로 우리는 감성을 새로운 '인문학적 담론'을 지시하는 용어로 사유하는 길(전략)을 택하기로 했다. 이로부터 우리는 다음과 같은 몇 가지 중요한 물음들을 끌어냈고 동시에 공유할 수 있었다. 곧 담론으로서의 감성을 통해 기존의 인문학에 대한 근원적(급진적) 성찰을 실천할 수 있는가? 전통 인문학에 내재한 학적學的 구도 또는 프레임을 변형시키거나 재가공할 수 있는가? 혹은 인문학의 새로운 구도와 프레임의 창안을 통해 사유의 관습적 속성에 균열을 일으킬 수 있는가? 그러한 구도(프레임)는 우리가 처한 사회적 조건과 환경들을 전체적으로 설명하는 동시에 사회 비판적 프로그램을 기획할 수 있도록 해주는가? 아울러 그동안 인문학에서 배척되거나 배제되었던 것들을 사유 안으로 끌어들이는 윤리적 계기를 만들어낼 수 있는가? 등등.

감성에 관한 보편 이론을 정립하고, 동시에 한국적 감성의 내포와 외연을 규정하면서 그것이 세계와 소통할 수 있는 가능성을 타진하는 것이 우리에게 맡겨진 중요한 과제이지만, 그 과제가 위에 열거한 물음들과 접합되지 않는다면 우리의 노력은 반쪽짜리에 불과할 것이라고 믿고 있다.

2

이 책에 실린 글들은 "세계적 소통 코드로서의 한국 감성 체계 정립"이라는 의제를 바탕으로 공동연구를 하는 과정에서 맞닥뜨린 난관에 맞선 투쟁의 기록이며, 우리들이 제기하고 공유했던 물음들에 대한 나름의 성실한 답변들이다. 물론 그 투쟁에서 완전히 승리한 것도 아니고, 게다가 제시한 답변들도 딱히 완벽한 것이었다고 말하기도 곤란하다. 그럼에도 불구하고 여기 실린 글들은 각기 다른 전공(철학, 역사학, 문학, 문화학, 민속학, 예술사, 공학 등) 영역의 연구자들이 공동 의제를 바탕으로 힘을 기울여 내놓은 최초의 결과물이라는 점에서 그 의의가 있다. 이 글들은 원래 2009년에 호남학연구원의 학술저널 『호남문화연구』에 논문형태로 실렸던 것들이다. 그러나 주지하는 바와 같이 학술저널에 실린 논문이 대중적으로 읽히는 일은 매우 희박하다. 따라서 우리들은 이 최초의 결과물이 많은 사람들에게 읽혀져 어떤 반향을 불러일으킬 수 있어야 한다는 생각(조바심)에 이르렀고, 결국 우리는 이 글들을 묶어 책으로 출간하기로 결심했다.

이를 위해 두 가지 작업을 새로이 해야 했다. 우선 글의 문체를 좀 더 대중적인 것으로 바꾸기 위해 원고를 가다듬는 작업을 지루하리만치 반복했다. 물론 결코 만만한 일도 아니었고, 다소 기대에 못 미친 것 역시 사실이다. 다음으로 일정한 범주를 설정하고 각 글들을 그 범주에 배치하기 위해 수차례의 공동 논의를 거쳐야 했다. 각 글들이 제기하고 있는 문제의식이 나름대로 의미가 없지 않다. 그러나 그것들이 묶여서 책이라는 완결된 형태로 출간되는 이상 그것들을 관통하는 일정한 내러티브 같은 것이 필요하다는 판단에서였다. 그래서 우리들은 '감성담론의 세 층위'라는 큰 타이틀 아래 '균열', '분출', '공감'이라는 세 개의 범주를 설정하고 그 범주에 따라 각각의 글들을 새롭게 배치했다. 이를 통해 각 범주들 사이의 연속성이나 인과성은 물론 그 범주에 포함된 각 글들 사이에 유기적 연결성이 생성되도록 주의를 기울였다. 그리고 세 개의 범주 곧 균열, 분출, 공감은 각각 '개체적인 것(혹은 개별적인 것)으로서의 감성', 그리고 '사회적인 것(혹은 집단적인 것)으로서의 감성' 그리고 '미학적인 것(혹은 예술적인 것)으로서의 감성'에 대응한다고 할 수 있다.

먼저 제 I 부 균열에서 「자기기만의 감정과 반사실적 자아」는 '나는 나를 어떻게 속일 수 있는가'라는 물음으로 요약될 수 있는 이른바 '자기기만'의 감정을 다양한 철학적 맥락과 이론(인지과학, 후설의 상호주관성 이론, 동서양의 본질주의 철학 등)에 입각해서 성찰함으로써 데카르트 이래 거의 정설처럼 굳어져 온 이성적 자아의 상이 근본적으로 비판되고 있다. 특히 '중층적' 또는 '상상적' 자아 그리고 궁극적으로는 '반사실적' 자아라는 개념을 통해서 인간의 마음을 구성하는 다양한 감정들, 이를테면 후회, 미련, 자책 등과 같은 감성적 요소들을 철학적으로 이해할 수 있는 길을 열어주고 있다. 소위 감성적 맥락에서의 자기 이해를 위한 하나의 의미 있는 시도라고 봐도 되겠다.

다음으로 '역사적 기억에 대해 문학은 과연 말할 수 있는가', 라는 도전적 물음을 던지고 있는 「고통, 말할 수 없는 것」은 인간 존재의 고통이 일반적이거나 보편적인 감정으로 결코 치환될 수도 그렇다고 쉽사리 재현될 수도 없는 것임에도 불구하고 역설적으로 그것을 끊임없이 말해왔던 문학의 궤적에 주목하고 있다. 작가 김승옥, 서정인, 이청준의 소설들을 정치하게 분석한 끝에 그들의 작품이 역사적 폭력 앞에 노출된 수많은 사람들의 고통이 변절되지 않도록 애쓰는 한편, 그것을 다시 반복해서 겪지 않으려는 눈뜬 성찰을 보여주고 있다고 진단한다. 바꿔 말하면 이 글은 타자 이해의 윤리적 섬세함이 필요하다는 점을 우회적으로 역설해 주고 있는 셈이다.

한편 「'고苦'에서 '낙樂'에 이르는 길」은 올바른 자기완성(혹은 수양)과 더불어 타락한 시대에 소외와 불안을 극복하고 타자와의 공존과 공생을 모색할 수는 없을까, 라는 문제의식 아래 유학적 전통에서 논의되어 왔던 '선비'에 대한 새로운 정의를 시도하고 있다. 특히 이 글에서는 인격적 자기완성만을 추구하는 것이 아니라, 사회적 관계성을 통해 현실 경영에 참여하는 실천적 지식인이자 선비였던 고봉 기대승의 삶과 사상을 추적함으로써 고봉의 선비적 감성이 계토화된 삶의 풍토에 놓인 오늘날의 근대인들에게 어떤 울림을 줄 것이라고 전망한다. 올바른 자기 이해와 타자와의 소통을 위한 감성적 인간의 한 모델로서 고봉을 제시하고 있는 것이다.

이어 제II부 분출에서 「치욕에서 저항으로」는 한 시대의 사회운동이 합리적 목적이나 이성적 계획에 의해서만 추동되는 것이 결코 아니라는 관점을 제시한다. 곧 비합리적인 것으로만 여겨 왔던 집단적 감성이 오히려 사회운동의 중요한 원동력이 될 수 있다는 점을 증명하기 위해서 이 글은 1978년 6월 27일 전남대 교수 11명이 주축이 되었던 이른바 '교육지표사건'의 전모를 상세하게 다루고 있다. 이를 통해 부당한 권력에 저항하고 인간의 존엄성을 되찾으려는 지식인들의 '양심'이 '교육지표사건' 이후 1980년 광주 5월 항쟁은 물론 1987년 6월 항쟁으로 이어지는 한국 사회운동의 도저한 물줄기를 형성하고 있다는 사실을 확인하고 있다.

이와 비슷한 맥락에서 「사회개혁에서 감성의 위상」은 사회 변화와 역사 발전의 원동력으로서 감성을 검토하기 위해 19세기 영국의 역사적 경험으로 거슬러 올라간다. 특히 이 글은 영국의 대표적인 예술비평가이자 사회사상가인 존 러스킨의 자연과 예술에 대한 관점 그리고 사회개혁 사상의 내용에 각별히 주목한다. 러스킨에게서 발견되는 이른바 도덕적 책임감과 정의감 그리고 인류애 등이 산업화가 초래한 영국사회의 모순을 어떻게 비판하는지, 그리고 그가 제시한 개혁의 방법론이 이후 다양한 사상가들에게 어떻게 전파되고 있는지를 설명하고 있다. 이를 통해 그간 서구의 지적 전통에서 폄훼로 일관되었던 감성의 역사적 역할에 대한 복권을 시도하고 있다.

「감성동원 수사학」은 감성(혹은 집단적 감성)의 사회적 역할에 대한 긍정성 대신에 그것의 부정성에 무게를 두고 있다. 논리의 체계가 아닌 정념의 응축물(덩어리)로서 파시즘이 오히려 대중들의 자발적인 동의와 합의에 기초하고 있는 경우가 많다는 입장을 바탕으로 이 글은 파시즘적 정치공학 특유의 대중적 감성 조작과 왜곡의 사례를 포착하고자 했다. 이를 위해 일제하 한국작가에 의해 생산된 '국민문학' 계열의 작품들과 담론들에 담긴 수사적 장치들을 분석한다. 결국 파시즘의 상징조작과 감성동원의 수사학에 쉽게 공명하고 동화되는 사람들의 집단적 감성 같은 것이 잔존하는 한 파시즘은 과거형이 아니라 현재형일 수 있음을 경고하고 있기도 하다.

「지나간 미래, 굿문화의 현재성과 역능」은 집단적 감성이 갖는 사회적 부정성을 효과적으로 지양하고 그것의 긍정성을 회복할 수 있는 하나의 이상적인 기제로서 굿문화의 미래와 잠재성을 성찰하려는 의도를 담고 있는 글이다. 특히 이 글은 '위도 띠배굿'의 연행 과정을 감성적 언표들의 생성이라는 맥락에서 집중적으로 살핀다. 이를 통해 궁극적으로 굿문화가 일상의 해체와 전복을 꿈꾸는 민중들의 의례이자 예능일 뿐만 아니라, 이질적인 몸들을 하나의 스펙터클로 조직해 내는 원-파시즘적 작용에 저항하면서 규율화된 몸을 해방시키는 긍정적 욕망과 역능 그리고 생성의 장이 될 수 있음을 여러 논거를 통해 입증하고 있다.

그리고 제Ⅲ부 공감에서 「예술로 승화된 여항인의 분노」는 19세기 조선조 궁중의 말단직에 불과했던 여항인이자 문인화가였던 우봉 조희룡의 작품과 그것이 지닌 미적 가치를 탐구한 것이다. 특히 조희룡은 시·서·화에 능한 문인의 소양을 겸비했지만, 당시 양반사대부가 아니었다는 점에서 신분적 울분과 예술적 자부심을 동시에 지닌 예술가로 평가되고 있다. 이 글은 조희룡의 내면을 채우고 있는 그러한 양가성이 그의 회화 작품을 특징짓는 미학적 자질과 어떻게 연관되는지 분석하고 있을 뿐만 아니라 과도기였던 19세기 조선 화단의 양면성과 통한다는 사실도 규명해내고 있다. 이 글을 통해 한 작가의 감성적 자질이 어떻게 미적 또는 예술적 차원으로 변환되는지 엿볼 수 있다.

「자연 속에서 자연을 완성하다」는 공간의 감성에 주목하는 바, 인간과 자연 그리고 환경과의 상호작용을 통해 일정한 감성이 예술적 경지로 도약하는 대표적 공간으로서 호남의 전통 정자 건축, 곧 명옥헌, 면앙정, 소쇄원 등에 주목한다. 이 글은 현상학적 신체지각과 공간 경험이라는 철학적 맥락에 의지하면서 자연과 인간이 공간을 매개로 통합되는 과정 그리고 정자건축이 갖는 복합적이고 공감각적인 성격을 밝히고 있다. 한편 박순의 『면앙정 30영』과 같은 작품분석을 통해 인간-자연-공간이 함께 펼치는 다채로운 감성적 풍경들을 조망함으로써 결국 공간적 감성의 이상적 모델을 현대건축보다는 자연과의 조화를 추구했던 전통건축에서 찾아야 한다고 주장한다.

마지막으로 「소쇄원의 공감 미학」 역시 공간의 감성에 주목하고 있는데, 그것을 공감의 미학이라는 술어로 다시금 정의내리고 있다. 이 글은 김인후의 작품 『소쇄원 사십팔영』을 집중적으로 분석하고 있는데, 이 작품은 소쇄원이라는 공간과 그 내부의 경물, 그리고 그것들이 지닌 미묘한 감흥까지를 예술적으로 포착해낸 것으로 유명하다. 이 작품의 분석을 통해 이 글은 전통 원림으로서 소쇄원의 조영이 작가적 감성에 투영되어 어떻게 예술적 형식과 내용으로 전환되는지 그 내밀한 회로를 밝히고 있다. 특징적인 것은 한국의 전통적 사상에 해당하는 음양설을 저변에 깔고 작품들을 사유의 공간, 감성 공유의 공간 그리고 감성적 소통의 공간이라는 맥락으로 탐색하고 있다는 점이다.

3

앞서 많은 사람들에게 읽혀져 어떤 반향을 불러일으킬 수 있어야 한다는 생각(조바심) 탓에 이 책의 출간을 결심했다는 식으로 말한 바 있다. 그러나 이는 순전히 우리들만의 생각에 지나지 않을 게 분명하다. 이 책이 사람들에게 읽혀질지 어쩔지도 알 수 없거니와, 설사 그렇게 되었다고 하더라고 그것이 어떤 반향으로 피드백되어 돌아오리란 보장은 사실상 어디에도 없다. 이를테면 가라타니 고진이 그의 『탐구1』에서 논파했던 바에 빗댄다면, 우리는 무엇인가를 '파는 입장'에 있고, 그래서 우리는 늘 불리한 입장에 놓여 있는 셈이다. 우리의 것을 누군가 사주지 않는 이상 우리들 스스로가 그것에 상정해 놓고 있는 일정한 가치나 의미 따위란 그저 허구나 환상에 불과할 것이기 때문이다. '그럼에도 불구하고' 우리는 어딘가 있을 타자와의 우발적인 마주침을 기다린다. 그 기다림의 시간은 문제 되지 않는다.(정명중)

I

균열

자기기만의 감정과 반사실적 자아

고통, 말할 수 없는 것

'고품'에서 '낙樂'에 이르는 길

자기기만의 감정과 반사실적 자아

우리는 자주 허구에 집중한다. 인간이 허구적 상상력의 도움 없이 사물을 지각한다는 것은 마치 드라마나 소설 없이 살아가는 것과도 같으며, 그러한 삶을 상상하기란 쉽지 않다. 어떤 사람은 장편 드라마에 집중하는가 하면 어떤 사람은 컴퓨터게임에 집중한다. 마치 그 허구적 이야기들이 현실인 것처럼 말이다. 심지어 우리는 현실조차도 허구적 상상력에 의존하여 이해한다. 사람에게 군복을 입혀 군인으로서 존재하게 하거나 사물에 상표를 붙여 상품으로서 존재하게 한다. 이러한 사례들은 허구적 상상력이 세계를 구획하고 있음을 알려준다. 만약 상상력에 의해 만들어진 허구적 시나리오가 없다면 지금 구축되어 있는 세계의 질서는 곧바로 무너지고 말 것이다. 그런 측면에서 보자면 허구는 사실과 모순적이지 않다. 오히려 우리가 바라보는 사실들에는 허구적 내러티브가 깊게 관여하고 있다.

나는 누구인가? 자아에 대해 이렇게 물을 때에 '나'라는 것은 무엇을 지시할까? 의식의 측면에서 보자면 '나'라는 것은 일정한 내러티브를 가진 관념 상태로서 존재한다. 우리는 '나'에 대한 관념이나 심상 속에 내러티브를 구축한다. 세대차나 개인차에 따라 사람들은 저마다 서로 다른 '나'의 심상을 가지고 있다. 어떤 사람은 사자의 몸통과 독수리의 날개를 가진 스핑크스를 꿈꾸기도 하고, 어떤 사람은 뱀의 몸뚱이를 가진 여와를 꿈꾸기도 한다. 사자를 보고 사자 같은 자아를 상상하든 아니면 뱀을 보고 뱀과 같은 자아를 상상하든, 경험 과정에서 수행되는 상상력의 폭이 커질수록 다양한 자아 관념이 생겨난다. 그런 까닭에 '나'라는 관념은 유동적이다. 사자가 되고자 했던 사람이 나중에는 뱀이 되고자 원할 수도 있다. 마찬가지로 '나'라고 알았던 것이 착각이거나 환상이었을 수도 있다. 또한 경험 속에서 형성된 '나'라는 관념은 의식의 지향성 측면에서 보자면 순수 주관적인 것이 아니라 상호주관적인 것이다. '나'라는 관념은 경험적 대상에 열려 있는 까닭에 실제 삶의 조건에 따라 매우 중층적이고 복합적인 심연深淵으로서 구성된다. '나'라는 관념의 중층성, 복합성, 유동성, 상호주관성 등을 인정한다면 '나'라는 것은 그렇게 단순하거나 자명하지 않다. 어떻게 보면 허구적 상상력의 주변에 '나'라는 것이 위치한다. 뱀을 보고서 형성된 여와적 자아와 사자를 보고서 형성된 스핑크스적 자아 등을 보라. 이러한 자아들은 허구적 내러티브에 의해 이해된 '나'들이다.

이 글의 목적은 '나' 관념을 구성하는 허구적 내러티브가 자기기만의 감정 현상에 어떻게 관여하고 있는지를 밝히는 데에 있다. 먼저 인지과학과 현상학적 측면에서 마음의 작동 체제와 상호주관적 자아 개념을 이해한 다음에, 상상력에 의해 구성되는 반사실적 자아 개념을 중심으로 철학적 난제인 자기기만의 감정 현상을 분석할 것이다.

본론에 들어가기에 앞서 자기기만과 관련하여 제기되는 다음과 같은 철학적 난문을 소개하고자 한다. 어떻게 내가 나를 속일 수 있을까? 내가 나를 속이는 것을 자기기만이라고 부르는데, 이는 매우 이해하기 어려운 역설처럼 보인다. 남을 속이듯이 자신을 속인다는 것은 불가능한 것처럼 보인다. 그런데도 우리는 자기기만이라는 말을 사용한다. 만약 모든 경험을 꿰뚫는 통일된 의식으로서의 자명하고 선험적인 자아가 정말로 있다고 한다면 자기기만은 성립할 수 없을 것이다. 달리 말하자면 경험 속에서 내가 나를 자명하게 인지하지 못하는 경우가 있으므로 자기기만이 가능하다. 과연 자기기만의 감정을 느낄 때 우리의 마음속에서 무슨 현상이 일어나는 것일까? 또한 허구에 대한 감정도 마찬가지다. 우리는 소설이나 영화나 연극과 같은 허구에 대해 감정을 느낀다. 우리는 허구의 인물이나 상황이 실제로 존재하지 않음을 잘 알고 있다. 그런데도 우리는 허구의 인물이나 상황에 대해 마치 실제로 존재하는 양 느낀다. 허구에서 실제와 같은 감정을 느낄 때 우리의 마음이 어떻게 작동하고 있을까? 도대체 '나' 혹은 '자아'라고 하는 것이 어떻게 해서 스스로를 속일 수 있으며, 또한 허구적 대상이 실제가 아니라는 사실을 잘 알면서도 그것에 대해 실제와 같은 감정을 가질 수 있을까?

1. 기초감정과 복합감정

인간을 이해할 때에 가장 중요한 개념적 두 축을 꼽으라면 감성과 이성일 것이다. 흔히 합리적으로 추론하는 능력을 이성이라고 하고, 감각기관에 의해 직접적으로 형성된 느낌이나 심리적 경향성으로서 정서를 감성이라고 한다. 자아를 구성하는 이 두 가지 능력은 오랜 동안 매우 불안하게 동거해왔다. 비록 양자가 어느 하나에로 동일화 될 수 없을지라도 인간을 설명하기에 매우 좋은 변별적 특징을 가지고 있다. 그래서 우리는 사람을 파악할 때에 이지적인 사람과 감성적인 사람으로 구별한다. 양자 사이의 변별적 차이가 사람을 분류하는 좋은 기준이 되므로 흔히 소설이나 드라마의 소재가 되기도 한다.

감성과 이성을 어떻게 규정할지와 관련하여 가장 쉬우면서도 명료한 처방은 양자택일적으로 두 개념 중에서 어느 하나만을 지지하고 다른 하나를 배척하는 태도이지만 적절한 것은 아니다. 예를 들어 극단적 이성주의는 감성을 배제하려고 한다. 스토아학파의 금욕적 부동심인 아파테이아 apatheia는 감성의 배제를 잘 보여준다. 이들은 감성적 불안 상태를 해소하기 위해 감성 자체를 소멸시키고 고양된 영혼의 영역에서 평정심을 지키며 살아갈 것을 권유한다. 그러나 감성적 욕망을 제외한 평정심이 실제의 삶에서 얼마나 큰 의미가 있는지 납득하기 어렵다. 삶의 중요한 목적 중에 하나가 감성적 욕망을 추구하는 것인데, 그것을 배제시키는 것은 주어진 문제를 해결하는 것이 아니라 애써 외면하려는 것으로 보인다.

한편 회의주의적 상대주의는 합리적 추론으로서 이성에 반대한다. 이러한 입장은 문화상대주의나 자문화중심주의에서 보인다. 이에 따르면 다수의 상대적인 욕망들 사이에 존재하는 차이 및 갈등을 합리적으로 조정해 줄 수 있는 장치가 부정된다. 갑과 을이 가진 상대적 차이를 이해시켜줄만한 합리적인 장치를 찾을 수 없다. 다만 갑과 을의 상대적 차이는 존재론적으로 주어진 "다원주의적 사실 그 자체" 혹은 "상대주의적 사실 그 자체"로서 이해된다. 이러한 강한 상대주의에 귀착될 경우 개인들 간의 합리적 이해나 소통은 불가능하며 각기 다른 감성적 욕망을 가진 개인들은 낱낱의 모래알로 흩어지고 만다. 이들의 주장대로 "다원주의적 사실 그 자체" 혹은 "상대주의적 사실 그 자체"가 우리에게 주어진 것은 맞다. 그러나 우리는 상대주의적인 사실 그 자체에 머무는 것이 아니라, 다원적 개인들이 가장 잘 만날 수 있는 지점에 대한 고려 곧 롤즈가 언급한 "합당한 다원주의적 사실"을 추구한다.(존 롤즈, 장동진 역, 『정치적 자유주의』, 동명사, 1998) 환언하자면 우리는 "개인들의 욕망"에서 나아가 "더 좋은 욕망의 방식"에 대한 고려로부터 자유로울 수 없다. 따라서 감성적 다원성 및 상대성은 합리적 추론과 연계되어 있을 때라야 현실에 더 적합할 수 있다.

감성적인 것과 이성적인 것의 중층적 긴장 관계는 최근의 인지과학적 연구 성과에서도 드러난다. 인지과학적 측면에서 보자면 마음의 작동 체제는 명제적 인지와 무의식적 감정의 중첩적 종합으로 이루어져 있다. 인간은 문장으로 구성된 명제적 메시지를 의식적으로 이해할 수 있을 뿐만 아니라 무의식적인 감정 반응을 보이기도 한다. 존슨 레어드에 의하면 무의식적 감정 신호에 의한 즉흥적 신체 반응과 명제적 메시지에 따르는 의도적 행위라는 두 가지 서로 다른 경로의 반응 체계가 사람에게서 작동하고 있다.

> → 명제적 메시지 → 작동 체제 → 의도적 행위 (2)
> 인지적 평가　　　　　　　↑
> → 무의식적 전이 → 감정 신호 → 신체적 결과 (1)

(1) 기초감정: 시상sensory thalamus-편도amygdala
(2) 복합감정: 시상sensory thalamus-대뇌피질cortex-편도amygdala

이러한 두 갈래 인지 메커니즘은 두 가지 종류의 감정을 형성한다. 하나는 기초감정이고 다른 하나는 복합감정이다. 기초감정은 감정신호에 따른 신체적 현상으로 나타나며, 복합감정은 명제적 메시지에 대한 추론적 종합을 통한 의도적 행위에서 나타난다. 뇌의 구조에서 보자면 복합감정은 뇌의 전전두엽prefrontal lobe 부위가 만든다. 피니어스 게이지Phineas Gage 사례는 복합감정과 관련된 뇌의 기능에 대해 잘 알려준다. 그는 19세기말

미국의 철도 건설 업무에 종사하고 있었는데, 어느 날 폭발물이 터지면서 쇠막대기에 머리가 다쳤다. 그는 다행히 살아남았다. 이후 그의 지능에는 이상이 없었으나 전전두엽의 강한 상처 때문에 사회적 대인 관계를 제대로 하지 못했다. 이와 유사한 사례로 뇌의 종양을 도려내는 수술을 하면서 전 전두엽의 세포가 일부 잘려나간 사람의 경우도 있다. 그 사람은 자신의 분 야에서 매우 성공한 사람이며 좋은 가정을 가진 남성이었지만, 종양을 제 거한 뒤에 공포와 같은 기초감정과 지능에는 아무런 이상이 없었으나, 몇 시간 뒤의 일에 관해 계획을 세울 수 없었을 뿐만 아니라 사회적 관계도 할 수 없었다. 그는 직업을 잃고 몇 차례 이혼과 재혼을 거듭한 끝에 결국 도산 했다. 원숭이에게서도 이와 유사한 사례를 발견할 수 있다. 사회적으로 낮 은 지위에 속한 원숭이는 높은 지위의 원숭이에게 고분고분 하지만, 전전 두엽이 손상되면 더 이상 자신의 지위를 자각하지 못한다. 이러한 사례들 밖에도 기초감정과 복합감정은 두 가지 병변에서도 극명하게 대비적으로 확인된다. 기면성뇌염嗜眠性腦炎 encephalitis lethargica을 앓는 사람은 복합 감정이 정상적이므로 어떤 감정을 표현해야 마땅한지에 대해 잘 알고 있지 만, 기초감정을 담당하는 뇌 부위가 원활하지 못하여 실제로는 그러한 감 정을 갖지 못한다. 이에 반해 감정표현불능증alexithymia을 앓는 사람은 특 정한 신체적 느낌은 있지만 그것을 설명하거나 표현할 수 없다. 이것은 복 합감정을 담당하는 기관이 제대로 작동하지 않기 때문이다. 이와 같이 인 간의 뇌 혹은 마음의 작동체제는 기초감정과 복합감정이 교차적으로 종합 되었을 때에 정상적으로 기능할 수 있다.

기초감정에는 배고픔이나 갈증 등에 따르는 욕구, 신체의 건강과 불건강 에 대한 느낌, 불쾌한 대상에 대한 혐오감, 삶의 영위와 관련된 행복이나 좌 절, 위험한 상황에 대한 공포, 성욕, 동료에 대한 사회적 감정 등이 있다. 기초감정이 복합감정에 대한 생물학적 토대라면 복합감정은 자신의 이상적 모델, 대안적 가능성, 역사적 모델, 상상적 가설 등을 비교하는 의식적 추론에 의해 형성된다. 후회, 분개, 자부심, 당황감 등이 복합감정에 속한다. 복합감정은 기초감정적 신호와 의식적인 명제를 통합한다. 따라서 문화적인 성취가 복합감정의 형성에 영향을 끼친다. 사람들은 자신이 습득한 문화적 성향에 따라 서로 다른 감정의 양식들을 가진다. 예를 들어 서구인들이 가진 낭만적 사랑 관념이 여기에 해당한다. 낭만적 사랑은 성적 욕구와 행복이 그 일차적 구성요소라고 한다면, 개인의 이상형이나 이타주의 등은 그 인지적 구성요소이다. 이러한 여러 가지 구성요소들을 종합적으로 통합하는 것은 문화적 성취에 해당한다.(Philip Johnson-Laird, *How We Reason*, Oxford University Press, 2008)

기초감정이라는 자연의 영역과 인지적 명제라는 문화의 영역은 마음의 작동 체제 속에서 종합되지만, 개념적으로는 분명하게 구분된다. 인간은 문화적 축적에 의한 경험들의 기억 덩어리를 추론의 컨텍스트로 삼음과 동시에 현재적으로 수용하는 기초감정들을 계속적으로 종합하면서 복합감정들을 산출해낸다. 명제적 메시지는 소사가 말하는 패러다임 시나리오 곧 문화적 환경에 의해 형성된다. 따라서 명제적 메시지를 포함하고 있는 복합감정은 패러다임 시나리오에 대한 시뮬레이션을 통해 습득된다. 예를 들어 6-9개월 사이의 아기는 일반적으로 주변에서 웃어줌으로써 웃음을 배우고, 주변에서 인상을 찌푸림으로써 울거나 찌푸리는 인상을 배운다. 거기에는 대상성적 공명vicarious resonance이 작용하고 있다. 그러다가 다음 단계에는 부양자의 표현이 아기에게 행하거나 느끼도록 하는 기호가 된다.(Ronald de Sousa, *The Rationality of Emotion* The Massa chuseits Institute of Technology, 1987) 이와 같이 즉자적이고 현재적인 감정 신호는 패러다임 시나리오에 포함된 명제적 메시지들에 의해 추론됨으로써 복합감정을 산출한다.

인간의 마음은 인지적 명제 및 감정적 반응에 의해 중층적인 자아를 구성한다. 인간의 뇌 혹은 마음의 작동 체제가 여러 가지 인지적 명제들 및 감정적 반응들에 의해 동일한 종류의 사태에 대해 다양한 추론을 할 수 있기 때문에 여러 맥락에 열려 있는 복합적이고 중층적인 자아를 형성할 수 있다. 가치 판단의 과정에서 드러나는 감정적 반응과 합리적 추론, 무의식적 반응과 의식적 지향, 기초감정과 복합감정 등과 같은 이중적 층위는 복수의 요소들에 의해 중층적 자아가 구성된다는 사실을 알려준다. 마치 『주역』의 한 괘를 구성하는 여섯 효가 서로 내용이 다르면서도 전체적으로는 상관관계를 갖듯이 한 개인의 마음도 음양, 배합, 교차, 대대, 상관, 상응, 감응 등을 통해 여러 가지 시나리오들과 감정들이 복합적으로 통합된다.

2. 상호주관성

기초감정과 복합감정으로 구성된 사람의 마음은 그 자체로 폐쇄되어 있지 않고 외적 환경에 열려있다. 사람의 마음은 다양한 타인들과 반응하면서 자아를 형성한다. 사람의 마음은 자신의 관점으로 타인을 헤아릴 뿐만 아니라 타인들의 다양한 표정과 시선을 자아 관념에 반영시키기도 한다. 마치 아이의 얼굴에 아버지의 얼굴과 어머니의 얼굴이 동시에 반영되어 있듯이 마음 역시 주변의 것들과 반응함으로써 자아의 이미지를 형성해간다. 심지어 홀로 있을 때조차도 사람의 마음은 늘 무엇인가를 의식한다. 그래서 유가사상에서는 "타인의 열 손가락과 열 눈"을 늘 의식할 뿐만 아니라

"자기 홀로 있을 때를 신중히 하라[愼其獨]"고 말한다. 이것은 사람의 마음이 홀로 있을 때조차도 외적 환경을 늘 의식할 수밖에 없는 처지임을 뜻한다.

도대체 왜 이렇게 마음 혹은 자아는 닫혀있기보다 외부대상에 열려 있으며, 순수한 동일자라기보다 복합적이고 중층적인 특성을 가질까? 마음이 외부에 열려있음으로써 형성되는 자아의 복합적 주관성에 대한 해명의 실마리는 의식이 무엇인지에서부터 추적해볼 수 있다. 후설이 말한 것처럼 의식이 무엇에 대한 지향성을 갖는다는 것에 착안할 필요가 있다. 그의 제안에 따라 우리의 생각을 판단중지한 상태에서 의식을 성찰해보면 어떤 것에 대한 지향성을 발견할 수 있다. 의식작용이 이미 의식대상에 대한 지향성을 의미한다면, 그러한 의식적 주관 역시 '~관한 주관'일 수밖에 없다. 그래서 후설은 순수한 자기동일적 주관성이 아닌 상호주관성 개념을 도입한다. 그의 상호주관성 개념은 개인의 주관이 닫혀 있기보다 본래적으로 열려 있다는 것을 함축한다. 자아는 상호주관적이므로 라이프니츠의 모나드처럼 각기 다른 존재들의 연관성 속에서 성립한다. 물론 라이프니츠의 모나드가 상호주관적으로 형성된 것임에도 외부와 소통할 수 있는 직접적 창을 갖지 않음에 비해 후설의 상호주관적 모나드는 외부와 소통하는 창을 갖는다. 후설은 개방된 모나드 공동체offene Monadengemeinschaft를 '선험적 상호주관성'이라고 부른다. 그는 가장 순수한 선험적 의식조차도 상호주관적 구조에서 시작한다고 본다.(에드문트 후설 · 오 이겐 핑크, 이종훈 역,『데카르트적 성찰』, 한길사, 2002)

복합적 주관성을 해명하기 위해서는 후설의 상호주관성 개념을 더 넓은 시성으로 끌고 나가 재해석할 필요가 있다. 그의 상호주관성 개념은 의식철학적 성향 때문에 심층적 자기의식에 대한 분석에 치중한다. 물론 그의 현상학이 지향성에 기초하므로 독아론solipsism이라고 비판하기는 어렵지만, 그의 상호주관성 개념은 현실적인 창을 가짐에도 불구하고 여전히 선험적으로 환원된 자아를 찾는 데에 주된 목적이 있다. 그의 표현에 따르면 "우리는 우리의 선험적 자아의 토대 위에서 다른 자아가 알려지고 확증되는 명백하고 함축적인 지향성에 대한 통찰을 마련해야 한다."(같은 책) 그의 이러한 경향은 타자를 자기의식으로 환원하여 해석할 때에 잘 드러난다. 그가 말하는 현상학적 의식의 기원은 상호주관적이지만, 철저하게 '나'라는 의식과 관련하여 타자를 이해한다. 그래서 그는 타자성을 해석할 때에 '나'의 의사적인 '다른 자아alter ego'로서 규정한다. 그에 의하면 "타인은 나 자신의 반영Spiegelung meiner selbst이다. 하지만 그것은 본래의 반영이 아니라, 나 자신의 유사물Analogon이다."(같은 책) 이러한 후설의 자기반성으로서의 의식철학은 '나'에 대한 투사적 감정이입에 의해 타자를 구성할 뿐, 타자로부터 '나'가 형성되어가는 역작용의 측면을 자세히 설명하지 않는다. 그러한 의미에서 그의 상호주관성 개념은 경험의 영역보다는 선험적 의식의 영역에 초점이 맞추어져 있다. 그가 '선험적 상호주관성'이라고 명명하면서 선험적 의식에 대해 유의하지 않는 자연주의나 역사주의 등이 철저성을 결여한 사상들이라고 비판하는 데서도 그러한 경향을 읽을 수 있다. 그의 주 관심은 오로지 경험적 자아를 괄호치기 함으로써 선험적 자아를 발견하는 데에 있다. 그에 따르면 "환원된 현상 속에 있는 인간-자아Menschen-Ich인 나와, 선험적 자아인 나는 서로 어떠한 관계에 있는가를 심문해야 한다. 이 선험적 자아는 객관적 세계 전체와 그 밖의 모든 객체성을 괄호 속에 묶음으로써 나타나게 되었다."(같은 책)

자아의 복합적이고 중층적인 특성을 읽어내기 위해서는 후설의 선험적 상호주관성 개념에서 '상호inter'라는 개념을 선험의 영역뿐만 아니라 경험의 영역으로도 확대할 필요가 있다. '나'라는 자아는 선험적 측면에서뿐만 아니라 경험적 측면에서도 상호주관적인 생성을 멈추지 않기 때문이다. 후설이 판단중지와 현상학적 환원을 통해 선험적인 상호주관성을 발견했다면, 우리는 그에 대한 역사유를 통해 판단을 재개함으로써 경험적인 영역에서도 상호주관성을 발견할 수 있다. 가령 그의 선험적 논리를 따라 '나'라는 의식에 의해 '다른 나'로서의 타자 의식이 성립한다면, 반대로 경험의 영역에서는 오히려 타인이 나의 이름을 불러주는 것을 통해 나라는 경험적 자아가 만들어진다. 아이들의 언어적 발달과정을 살펴보면 그들의 경험적 정체성은 자신을 보살펴주는 사람과의 경험적 교류에서 얻은 정보를 통해 자신을 지칭한다. 그래서 아이들은 언어사용 초기에 '나'라는 지칭보다는 상대방이 불러주는 이름을 통해 스스로를 지칭한다. 이와 같이 경험적 자아는 타인이 말해준 언어와 동작을 자기화하는 과정을 통해 형성된다. 예를 들어 프로이트의 무의식은 경험을 통해 형성된 상호주관적 자아의 대표적인 사례일 것이다. 무의식적 자아는 아동기에 타자 경험을 통해 자신의 원초적 욕구를 해석하고 표현하는 것을 배움으로써 형성된다. 이러한 측면에서 본다면 경험적 자아는 이미 타자와의 교섭을 통해 상호주관적으로 생성된다.

따라서 선험과 경험의 두 측면 모두에서 상호주관성 개념을 정립한다면 주체의 안과 밖 중에 어느 하나를 본질로 삼는 것은 불가능하다. 밖으로의 감정이입과 안으로의 대상성적 자기 해석에 의한 상호주관적 자아는 순수한 안과 순수한 밖을 가정하지 않는다. 거꾸로 상호주관적 자아의 활동을 통해 안과 밖의 경계가 생성될 뿐이다. 나로부터 타자를 구성하는 과정과 타자가 나의 내부를 들여다보는 시선을 통해 경험적 자아를 획득하는 과정은 동시적이다. 그러므로 다양한 타자들에 대한 경험은 복합적이고 중층적인 자아를 생성시킨다. 인간의 마음 안에서 시간적으로 앞선 자아와 뒤따라오는 자아 사이의 간극, 내용적으로 상이한 자아들 사이의 간극 등이 생겨날 수 있다. 그리고 이러한 복합적이고 중층적인 자아에게는 주름과 틈새가 생기기 때문에 자기기만과 같은 감정을 불러온다.

3. 자기기만의 감정과 본질주의

철수는 작은 읍에 사는 청년이다. 그는 가난한 탓에 어려서부터 읍내 영화관에서 아르바이트를 했다. 그러던 중 철수는 우연히 순희와 만나 사랑에 빠진다. 철수는 순희와의 사랑의 감정에도 불구하고, 우선 자신의 꿈에 열중하라는 주변의 권유에 따라 영화감독이 되려는 자신의 열망을 실현하기 위해 혼자서 새벽기차를 타고 서울로 떠난다. 결국 그는 저명한 영화감독이 된다. 그러나 그는 중년이 넘어서도 순희와의 사랑이 강한 인상으로 남아 지워지지 않는다. 뿐만 아니라 그러한 기억 때문에 다른 여성들과 연애를 해보지만 번번이 자기기만의 감정을 느끼면서 순희와의 사랑이 진정한 것이었다고 확인할 뿐이다. 철수는 다시는 깊은 사랑을 하지 못한 채 노인이 된다.

이 사례에서 눈여겨볼 점은 철수가 스스로의 가치 판단에서 후회나 미련의 감정에 봉착함으로써 순희와의 첫사랑에서 진정한 사랑의 감정을 확인하는 이야기 구조에 있다. 철수가 비록 직업적으로는 성공했을지라도 적어도 사랑의 측면에서는 나중에 자기기만적인 감정을 불러오고 말았다는 점에서 그의 인생에는 향수, 후회, 미련, 자책 등이 녹아 있다. 철수에게는 순희와의 사랑이 진정한 것이라는 믿음 혹은 인지가 형성되어 있으며, 그러한 믿음은 철수가 다른 여성과 사귀려고 할수록 강화된다.

철수가 순희와의 사랑을 진정한 것이라고 믿는 경우처럼, 우리의 감정에 믿음이나 추론이나 해석 등이 포함되어 있다고 보는 입장을 인지주의적 감성론이라고 부른다. 강한 인지주의는 모든 감정 안에 인지적 믿음이 동반되어 있다고 가정하지만 고소공포증과 같이 특별한 믿음이 동반되지 않는 반례들도 있다. 그럼에도 인지주의는 부끄러움과 당황감의 구분과 같이 감정들 사이를 미묘하게 구분하는 경우, 규범적 평가가 감정으로 드러나는 경우, 인지의 지향성을 분석함으로써 다양한 감정을 풍부하게 설명하는 경우 등에 매우 유효하게 적용할 수 있다는 장점이 있다.(임일환, 「감정과 정서의 이해」, 『감성의 철학』, 민음사, 1996)

철수의 사례를 해석할 때에도 인지적 믿음은 매우 중요한 요소이다. 철수가 가진 자기기만의 감정은 기본적으로 진정한 사랑에 대한 믿음에 의해 해석될 수 있다. 스스로 옳다거나 좋다는 믿음이 있음에도 그 믿음과 배치되는 판단 및 행위를 할 때 우리는 그것을 두고 자기기만적이라고 말한다. 자기모순적이라는 점에서 자기기만은 위선과 깊은 연관을 갖는다. 자기모순적 자기기만과 관련된 고전적 사례를 유가사상에서 찾을 수 있다.

① 자기의 뜻을 진실하게 한다는 것은 스스로를 속이지 않는 것이다. 마치 예쁜 여자를 좋아하듯이 하고 나쁜 냄새를 싫어하듯이 한다면 이것을 스스로 만족함이라고 부른다. 그러므로 군자는 자기의 홀로됨에 대해 신중히 한다. ② 소인이 한가롭게 거처할 때에 선하지 않은 일을 하면서 이르지 않은 바가 없다가, 군자를 본 뒤에는 움츠리며 자기의 불선을 숨기고 자기의 선함을 드러낸다. 그러나 다른 사람들이 자기를 보는 것이 폐와 간을 들여다보는 것과 같으니 무슨 이로움이 있겠는가? ③ 이것을 일러 마음속에서 진실하

면 밖으로 드러난다고 부른다. 그러므로 군자는 자기의 홀로됨에 대해 신중히 한다. 증자가 말하기를 "열 눈이 보고 열 손이 가리키니, 엄숙해야 할 것이다"라고 했다. 부함이 집을 윤택하게 하고 덕이 몸을 윤택하게 하여 마음이 넓어지고 몸이 펴진다. 그러므로 군자는 반드시 자기의 뜻을 진실하게 해야 한다.(『대학』)

이 구절은 유가에서 제시하는 진실함[誠] 개념과 관련하여 세 가지 내용을 함축하고 있다. 먼저 ①에서는 자기기만이 없는 것이 진실함의 필요충분조건이라고 말한다. 이것은 합리적인 판단을 통해 무엇이 참된 것인지를 파악하는 것을 뜻한다. 다음으로 ②에서는 위선적인 행위에 의해 참된 판단이 유지되지 못한 경우를 말한다. 위선적 자기기만이 발생하느냐 마느냐에 따라 사람은 군자와 소인으로 나뉜다. 군자는 자기의 홀로됨에 신중하여 자기기만이 일어나지 않지만, 소인은 홀로 있을 때에 자기기만에 빠질 뿐만 아니라 타인과의 관계에서도 그러한 기만이 늘 드러난다. 마지막으로 ③에서는 소인의 자기기만 상태를 개선하여 군자의 진실한 상태에 이르기 위해서는 타인의 시선과 지적을 늘 의식하는 수양이 필요하다.

그런데 유가가 제시하는 위선적 자기기만이나 철수의 자기기만 감정에서 가장 먼저 떠오르는 의문은 자기가 자기를 속이는 것이 논리적으로 가능하냐는 데에 있다. 이성적 자아를 가정한다면 자기기만은 성립할 수 없을 것으로 보인다. 왜냐하면 만약 어떤 사안에 대해 충분히 합리적으로 숙고한 다음에 가치 판단을 수행했다고 한다면, 스스로를 속이는 것은 불가능할 것이기 때문이다. 어떻게 자신이 이성적 의식을 가지고서 판단한 내용에 대해 스스로를 속이는 것이 가능하겠는가? 이성적 측면에서 보자면 속이는 주체가 속이는 대상과 동일시된다는 것은 도무지 어불성설인 것처

럼 보인다. 기만은 기본적으로 기만하려는 주체의 의도와 기만하려는 대상
이 필요하며, 기만하려는 주체의 의도가 기만하려는 대상에게 알려지지 않
을 때라야 성립할 수 있다. 그러므로 타인을 기만하는 행위는 교묘한 발화
행위에 의해 그 의도가 은폐될 수 있으므로 성립할 수 있지만, 자기기만의
경우에는 속이려는 모든 의도가 자신에게 즉시 알려지므로 기만이 성립하
기 어려워 보인다.

이성적 가치 판단에 한정할 경우 자기기만이 성립하지 않는데도, 왜 우
리는 삶 속에서 자기기만이라는 개념을 사용하는 것일까? 자기기만이라는
말이 전혀 무의미한 것인데도 쓸데없이 사용하는 것일까? 만약 자기기만
이 타자기만과 내용적 구조가 같다고 볼 경우 한 동일인이 속이려는 내용
을 알면서 동시에 몰라야 한다. 한 동일인이 속이려는 내용을 알면서 동시
에 모른다는 것을 납득하기 어려우므로, 이것을 자기기만의 역설이라고 부
른다.(하병학, 「자기기만의 현상학」, 『철학과 현상학 연구』, 제21집, 한국현상학회,
2003) 그러나 이성과 감성의 복합적 측면에서 본다면 이러한 역설은 성립
가능하다. 인간의 가치 판단 과정에는 이성적 추론과 감성적 욕망이 복합
적이고 중층적으로 작용하고 있기 때문에 자아의 정체성 역시 복합적이고
중층적일 수밖에 없다는 것을 자기기만의 감정 현상을 통해 알 수 있다. 마
치 나와 타인 사이에 타자기만이 생기듯이, 적어도 자기기만을 행하는 사
람에게는 스스로를 타인처럼 대상화함으로써 중층적인 자아를 형성하는
것이 가능하다.

복합적인 정체성을 가진 자아를 다룬 사상가는 동서양에 걸쳐 많이 있으
며, 가장 대표적인 경우는 본질적 자아와 현상적 자아를 구분하는 본질주
의 철학이다. 본질주의는 본질적인 것과 현상적인 것을 구분함으로써 자기
기만을 이해한다. 동아시아 유가사상의 본성[性]/욕망[欲]이나 이치[理]/기

질[氣]의 구도가 그것이다. 도덕적 측면에서 보자면 본성과 이치는 사람의 근원적 양심에 해당하고, 욕망이나 기질은 신체와 정서에서 기인하는 각종 욕망을 가리킨다. 마치 프로이트의 의식/무의식의 구분이나 소크라테스의 본질/현상의 구분처럼 자아를 심층적인 것과 표층적인 것으로 구분한다. 도덕적 자아도 심층적인 양심과 표층적인 욕망의 구분법에 의해 이해된다. 쉽게 말하여 인간이라면 누구나 보편적 본성으로서 양심(본성, 이치)을 가지고 있으므로 언제나 참된 도덕 판단을 저버리지 않을 것처럼 보인다. 그럼에도 불구하고 사람들의 마음에는 감각적 욕망이 동시에 작동하고 있으므로 양심을 저버리고 악에 빠지거나 참된 믿음을 저버리는 경우가 많다. 매우 쉬운 사례로는 식욕 때문에 다이어트에 대한 믿음이 수행되지 못하는 것을 들 수 있다. 다이어트가 자신에게 좋다는 믿음이 의식에 있지만 음식을 보면 더 강한 원초적 식욕에 의해 그러한 믿음이 팽개쳐진다. 물론 그보다 더 중대한 사례들도 많이 있다. 타인을 자기 삶을 위한 수단으로 삼아서는 안 된다는 양심을 가지고 있으면서도, 실제로는 자신의 부와 명예를 위해 타인을 희생시키는 사건들을 뉴스를 통해 자주 접할 수 있다. 이와 같은 사례들에서 보자면 비록 사람이 양심에 근거한 믿음을 가지고 있을지라도 자신에게 내재하는 중층적 자아 때문에 그러한 믿음들이 자주 실패에 처하게 된다.

본질과 현상의 구도에서 보자면 자기기만은 자신이 가진 두 개의 얼굴 사이에서 발생한다. 본질주의 사상가들은 본질에 닿아 있는 참된 자아[眞我]와 현상만을 가리키는 거짓된 자아[假我]의 이분법이나, 참된 지식과 거짓된 지식과 같은 이분법을 선호한다. 이러한 이분법에 의하면 자기기만이란 본질로서의 참된 자아가 현상으로서의 거짓된 자아를 속이는 것을 의미한다. 플라톤의 동굴의 비유는 이에 대해 매우 적절한 그림을 보여준다. 어떤 사람이 평생 동굴 속에서만 살았다고 한다면, 어느 날 갑자기 밖의 빛의 세계에 나갈 경우 눈이 부셔서 사물을 식별하지 못하게 된다. 플라톤의 이러한 가정은 본질 직관의 경험이 없이 부분적인 현상에 의해서만 길들여짐으로써 결국에는 참된 인식에 도달하지 못한다는 것을 보여준다. 플라톤뿐만 아니라 맹자의 "성선설性善說"이나 주희의 "그 처음(본성)으로 돌아가기[復其初]" 등은 현상적인 삶의 근원에 놓여있는 보편적 본질을 가정함으로써 현상적 자아가 본질적 자아를 기만할 수 있다고 생각한다. 플라톤과 유가사상(공자, 맹자, 주희 등)에서 제시하는 본질/현상의 구도는 어쩌면 자기기만을 설명하기 위한 매우 정치한 철학적 사유일 것이다. 더 나아가 본질주의자들은 자기기만이 인간들에게 매우 일상화되어 있다는 것을 지적하고, 그 너머의 존재론적 심오처를 알려줌으로써 자신들의 철학적 의의를 설파하고자 한다. "너 자신을 알라"는 소크라테스의 언명이나 "자기를 이기라"는 공자의 언명이 비록 그 세부적 내용이 다르다고 할지라도, 현상적 자아 너머에 있는 참된 자아 그리고 현상적 인식 너머에 있는 참된 인식을 가정한다는 점에서는 일치한다. 그들이 볼 때 참된 자아에 의한 참된 인식에 도달하지 못한 채 현상에만 머물러 있는 사람들은 스스로를 속이고 있다.

본질/현상의 구도는 참된 인식과 그렇지 못한 인식을 구분한다는 점에서 인식 과정에서의 옳음과 좋음에 관한 가치론적 인지를 가정한다. 특히 이러한 가정은 감성적 활동에 대해 가치론적 판단이 관여한다는 것을 필요조건으로 하여 성립한다. '밖-빛-참된 인식'과 '동굴-그림자-거짓 인식'이라는 두 가지 비유적 구도에는 감각 혹은 감성적 경험에 가치 판단이 개입하고 있음을 전제한다. 비록 모든 감정이 가치 판단을 수반하는가에 대해서는 쉽게 대답하기 어렵다고 할지라도, 감정에 가치 판단이 수반되는 현상들을 주변에서 쉽게 목격할 수 있다. 우리는 도덕적 가치 판단과 감정이 연계되어 있다고 생각하므로 타인의 안타까운 처지에 대해 기뻐하는 사람에 대해 비판적인 분노를 표출한다. 기쁨이라는 감정이 단순히 기쁨 자체에 그치는 것이 아니라 그 사람의 가치 판단과 관련되어 있으므로 야비하거나 몰인정한 기쁨에 대해 분노한다. 본질주의자들은 이성적 추론과 감정사이의 연계를 바탕으로 하여 감정이 가장 본질적인 판단을 주관하는 이성의 지배를 받아야한다고 믿는다.

본질주의에서 제시하는 자기기만은 일종의 자기무력화에 다름 아니다. 이러한 자기기만이란 자신이 처한 물리적 상황이나 심리적 상황 때문에 본질적 인식을 망각하는 것을 가리킨다. 본질적 판단을 기만한다는 측면에서 자기기만은 자기 상실이나 자기 무력화로서 설명할 수 있다. 여건에 의해무지와 망각이 발생함으로써 참된 인식을 가진 본질적 자아가 무력화되는 것이다. 자기기만에 빠진 사람은 마치 플라톤이 말한 동굴 속 수인이나 유가에서 말한 소인처럼 스스로의 가치를 무기력하게 만든다.

그러나 자기기만에 대한 본질주의적 해석 방식은 지나치게 초월적인 지평을 요구하는 것으로 보인다. 어떻게 진정으로 본질적인 것을 경험을 초월하여 확정할 수 있을까? 쉽게 말하여 무엇이 가장 참된 본질일까? 오히려 본질적인 것의 확정 역시 경험 세계 속에서만 가능한 것이 아닐까? 만약 참된 본질을 확정하여 그것을 실제 세계에 일반화할 경우 닫힌 사회를 강요함으로써 사람들을 위험에 빠뜨릴 가능성도 크다. 마치 중세시대에 여성들의 신체적 징후를 제멋대로 기독교적 본질에 대한 일탈로 해석하여 마녀재판을 하였듯이, 미리 가정된 본질은 사람들을 구속하는 덫으로써 악용될 위험성이 있다. 나아가 그러한 기준들은 선험적 본질이라기보다 문화 속에서 경험적으로 제시된다고 보아야 더 타당할 것이다. 문화 속에서 마치 본질처럼 굳어진 믿음들이 자기기만의 근저에서 작동하고 있는 셈이다. "사람을 해쳐서는 안 된다"는 가치 판단을 본질로서 내면화한 사람은 그렇지 않은 사람보다 적을 공격하는 군대생활에 대해 더 강한 자기기만적 감정을 느낄 것이다. 이와 같이 우리에게 문화적 훈련을 통해 본질과 같이 습득된 가치 판단들은 그러한 판단들로부터 일탈된 행위에 대해 자기기만의 감정을 느끼도록 조장한다. 그런데 그 과정에서 좋지 않은 판단들이 본질로서 일반화될 경우 쓸데없는 자기기만을 조장함으로써 우리 사회를 위험사회로 전락시킬 수도 있다.

본질주의자의 분석이 가치론적 인지와 감정 간의 연관성에 주목함으로써 자기기만의 감정을 이해할 수 있는 풍부한 논리적 근거를 제공하고 있음에 틀림없지만, 대립되는 가치론적 인지들 중에서 어느 것이 참된 것인지와 관련해서는 많은 문제제기에 직면할 수밖에 없다. 어느 것이 본질에 대한 인식이고 어느 것이 현상에 머문 인식인지를 어떻게 확정할 수 있을까? 참된 것을 가려줄 본질이 있다는 본질주의자의 가정이 정말로 참된 본질을 증명하고 있는 것은 아니다. 예를 들어 유가에서 제시하듯이 도덕적 양심이 실천이성을 구성하는 본질이라고 가정한다고 하더라도, 현실에서는 어떻게 하는 것이 양심적인 것인지를 밝히기가 쉽지 않은 경우가 다반사다. 심지어 예전에 양심적이라고 여겨지던 것이 시대가 지남에 따라 비양심적인 것으로 역전되는 현상도 자주 목격된다. "남녀칠세부동석"이라는 조선시대의 도덕률이 현대에는 통용되지 않는 사실에서 본다면 조선시대 성리학자들이 도덕의 본질을 잘못 이해했던 것일까? 만약 퇴계와 율곡과 같은 성리학자들마저 유가의 도덕 본질을 오해하여 자기기만을 범하였다고 한다면, 유가에서 가정하는 도덕 본질을 투철하게 밝힐 수 있는 사람은 과연 누구일까?

다시 동굴의 우화로 돌아가서 보자면 그림자 세계와 빛의 세계의 대립만큼이나 참/거짓 간의 구분이 확연한 경우도 있지만, 어떤 경우에는 어느 것이 더 본질에 가까운지 결정하기 쉽지 않을 때가 많다. 그럴 경우 자기기만의 과정에서 속이는 자아와 속는 자아의 구별을 본질/현상의 구도에 따라 쉽게 양분하기는 어려울 것이다. 빛의 자아가 그림자 자아의 기만성을 깨달았다고 할지라도, 다시 빛의 자아가 후회하고 이전의 그림자 자아로 돌아가고자 한다면, 이런 경우에는 거꾸로 빛의 자아가 그림자 자아를 기만한 셈이다. 이와 같이 가치론적 인지들 간의 역전과 참치길항参差拮抗은 자기기만에 대한 본질주의적 해석에 대해 논리적 제약을 가져오게 된다.

마치 정치적 판단이나 미적 판단에 있어 사람들 간에 관점의 차이가 있듯이, 한 사람의 내부에도 상이한 인지들 간에 대립이 발생할 수 있다. 어떤 사람이 피라미드의 웅장미에 대해 감탄하면서도 한편으로 그것을 쌓아올릴 때에 동원된 서민들의 희생에 대해서 슬퍼한다고 해보자. 그런데 이제 그 사람이 선거에 출마해 시장으로 선출되자 자신도 그러한 웅장미를 재현하기 위해 시민들의 희생을 감수하고서 막대한 예산을 투여하여 거대한 조형물을 조성한다. 그는 시장으로서 그러한 조형물 조성이 사회에 본질적인 것이며 본질 실현을 위해 시민들의 희생은 불가피한 현상이라고 여기고 있음에 틀림없다. 그러나 그가 시장으로서 실패하여 평범한 시민이 된 뒤에 다른 시장의 거대한 조형물 조성 사업을 바라보는 위치 역전이 벌어진다면 어떠하겠는가? 이제 그는 시민을 위한 예산을 희생하는 대신 전시 행정적으로 거대 조형물을 건립하려는 정치인들의 행위에 대해 삶의 본질을 왜곡한 처사라고 비판하게 될 것이다. 이제 그는 시민으로서 예전에 전시 행정적으로 거대 조형물 건립을 추구하던 자신의 행위를 후회하게 될 것이다. 이와 같이 진정한 본질을 전제하지 않더라도 관점 전환의 측면에서 자기기만의 감정을 충분히 이해할 수 있다. 군이 절대적 본질을 상정하지 않더라도 주체는 새로운 발견과 위치 전환을 통해 이전의 판단에 대해 자기기만의 감정 내지 실망감을 느낀다.

철수 역시 서울로 떠날 때에는 미처 예상하지 못했지만, 순희와의 교제로부터 사랑에 대한 강한 신념을 얻게 된다. 많은 사람들이 철수가 가진 사랑의 신념이 깊다고 여기는 이유는 철수가 사랑의 본질을 깨달았기 때문이라기보다, 철수가 삶의 장소를 옮겼음에도 불구하고 그리고 다른 여성과의 거듭되는 연애에도 불구하고 다시 순희와의 옛사랑에서 사랑의 의미를 더 강하게 느끼기 때문일 것이다.

4. 반사실적 자아

우리의 일상적 삶의 지평에서 추적해본다면 자기기만의 감정을 느끼기 위해서는 기본적으로 자기 신념의 수행 실패를 겪어야 한다. 자기 신념이 수행되지 못하는 데에는 여러 가지 원인이 있겠으나 크게 다음의 네 가지를 들 수 있다.

(1) 여러 신념들 사이에서 갈등한 뒤에
(2) 자신의 신념이 다른 것에 의해 유혹당한 뒤에
(3) 자신의 신념이 억압당한 뒤에
(4) 자신의 신념이 망각된 뒤에

갈등, 유혹, 억압, 망각 등의 조건에 의해 자신의 신념을 수행하지 못한 뒤에 후회, 미련, 자책 등의 감정을 겪게 된다. 예를 들어 영조가 노론의 참소 때문에 사도세자를 뒤주에 가두어 죽였다가 나중에 "피묻은 적삼이여

피묻은 적삼이여. (중략) 돌아오기를 바라노라"고 하면서 후회한 것이 그러하다. 또한 중국 진 제국의 실제 권력자였던 승상 조고가 사슴을 가리켜 말이라고 하자 다른 사람들도 억압감을 느껴 말이라고 말할 수밖에 없었던 사정도 마찬가지다. 이러한 사례들에서 본다면 가치 판단은 감성적 욕망, 주변의 위협이나 유혹 등과 같은 조건들에 의해 제약되거나 뒤바뀔 수 있다. 인간이 후회와 자기기만이라는 자가당착적 감정에 이르게 되는 것은 가치 판단이 여러 가지 해석 가능성들에 열려 있기 때문이다. 마치 우리의 피부가 하나의 형태로 고정되어 있기보다 주변의 조건에 반응하여 주름과 표정을 만들어내듯이, 우리의 신념 역시 매우 다양한 자극 때문에 방해받거나 다른 방향으로 바뀔 수 있다. 결국 나중에 갈등, 유혹, 억압, 망각 등에 의해 신념이 제대로 실현되지 못했다고 판단할 경우 후회를 하게 된다.

그러나 후회, 미련, 자책 등의 감정이 자기기만에 수반된다고 하여 그것들이 곧바로 자기기만의 감정인 것은 아니다. 자기기만의 감정은 후회, 미련, 자책 등과 연관되지만 오히려 그보다 더 복잡하고 추상적인 감정으로 보인다. 먼저 후회, 미련, 자책 등의 감정과 자기기만의 공통점은 갈등, 유혹, 억압, 망각 등에 의해 자기 신념이 수행되지 못했다고 느낄 때에 반사실적 가정을 취한다는 사실에 있다. "만약 갈등, 유혹, 억압, 망각 등이 없었다면 내가 그와 같이 하지 않았을 텐데"라고 가정하면서 후회를 하게 된다. 그러나 후회에는 스스로를 속였다는 감정은 아직 없으므로 자기기만의 감정과는 같지 않다.

자기기만은 개념적 규정상 속이는 주체로서의 자신은 속이는 내용을 알고 있으면서 속이는 대상으로서의 자신은 그 내용을 몰라야 한다. 자기기만이 성립하기 위해서는 속이는 주체와 속이는 대상이 한 개인 안에서 작동할 수 있어야 한다. 어떻게 스스로 속이는 내용을 알면서도 모르는 논리적 모순 관계가 가능할 수 있을까? 아니면 자기기만의 역설은 잘못된 개념에 불과한 것일까? 어떻게 속이는 주체와 속이는 대상이 하나의 자아 안에서 양립할 수 있을까?

자기기만을 해석하기 위해 제시된 여러 가지 모델들이 있다. 그 중 하나는 시간지체time-lag scenarios 모델이다. 가령 어떤 사람이 나가기 싫은 모임의 시간 약속을 일부러 잘못 기억하고 있다가 스스로 시간이 지남에 따라 그러한 사실을 망각하고서 모임에 나가지만 이미 모임이 끝나버린 경우가 그러하다. 이러한 경우는 의도적인 계획과 뒤따르는 망각에 의해 자기기만이 발생한다. 그러나 이렇게 계획적으로 자기기만을 행하는 경우가 가끔 있다고 할지라도 일반적인 자기기만의 사례에 적용하기는 어려워 보인다. 왜냐하면 우리가 자기기만의 감정을 실제로 경험할 때에 계획적으로 하는 경우는 거의 없기 때문이다.

다음으로는 마음분할 전략mind-partitioning strategies이 있다. 사람에게 두 개 이상의 마음이 있어서 어느 하나의 마음이 다른 마음들을 속일 수 있다는 것이다. 이 전략의 문제점은 속이는 마음과 속는 마음이 실제로 한 사람에게서 동시에 나타날 수 있느냐는 문제에 봉착한다. 만약 실제로 공유될 수 없는 두 마음이 한 사람에게 있다고 한다면 이는 타자기만과 다를 것이 없으며, 자아는 극심한 병리적 분열증상에 처할 수밖에 없다.

이밖에도 이병덕은 자기 무력화 전략self handicapping strategy을 새롭게 제시한다. 이에 따르면 자기기만 상태의 사람은 자신의 판단과 반대되는 증거가 있음에도 불구하고 욕망이나 두려움과 같은 여러 가지 심리적 이유로 인해 자신의 판단능력을 무력화시킴으로써 자기기만에 빠진다. 예를 들어 평소에는 충분히 합리적으로 상황을 판단하던 사람이 평정심을 잃고서 사태를 그르치는 경우가 그러하다.(이병덕, 「슈메이커, 이차믿음, 그리고 자기

기만」,『철학연구』제57집, 철학연구회, 1999) 자기 무력화 전략은 앞에서 보았
던 본질주의적 해석과 크게 다르지 않아 보인다. 이 전략에는 무력화 이전
과 이후를 포괄할 수 있는 절대적 가치 판단의 기준이 초월적으로 설정되
어 있다. 그러나 만약 많은 사람들이 제시된 초월적 기준에 공감하지 않는
다고 한다면 무엇이 자기기만인지가 모호해질 우려가 있다.

위에서 제시한 모델들로서 자기기만 현상을 충분히 이해할 수 없다고 한
다면 다른 가능한 대안은 무엇일까? 대안을 모색하기 위해서는 자기기만
이 후회나 위선과 어떻게 다른지를 검토해볼 필요가 있다. 후회와 달리 자
기기만에서는 속는 자아가 전제된다. 영조가 사도세자를 죽인 것에 대해
자기기만의 감정을 느끼려면 후회와 더불어 속는 자아가 가정되어야 한다.
그러나 실제로 속이는 주체와 속는 대상이 같다고 한다면 자기기만의 역설
에 빠지게 되므로 그러한 경우는 논리적으로 불가능하다. 그렇다면 역설적
인 논리적 모순에 처하지 않기 위해서는 속이는 자아와 속는 자아 사이에
간극이 주어져야 한다.

상상된 자아가 자기기만의 역설 문제를 푸는 데에 중요한 열쇠라고 생각
된다. 상상력에 의해 자아의 영역이 허구적으로 확장됨으로써 속는 자아와
속이는 자아 사이에 충분한 간극이 주어질 수 있다. 구체적으로는 자신이
처한 사실에 반하는 허구를 구성함으로써 자아는 중층적으로 확장되며, 그
러한 확장 과정에서 자기기만의 감정이 생겨난다. 자기기만의 감정은 사실
적 자아와 반사실적 자아가 뫼비우스 띠처럼 연결됨으로써 생겨난다.

상상력은 반사실적 자아를 만들어낸다. 이미 지나가버린 일에 대하여 반
사실적 자아를 상상할 수 있다. 갈등, 유혹, 억압, 망각 등에서 빚어진 과거
의 일에 대해 반사실적 자아를 가정하게 되면 자기기만의 감정이 발생한
다. 물론 후회 역시 반사실적 상황을 가정하지만, 자기기만의 감정에서는

반사실적 자아를 아주 생생한 것으로 가정한다는 점에서 후회와 다르다. 후회가 과거의 잘못을 과거의 것으로 인정하는 것이라면, 자기기만의 감정은 과거에 잘못을 그 당시에 범하지 않을 만큼의 동인이 자기에게 실제로 있었다고 상상한다. 이것은 반사실적으로 가정된 자아를 마치 실제인 것처럼 여기는 상태이다. 가령 영조가 현실 정치적 상황에서 노론의 유혹적 참소를 받아들여 사도세자를 뒤주에 가두어 죽인 경우를 보자. "만약 시간을 돌이킬 수 있다면 사도세자를 죽이지 않았을 텐데"라고 영조가 반사실적 가설을 취한다면 현재적 관점에서의 후회에 해당한다. 그러나 영조가 자기기만의 감정을 느꼈다면 후회에서 나아가 "당시에 내가 사도세자를 죽이지 않을 만큼의 충분한 신념을 가지고 있었노라"고 회상할 것이다. 이와 같이 자기기만의 감정을 느끼는 영조는 "죽이지 않으리라는 충분한 신념"을 가진 반사실적 자아를 과거의 사건 속에서 상상적으로 주조해낸다. 영조는 본래 자신이 사도세자를 죽이지 않을 만큼의 충분한 신념을 가졌노라고 가정하면서 반사실적 자아를 확인함과 동시에 노론의 유혹적 참소에 동조하고 만 사실적 자아도 인정한다. 영조는 이렇게 반사실적 자아와 사실적 자아를 대비적으로 연계시키면서 자기기만의 감정을 토로한다.

그러면 자기기만의 감정이 발생하는 경로를 정리해보자.

(1) 갑이 갈등, 유혹, 억압, 망각 등에 의해 본래의 신념에서 벗어난 행위를 한다. (신념 주변의 다양한 현실적 조건)
(2) 갑이 "만약 다시 그 당시로 돌아간다면 그렇게 하지 않을 것"이라고 후회한다. (현재적 관점에 기초한 반사실적 가정)
(3) 갑이 "그 당시에 이미 나에게 그렇게 하지 않을 만큼의 충분한 의지가 있었다"고 추론한다. (과거에 기초한 반사실적 자아의 가정)

자기기만의 감정에서 보자면 인간은 자신의 신념에 대한 충분한 확신이 있음에도 불구하고 추론 과정에서 다른 선택을 할 가능성이 많다는 것을 알 수 있다. 자신의 삶 주변에 갈등, 억압, 망각의 기제가 있을 경우 후회를 하며, 더욱 심한 경우에는 반사실적 자아를 가정함으로써 자기기만의 감정을 느낀다. 자기기만의 감정을 느끼는 자아는 예전에 사건이 발생할 당시에 이미 자기 신념 중에 그렇게 하지 않을 의지가 충분히 있었노라고 가정한다.

자기기만의 감정에서 가정되는 반사실적 자아는 고도로 추상적인 자아라는 측면에서 본다면, 본질주의자들이 가정하는 참된 자아의 개념이 사실은 반사실적 자아를 추상적으로 가정한 것임을 알 수 있다. 반사실적 자아는 행위를 하는 구체적 시간상에 존재하지 않고 오직 추상적 가상에만 존재한다. 인간의 상상력이 과거의 사건을 이미 고정된 것으로 두지 않고, 과거의 사건 당시로 거슬러 올라가서 신념을 수행할 만큼의 충분한 조건들을 재구성하려고 한다. 물론 시간이 불가역적이므로 지나간 사건을 실제로 돌이킬 수 없음은 자명하다. 그러한 점에서 자기기만의 감정에서 등장하는 반사실적 자아는 수행 가능성이 매우 높은 의지를 가졌다고 가정됨에도 불구하고 실제로는 수행하지 못했다는 점에서 의사현실적 자아quasi-factual self라고 명명해도 좋을 것이다. 의사현실적 자아는 본질주의자들의 철학에서 본질 개념을 구성하는 것이나 영화나 연극 등에서 허구적 의사현실을 창조하는 데에서 보인다. 인간은 반사실적 자아나 의사현실적 자아를 가정함으로써 자아 이해의 폭과 깊이를 확장해왔다. 이와 같은 이유로 허구를 다루는 문학자들은 마치 현실과도 같은 시나리오를 구성함으로써 관객들을 허구의 세계로 초대함으로써 감정과 추론의 폭을 확대시켜준다.

우리는 영화에서 악당이 나오면 혐오하는 감정을 가질 것이다. 만약 그

장면이 정말 실제라고 생각한다면 악당과 싸우기 위해 스크린으로 뛰어나가거나 아니면 악당을 피하기 위해 영화관을 뛰쳐나가야 할 것이다. 그러나 우리는 영화가 물리적 사실이 아니라 허구적 사실임을 알기 때문에 그대로 계속 감상할 수 있다. 월튼에 의하면 허구는 소설, 영화, 연극, 인체하는 게임games of make-believe 등과 같이 실제로 존재하지 않는 줄 잘 알면서도 실제인 것처럼as though 여기려는 생각이다. 허구적 세계와 사실적 세계는 분명 다르다. 우리는 허구적 세계의 로빈슨 크루소를 구할 수 없다는 사실을 잘 안다. 그렇지만 허구의 세계를 그 자체로 허구적 진리들의 집합으로서 이해할 수 있다. 로빈슨 크루소가 허구적 세계에 존재한다는 사실은 단지 로빈슨 크루소가 존재한다는 것이 허구적이며, 이러한 허구적 진리가 허구적 진리들의 집합에 속한다는 사실에 해당한다.(Kendall L. Walton, "How Remote Are Fictional Worlds from the Real World?", The Journal of Aesthetics and Art Criticism, Vol.37, Blackwell Publishing, 1978)

인간은 반사실적이고 의사현실적인 자아 개념을 구성할 수 있으므로 영화를 보고서 허구인줄 알면서도 그것이 현실보다도 더 현실적인 것으로 느끼면서 웃기도 하고 눈물을 흘리기도 한다. 마찬가지로 반사실적이고 의사현실적인 자아가 마음의 추론 과정에서 생성되기 때문에 자기기만의 감정도 생겨난다. 오델로가 이아고의 계략에 빠져 자신의 사랑하는 부인 데스데모나를 죽이지만, 그것이 계략이었다는 사실을 안 다음에 "사실은 사건 당시에 죽이지 않을 의지가 나에게 충분히 있었노라"고 자책하면서 자기기만의 감정이 극에 달해 칼로 자결했다고 해보자. 이것이 바로 오델로의 의사현실적 자아가 현실적 자아로 하여금 자결할 만큼 강한 자기기만의 감정을 불러일으키는 경우다. 노안 철누는 "순희와의 사랑이 가장 순수하고 완전한 것이었으며 그 당시에 순희와의 사랑을 지속시킬 의지가 나에게 충분히 있었노라"고 상상함으로써 더 이상 현실에서 다른 여성과 사랑에 빠지지 못한다. 철수가 반사실적으로 가정한 의사현실적 자아가 현실적 자아를 감독하므로 철수는 더 이상 다른 여성과 사랑에 빠지지 못한다. 이와 같이 오델로나 철수가 구성한 반사실적 자아처럼, 만약 우리가 연극이나 영화를 통해 오델로의 자살과 철수의 기나긴 푸념을 관람한다면 그것들이 전혀 사실이 아닌 줄 잘 알면서도 눈물을 흘릴 것이다. 관람자는 그러한 허구적인 극을 보면서 반사실적 자아 혹은 의사현실적 자아를 가정함으로써 현실보다도 더 현실적인 그러나 고도로 추상적인 눈물을 흘린다.(정용환)

〈참고문헌〉

● 김성윤, 「영조대 중반의 정국과 '임오화변' : 임오화변(사도세자 폐사사건)의 발생원인에 대한 재검토를 중심으로」, 『역사와 경계』, 제43집, 부산경남사학회, 2002.

● 김세화, 「감정에 대한 인지주의와 그에 대한 수정」, 『철학』, 제84집, 한국철학회, 2005.

● 김세화, 「허구에 대한 감정과 래드포드의 퍼즐」, 『철학연구』, 제57집, 철학연구회, 2002.

● 이병덕, 「슈메이커, 이차믿음, 그리고 자기기만」, 『철학연구』, 제47집, 철학연구회쪽, 1999.

● 이찬, 「지행문제의 도덕심리학적 이해: 주희의 自欺와 眞知에 대한 관점을 중심으로」『철학』 제99집, 한국철학회, 2009.

● 임일환, 「감정과 정서의 이해」, 『감성의 철학』, 민음사, 1996.

● 정용환, 「아크라시아 혹은 방심: 플라톤, 아리스토텔레스, 유가」, 『동서철학연

구』, 제52집, 한국동서철학회, 2009.

● 주희, 『경서經書』(大學章句.論語集注.孟子集注.中庸章句), 성균관대학교 대동
문화연구원, 1971.

● 하병학, 「자기기만의 현상학」, 『철학과 현상학 연구』, 제21집, 한국현상학회,
2003.

● de Sousa, Ronald, *The Rationality of Emotion*, The Massachusetts
Institute of Technology, 1987.

● Husserl, Edmund, *Cartesianische Meditation und Pariser Vorträge*,
& Fink, Eugen, Ⅵ *Cartesianische Meditation*, Netherlands: Kluwer
Academic Publishers, 1988 ; 에드문트 후설 · 오이겐 핑크, 이종훈 번역, 『데
카르트적 성찰』, 한길사, 2002.

● Johnson-Laird, Philip, *How We Reason*, Oxford University Press, 2008.

● Rawls, John, *Political Liberalism*, Columbia University Press, 1993 ; 장동진
번역, 『정치적 자유주의』, 동명사, 1998.

● Walton, Kendall L., "How Remote Are Fictional Worlds from the Real
World?", *The Journal of Aesthetics and Art Criticism*, Vol. 37, Blackwell
Publishing, 1978.

고통, 말할 수 없는 것

1. 사복은 말하지 않았다

고통을 말하기 전에, 저기 먼 곳『삼국유사』에 실린 한 편의 이야기를 옮겨 본다. 사복은 어머니가 죽자, 그를 찾아온 원효에게 "그대와 내가 옛날에 경을 싣고 다니던 암소가 이제 죽었으니 함께 가서 장사지내는 것이 어떻겠는가?"라고 묻는다. 이에 응한 원효는 사복의 어머니의 시체 앞에서 이렇게 빌었다. "나지 말지어다, 그 죽음이 괴롭도다. 죽지 말지어다, 그 삶이 괴롭다". 그러자 사복은 그 말이 번거롭다고 하고, 다음과 같이 고쳐 말했다. "죽는 것도 사는 것도 다 괴롭다". 그런 후에 사복은 어머니의 시체를 지고 땅 아래 연화장의 세계로 들어갔다.(일연,『삼국유사』, 권제4 제5 의해義解편)

사복이 어머니를 잃은 고통은, 아무리 원효 '대사'라고 해도, 그 고통의 마음까지 헤아릴 수는 없었을 것이다. 어머니의 시체 앞에서 원효의 말은 차라리 수식에 가까웠으리라. 그것은 사복의 고통을 전혀 위로해주지 못했을 것이다. 사복은 원효에게 짧막한 마지막 말을 남겨두고, 어머니의 시체를 직접 짊어진 채 땅 속 깊이 걸어 들어갔다(여기에서 사복의 효심을 읽는다면 너무 단순한 읽기가 될 것이다. 이 이야기는 물론 효선孝善편에 실리지 않았다).
어머니의 시체 앞에서 사복의 이 침묵의 말은 말할 수 없는 고통의 크기를
대신 전해주고 있다. 사복이 느낀 고통의 크기는 직접 어머니의 시체를 매
고 땅 속 깊이 들어갔을 때에야 겨우 헤아릴 수 있는 것. 그럼에도 타인의
고통을 느낄 수 있고, 말할 수 있고, 그것에 대한 공감과 연대가 가능할까.
사복의 이야기는 그것이 불가능하다고 말하고 있는 듯하다. 그러나 태어날
때부터 말하지도 못하고 일어서지도 못하던 사복(그래서 붙여진 이름이라 한
다)이 죽음 직전에 남긴 몇 마디의 말, 차라리 침묵이라 해도 좋을 몇 마디
의 말과 그의 기이한 몸짓으로부터 어떤 울림이 전해진다. 아니, 어떤 울림
은 사복의 침묵에서보다, 앞서 말하기를 그친 어머니의 시체에서 흘러나오
고 있다.

어느 시대에나 누구에게나, 고통은 있었고, 지금도 있다, 앞으로도 있을
것이다. 그런데 인간존재의 역사만큼 오래되었고 누구나 느끼는 감정인 고
통은, 근대 이후 새로운 각도에서 조명되길 요청받고 있다. 1, 2차 세계대
전, 히틀러와 스탈린의 독재, 히로시마 원자폭탄 투하, 아우슈비츠의 유대
인학살, 중국의 문화혁명, 캄보디아의 킬링필드 등 세계사적 사건의 한순간
한순간을 겪어 왔던 사람들에게 고통은 그저 그런 '아픔'을 가리키는 말이
아니게 되었기 때문이다. "20세기 전체주의의 역사는 한마디로 말해 우리
가, 즉 문화 내에서 형성된 동일성의 집단(민족·국가, 나아가 파시스트 집단, 나
치 집단, 공산주의 집단)이 그 자연적(또는 '동물적') '우리'를 무시했을 뿐만 아
니라 그 '우리'를 살해해 온 역사"(박준상, 「환원 불가능한 (빈) 중심, 사이 또는
관계-타자에 대하여」, 『빈 중심』, 그린비, 2008)로 기억된다. 근대 이후 인간존재
의 고통은 20세기의 역사의 배면에 자리한 조직화된 전체주의적인 폭력성
과 밀접한 관계가 있으며, 그것은 역사 속에서 '우리' 자체가 철저하게 파괴

되었다는 사실이 주는 고통이다. 이에 비추어 볼 때, 인간존재의 고통은 정신분석학적인 방법으로 간단하게 치유할 수 없는 것이며 일반적이고 보편적인 감정으로 처리될 수 없는 '어떤 특수한 것'이다. 이제 인간의 고통은 정치적, 윤리적, 인간적인 측면에서 조명되어야 할 복잡한 문제인 것이다.

지금 여기에서 우리를 살해해온 고통의 역사를 온전하게 드러낼 수 있을까. 역사 속에서 겪었던 인간의 고통과 상처를 사실 그대로 증언하는 것이 가능할까. 역사적 사건에 대한 구체적이고 솔직한 증언도 결국 역사적 체험을 떠올리는 시간대를 비집고 들어오는 상상력에 의해 사후적으로 굴절, 변형, 재구성된 기억일 수밖에 없다면, 또 역사의 그늘 어딘가에 묵묵하게 거주하고 있을 역사적 고통은 누구의 손끝과 목소리에 의해 기록되고 증언되느냐에 따라 그 실체가 왜곡될 가능성이 늘 잠재되어 있는 것이라면, 우리 앞에 놓인 이 물음은 결코 사소한 것이 아니다. 바로 이런 이유 때문에 고통을 주었던 역사와 그 속에서 살아왔던 사람들의 구체적인 삶을 드러내어 묻혀 있던 고통의 흔적을 비추는 다양한 연구들이 절실하게 요청되어온 것이다.

그러나 한 개인이 겪은 고통의 역사적, 사회적, 정치적 맥락을 다 드러낸다고 해서 개개인들이 처한 고통의 크기를 가늠할 수 있는 것은 아니다. 동일한 조건 하에서 비슷한 경험을 했다 해도, 사람들은 그것을 동일한 방식으로 느끼거나 구조화하지 않는다. 고통의 크기와 강도는 무한한 '차이'를 갖기 때문에 '나'의 고통이 '너'의 고통이 될 수 없을 때가 많으며, 나와 너의 고통이 하나의 공감대를 형성하여 '우리'의 고통으로 이전되는 것도 쉽지 않다. 또 역사 속의 고통은 수동성보다 더 수동적인 경험, 즉 우리의 선택 없이 이미 '주어진 것'이다. 레비나스의 말대로 이 "쓸모없는 고통"을 스스로 원하는 사람은 아무도 없을 것이다. 고통은 스스로 원하기도 전에 이미 '나'에게 주어진 것이며, 거기에 '나'는 벗어날 수 없는 상태로 묶여 있다(E. 레비나스, 강영안 역, 「고통과 죽음」, 『시간과 타자』, 문예출판사, 2001). 그리고 고통은, 언어 이전에 있는 것이며 또 언어를 초과하여 존재하기 때문에 어떤 말로도 재현할 수 없는 것, 즉 '말할 수 없는 것'이다. 아픔과 괴로움을 모두 말할 수 있다면—그것을 언어로 번역할 수 있다면, 그래서 고통의 흔적을 남김없이 가시화할 수 있다면—, 그것은 이미 고통이 아닐 것이다. 이처럼 고통은 언제나 이미 주어져 있는 것, 투명한 언어로 재현될 수 없는 '그 무엇'이다.

이것이 인간의 고통을 쉽게 말할 수 없는 이유이며 지금 여기에서 더욱더 말해져야 하는 이유이다. 역사적 기억과 고통을 완전하게 증언할 수 없다는 것을 필연적인 한계로 인식하는 가운데, 한편 역사적 고통이 '기억의 정치'에 의해 견인되어 왜곡될 수 있는 가능성을 경계해야 할 것이다. 나치즘의 시대를 '히틀러시대'로 주로 묘사하면서 홀로코스트의 비극을 히틀러 개인의 문제로 환원시키려 했던 예와 같이 기억의 조작, 정치적 신화의 창조, 집단적 기억의 망각과 왜곡, 부인, 조작의 정치(이삼성, 『20세기의 문명과 야만』, 한길사, 2006)와 거리를 두면서 역사 속의 고통을 애써 말하려고 하는 태도가 필요한 것이다.

이러한 어려움을 곁에 두고 이 글에서는 작가 김승옥, 서정인, 이청준의 소설에 들어있는 역사적 기억과 고통에 관한 단상斷想을 읽어본다. 이들의 소설은 각기 다른 빛깔과 목소리로 제주 4·3, 여순사건, 한국전쟁, 4·19와 5·16, 유신체제, 5·18 등 역사적 경험에 대한 기억을 반복해서 써 왔다. 하지만 이들의 소설 속에 들어 있는 역사적 기억에 관한 진술들은 작가가 유년시절에 겪은 여순사건과 한국전쟁 등의 역사적 경험을 그대로 전하고 있는 것이 아니라 유년의 경험과 60년 이후에 겪는 4·19와 5·16, 유신체제, 5·18 등 직간접적으로 경험한 역사적 기억이 서로 뒤섞이는 가운데 이루어진 것이어서 역사적 경험에 관한 사후적인 분석과 해석에 해당한다. 역사적 경험이 소설로 옮겨지는 과정, 그 시간적 지연에 의해 역사적 사실성은 이미 적지 않게 '변형'되어 있다. 또 소설 속의 진술은 작가 자신의 직접적 경험은 물론 타인의 경험에 대한 해석을 포함하고 있어서 자서전적인 진술도 아니고 역사적 사건에 대한 직접적인 증언도 아니다. 그러므로 역사적 기억에 관한 작가의 진술은 개인의 구체적인 경험이나 역사적인 사실과 똑같을 수 없다. 그런데 끊임없이 고통을 소설의 문제의식으로 변주하여 고통의 경험을 '향유'하는 이들의 소설은 흥미롭게도 90년대를 전후하여 활발하게 전개된 증언채록과 구술사연구 등에 의해 밝혀진 내용과 겹치는 부분이 적지 않다는 점이다. 이로 미루어 볼 때, 상상력에 의한 문학적 글쓰기가 역사적 진실과 고통의 기억을 말하는 자리에서 크게 동떨어진 일이거나 아주 무의미한 일만은 아닐 것이라고 생각된다.

그러면, 역사적 기억에 대해 문학은 말할 수 있는가. 이 질문은 '그렇다', '아니다'라는 선택적인 대답을 듣기 위한 것이 아니다. 또 역사적 사실에 대한 문학적 재현의 충실도를 따지기 위한 것도 아니다. 이 질문의 숨은 뜻은 애초에 역사를 사실 그대로 증언할 수 없는 문학에서 역사적 기억을 말한다는 것이 무슨 의미를 지닐 수 있는지를, 달리 말해 그동안 문학 나름대로 역사적 기억에 대해 말해왔다면 무엇을 어떻게 말해왔는지를, 즉 문학이 역사적 기억에 대해 말해온 내용과 그 방식에 관해서 다시 생각해보기 위해 던지는 질문이다. 역사적 기억을 사실 그대로 말할 수 없는 처지에 놓여 있는 문학의 자리에서 던지고 있는 이 물음은 역사적 기억과 그 안에 담긴 인간존재의 고통을 말함으로써 역사 속의 고통이 어떻게 만들어졌는지, 도대체 왜 우리는 거기에서 고통을 느껴야 했는지, 나아가 그것은 왜 지금까지도 반복되고 지속되고 있는가라는 문제의식까지를 포함한다. 따라서 이러한 문학적 물음은 아무런 생각 없이 고통의 역사를 받아들인다는 것을 의미하지 않는다. 문학이 역사적 기억과 인간의 고통에 대해 말한다는 것은 이미 주어진 사건으로서 역사와 거기서 겪은 고통의 실체가 무엇이었는지를 되묻고, 역사적인 고통이 왜 어떻게 지금까지 지속되고 있는지를 추적하면서, 역사의 우울한 궤적과 그 이면을 적절한 거리를 두고 부조 浮彫하기 시작했다는 것을 의미한다.

2. 침묵의 증언

역사적 기억을 말하는 데에 있어서 "한 사람의 죽음"은 가장 논쟁을 일으키는 부분이다. 이들의 소설 속에서도 역사적 경험은 '죽음'에 관한 기억이 그 중심점을 차지하고 있다. 유년시절 역사의 현장에서 마주한 죽음은 어떠한 장면으로 그려지고 있는지를 읽어보자.

> 한 사람이 땅바닥에 손발을 쭉 뻗고 엎드려 있었다. 얼굴은 이쪽으로 향하고 있고 땅바닥에 한쪽 볼이 처박혀 있는데 마치 정다운 사람과 얼굴을 비비는 형상이었다. 눈은 감겨져 있었다. 머리맡에 총이 떨어져 있고 허리에 찬 보따리가 풀어져서 그 속에 쌌던 밥이 흘러나와 땅에 흩어져 있었다. 가죽끈으로 구두를 다리에 칭칭 얽어매어서 신을 신고 있다기보다는 신을 다리에 붙들어 매어놓은 듯했다. 길게 자란 수염과 헝클어진 머리칼, 그리고 다 해진 옷, 가슴에서 삐죽이 수첩이 내밀어져 있고 그 가슴에서 피가 흘러나와서 땅속으로 스며들어 있었다. 아직 완전히 마르지 않은 피에서인지 짜릿한 냄새가

가볍게 공중으로 퍼지고 있었고, 그렇다고 생각하고 있는 내게 그때 마침 불어오는 바람 때문에 시체의 머리칼이 살살 나부끼는 것이 보였다.(「건」)

군인들은 이틀 전, 비켜, 하고 총질을 해대던 군인들과 똑같은 군대였다. 똑같은 철모, 똑같은 군복, 똑같은 소총, 똑같은 낯짝, 그들은 북쪽으로 이동했다. (…)벗은 장정들이 손들을 뒤로 묶이고 굴비두름처럼 줄줄이 엮여서 군인들에게 끌려나갔다. 드르륵 드르륵 총소리들이 간단없이 들려왔다. 그들은 경찰관 옷과 금테모자를 쓴 사람이 군인들과 섞여서 사이좋게 설치는 것을 보고 세상이 또 한 번 뒤집힌 것을 깨닫기 시작했다. 그는 배가 고팠다. 아침나절에는 그럭저럭 구경거리도 많고 해서 배고픈 줄 몰랐는데, 점심때가 겹치자 차츰 지루하고 허기가 지기 시작했다. 그는 머리가 텅 비어서 아무것도 알 수 없었다. 처음에는 죽는 사람들은 물론 죽이는 사람들도 들뜨고 격했는데, 나중에는 차츰 죽이는 사람들은 물론 죽는 사람들도 허리가 아프고 놀이가 시들해졌다.(「무자년의 가을 사흘」)

발 하나를 몹시 절뚝거리고 있었어. 게다가 가까이서 보니 녀석은 두 눈마저 이미 시력을 잃고 있는 것 같았어. 오른쪽 눈은 눈두덩이 두껍게 부어올라 이미 뜰 수조차 없게 되어 있었고, 피가 흐르고 있는 왼쪽 눈은 그 피로 범벅이 된 눈두덩 털 때문에 형체조차 잘 알아볼 수가 없었어. 피는 눈에서 흐르는 것 뿐 아니었을 거야. 녀석의 머리통 부근과 탐스럽던 털의 이곳저곳에까지 붉은 핏자국들이 번져 있었어. 비를 맞아 그게 더 낭자했지.(「개백정」)

'소년(들)' 앞에 있는 빨갱이의 시체는 "마치 정다운 사람과 얼굴을 비비는" 것처럼 누워있는 땅 위의 시체일 뿐, "탱크를 닮은 괴물도 아니고 그리고 그때 시체 주위에 둘러선 어른들이 어쩌면 자조까지 섞어서 속삭이던 돌덩이처럼 꽁꽁 뭉친 그런 신념덩어리도 아니었다."(「건」) 거기에서 소년은 "경찰들이 헤쳐 놓은 앞가슴 밑에서 엉망진창으로 찢겨진 배를 보았고, 거기 핏덩어리들 속에서 급히 씹어 넘긴, 아직 소화되지 않은 사과 조각들을"(「재룡이」) 본다. 그리고 차례대로 쓰러지는 사람들의 죽음이 지루할 정도로 반복되는 그곳에서, 똑같은 차림의 군인들이 번갈아가면서 마을사람들을 총살하다가 이제 또 한 차례 세상이 바뀌어가고 있음을 "소년은 가슴으로 겪는다."(「무자년의 가을 사흘」) 이들 소년의 눈에는 이유 없이 쫓고 쫓기던 사람들의 죽음이 개가죽 공출에 의해 죽어나갔던 개들의 신세나 다를 것이 없어 보였다.(「개백정」)

어떤 사람(들)의 죽음, 그것은 무슨 사상과 이념에 의한 것인지에 대해서 아무런 설명도 해주지 않은 채 소년들의 눈앞에 던져진 그 무엇이다. 소년들이 기억하는 사람들의 죽음은 어느 날 갑자기 주어진 것, 아무런 해석 없이 겪게 된 것, 그래서 개들의 죽음이나 하나도 다르지 않게 보였다. 물론 소설 속의 화자가 '소년'이라고 해도, 이 소년의 시점이 절대 순수한 역사적 사실을 대변하는 것일 수 없다. 여기에서 중요한 것은 이들의 소설이 소년의 눈을 빌어, 현장자체를 구체적으로 보고하는 르포형태와 다른 방식으로 말하고 있다는 점이다. 그러한 점을 읽기 위해서 당시에 나온 몇몇 다른 기록들과 비교해볼 필요가 있다.

먼저 그들의 죽음은 사건 당시에 쏟아져 나온 사진과 신문보도 자료, 르포, 보고서 등에서 생생하게 기록되고 있다. 하지만 그곳에는 "한 인간이 죽었다"는 사실이 사건을 증거하는 자료로 처리되어 있을 뿐이다. 사망자의 수치를 낱낱이 기록한 통계표에도, 전역을 뒤덮은 푸른 연기를 한국전쟁의 리얼한 기록사진에도, 한 인간이 겪은 고통의 부피와 죽음의 실상은 삭제되어 있다. 수전 손택이 말한 것처럼 기록사진들은 역사적 사실을 숨김없이 담아내고 있는 듯이 보일 뿐 오히려 이미지의 증식과 범람으로 인해 잔혹한 실상을 보지 못하게 하고 타인의 고통을 떠올리지 못하게 한다(수잔 손택, 이재원 역, 『타인의 고통』, 이후, 2007). 이와 다른 한편에서는 그들의 죽음을 "폭력", "살해", "반란" 등의 표현을 써서 수사학적으로 과장하는 '재현의 정치'가 이루어졌다. 1948년 여순사건 당시에 나온 신문보도 자료들은 "반란"을 "곧 폭력"으로 재현하면서 대한민국의 민족국가성과 근대국가성을 현시하는 토대를 마련하였던 것이다(임종명, 「여순사건의 재현과 폭력」, 『한국근현대사연구』, 제32집, 한국근현대사학회, 2005). 임종명의 논의를 더 따르면, 당시 신문들은 여순반란을 '폭력과 파괴의 생지옥을 낳은 반란'으로 재현하여 그 폭력성을 부각시키고 정치적 통계술 또는 산술 등 수량적 재현을 최고도로 발전시켜 궁극적으로 남한사람을 규율된 대한민국 국민으로 변형하는 데에 기여한 것이다. 따라서 기록사진과 보도자료는 한 사람이 죽었다는 사실을 구체적으로 보여주는 가운데 그것을 특정한 담론이 지배하는 장으로 견인하는 매개물이었다. 죽음에 대한 '초과' 혹은 '결핍'의 형태를 띤 기록들은 이미 특정한 해석을 부여하여 새로운 담론으로 편입시키는 준비 작업이었다고 할 수 있다.

이에 비추어 볼 때 소설 속에 그려진 한 인간의 죽음은 다른 느낌을 준다. 소설 속에서 당시 사람들의 죽음은 빈집에 내던져진 빨갱이의 시체(「건」), 빨갱이를 죽이고 돌아오는 길에 총살당한 사내(「재룡이」), 총살형을 당하는 사람들 앞에서 '배고픔'과 '지루함'을 "겪는" 소년의 몸(「무자년의 가을 사흘」)을 통해서 말해지고 있는데, 이들의 말은 구체적인 증언에서도 들을 수 없고 리얼한 사진이미지로도 붙잡을 수 없는 것이다. 이들의 말은 익명의 사람들이 마지막으로 남긴 침묵의 고통, 음절을 상실한 신음소리와 비명소리를 전해준다. 이와 같이 문학은 시체들의 마지막 말을 통해서 침묵할 수밖에 없고 침묵해야만 했던 역사적 고통을 말해준다.

문학적 사유는 익명의 존재들이 남긴 이 침묵의 말, 바로 거기에서 시작된다. 시체들은 소년들에게 어떠한 말로도 옮길 수 없는 막연한 감정들(혼란, 지루함, 공포 등)을 남겨 주었다. 시체들이 던져준 감정들은 역사가 남겨준 고통이 대체 무엇이었는지를 생각하도록 촉구하고, 눈앞에 놓인 세계가 도대체 어떤 곳인지를 탐색하도록 강요하는 정신적 충격으로 자리하게 된다. 시체, 붉은 피, 터진 내장, 찢긴 옷, 벌거벗긴 몸은 어떤 말로도 말할 수 없는 구체적인 역사적 '사실'이면서 어떤 방식으로도 풀 수 없는 역사의 '암호'였던 것이다. 이 사실이면서 암호인 죽음은 "뒤에 선 사람의 얼굴을 볼 수 없는 그 무시무시한 전짓불"(「소문의 벽」)과 좌우익이 극심하게 대립하던 시기에 마을 앞의 포구에 주저앉은 '침몰선'처럼("그 배에 관해서 확실하게 알고 있는 사람이 아무도 없을지 모른다는 것과, 또 그 모습이 늘 달라지고 있다는 것"(「침몰선」)), 역사적 진실을 안고 있는 '상형문자'이자 드러나지 않는 세계의 이면을 성찰하게 하는 '기호'(들뢰즈)로 각인된다(서동욱, 『차이와 타자』, 문학과지성사, 2001).

역사 속에서 있어왔던 숱한 사람들의 죽음과 고통은 어떠한 말로도 표현할 수 없는 것, 어떠한 관념으로도 표상할 수 없는 것이다. 그러나 이들의 소설은 명료하게 설명되지 않는 그 '무엇', 단면으로 파악될 수 없는 정체불명의 '다면체'와 같은 역사적 경험에 대해서 분석하고 해부하는 것을 진중한 문제의식으로 껴안는다.("송장만큼 살인사건을 고함 지르는 사람이 어디 있겠냐? 머리털도 말하고, 손톱도 말하고, 오장육부도 말하고, 살도 뼈도 배설물도 다 말하고, 누워 있는 위치, 시간도 말을 한다."(「치과의사의 죽음」)) 따라서 이들의 소설에 등장하는 주인공들이 종종 우울, 광기, 이명耳鳴, 분열증, 진술공포증을 잃는 이유는 그들이 겪었던 역사적 트라우마가 문자언어로 표현될 수 없는 것, 즉 언어적 표현을 초과하는 극단의 경험이었기 때문이라고 할 수 있다.

이들의 소설에서 역사적인 기억과 고통은 아무것도 할 수 없게 쓸모없이 되어버린 시체들의 마지막 말, 그들이 남긴 침묵의 소리를 통해 전해진다. 살아 있으면서도 죽어 있는 자 혹은 죽어가는 자와 같은 반半인간들, 시체 혹은 유골상자와 같은 비非인간들이 역사가 남긴 고통의 경험을 말한다. 그것을 받아 적는 소설은 달리 말해 역사적 기억에 대한 빈틈없는 사실적 증언(이기를 원하는 것)이 아니라 종이 밖에 있는 "망명자들의 손상된 삶"의 고통을 망각하지 않으려고 애쓰는 절망적인 기록에 가깝다(T. 아도르노, 최문규 역, 『한줌의 도덕』, 솔, 2000). 이로써 이들의 문학은 역사적 사건과 인간의 고통이 왜 쉽게 증언될 수 없으며 또 그렇게 되어서도 안 되는가라는 더 큰 망설임을 준다. 따라서 역사적 기억에 대해 문학은 말할 수 있는가, 이들의 문학 안에서 던지고 있는 이 물음은 곧 역사적 기억과 인간의 고통을 왜곡되지 않게 담아내는 일이 그만큼 어렵다는 것을 호소하는 문학의 윤리성을 함축한 질문이고, 한편 그것을 '기억의 정치'에 의해 견인되는 것을 거절하는 문학의 정치성을 현시하는 지점이다.

3. "인간이라는 사실에 대한 부끄러움"

"반란" 이후 곧바로 이어진 전쟁은 그것 자체의 경험보다 더욱 비참한 결과를 가져다주었다. 반란의 혼돈상태가 채 가시기도 전에 일어난 전쟁은 한 인간의 몸에 지울 수 없는 상처 자국을 새겼다.("폭음이나 저 철벅거리는 소리를 듣지 않으면 안 될 운명 속에 있는 것 같았다." "그러나 어쩔 것인가. 그 두 소리가 듣지 싫으면 죽을 수밖에 없는 것을!"(「빛의 무덤 속」)). 그것을 단지 시국 탓으로 돌리는 방식으로는 역사의 숨은 얼굴을 제대로 들여다볼 수 없다. 그러므로 이들의 문학은 다시 상처자국을 불러내어 그것에 대한 진지한 분석을 시도한다.

총알이 어떻게 성질이라는 바람을 찢어놓을 수 있단 말인가. 그런데 시국 탓이라니! 그렇다면 시국은 총알을 가리키는 것이 아니었던가? 뭐가 뭔지는 잘 모르겠으나, 하여튼 속에 든 것이 많은 사람들이 지도자가 되어 패를 나눠 가지고 총을 쏘고 하는 게 시국이 아니란 말인가? 눈에 보이지 않는 성질이란 것도 이 사람한테서 빼어 저 사람에게 옮겨놓고 저 사람 성질은 이 사람 머릿속으로 옮겨놓을 만큼 무서운 능력을 가진 괴물이 시국이란 말인가? 성필이 아부지는 전쟁이란, 난장판이란 말과 같은 뜻인가보다고 말했지만, 그렇다면 시국이란 하나님을 가리키는 요샛말인가?(「재룡이」)

그는 결국 친구도, 한 마을 이웃도 아니었다. 핏줄을 함께한 동족도 아니었고, 청색주의에 맞서고 있는 흑색주의의 평등주의자도 아니었다. 무엇보다도 그는 동준과 두 발로 삶을 함께하고 있는 인간이 아니었다.(「숨은 손가락」)

폭도들이 이기면 혼란이 왔고, 반동 두목이 이기면 독재가 왔다. 둘 다 악이었다. 맞붙었을 때 이미 어느 쪽이든 이기면 악이 되게 되어 있었다. 싸움은 악을 만드는 악이다."(「국경수비대」)

반란과 전쟁이 준 경험은 한 사람의 눈빛도, 몸짓도, 심지어 영혼이나 넋을 바꿀 만큼 잔인한 것이었다. 빨갱이의 시체를 매장하는 자리에서 다툼을 하는 마을사람들에게 미친 듯이 삽을 휘두르는 재룡이의 행동은 그저 시국 탓으로만 돌릴 수 없는 것이다. 그의 광란은 야만적인 역사가 한 개인을 어떻게 파괴할 수 있는지를 가장 구체적으로 보여주는 한 사례이다.(「재룡이」) 어떤 투철한 이념에 의한 것이 아니라 단지 '손가락' 하나를 가리키는 것만으로 이쪽과 저쪽을, 생명과 죽음을 가를 수 있었던 소용돌이의 상태, 더욱 큰 문제는 그러한 상황이 다 끝난 후에도 서로에 대한 불신과 이념의 혼란이 지속되었던 것이다.(「숨은 손가락」) 따라서 그침 없는 고통을 주는 역사는 근본적으로 '악惡', 즉 서로를 '악'이라고 규정하고 싸우는 한 그것은 악과 악의 싸움으로 규정된다.(「국경수비대」)

이제 역사의 상흔을 애도하는 것으로는 더 이상 역사의 암흑에 다가설 수 없다. 앞서 경험한 전쟁, 그것의 야만성은 침묵의 훈련을 강요하는 자본주의적 군부독재의 그늘 밑으로 스며들어 그 이념적 체계를 견고하게 만들었기 때문이다. 한 마디로 말해, 반란과 전쟁, 4·19와 5·16이 이어지는 가운데 출현한 개발독재 근대화는 "미소를 침묵으로 바꾸어놓는, 만족을 불만족으로 바꾸어놓는, 나를 남으로 바꾸어놓는, 요컨대 우리가 만족해 있던 것을 그 반대로 치환시켜버리는 세계"(「누이를 이해하기 위하여」)를 강요했던 것이다. 따라서 이들의 소설은 역사적 경험 그 자체보다 역사적 경험이 준 그 이후의 것, 즉 '역사적 기억이 우리에게 무엇을 남겼는가'라는 질문을 움켜잡고 '남겨진 것', 그 잔여물을 인간학적·철학적·정치학적 논점에서 재해석하기 시작한다. 그런 가운데 4·3, 여순사건, 한국전쟁, 4·19와 5·16, 유신체제 등 역사적 현장에서 본 죽음의 고통과 거기에서 느낀 '배고픔'과 '허기'와 같은 생물학적 결핍감은 '지루함', '답답함', '절망감', '두려움', '부끄러움' 등 심리적인 고통으로 변증되면서 그것들은 다시 '극기', '정열',

'빼앗김', '자유', '윤리' 등 모든 개념들을 재해석하여 과연 '인간적인 것'은 무엇인가를 성찰하는 출발점이 된다.

정열이라고 하면 도인의 머릿속에 우선 떠오르는 것은 어쩐지 수양首陽이었고, 연산군燕山君이었고, 일본 군국주의자들이었고, 히틀러였고, 중공의 홍위병紅衛兵이었다. 그리고 약간은, 한국의 정치, 경제, 사회, 문화, 그 모든 것에서 엿보이는 그 무엇이었다. / 그것은 판단이 결핍됐을 대 나오는 우격다짐의 행동이었고, 무기교無技巧를 감추려는 광란의 몸짓이었고, 지나가버린 일, 또는 이렇게 쓸 수도 있고 저렇게 쓸 수도 있는 시간에 대하여 인간들이 근본적으로 느끼고 있는 절망감에 호소하는 과격한 프로파간다였다. 진정한 혁명에서는 그것을 지배했던 이성과 지성의 빛이 무엇보다도 두드러져 보이듯이 인간을 무더기로 도살했던 과거 역사적인 여러 사람들에게서 공통되게 드러나는 것은 무엇보다도 정열이라고 도인은 생각했다.(「60년대식」)

혁명군은 가장 강력한 세력으로 지상의 모든 권력을 통합하고 무시무시한 포고를 발한다. 일체 시민은 그 생활을 혁명군의 명령에 따르고 의지해야 한다. 아침 기상은 몇 시에, 보행은 어떻게, 식사는 어떤 종류로, 대화는 어떤 성질의 것만을……. 그리고 당국은 모든 명령을 일사불란하게 이행시켜 나갈 강력한 통제와 조직력을 행사한다. 그런 상황은 상상이 그리 어렵지 않을 것이다. 정치란 시민 생활의 일부에 불과하지만 혁명주의자에겐 생활의 전부가 되어버리는 것이니까. 더욱 지배자는 언제나 독재의 욕망이 있는 것이고, 그의 독재는 자신의 한정된 취미를 대중의 법률로 삼고 싶어하는 경향이 많으니까."(「마기의 죽음」)

빼앗은 사람은 빼앗지 않으면서 계속 더 빼앗을 수 있고, 빼앗긴 사람은 빼앗기는 줄도 모르고 계속 더 빼앗길 것이다. 빼앗기면서 빼앗기는 줄 모르고 있을 때는, 빼앗기면서 빼앗기는 줄 모르는 것의 재해는 빼앗긴 것을 되찾지 못하고 앞으로 더 빼앗기는 것 정도다. 빼앗기면서 빼앗기는 것을 모르는 것의 재해는, 빼앗기면서 빼앗기는 줄을 모르고 있었다는 것을 알아차렸을 때는, 빼앗긴 것을 못 찾는다거나 더 빼앗기게 된다거나가 아니라, 빼앗기면서 빼앗기는 줄 모르는 상태가 언제까지 계속될 수 없다는 사실—즉, 빼앗기면서 빼앗기는 줄 모르고 있었다는 것을 알아차렸다는 사실 자체이다. 끝까지 빼앗김이 빼앗김 같지 않을 수 있다면 얼마나 좋으랴! 모르면 약이다. 빼앗김이 언제까지나 빼앗김 아닌 것처럼 보일 수 없다는 말은, 빼앗김은 빼앗김같이 보이지 않았을 동안에도 내내 빼앗김이었다는 말과 같다. 빼앗김은 빼앗김으로 보일 때나 빼앗김으로 보이지 않을 때나, 언제나 빼앗김이었다.…빼앗김은 내내 거기에 있었다.(『달궁 하나』)

어느 때 어느 곳에서나 '정열'을 외치는 사람들의 모습은 수양首陽, 연산군燕山君, 일본 군국주의자들, 히틀러, 중공의 홍위병紅衛兵의 모습과 겹친다. 그들이 부르짖는 정열은 "인간을 무더기로 도살했던 과거 역사적인 사람들에게서 공통되게 드러나는 것", 그것은 곧 "절망감에 호소하는 과격한 프로파간다"였다.(『60년대식』) 정열을 신봉하는 사람들은 자신들의 생각에 합류하지 않은 다른 사람들에게 끊임없이 '죄의식'을 심어주면서 언제든지 그들을 독재의 희생양으로 몰아갈 수 있는 논리를 준비했다. 정열이라는 구호는 '내일'이나 '미래'를 위해서라면 현재의 고통은 무시되어도 좋다는 독재자의 논리로 변질되기 쉬웠기 때문이다.("그 데모의 성공, 망할 놈의 '역사적 사건' 위에 저 장난 같은 말이 자리를 잡고 있기 때문에 이토록 나를 압도해오는 것이다./우리의 내일을 발명한다?"(『그와 나』)) 그것은 "우리의 내일을 발명한다"는 구호 아래 미래건설, 민족발전, 국가안보, 근대화라는 구실 아래 언제 어디서든지 사람들을 동원시킬 수 있었던 유신체제의 기본이념과도 크게 다르지 않았다. 강력한 통제와 조직력을 행사하는 독재자들은 스스로 '혁명군'임을 자처하면서 대중이 지켜야 할 법률의 초석을 마련한 후 자신의 지배욕망을 강제적으로 실현시키려는 의지에 사로잡혀 있었던 가짜 구세주에 불과했다.(「마기의 죽음」 「예언자」 『당신들의 천국』)

　'정열'이라는 단어로 대중을 선동한 유신독재의 논리는 끊임없이 인간성 자체를 개조시켜 결국 쓸모없는 인간으로 만들어버리는 전체주의의 논리와도 구분되지 않았다. 물론 한국의 유신체제가 서구의 전체주의와 동일하다고 할 순 없을 것이다. 역사적 특수성과 그 차이에 대한 논의가 보충되어야 하겠지만 한국전쟁, 여순사건, 4·19혁명, 유신체제를 한꺼번에 경험한 이들 '지식인' 작가들은 당시의 한국적 상황이 전체주의의 역사에 근접해가고 있다고 진단한다. 그러한 논리는 학교(「나주댁」)나 관공서(「어느 날」), 군대(「후송」 「가위」 「줄빰」 「가학성 훈련」), 병원(「빛의 무덤 속」 「사곡」 「퇴원」 『당신들의 천국』 「조만득씨」) 등 근대적인 규율체계가 지배하는 어느 곳에서도 발견할 수 있을 정도로 편재해 있었다. 뿐만 아니라 독재정권과 결탁한 자본주의적 근대화의 어두운 손길은 도시와 농촌을 가리지 않고 파고들어 모든 사람들을 '돈'의 노예로 전락시켰던 것이다. 따라서 전쟁으로 인해 고향 지리산 '달궁'에서 내쫓긴 인실이라는 여인의 삶은 유신독재와 근대화의 과정을 겪으면서 자기 자신도 모르는 사이에 모든 것들을 빼앗긴 숱한 사람들의 비극적인 운명을 가리킨다. 거슬러 올라가면 역사가 시작될 때부터 "언제나 빼앗김"이 있었던 것인데, 그동안 우리는 그 사실을 전혀 알아차리지 못했거나 때론 선량하고 친절한 사람들의 동정심에 가려 그 빼앗김의 구조를 제대로 보지 못했을 뿐이다.(『달궁』)

한 인간에게서 거의 모든 것들을 빼앗은 사회는 한 번 들어가면 결코 살아 돌아오지 못하는 '감옥', 오직 죽은 자로서 살다가 시체로만 회수될 수 있는 '수용소'에 비견된다. 거기에서는 '인간'과 '인간 아닌 것'의 구별이 있을 수 없었다. 그들은 다음과 같이 말한다.

"그들은 환자이기 이전에 인간인 거지요. 환자로서의 생존 양식과 일반의 그것을 구별짓기에 지쳐버린, 그래서 환자로서의 자신의 특수한 처지를 벗어버리고 보다 깊은 생존의 충동에 따라 인간으로서 섬을 나가고자 한 사람들이 이들이란 말입니다. 한데 그 환자와 환자 아닌 사람들이 실상은 같은 사람들이 아니겠습니까. 말하자면 이 섬에 삶을 의지하고 있는 사람들은 누구나 환자로서의 남다른 처지와 인간으로서의 보편적인 존재 조건들을 두 겹으로 동시에 살아 나가고 있는 셈이지요."(『당신들의 천국』)

"영문을 들어올 때 죽어버린 혼은 어떻게 하고요?"
"몸이 건강해지면 혼도 되살아나지 않겠소?"
"그렇지요? 당신의 혼이 되살아날 수 있는 죽음을 당했어요. 그러나 나는 지금 당장 집으로 돌아간다 해도, 영영 폐인이 될 것 같아요. 나는 넋을 잃어버렸어요."(「가위」)

사람과 사람이 아닌 것은 큰 차가 없었다. 조금만 사람이 아니면 아주 사람이 아니었다. 그가 그동안 거기서 실현한 반인간, 반자연은 그 열 칸에 하나, 백 칸에 하나만 가지고도 그를 사람 아닌 것으로 만들기에 충분했다. 사람이 아니기는커녕, 사람이라는 이름조차 부끄러웠다. 그를 사람이라고 부르다니, 그건 사람에 대한 모독이었다. 그가 어떻게 감히 그를 짓밟은 수사관들과 같은 종류의 짐승이냐?(「해바라기」)

　인간이면서 인간으로 존중받기를 그친 소록도 나환자들의 삶은 수용소의 그것과 다를 바 없었다. 환자이기 전에 먼저 인간이었던 나환자들은 조백헌 원장이 내건 천국건설의 이념 아래 철저하게 희생당하고 죽어서는 화장터로밖에는 갈 수 없는 비극적인 운명이었다.(『당신들의 천국』) 나환자들의 삶은 일제 식민지배 하의 역사적 유물이 아니라 70년대 유신독재 하에서 배제, 추방, 학살되었던 무수한 사람들의 역사인 것이다. 수용소에서 살아가는 사람들은 "깡통 식기에 떨어지는 밥덩이의 무게에 대한 관심이 그들을 감금하고 있는 체제를 의심해보는 관심과 결국은 표리 동체라는 사실에 생각이 미치지 못"(「가위」)할 뿐 아니라 '전체'를 의심할 수 있는 정신 능력이 아예 사라지고 죽음의 시간을 기다릴 수밖에 없는 처지였다. 그 중에서 「가위」는 어떻게 '체계'가 인간적인 조건을 박탈하고 결국 파멸에 이르도록 하는지를 '체계적'으로 분석한다. 이 소설의 주인공들이 국적을 알 수 없는 번호 8273(트리 꽝)과 8275(후엔 디)로 표시된 것에서 그들이 처한 상황이 당시의 모든 사람들이 처한 보편적 상황이었음을 읽을 수 있다. 비합리적인 질서에 의해 지배된 갇힌 상황은 결국 '인간'과 '인간 아닌 것'의 경계를 허물어버린 죽음의 수용소와 같은 삶이었다.

　이들이 호소하는 고통은 유태인 학살현장에서 살아남은 프리모 레비의 증언과 다르지 않게 들린다. "이성적으로는 그 끝을 가늠할 수 없을 정도로 긴, 다른 날과 똑같은 하루가 시작된다. 너무나 춥고 너무나 배고프고 너무나 힘이 들어 그 끝은 우리와 더 멀어진다. 그러므로 회색빛 빵 한 덩이에 우리의 관심과 욕망을 집중시키는 것이 더 낫다. 빵은 작지만 한 시간 후면 틀림없이 우리 것이 된다. 그것을 집어삼키기 전까지 5분 동안 그것은 이곳에서 우리가 합법적으로 소유할 수 있는 모든 것으로 변할 수 있다."(프리모 레비, 이현경 역, 『이것이 인간인가』, 돌베개, 2009) 이 감금체계에서 인간의 모습은 고문실로 끌려갔다 나온 사람의 말처럼, "조금만 사람이 아니면 아주 사람이 아니었다."(「해바라기」) 이들이 살아가는 사회현실은 가해자와 피해자, 무고한 사람과 고문기술자를 모두 포함해서 사람이라고 부르는 것이 부끄러울 정도로 이미 인간이 살아갈 수 있는 곳이 아니었다.

이들의 소설에서 "인간이 아니었다"라는 진술이 반복되는 것을 눈여겨 볼 필요가 있다. 여기에서 '인간이 아니었다'라는 말은 소극적인 기질을 가리키는 부끄러움이거나 도덕적인 기준에 비추어 본 수치심을 의미하는 것이 아니라 인간으로서의 기본적인 요건을 박탈당했을 때 느껴지는 부끄러움, 즉 "인간이라는 사실에 대한 부끄러움"을 의미한다. "그것(프리모 레비의 기록)은, 사람들이 우리에게 믿게 하려고 하듯이, 우리 전원이 나치즘에 책임이 있다는 것이 아니라, 우리가 나치즘으로 인해 더럽혀졌다는 것"이며, "나치 같은 그러한 인간이 있다는 사실에 대한 부끄러움, 그것을 저지할 수 없었다는 것을, 그 수단을 알지 못했다는 부끄러움, 타협해버린 것에 대한 부끄러움"(The Future 우카이 사토시, 박성관 역, 「어떤 감정의 미래 — 〈부끄러움(恥)〉의 역사성」, 『흔적』 1호, 문화과학사, 2001)이다. 다시 말해, 이들이 느낀 부끄러움은 추억으로서의 부끄러움이거나 살아남은 자로서 느끼는 부끄러움이 아니라 인간의 존엄성을 완전히 박탈당한 비非인간 혹은 반反인간의 처지에서 느낄 수 있는 부끄러움이다.

"인간이라는 사실에 대한 부끄러움"은 역사적 폭력 앞에서 '인간' 존재는 무엇이었으며, 거기에서 '인간적인 것'이라 할 수 있는 것은 무엇이었는지를 되묻게 하는 정치철학적 논점이다. 이는 우리가 살아온 역사가, 특히 유신독재의 상황이 전체주의의 논리를 지배이념으로 체계화하여 인간의 정신과 육체를 파괴시키고 '인간'이라는 사실 자체를 부끄럽게 여기도록 강요한 감옥이었으며 또 유토피아의 건설을 목표로 인간의 본성 자체를 바꾸어 인간을 '쓸모없는 존재'로 만들어버리는 수용소와 다르지 않았다는 것을 말해준다. 그러므로 이들이 경험한 '수용소'와 같은 현실은 더 이상 과거의 역사적인 유물이 아니다. 그것은 "도대체 수용소란 무엇인가? 수용소에서 그런 일들을 가능케 하였던 법적·정치적 구조는 어떤 것이었을까?"(G. 아감벤, 박진우 역, 「수용소, 근대성의 '노모스'」, 『호모 사케르』, 새물결, 2008)라는 아감벤의 질문을 뒤따르면서 한국적 근대의 구조적 본질을 밝힐 수 있는 그런 공간인 것이다. 그러므로 수용소와 같았던 역사적 현실을 다시 해부하면서 과연 '인간적인 것'이 무엇인지를 논점으로 삼을 때 역사적 기억에 대한 성찰이 가능할 것이고 그것이 남긴 한국적 근대의 본질과 구조를 제대로 밝힐 수 있을 것이다.

이러한 숙제를 안고서 이들의 소설이 남긴 한두 가지 물음으로 되돌아가본다. 아무 말도 하지 못한 채 죽어간 사람들의 고통을, 수용소의 역사적 진실을 누가 증언할 수 있을 것인가. 투명한 언어로도 관념이나 지식으로도 접근할 수 없는 수용소의 기억에 대해서, 인간존재의 고통과 죽음에 대해 누가 말할 수 있을 것인가.

"8275가 죽자, 나는 견딜 수가 없었소. 그는 걱정해야 할 가족과 가게가 없어지자, 곧 죽었소. 나는 마침내 내가 가지고 있던 알약이 진짜 독약인가를 실험하기로 결심했소. 그리고 그 전에 마지막 수단으로 친구에게 전화를 하기 위해 당신에게 갔었소. 그러나 전화는 대대장실에까지 달려갔지만, 할 수가 없었소. 그때 만일 당신이 나에게 닷새 동안의 형벌을 내리는 일만 일어나지 않았더라면, 나는 닷새 전에 죽었소. 이제 나는 당신에게 깊이 감사하오.

닷새를 더 살게 해주어서 감사하고, 닷새를 참지 못해서 하마터면 놓칠 뻔했던 이 평화스러운 죽음을 만나게 해주어서 감사하오. 나는 집에서 가족과 친구들에게 둘러싸여 있어도 이보다 더 행복하게 죽을 수는 없소."

"그렇지만 나에게 감사를 하는 것은 나를 비꼬는 것이겠지요."

"아니오. 당신과 당신의 중대장들은 비꼬임을 받을 만큼 완전하지 못하오. 알고 하는 일도 값지지만, 모르고 하는 일도 값지오. 그것은 은총이오."(「가위」)

"이 섬에선 죽은 자들만이 말을 합니다. 말씀하신 대로 살아 있는 사람들은 말을 할 필요가 없습니다. 죽은 사람들이 이미 모든 말을 하고 있으니까요. 그리고 그들만이 가장 정직한 말을 하니까요. 그런 뜻에서 말씀드린다면이 섬은 바로 그 사자들의 넋이 살아 있는 사자들의 섬이라고 할 수 있겠지요. (…) 그건 물론 그들이 숨을 거두고 났을 때지요. 그들은 누구나 숨을 거두고 나서 비로소 말을 시작합니다. 사자의 섬에선 언제나 그렇듯이 사자들만이 말을 하니까요."(『당신들의 천국』)

수용소의 경험을 말할 수 있는 자들은 혼과 넋을 잃어버린 채 죽음의 시간을 기다리는 수많은 동원병 8273과 8275(「가위」), 그리고 섬 밖으로 탈출하기를 애쓰다 죽음의 상태에 다다른 반$\frac{1}{2}$인간 나환자들의 몸과 이미 죽은 그들의 넋이다(『당신들의 천국』). 오직 그들만이 전쟁, 병원, 군대, 수용소의 야만적인 역사를 증언할 수 있다. 역사적 진실은 이미 '죽은 자들', 또 증언할 수 없도록 완전히 "희생당하는 인간homo sacer"에 의해서만 접근할 수 있고 말해질 수 있다. "오직 말할 수 없는 처지, 즉 인간도 아닌 인간이 아닌 것도 아닌, 살아 있는 시체들"인 "무젤만 der Muselmann[무슬림]"이라고 불리던 사람들만이 수용소의 부끄러운 기억을 말할 수 있는 유일한 사람이

다."(G. 아감벤. 박진우 역, 「경계 영역」, 『호모사케르』, 새물결, 2008)

질문은 여기에서 끝나지 않는다. 만약 그들이, 감금하고 빼앗고, 짓밟고 죽이는 이 모든 과정을 관리하고 수행해온 그들이 정작 자신들이 하는 일이 무엇인지도 "모르고 하는 일"이었다면?(「가위」). 바로 여기에서 또 하나의 물음이 뒤따른다. 그러면 누가 역사 속의 진정한 가해자이고 피해자인지를 가릴 수 있는가. 나치 전범 아돌프 아이히만처럼 "신 앞에서 죄책감을 느끼지만 법에 대해서는 그렇지 않다"고 선언하면서 자신 또한 '비상사태'의 명령에 따라야만 했던 희생자일 뿐이라고 주장한다면, 암흑의 역사 속에서 가해자와 피해자를 분별하고 용서의 자리를 찾는 일이 과연 가능할까. 아이히만이 범죄를 저지른 이유가 그의 '악'한 성격 탓이 아니라 자신이 하는 일에 대해서 아무런 생각이 없는 '사고력의 결여', 이 "악의 평범성The Banality of Evil"(H. 아렌트, 김선욱 역, 『예루살렘의 아이히만』, 한길사, 2009)에서 비롯된 것이라는 아렌트의 재판 분석의 결과에 기대어 볼 때 어떻게 한 인간이 평범하게 악을 수행하고, 결국 무서운 범죄자가 되었는지를 생각한다면 역사 속의 가해자와 피해자를 구분하는 자리가 쉬운 일이 될 수 없다. 그 일이 쉽지 않다면 진정한 용서와 화해의 자리가 과연 가능할까.

김승옥, 서정인, 이청준의 소설은 그것이 그리 간단한 일이 아니라고 말한다.

지상에 죄가 있을 리 없다. 있는 것은 벌뿐이다. 벌은 무섭지 않다. 무서운 것은 죄다, 라고 떠들며 실상은 벌을 피하기 위해서 이리저리 도망다니던 어리석은 나여, 옛 유물인 죄란 단어에 속아온 아무리 생각해도 가련한 위선자여.(「환상수첩」)

"나보다 누가 먼저 용서합니까. 내가 그를 아직 용서하지 않았는데 어느 누가 나 먼저 그를 용서하느냔 말이에요. 그의 죄가 나밖에 누구에게서 먼저 용서될 수가 있어요? 그럴 권리는 주님에게도 있을 수가 없어요."(「벌레 이야기」)

"그 사람들이 지닌 허물이라는 건 진짜 죄가 아닌 때문이지요. 그 사람들이 죄를 지은 건 진세의 인간들이 일부의 편의대로 지어 만든 법이라는 덫에 대해서일 뿐이에요. 우주 만물의 불변의 섭리인 불법 앞에선 사람은 누구나 평등한 존재인 겁니다. (…)김 처사의 일인즉 바로 남 처사의 일이지요…… 그리고 바로 남 처사의 일인즉 이 산골 모든 은신자들의 일이구요."(『인간인』 1권)

'벌레' 같은 가해자에 대한 진정한 용서는 빼앗김을 당한 피해자 쪽에서 먼저 마련할 수 있는 일이다. 그것은 '신'이라 해도 먼저 해서는 안 되는 일이다. 신조차도 인간 스스로가 용서할 수 있는 권리를 빼앗아서는 안 된다. (「벌레 이야기」) 그런데 우리들은 이 권리를 빼앗겨 그 빼앗김의 구조를 보지 못한 채 "옛 유물인 죄란 단어에 속아온 아무리 생각해도 가련한 위선자"(「환상수첩」)들이다. 가해자와 패해자 사이에도 명확한 경계선이 있는 것이 아니다. 쫓기는 자가 쫓는 자로, 쫓는 자가 쫓기는 자로 뒤바뀔 수밖에 없는 불행한 역사 속에서 쫓기는 '나'의 일은 곧 '너'의 일이 될 수도 있었고, '너'의 일은 '모든 사람들'의 일이 될 수 있었던 것이다(『인간인』).

그러므로 역사적 기억과 고통에 대해 말함으로써 역사의 아픔을 진정으로 해원하고, 용서와 화해의 자리를 찾는 일은 신중하게 접근해야 할 문제이다. 선과 악, 옳음과 그름, 가해자와 피해자의 경계를 명료하게 구별할 수 없는 역사의 혼돈 속에서 진정한 용서의 길과 고통의 '씻김'은 멀고 먼 숙제로 남겨진다.(『신화를 삼킨 섬』) 이들의 소설은 그것이 아예 불가능한 것이 아니라 그것이 얼마나 어려운 일인지를 말하고 있다.

4. '약함'의 정치

그렇다면 우리에게 '역사적 진실'은 어디에 거주하고 있는가. 그것은 빛이 없는 '어둠'과 질서 없는 '혼돈'에 가려져 있고(서정인), 양면의 얼굴을 지닌 채 정체불명의 '지하실'에 숨겨져 있으며(이청준), "역사는 그의 손이 미치지 않는 곳에서 셔터를 굳게 내려놓고 이루어지고 있는 것"(「60년대식」)이어서, 우리는 다만 역사책에서 보여주는 것만을 읽을 수 있을 뿐이다(김승옥). 이와 같이 김승옥의 시니컬하고 허무적인 웃음, 서정인의 우울한 시선과 무관심한 어조, 이청준의 예리하고 비판적인 눈빛은 보이는 역사가 아니라 보이지 않는 역사, 즉 드러나지 않는 역사의 심층에 거주하는 인간의 고통을 바라보고 드러낸다. 역사의 이면을 더듬고 말하는 이들의 소설은 분명히 있음에도 명료하게 언어화될 수 없는 것들, 역사적 기억을 사실적으로 증언할 수 없다는 한계 앞에서의 절망적 글쓰기를 통해서 그 속에 묻혀 있는 인간존재의 고통을 비추고 해석한다.

이들의 문학이 우울한 어조로 역사적 기억을 말하고 파국으로 치닫는 미래를 보여주고 있다고 해서 역사적 허무주의에 빠지거나 패배주의에 이르고 있다고 할 수 없다.

주어진 것이, 그것이 아무리 협착한 세계라 할지라도, 아무리 보잘 것 없는 부분이라 할지라도, 무너져 버릴 때, 전우주와 전역사가 무슨 소용이란 말인가. 전체가 아무리 위대하고 찬란해도 그것이 어떻단 말인가. 그것이 어디 있단 말인가. 잡초 우거진 옛 성터는 전역사보다 더 역사적이고, 밤의 네모난 조그마한 창에 와서 박히는 몇 낱의 별들은 전 우주보다 더 우주적이다. 우리가 붙들고 안간힘을 쓰는 것은 광년이 아니다. 영원하고 무궁한 시공時空이 우리에게 나타나는 것은, 그리고 주어지는 것은, 순간과 지점으로서이다. 세 치 남짓한 넓이의 땅이 우리의 발 밑에서 무너져 버린다면 그것은 전우주가 붕괴되는 것과 무엇이 다를 것인가. 한 지어미의 가슴속에서 팔딱거리고 있는 조그마한 심장이 아니라면 대기에 미만해 있는 사랑이 무슨 소용이란 말인가.(「물결이 높던 날」)

"보잘 것 없는 부분", 그것이 "무너져 버릴 때, 전우주와 전역사가 무슨 소용이란 말인가." '사랑'이라는 개념적인 말도 "지어미의 가슴 속에서 팔딱거리고 있는 조그마한 심장"과 같이 지극히 사소한 것들을 지워버린다면 무슨 의미를 지닐 수 있는가. 이러한 질문들을 무력無力하게 던지고 있는 주인공들은 열정이 소멸된 이 태도로 수학적이고 계산적인 자본주의적 '전체' 질서에 대한 극도의 절망을 호소하는 한편 전체에 가려진 보잘 것 없는 '부분'들을 하나둘씩 건져 올린다. 서정인 소설의 우울한 산책자들은 돈과 권력에 의해 지배되는 전체의 질서를, 이 톱니바퀴와 같은 자본주의 물질문명의 타락성을 들춰낸다(「미로」, 「어느 날」). 그리하여 이 멜랑콜리커들은 자유와 선택이 허락되지 않는 완전한 '빼앗김'의 상태가 인간문명이 시작되는 그 순간부터 있어왔다는 근본적 비판에 이른다.

무력감이여, 초조감이여, 너희들이 끝까지 나를 추격한다면, 좋다, 나는 내 혀를 물어 끊어버리겠다. 잠시 동안 나로 하여금 완전한 무위無爲와 더불어 있게 하라. 어저께는 나는 너희들과 함께 있었다. 애경이가 몸을 파는 걸 보았고, 그리고 성병 때문에 우는 걸 보았다. 자기의 아내를 사랑하기 위해서 다른 여자를 팔아먹는 사내를 보았고, 밀수공화국을 이상理想하는 경제인도 보았다. 뿐만 아니라 그들을 바로잡아 놓기 위해서 아무것도 할 수 없었던 나 자신도 보았다./잠시 동안만 이대로 두어두기 바란다./(…)내가 만나는 사람들은 나를 당황하게 만들 것이며, 그리고 무엇보다도 그 사람들이야말로 이 시대의 잘못을 부분적으로 구현하고 있는 존재들이란 것을. 그리고 나는 안다. 그들에 대한 나의 호기심은 별다른 사건이 없는 한 계속될 것이며, 호기심이 발동하고 있는 한 나는 살아 있을 것이라는 것을. 그러므로 지금은 잠시 동안 내가 즐기고 있는 이 순수한 무위를 두어두기 바란다.(「60년대식」)

　"군대엘 갈까, 자살을 할까"라는 선택적인 물음 밖에 할 수 없는 수용소와 같은 삶 속에서, 김승옥의 주인공들은 "잠시 동안 나로 하여금 완전한 무위無爲와 더불어 있게 하라."라고 요청한다. 이들은 아무 것도 선택하지 않는 선택의 태도를 취한 것이다. 아무것도 하지 않는 잠시 동안의 무위는 "이 시대의 잘못을 부분적으로 구현하고 있는 존재"들을 호기심 있게 분석하고 잃어버린 자기세계를 되찾기 위해 스스로 정지해놓은 시간이다. 그러므로 김승옥의 소설에서 '자기세계'를 갖는다는 것은 야만적인 전쟁과 폭력이 가져다준 파괴를 성찰하고 이미 파괴된 빈집의 지하실 놀이터를 회수하는 것이며, 집의 안과 밖의 질서를 바꾸고 어머니나 누이를 거리로 팔려가게 만든 어린 '죽은 염소'를 살려내는 것과 같다.(「염소는 힘이 세다」) 전체주의적 폭력이 앗아간 그곳은 "누구나 정당하게 살고 누구나 정당하게 죽이"기는 곳으로 이것을 되찾겠다는 몸부림은 지극히 약한 동물적 존재로서의 인간의 생물학적 요구를 지켜내는 것이다. "패륜도 고독도 전쟁도 없는 왕국"(「생명연습」), 거기에 있었던 사소한 것들('끈끈한 소금기', '사그락대는 나뭇잎', '머리칼을 나부끼는 바람', '따가운 빛을 쏟는 태양')을 잊지 않으려고 애쓰는 절망의 기록이 곧 그의 소설이다.

육촌형의 죽음은 그 남중국해와 목포 이외에도 수없이 여러 번 되풀이되어 왔거든요. 죽었다는 사람이 다른 곳에서 뒷날 다시 죽고 또 죽고…… 하다 보니 형은 그 죽음들에도 불구하고 어디선지 늘 다시 살아 있었다는 느낌, 그 수많은 죽음의 소식을 통해 죽음보다도 불사신처럼 다시 살아난다는 느낌이 확연했지요.(…) 다시 말해 그 육촌형의 죽음의 소식은 제게 있어서 그분의 새로운 탄생이며, 그래 그 죽음을 확인하러 간다는 것도 거꾸로 그분의 그 거인적인 불멸의 생존을 확인하러 가는 것이 되는 셈이지요.(「목포행」)

태평양전쟁에서 죽은 육촌형은 6·25 직후 인천 근처 인민재판에서 죽었다는 사람에 관한 소식이 들려올 때에도, 4·19가 지나고 아이 하나가 시위거리엘 나섰다가 총에 맞아 죽었다는 소식이 전해질 때에도, 불사신처럼 반복해서 되살아난다. 숱한 소문들 속에서 되살아나는 육촌형의 환영은 그것을 뒤쫓는 '나'의 삶을 지탱시키는 힘이다. 이런 '망상'은 정신과의사가 볼 때에는 마땅히 제거되어야 할 쓸모없는 것이지만, 그것이 없어지면 조만득씨와 같은 사람들은 현실의 억압을 견딜 수 있는 힘을 상실한다.(「조만득씨」, 「황홀한 실종」) 이는 바꿔 말해 칠현금이라는 악기에서 전쟁소리를 내는 '무현武絃'을 없애자 평화가 찾아오는 것이 아니라 전쟁이 끊임없이 일어나 다시 그것을 되살릴 수밖에 없었다는 일화에서처럼(「전쟁과 악기」) 망상이 더 큰 폭력이 일어나는 것을 미리 막을 수 있는 힘이라는 역설이다. 이청준의 소설에서 '망상' 등과 같은 이토록 쓸모없는 것들은 현실의 억압을 견디게 해주는 유토피아적 가상假象으로서 곧 예술의 존재성을 가리킨다.

이 무력한 주인공들은 기본적인 요구조차도 허락되지 않은 역사적 상황 속에서 쓸모없어진 존재들이다. 이 무용한 존재들이 유일하게 할 수 있는 선택은 열정을 제거당한 채 의도적으로 아무 것도 하지 않으려는 태도를 취하면서 역사의 부정적 흐름과 거리를 두는 것이다. 그것은 숱한 생명을 죽음으로 몰고 간 암흑의 역사의 손길을 밀쳐내는 '방법으로서의 거절'이라고 불러도 좋을 것이다. 그럼으로써 역사의 이면에 자리한 어둠을 기록하는 이들 소설가의 시선은 실증주의자의 눈이 아니라 해석학자의 눈에 가깝다. 그들의 눈은 과거의 역사적 기억과 비판적인 거리를 둔 채 그것을 지금 여기에 놓인 세계의 현상과 끊임없이 겹쳐 읽음으로써 또 다른 가능성의 세계를 모색하고자 한다.

이들의 문학은 역사의 부정적 물결을 거슬러 나아가는 방법으로서의 무용無用과 무위無爲 그 사이에서, 역사적인 고통이 지금도 여전히 지속되고 있으며 그것은 언제나 되살아날 수 있다는 묵시적인 예언을 들려준다. 가장 약한 자의 시선과 가장 수동적인 몸짓으로 역사적 기억을 말하는 문학의 자리에서 역사의 잔혹함과 인간의 고통이 점점 드러나고, 역사 바깥에서 서성대는 익명의 사람들의 고통이 되새겨진다. 바로 여기에서 '약함'의 문학적 정치성을 말할 수 있다. 다시 말해 문학은 오직 역사 속에서 주어진 고통을 천천히 해부하면서 그것을 껴안고 넘어가는 방식으로만 역사적 기억에 대해 말할 수 있다. 그렇다고 해서, 잘못된 역사에 항거하고 진실을 밝혀온 저항의 문학을 부정하거나 필요 없다고 말하는 것이 아니다. 이들의 문학에서 역사적 기억을 말한다는 것은 구멍 뚫린 역사적 기록의 빈 곳을 채우면서 다시는 그와 같은 비극적인 폭력이 되풀이되지 않아야 한다는 미래의 과제를 제시하는 것까지를 포함한다. 즉 역사적 고통에 대해 이들의 문학이 말하고자 하는 것은 역사적 고통의 완전한 해결이나 제거가 아니라 고통을 주었던 부정적 역사와의 간격을 지탱하면서 수많은 사람들의 고통이 변질되지 않도록 애쓰는 것, 그리고 그것을 다시 반복해서 겪지 않으려는 눈뜬 성찰에 닿아 있다.

이들의 문학이 남긴 많은 물음들 앞에서, 전체주의적 정권이 몰락한 후에도 전체주의적 폭력은 "인간다운 방식으로 정치적, 사회적 또는 경제적 고통을 완화하는 일이 불가능해 보일 때면 언제나 나타날 강한 유혹의 형태로 생존할 것이"(H. 아렌트, 이진우 · 박미애 역, 「권력을 장악한 전체주의」, 『전체주의의 기원 2』, 한길사, 2006)기 때문에 경계를 늦출 수 없다는 아렌트의 경고가 더욱 크게 들린다. 한국현대사에서 겪은 역사적 고통이 전체주의적 폭력이 지배해온 20세기의 세계사적 경험과 비슷한 고통의 강도와 크기를 가졌고, 그것이 지금의 현실에서도 지속되고 앞으로 되살아날 가능성으로 여전히 남겨져 있다면? 고통의 크기가 커지면 커질수록 문학은 역사적 기억에 대해 말하는 것을 더욱 지속해야 할 충분한 이유를 갖는다. 이것이 가장 '사실'적이지 못한 문학(문학적 상상력)이 역사적 기억과 고통에 대해 말할 수 없음에도 말해온 것이며, 앞으로도 더욱 말해야 할 것이다.(한순미)

〈참고문헌〉

1. 작품

● 김승옥, 「생명연습」(1962), 「건乾」(1962), 「누이를 이해하기 위 하여」(1963), 「환상수첩」(1962), 「역사力士」(1963), 「염소는 힘이 세다」(1966), 「빛의 무덤 속」(1966, 미완), 「내가 훔친 여름」(1967), 「60년대식」(1968), 「재룡이」(1968),

「그와 나」(1972), 「먼지의 방」(1980, 미완) 등, 김승옥문학전집(문학동네, 1995-2004).

● 서정인, 「후송」(1962), 「물결이 높던 날」(1963), 「미로」(1967), 「어느 날」(1974), 「가위」(1976), 『달궁』(1-3, 1985-1990), 「해바라기」(1991), 「국경수비대」(1991), 「무자년의 가을 사흘」(1994) 등, 『벌판』(나남출판, 1988), 『붕어』(세계사, 1994), 『베네치아에서 만난 사람』(작가정신, 1998), 『가위』(책세상, 2007).

● 이청준, 「병신과 머저리」(1966), 「마기의 죽음」(1967), 「침몰선」(1968), 「개백정」(1969), 「전쟁과 악기」(1970), 「목포행」(1971), 「소문의 벽」(1972), 「황홀한 실종」(1976), 『당신들의 천국』(1976), 「조만 득씨」(1980), 「벌레 이야기」(1985), 「숨은 손가락」(1985), 『인간인』(1-2, 1985-1991), 『신화를 삼킨 섬』(1-2, 2003) 등, 이청준문학전집(열림원, 1998-2003).

  2. 논저

● 강영안, 『타인의 얼굴』, 문학과지성사, 2007.
● 강진호 · 이상갑 · 채호석 편, 『증언으로서의 문학사』, 깊은샘, 2003.
● 김정숙, 「5 · 18 민중항쟁과 기억의 서사화」, 『민주주의와 인권』, 제7권 1호, 전남대학교 5 · 18연구소, 2007.
● 김행선, 『박정희와 유신체제』, 선인, 2006.
● 박준상, 『빈 중심』, 그린비, 2008.
● 서경식, 2009. 『고통과 기억의 연대는 가능한가』, 철수와영희, 2009.
● 서동욱, 『차이와 타자』, 문학과지성사, 2001.
● 손봉호, 『고통받는 인간』, 서울대학교출판부, 1995.
● 양운덕, 「침묵의 증언, 불가능성의 증언」, 『인문학연구』 제37집, 조선대학교

인문학연구원, 2009.

● 이삼성,『20세기의 문명과 야만 : 전쟁과 평화, 인간의 비극에 관한 정치적 성찰』, 한길사, 2006.

● 일 연, 이가원 · 허경진 역,『삼국유사』, 한길사, 2006.

● 임종명,「여순사건의 재현과 폭력」,『한국근현대사연구』, 제32집, 한국근현대사학회, 2005.

● 우찬제,「한국 소설의 고통과 향유」,『문학과 사회』, 겨울호, 문학과지성사, 1999.

● 제주 4 · 3연구소 편,『이제사 말햄수다』(4 · 3증언자료집1), 한울, 1989.

● 최문규 외 공저,『기억과 망각 : 문학과 문화학의 교차점』, 책세상, 2003.

● 최정기 · 정호기 · 최호림 · 김권호 · 노영기 · 양라윤 · 박현정,『전쟁과 재현 : 마을 공동체의 고통과 그 대면』, 한울, 2008.

● 표인주 · 염미경 · 박정석 · 윤형숙 · 김동춘 · 김용의 · 김봉중 · 김경학,『전쟁과 사람들 : 아래로부터의 한국전쟁연구』, 한울, 2003.

● 홍영기 편,『여순사건자료집1』(전남동부지역사회연구소 자료총서1), 선인, 2001.

● Adorno, Theodor W., *Minima Moralia. Reflexionen aus dem bescha digten Leben* 1951 ; 최문규 역,『한줌의 도덕 : 상처입은 삶에서 나온 성찰』, 솔, 2000.

● Agamben, Giorgio, *Homo sacer, : Il potere sovarno e la nuda vita* 1995 ; 박진우 역,『호모 사케르-주권 권력과 벌거벗은 생명』, 새물결, 2008.

● Arendt, Hannah, *The Origins of Totalitarianism* 1951 ; 이진우 · 박미애 역,『전체주의의 기원2』, 한길사3, 2006.

● Arendt, Hannah, *Eichmann in Jerusalem : A Report on the Banality of*

Evil 1963 ; 김선욱 역,『예루살렘의 아이히만』, 한길사, 2009.

● Horkheimer, Max · Adorno, Theodor W., *Dialektik der Aufklarung : philosophische Fragmente* 1947 ; 김유동 · 주경식 · 이상훈 공역,『계몽의 변증법』, 문예출판사, 1996.

● Howard, Michael · Louis, Roger, *The Oxford History of the Twentieth Century* 1998 ; 차하순 외 공역,『20세기의 역사』, 가지 않은길, 2000.

● Levi, Primo M. *Se Questo e'un Uomo,* 1958 ; 이현경 역,『이것이 인간인가』, 돌베개, 2009.

● Levinas, Emmanuel, *Le Temps et L'Autre,* 1947 ; 강영안 역,『시간과 타자』, 문예출판사, 2001.

● Nietzsche, Friedrich W., *Menschliches, Allzumen- schliches,* 1978-80 ; 김미기 역,『인간적인 너무나 인간적인』, 책세상, 2007.

● Sontag, Susan, *Regarding the Pain of Others,* 2003 ; 이재원 역,『타인의 고통』, 이후, 2007.

● Ukai Satoshi, *The Future of an Affect* 2001 *: The Historicity of Shame,* 박성관 역,「어떤 감정의 미래—〈부끄러움(恥)〉의 역사성」,『흔적』1호, 문화과 학사, 2001.

'고苦'에서 '낙樂'에 이르는 길

1. 선비의 호출

균질적이지 않은 삶의 세계, 공간의 비균질성을 애써 외면하면서 불합리한 현실을 정처 없이 부유하는 나는, 무엇을 욕구하고 무엇을 욕망하는가? 불가해한 운명의 시간 속에 던져진 나는, 길이 있음에도 길을 보지 못하고 길 안에서 길 찾기를 끊임없이 시도하는 나는, 무엇을 찾고자 함인가?

이 시대를 사는 동시대인으로서 현대인이 체감하는 현실감은 이성에 의해 직조된, 균질적이라고 믿고 있는 구성된 이 세계가 임시적이고 가상적인 꿈같은 세계는 아닐까 하는 덧없음에 대한 '두려움'이며 상실에 대한 '불안'이기도 하다. '사라짐'에 대한 근본적 불안과 두려움은 그래서 더욱 완고하고 자기완결적인 사리 정연한 '틀'을 요구하고, 또 집요하게 구성하고자 한다. 이분법적이고 분절된 사유에의 집착과 매달림에 의하여 허기진 몸과 마음은 병들고, 비움을 용납하지 않는 증폭된 채움의 결핍에서 비롯한 소외와 불안은 존재의 고독을 가속화시킨다. 가중된 소외와 심화된 불안은 사회적 고립감과 연대감의 상실로 나타나고, 이로 인하여 현대인은 타인을 불신하면서 스스로를 유폐시킨다. 파괴적인 존재를 양산한다.[김경호, 2008] 이러한 시대에 소외와 불안을 극복하고 타자와의 공존과 공생을 모색할 수 있는 대안은 없을까? 타자와의 차이를 긍정하고 대대적 등가 관계를 회복할 수 있는 방법은 없을까? 그리하여 생명의 원리성에 대한 자각을 통해 진정한 '참'의 세계와 '참나'를 찾아갈 수 있는 방법은 없을까? 나의 논의는 이 지점에서 출발한다.

나는 전통시대의 특정 계층을 지칭하던 '선비'의 의미와 그 선비가 인간과 세계를 만나고 이해하던 방식, 곧 '선비의 감성'을 고봉 기대승(高峯, 奇大升: 1527~1572)이 추구한 '낙樂의 관점'에서 찾고자 한다. 그렇다고 하여 이 글은 전통시대의 지식인[독서인] 관료 혹은 예비적 관료 계층을 지칭하던 '선비'라는 존재를 이상시하거나 그가 바라본 세계이해의 방식을 하나의 완결된 모델로 상정하지는 않는다. 흔히 말하는 '고상한 선비의 인격'과 '격조높은 선비 정신'을 그대로 답습하자고 요청하는 것은 아니다. 선비의 인격, 선비정신에 대한 논의는 이미 많은 연구를 통해 밝혀져 왔고, 또한 선비의 공과에 대해서는 긍정적인 평가도 있고, 부정적인 평가도 있다. 나는 '완결된 인격의 모범'으로 형상화 되고, 또 그렇게 받아들여지고 있는 '선비'를 만나고자 하는 것은 아니다.

전통시대에 선비는 사람사이에서 도타운 인정人情을 나눌 수 있는 정감어린 품성의 소유자들이었고 동시에 목숨을 버려서라도 옳음을 지키려했던 군건한 의리義理의 실천자들이었다. 이들 선비는 정감과 의리를 중시한다는 점에서 단순한 지적인 능력을 갖춘 일반적인 유학적 지식인들과 차이를 보인다. 선비는 유학적 학습을 통해 지적 소양을 쌓은 학식있는 사람이면서도 정감과 의리를 갖춘 감성적인 지성인을 지칭한다. 이러한 점에서 선비는 학문과 수양을 통해서 자신의 내면적 도덕성을 유지하면서 타인에게 따듯한 정을 베풀 줄 아는 성숙한 인격적 존재라고 이해되고 있다. 선비에 대한 긍정적인 면, 곧 감성어린 지성인이라는 면모는 우리 시대에도 귀감이 될 수 있는 선비상이라고 할 수 있다. 그러나 과연 그와 같은 '성숙한 인격'을 갖춘 선비는 얼마나 될까? 아니, 그와 같은 선비상이라는 것은 과연 있었을까? 선비상이라는 것은 우리 시대의 복고적 향수가 만들어낸 조작된 의식의 산물은 아닐까? 오늘을 사는 우리는 매체를 통하여 재비판된 '형식적'이고 '위선적'인 전통시대의 선비상을 너무도 많이 보고 들어온 터이어서 긍정적인 선비상을 쉽사리 떠올릴 수 없다. 그래서 냉소적으로 묻는다. 선비?

나는 '선비'를 특정한 시대에 만들어진 고착된 이미지로 파악하지는 않는다. 선비라는 명칭은 '사람' 혹은 '사람들의 집단'을 의미하는 만큼 시대에 따라서, 공간에 따라서 재구성되고 새로운 의미가 부여되기 때문이다. 선비는 이를 표상하는 문자적 변화[儒·士·士大夫·士君子·鄕紳·士林·士類·士族]처럼 시대와 공간에 따라 역할과 의미가 다양하게 변모하면서 당대의 문화적 이상과 사상적 지향을 함축한다. 선비 개념의 변화는 그 선비가 학습하던 유학의 변화를 의미하며, 시대를 살아갔던 선비의 의식은 유학의 역사적 변모와 맞닿아 있다. 그러한 점에서 유학은 '공자'에 머물지 않고 끊임없이 시대의 요청에 호출되어 변화하면서 탁월한 현실 '적응성'을 보여주는 학문·사상으로 발전하였다. 유학이 '공·맹'이라는 고정된 틀을 갖고 계승되면서도 그것만을 고수하지 않고 현실적 조건에 따라 변용되고 개신改新하면서 '당대성'을 갖게 되는 것이 바로 이와 같은 이유에서이다. 유학의 변천 과정은 온전히 '선비의 변화 과정'이다. 그렇기 때문에 '선비'는 특정한 시대와 공간이라는 분명한 역사적 지점을 살았던 존재들의 연속적인 집합체라는 점에서, 그것을 하나의 '보편틀'로 형상화할 수는 없다. 역사적 현실을 살았던 '선비'라는 개체적 존재를 '몰역사적인 보편틀'로 바라보는 시선은 오히려 선비의 진실을 왜곡하여 허상을 심어주거나 아니면 부정적인 모습이 전체상인 것처럼 규정하는 몰이해를 가져올 수도 있다.

이러한 점에서 오늘날 우리가 암묵적 동의하에 사용하고 있는, 마치 하나의 표준화된 이미지로 고착화된 '선비상'이라는 '틀'은 특정한 시점에서 기획된 '개념'일 수 있으므로, 매우 제한적으로 사용될 필요가 있다고 본다. 긍정적인 선비상과 부정적인 선비상이 공존하기 때문이다. 선비상 혹은 선비정신에 대한 표장은 1960년 대 이후 권위주의 정치에 대한 정당성을 전통문화에서 찾으려했던 '기획'의 일환으로 등장하기도 했다는 점은 주목할 만하다. 나는 '선비'라는 개념도 다양한 개인들의 삶이 중첩된 의미의 그물망을 통해 형성된 것이라고 이해한다. 이 점에서 나는 '개인적 선비의 삶'에 주목하면서, '보편적 선비상'이라는 우리의 표상이 사실은 다층적인 결을 갖고 있다는 것을 드러내 보이고자 한다. 그 한 경계를 고봉 기대승을 통해 찾아보고자 하는 것이다.

고봉은 우리가 기존의 통념으로 알고 있던 우아한 도덕적 품격과 이상적 지향만을 지닌 '선비'만은 아니다. 고봉은 도덕과 의리를 강조한 도학道學을 학습하고 실천한 선비이기도 하였지만, 개인적인 한계를 갖고 있는 불완전한 인간이기도 하다. 그는 현실의 부조리함에 분개하여 좌절하고, 고통을 이완시켜주는 술을 통해 주어진 규율을 넘어서려한 격정적인 인물이기도 하다. 고봉은 자신이 직면한 세계상 속에서 기쁨과 슬픔, 사랑과 우울을 시를 통해 표현해 내는 감수성이 예민한 정감적인 인물이었지만 그러나 한편으로는 자신의 기질적 한계와 조절되지 않는 감정 상태를 용기 있게 인정하고, 나아가 '조화로운 평정심'을 찾기 위해 학습과 실천을 통해 부단히 노력했던 인물이었다는 점에서, 고봉의 인간적 진면목을 발견하게 된다.

나는 '선비'라고 하는 긍정적 인격은 특정한 인물이 아닌 다양한 삶의 궤적에서 발견되는 긍정적 가치의 결합체라고 이해한다. 이 같은 '선비'에 대한 이해를 전제로 하여 고봉이 추구했던 인격의 어떠한 측면이 선비의 풍모라 할 수 있는지를 검토하고자 한다. 이는 고통스런 현실에서 그물에 걸리지 않는 바람처럼 자유로운 삶을 살아가고자한 인격의 한 단면을 고봉을 통해서 엿보려는 것이다. 이 과정은 또한 자연스럽게 긍정적인 선비의 감성 표현 양상을 고찰하는 것이기도 하며, 호남유학의 한 지점을 점유하는 고봉의 감성을 탐색해 보는 시도이기도 하다.

2. 선비의 풍모와 품격

국립국어원의 표준국어대사전에 의하면 선비는 "학식은 있으나 벼슬하지 않은 사람" "학문을 닦는 사람" "학식이 있고 행동과 예절이 바르며 의리와 원칙을 지키고 관직과 재물을 탐내지 않는 고결한 인품을 지닌 사람"이라고 정의한다. 선비는 곧 '학식과 인품을 갖춘 인물'을 의미한다. 선비라는 용어가 한글로 표기되어 처음 등장하는 것은 세종대 『용비어천가』에서이다. 이 선비라는 용어는 사(士; 仕)·언彦·유(儒; 伩; 佀) 등 다양한 한자로 표기되고, 의미를 확장하여 군자君子를 선비라 지칭하기도 하는데, 유儒 혹은 사士가 우리말의 '선비'를 나타내는 대표적인 한자이다.

고대사회에서 상례자喪禮者를 의미했던 유儒는 주대周代사회가 해체되어 가는 과정에서 공자에 의해서 유자儒者들의 학문인 유학儒學으로 집대성된다. 공자는 당시 식자계층이자 하급관료였던 사士의 일원이었다. 이때 함께 사용되었던 용어가 군자君子이다. 공자는 자하에게 "그대는 군자다운 유자가 되고, 소인과 같은 유자가 되지 마라."(『논어』「옹야」)고 당부한다. 주희는 유儒를 '학자의 칭호'라고 해석한다.(『논어집주』「옹야」) 군자유君子儒를 지향하던 유자儒者들은 지식인 관료를 지칭하던 사士의 중심 지위를 점유하면서, 역사적 변천과정에서 지배계급의 일원인 대부大夫 계층과 결합된다. 이들은 사대부士大夫라는 이름으로 불리게 된다. 유학이 새롭게 개신되어 '성리학性理學'이 대두하는 송대에 이르러 사대부士大夫는 문화적으로는 '독서인', 정치적으로는 '관료', 경제적으로는 지주·상업자본가인 '신귀족 계급'을 지칭하고, 특히 정자程子에 의해 도통道統과 의리義理가 강조되면서 사대부는 단순한 독서인이 아니라 도덕적 인격을 함께 갖춘 계층을 의미하게 된다.

성리학이 수용되는 고려말 이후 조선시대에 서사士는 유학자 일반을 지칭하는 개념으로 쓰이고, 도덕과 의리를 갖춘 올바른 인격이라는 점에서 사군자士君子라는 용어가 등장한다. 사士를 다수의 집단적 그룹으로 분류할 경우에는 사림士林 사류士類 사족士族 등으로 표현한다. 유학을 학습하는 학인들의 경우에는 유생儒生이라고 부르게 된다. 이렇듯 사士로 표기되었던 사람을 지칭하여 '선비'라고 하는 점에서, 이들 모두가 '참다운 선비'라고 하는 진유眞儒가 될 수는 없었고, 경우에 따라서는 '부도덕한 선비'인 부유腐儒, '세속적인 선비'인 속유俗儒도 나타나게 된다.

공간에 따라, 시대의 요구에 따라 '선비'를 지칭하는 용어와 의미는 이처럼 다양하게 변화한다. 그렇다면 '선비의 시대'가 지나간 오늘날 우리시대에서 '선비'는 과연 어떻게 그려지고 있을까? 우리시대의 선비에 대한 많은 연구는 '고매한 인격'의 긍정성을 종합하여 하나의 완결된 보편적 '선비상'을 규정하려는 경향을 보여준다. 긍정적인 선비상에 대한 논의를 정리하면 다음과 같다.

일반적으로 선비는 학식과 덕망을 갖춘 사람들로 스스로의 도덕적 정당성을 지키면서 부끄러움을 아는 존재이고, 동시에 타인의 기쁨과 슬픔에 공감할 수 있는 고지식하나 따뜻하고 부드러운 감성적 존재라고 규정된다. 물질적 욕망과 이해관계에 이끌리는 '소인小人'을 경계하면서, 불법적이고 부당한 외압에 대해서 단호하게 저항하고, 도덕적 정당성을 지키면서 정의를 실현하고자 하는 '군자君子'와 같은 의취를 지닌 주체가 바로 선비이다. 따라서 이들은 굳건한 진리에 대한 믿음과 도덕적 가치 실현에 대한 정당성을 견지하였기 때문에 이해득실로 유혹하거나 폭력으로 위협할 수없는 존재들이었다. 곧 강인한 지조志操와 의취 높은 기개氣槪를 통해 자신의 도덕적 신념을 관철하려는 비판적이고 주체적인 인식의 소유자들이다.

그러나 선비는 인격적 자기완성만을 추구하는 것이 아니라, 동시에 사회적 관계성을 통해 현실 경영에 참여하는 실천적 지식인으로서의 경세지사經世之士이기도 하다. 이때 중요하게 제시되는 덕목이 의리와 예의이다. 의리와 예의는 타인과의 인격적 유대감을 바탕으로 유교적 규범에 맞추어 올바름을 실현하려는 태도이다. 이 의리는 처신의 정당함을 판별하는 준거로 작동되며, 또한 행위의 동기와 지향의 정당성을 판별하는 기준이다. 세속적 권력에 집착하지 않고, 이해에 대한 득실을 계산하지 않으면서 유교적 가치를 실현할 수 있다고 한다면, 자신에게 주어진 직분을 당연하게 수용하면서 '사람다움'을 실현하는 과정이 곧 의리 실천의 과정이다.(김낙진, 『2009 정신문화 포럼』, 한국학진흥원, 2009) 그러나 당위적 가치의 정당성에 근거하지 않고 현실적 이해득실에 따라 계산하고 행위 하면서 이욕利慾에 따를 경우, 의리와 예의는 '공공성'의 영역에서 처벌의 기제로 작동한다.

선비는 한 시대를 이끄는 삶의 기준과 가치질서를 제시해주는 원기元氣와 같은 존재이다. 이들은 유교이념을 실현하기 위한 최전선에 섰던 사람들로 사회개혁 의식 또한 철저하게 가진 존재들이었다. 이들의 고민은 바로 타자를 고려하지 않는 무절제한 이기적 욕구 추구가 초래할 수 있는 혼란과 무질서, 분쟁과 탐욕의 세계상이다. 따라서 공존과 공생이라는 조화로운 세계상을 파괴하고 소통의 단절을 가져오게 되는 이욕적 세계에 대한 경계로 인하여 인간적 덕성의 함양과 확충에 가치비중을 두게 된다. 선비는 인정과 의리를 기준으로 삼아 자신의 신념을 지켜가면서 타자의 가치를 인정하고, 반목과 투쟁 대신에 화해와 소통을 모색하는데, 이는 조제調劑와 보합保合으로 나타난다. 올바름이 자신의 사적인 영역에 한정되지 않고, 공공의 영역으로 확대되면서 드러나는 기상이 절의節義의 실천적 행위이다.

선비는 이처럼 자기 자신의 내면의 소리에 귀를 기울이면서 항상 깨어있는 각성된 정신세계를 유지하였기 때문에 사회와 공동체의 삶에 막중한 책임감을 느끼는 존재이다. 이들은 기본적으로 경제제민의 포부를 갖고 출사를 하고자 하는데, 이러한 유형을 율곡은 겸선兼善이라 한다. 그러나 이들은 정치가 도리를 벗어나거나 올바른 공론公論이 실현되지 않을 경우, 그들이 학습한 유가적 이상을 실현할 수 없는 상황에 봉착하게 되면, 과감하게 초야에 묻혀 은거하게 되는데, 이를 자수自守라 한다. 초야에 묻혀 스스로의 인격적 연마를 수행하는 이들을 은사隱士라고 부른다. 여기서 강조되는 것이 진퇴進退와 출처出處이다. 비록 자신의 경륜을 펼칠 수 없다고 하여도 이들은 사회적 공기公器로서 여론의 지남이 되고, 후학을 양성하는 교육자로 활동하는 선비의 유형을 처사處士라고 칭한다. 초야에 머물면서 학문과 수양, 후진양성에 전념하는 이러한 처사를 유일遺逸로 초빙하기도 하고, 고결하게 자신을 지키고 출사하지 않는 이를 가리켜 징사徵士라 한다. 선비는 또한 문화적 이상을 담지한 인격체로 시대에 따라 그들이 사는 당대의 문제 해결을 위해 때론 도덕적인 측면을, 때론 실용적인 측면을 강조하기도 한다.

이처럼 선비를 형상화하는 대표적 개념은 '지조' '기개' '의리' '예의' '절의' 등과 같은 것이고, '경제지사'와 같은 도덕성을 겸비한 실천적 지식인의 모습으로 표상된다. 오늘날 '선비'를 떠올릴 때, 우리는 위와 같은 이미지로 '표준화'된 선비를 그려내고, 또한 '암묵적 동의'하에 그러한 선비를 논의한다. 이렇게 본다면, 우리 시대에 긍정적인 유학적 인간상으로 받아들여지고 있는 '선비'는 유학자들의 다양한 삶의 과정 속에서 특정한 인물 유형들이 보여주었던 삶의 태도·지향을 추출하여 '하나의 이미지'로 '표상한 것'이라고 할 수 있다. '선비' 자체는 실재하는 인간과 인격을 지칭하지만, 한편으로 '선비'는 사류들의 긍정적 인간상을 유형화 하고 결합하여 구성한 '만들어진 개념'인 것이기도 한 것이다.

그러나 선비라는 존재도 인간인 이상, 개인이 지닌 욕구·욕망의 세계를 부정할 수는 없다. 선비는 곧 도덕적 인격이라는 도식이외에 희노애구애오욕喜怒哀懼愛惡欲의 상정常情을 지닌 존재이다. 개인의 사랑과 미움, 기쁨과 슬픔, 좌절과 분노, 부끄러움과 두려움과 같은 정의情意적·정감情感적 영역은 선비의 인간적 풍모를 포착할 수 있는 좋은 내용임에도 불구하고 간과되거나 소략하게 다루어져 왔던 것이 사실이다. 따라서 우리시대에 선비를 논하기 위해서는 이성적이면서 도덕적인 '선비'의 모습뿐만 아니라 간과되었던 정의적·정감적 영역을 포함하여야 한다.

선비를 파악함에 있어서 재발견되어야 할 내용이 '염치廉恥'와 '감흥感興'과 같은 정의적·정감적 영역이다. 인정과 의리가 복합되어 내면적 덕성이 외면으로 나타나는 감정의 발현 상태 가운데 하나가 염치이다. 염치는 옳지 않음에 대한 '부끄러움'의 자각이다. 염은 굽음이 없이 정직함을 나타내는 '염직廉直'과 사욕이 없어 마음이 맑은 상태를 나타내는 '청렴淸廉'

의 두 가지 의미를 지닌다. 치는 옳지 못함으로 인하여 부끄러운 감정이 일어나게 되고, 마음의 부끄러움은 곧 몸의 반응으로 표출되어 신체의 민감한 부위 중 하나인 귀가 빨갛게 변색되는 데서 만들어진 글자이다.(심경호, 『2009 정신문화 포럼』, 한국학진흥원, 2009) 선비는 인정과 의리를 추구하지만 인간의 근본적인 상정常情에 어긋날 때 수오의 감정羞惡之心으로서 부끄러움·염치廉恥를 느끼는 그러한 존재이다. 그렇기 때문에 '염치없음' 혹은 '뻔뻔스러움'은 스스로를 기만하고, 세상을 속이는 일로 여긴다.

선비는 인간의 '상정常情'을 긍정하기에 삶의 현실에서 표출되는 '정감情感'의 세계를 귀중하게 여긴다. 그러한 대표적인 인물이 공자이기도 하였다. 공자를 배우고자 하는 선비는 스스로의 인격적 함양을 위한 실천적 노력뿐만 아니라 '독서'와 '사색' 그리고 '문예'를 통해 예민한 감수성을 계발하고 고양하기도 한다. 이성만이 아닌 '감흥'이 결합된 조화된 인격체를 지향하는 것이다. 이러한 면에서, 전통시대의 선비는 마음속으로 감동을 일으켜 스스로 일어나는 흥취의 세계를 추구하면서 안빈낙도의 자족적 경지를 꿈꾼다. 이 과정이 곧 세계와의 일체성을 실현하는 길[道]이기도 하기 때문이다.

그렇다면, 고봉은 과연 위에서 다루었던 긍정적인 선비 일반에 대한 논의에 얼마나 부합하는 인물일까? 고봉은 참다운 선비라고 말할 수 있을까?

3. 고통의 기억과 저항

율곡 이이(栗谷, 字叔: 1536 1584)는 고봉의 기개氣槪와 임중도원任重道 遠의 막중한 책무를 지닌 고뇌하는 유자적 풍모를 '기개호준氣槪豪俊' '경제

자임經濟自任'이라고 표현하고 있다. 인간적인 성정은 호방하면서도 도덕과 의리의 구현을 통하여 현실세계의 삶의 질을 높이려고 하는 막중한 임무를 안고 있는 고봉의 단면을 보여준다. 이러한 도학적 이상과 위민의 태도를 견지하고 있는 고봉의 기절氣節을 택당 이식(澤堂, 李植: 1584~1647)은 '소기묘小己卯'라고 평가한다.

　　고봉이 중년에 조정에 들어가니 사대부들은 고봉을 마치 상서로운 기린과 봉황처럼 바라보고 소중하게 여겨 의지하였으며, 조정에 큰 의논이 있을 때에는 반드시 고봉의 말을 기다려 결정하였다. 그 당시는 선류(올바른 선비)들이 참화를 당하고 권간들이 조정을 어지럽히는 때이어서 선비들의 기운이 쇠미하여 부진하였다. 고봉은 그러한 시기에 다른 이들보다 두드러져서 마치 제방이 거센 물을 막는 것처럼 하여 명현과 같은 인재를 끌어들여 등용하였고, 간신과 소인배를 막아 쫓아내어 힘써 맑은 논의를 이끌고, 교화의 법을 닦고 밝혀서 사림이 영수로 추대하였다. 그 당시 사람들은 고봉을 소기묘라 지목하였다.(『고봉별집』)

여기서 기묘는 기묘사화와 기묘사화에 희생되었던 명현들을 지칭하기도 하며, 그 대표자로서 정암 조광조(靜庵, 趙光祖: 1482-1519)를 의미하기도 한다. 고봉은 32세(1558)에 대과에 급제하여 승문원 부정자로 출사하게 된다. 고봉이 출사한 시기는 윤원형(尹元衡, ?~1565) 일파가 반대파인 윤임(尹任, 1487~1545) 일파를 제거하기 위해 일으킨 을사사화(1545)의 여파로 인하여 선비들이 두려워하고 조심히 살아가는 것만을 다행으로 생각하면서 감히 국사에 대해 말하지 못하는 시기였다. 권세 있는 간신의 무리가 방자하게 날뛰는 시기에 누구도 힘써 국가의 안위와 기강의 확립을 위해 나서는 사람이 없던 시기에, 고봉은 사림의 의리에 입각하여 논의를 대변하면서 도학의 실현을 위해 앞장서게 된 것이다. 올바름이 빛을 발하지 못하는 암담한 시대의 현실에서 '호준豪俊'한 기개로 절의를 숭상하고, 정암을 중심으로 한 기묘명현들이 꿈꾸었던 지치적 이상을 계승하고 있다고 인정했기 때문에 당시의 사람들은 고봉을 '소기묘小己卯'라고 지칭한 것이다.

그렇다면 고봉이 출사하여 사림의 주목을 받으면서 부당한 논의에 대해서 강력히 자기 주장을 내세울 수 있었던 동력은 무엇일까? 그가 '소기묘'와 같은 평가를 받을 수 있었던 요인들은 무엇이었을까?

고봉의 인격과 의취 형성에 지대한 영향을 미치는 것은 가계의 이력 이다. 고봉의 선대는 대대로 서울에서 세거하였는데, 그는 중종 22년(1527) 음력 11월 18일 전라도 광주 소고룡리召古龍里 송현동松峴洞에서 태어나게 된다. 고봉이 광주에서 태어나게 된 것은 정암의 문인이었던 그의 계부 복재 기준(服齋, 奇遵: 1492~1521)이 기묘사화에 연루되어 화를 입게 되자 부친 물재 기진(勿齋, 奇進: 1487~1555)이 광주로 낙향하여 은거하였기 때문이다. 고봉의 아버지는 어린 자제들에게 다음과 같이 당부한다.

내가 어렸을 때 집이 가난하여 어머니께서 몹시 고생하시면서 나를 길러 주셨다. … 내가 자경子敬과 가장 우애로워 항상 한 이불을 같이 덮고 누워서 "우리 형제가 모름지기 한 구석을 담당해야 할 것이다."고 했었다. … 불행하게 자경은 죄를 얻어 유배되었고 나는 또한 떠돌아다니느라 한 번도 뜻을 이루지 못하였으니, 한탄을 금할 수 없다.(『고봉선생속집』)

자경은 복재의 사이다. 고봉의 부친 물개는 아우인 복재와 함께 학술을 강구하고 조행操行을 닦으며 우애롭게 성장하였음을 볼 수 있다. 그러나 그가 사랑했던 아우가 피화被禍되는 현실을 목도하고 자제들을 이끌고 낙향하여 은거를 결심하게 된 것이다. 아버지의 절절한 한탄과 고통스런 가름침을 '듣고 또한 본' 고봉은 그러한 '고통의 기억'을 잊지 않기 위해 기록을 남기게 되는데, 그것이 「과정기훈過庭記訓」이다.

올바름을 실천하고 불의에 저항하는 도학의 이념과 올곧은 절의를 숭상하던 가계의 기풍 속에서 기묘사화로 인해 억울하게 유명을 달리한 계부는 고봉에게는 하나의 사표로 자리하게 됨은 의심의 여지가 없다. 복재에 대한 고봉의 경모는 그대로 기묘명현들에게 닿아 있으며, 정암에 대한 추숭으로 나타난다.

조광조는 범상한 선비가 아니어서, 자품이 아름답고 학문이 순수하여 같은 연배들 중 가장 뛰어났으며, 학문에 충실하고 힘써 행함은 비견할 사람이 드물었습니다. 과거에 오르자 어진 선비들이 모두 조광조를 영수로 여겼으며. 조광조는 스스로 생각하기를 '성군을 만났으니, 도학을 밝히고 인심을 착하게 만들어서 당우의 세상을 만들고, 요순 같은 군주를 만들겠다.'고 마음먹었습니다. 불행하게도 소인들이 틈을 타 참소하고 이간질하여 끝내 대죄를 받았습니다.(『고봉집』)

고봉은 조강에서 일의 옳고 그름에 대한 변별이 있어야 인심이 따름을 강조하면서 정암, 회재 이언적(晦齋, 李彦迪: 1491~1553) 등의 억울한 죽음과 소재 노수신(蘇齋, 盧守愼: 1515~1590), 미암 유희춘(眉巖, 柳希春: 1513~1577) 등의 무고함에 대해서 앞서 10월 23일에 논하였는데, 위의 인용문은 그 이후 11월 4일 조강에서 다시 언급한 것이다. 고봉은 정암이 불의한 집단에 의해 무고하게 죽임을 당하였기 때문에 일의 '옳고 그름'을 반드시 가려서

표창하여야 한다고 주장한다. 그러나 선조는 결단을 내리지 못하고 있었기 때문에 다시 건의한 것이다. 고봉이 정암을 옹호하는 것은 그것이 결국 자신의 계부인 복재의 억울한 죽음을 신원하는 길이기도 하지만, 또한 동시에 도덕과 의리에 충실한 절의와 기개를 존숭하고 지치적 이상을 구현하고자 하는 그의 도학적 이상 실현이라는 열망 때문이라고 판단한다.

그러한 한편, 고봉의 학자적 역량을 아끼고 격려해주던 퇴계 이황(退溪, 李滉: 1501~1570)는 고봉의 이와 같은 태도에 대해서 항상 주의를 준다. 고봉이 출처진퇴에 관해 질의할 때(1559), 퇴계는 고봉에게 자애自愛할 것을 당부하고, "스스로 처신하는 데 너무 고상한 체하거나 세상을 경륜하는 데 너무 용감하게 하지도 말며 모든 일에 자신의 주장을 너무 지나치게 내세우지 말 것"(『고봉집』)을 주문한다.

이러한 퇴계의 요청은 고봉에 대한 염려이기도 하지만, 퇴계가 파악한 시대 의식의 한 단면이라고 볼 수 있다. 퇴계는 학자들이 학문이 지극하지도 못하면서 스스로 처신하기를 너무 높게 하고, 시의도 헤아리지 못하고서 세상을 경륜하는 데 용감했기 때문에 화를 당했다고 인식한다. 고봉은 퇴계의 당부를 과연 어떻게 받아들였을까?

고봉은 퇴계의 당부를 일견 수용하면서도, 그 자신이 가진 기개는 그대로 유지하고 있는 듯하다. 고봉의 불의에 분노하고, 옳고 그름에 대한 분명한 도덕적 기준과 엄격한 판단을 요구하는 기절氣節은 특진관 독송정 김개(獨松亭, 金鎧: 1504~1569)에 대한 논박(1569)에서 잘 드러난다. 독송정은 정암에 대해서, 사람을 너무 지나치게 믿어 말만 잘하는 사람도 어진이라고 여겨 함께 한 나머지 끝내는 분란을 일으키게 되었다고 평가하면서 지금의 젊은 사류들 가운데는 너무 사혹힐 정도로 잘못한 사람을 공박한다고 비판한다. 독송정의 논의는 정암의 의취를 계승하고자 하는 사류들의 올바르고 맑은 의논에 대한 비판이기도 하다. 이에 대해 고봉은 독송정의 말은 옛날 소인들이 군주를 현혹시키던 말이라고 규정하면서 옳고 그름과 사악함과 정당함은 서로 용납될 수 없다는 입장을 분명히 한다.

이렇듯 고봉에게서 보이는 '소기묘'로서의 풍모는 단순히 가계의 영향으로 인해 '주어진 것'은 아니었다. 그는 일선의 정치 현실에서 불의에 분노하고 타협하지 않는다. 그래서 출사 후 이량의 무고로 문외출송을 당하기도 한다. 이처럼 고봉은 스스로 도덕과 의리의 세계를 만들어 가는데, 이 과정에서 '소기묘'의 강직한 품성이 형성된다.

그러나 고봉의 기대와 달리 당시 조정과 임금인 선조는 시비의 정당성을 가리고 현실의 폐단을 개혁함으로써 안민安民을 위한 지치적 도학 이념을 실현하기 위해 노력하기 보다는 보수적이고 타협적인 자세를 취한다. 올바르고 맑은 논의를 주도하던 고봉이었기에 그렇지 못한 권신들과의 대립과 마찰은 불가피한 것이었고, 더욱이 임금(선조)의 우유부단함은 그에게 절망감을 안겨줄 뿐이었다. 전전긍긍하면서도 격정적인 고봉이 더 이상 머물 자리는 없게 된 것이다. 따라서 고봉은 관직을 버리고 은거를 결정(1570)하게 된다.

4. 좌절과 극복의 길찾기

고봉은 출사 이전에 이미 정주성리학에 대한 학문적인 성취를 이루고 있었다. 고봉은 출사 이전의 시기(31세)에 당대 성리학의 최신서인 『주자대전』을 일별하고 이를 요약한 『주자문록』을 완성한다. 뿐만 아니라 출사이후 퇴계와 사단칠정에 관한 8여년의 논쟁을 벌이고, 추만과 일재 그리고 소재 등 당대의 명유들과도 사단칠정·태극음양·인심도심에 관한 논의를 벌이며, 나정암의 『곤지기』에 대한 비판서를 작성하기도 한다. 고봉의 학적인 성취와 더불어 그의 가계가 기묘명현의 후예라는 점과 고봉의 기절이 강개하다는 점은 특히나 사림의 주목거리가 된다. 그러나 고봉은 출사 이후 기성의 대신들과 정치적 견해와 의리의 시비 차이로 인하여 심한 갈등을 겪고 동시에 좌절감을 느끼게 된다. 올바름과 의리가 실현되지 않는 현실에 직면하여 고봉은 수시로 관직을 사퇴하고 고향인 광주로 귀향한다.

그는 고향 광주의 제봉 고경명(霽峰, 高敬命: 1533~1592), 인근 장성 의 하서 김인후(河西, 金麟厚: 1510~1560), 하서의 사위이자 소쇄옹 양산보(瀟灑翁, 梁山甫: 1503~1557)의 아들인 고암 양자징(鼓巖, 梁子澂: 1523~1594)을 비롯하여, 태인의 일재 이항(一齋, 李恒: 1499~1576), 담양과 창평의 면앙정 송순(俛仰亭, 宋純: 1493~1583)·석천 임억령(石川, 林億齡: 1496~1568)·사촌 김윤제(沙村, 金允悌: 1501~1572)·미암 유희춘(眉巖, 柳希春: 1513~1577)·서하 김성원(棲霞, 金成遠: 1525~1597)·송강 정철(松江, 鄭澈: 1536~1593), 나주의 사암 박순(思菴, 朴淳: 1523~1589)·건재 김천일(健齋, 金千鎰: 1537~1593) 등 호남의 명유들과 교유하면서 학문과 정치현실 그리고 문학을 담론한다.

고봉은 1569년(43세) 9월 대사성에서 체직 되고 1570년(44세) 2월 은거를 결심하고 낙향한다. 이 때 운강 김계(雲江, 金啓: 1528~1574), 김이정 등과 한강 가에 유숙하면서 석별의 정을 나누게 된다. 고봉은 이 시기에 퇴계에게 보내는 편지에서 "심회가 망연하여 술을 너무 많이 마신 나머지 술병이 나서 노중에서 고통스러웠습니다."(『고봉집』)라고 밝힌다. 퇴계는 낙향하는 고봉에 대한 안타까움과 연민을 느끼면서도, 한편으로 고봉을 질책하고 면려하는 편지를 보낸다

퇴계가 '통유通儒'로 지칭할 정도로 신임하고 있는 고봉에 대해서 세인

들의 평가는 부정적이다. 고봉은 다문박식하여 일찍이 명망을 떨쳤지만, 일부에서는 "상대에게 오만하고 사람들을 능멸하여 말을 삼가는 데 부족하고 몸을 검속하는 데 소홀하다."(『고봉집』)는 부정적인 시각도 나타난다.

퇴계는 일찍이 고봉에게 "공의 학문이 웅대하고 넓은 경지에는 본 것이 있으나 오히려 세밀하고 자세한 깊고 오묘한 이치는 통달하지 못하였으며, 공이 존심하고 행동을 바르게 하며, 대범하게 조급하지 않아 광대한 뜻이 많으나, 오히려 마음을 수렴하고 행동을 엄정하게 하는 공부는 부족하다"(『고봉집』)고 언급한 바 있다. 고봉이 비록 학문적으로는 일정한 단계에 올랐으나 숙성되지는 못하고, 인격적으로 성숙하지 못함을 지적하는 것이다. 그러면서 퇴계는 동시에 마음을 보존하여 행동을 바르게 하려는 '지향'을 지닌 고봉을 격려하기도 한다. 이렇듯 고봉에게는 마음을 수렴하여 엄정하게 행동하는 수양공부가 부족함이 문제가 되고 있는데(1559), 이후 11년이 지난 시기에도 앞서 제기한 몸과 마음을 다스리는 공부가 부족하다는 부정적인 세평(1570)은 그다지 크게 달라지지 않은 것이다.

이러한 세상 사람들의 평가에 대해 고봉은 퇴계에게 보내는 편지를 통하여, 자신은 사람에게 오만한 마음이 없다 하고, 그렇지만 "말을 삼가는 데 부족하고 몸가짐을 단속하여 바로잡는 데 소홀한 병통에 대해 서는 제가 본래 알고 있는 바여서 항상 경계하고 반성하였으나 면하지 못하였습니다."(1570)라고 토로 한다.(『고봉집』) 고봉은 사람들에게 부정적인 평가를 받는 것을 자신의 허물로 여기고, 치우쳐 중용을 찾지 못하는 성품을 바로잡겠노라 퇴계에게 약속한다. 불혹의 나이(44세)에 이른 고봉이지만, 70세의 노선생이 일상적 수신의 부족함을 질책하고 또한 격려해 줌에 대해 깊이 감명 받으면서, 한편으로는 두렵기도 했을 것이다. 그러하니 고봉은 마음과 기질의 병통을 제거하기 위해 몸가짐을 단속[檢身]하는 일상적 수양공부를 약속하는 것이다. 몸가짐의 단속은 곧 마음의 바로잡음[操心]이기도 하며, 이는 일상 속에서 몸과 마음을 수렴하는 경敬 공부이기도 하다. 고봉은 마음을 다잡는 공부가 가능한 것은 "마음은 활물이어서 광명하고 통철하여 온갖 진리가 다 구비되어 있으니, 마음을 전환하고 옮기는 기틀이 나에게 달려 있기 때문"이라고 한다. 이 점에서 보면, 고봉은 '주체로서의 자기'에 대한 확고한 의지를 '경'의 태도로서 확보하고 있다.

그러나 불혹의 고봉에게 특히 문제가 되는 것은 '술'과 관련한 '병통'이다. 당대 최고의 학식과 인품을 겸비한 인물이 담당하는 대사성大司成의 직위를 제수 받았던 고봉이었지만, 음주벽은 항상 문제가 된듯하다. 술과 관련한 문제로 인하여 퇴계에게 질책 받은 고봉은 자신의 음주벽 을 솔직하게 고백하면서 "술 마시는 것은 근래 병이 많으므로 인해 끊었더니 몸을 보양하고 덕을 기르는 데 모두 유익함을 깨달았습니다. 앞으로는 강력히 억제하여 술에 빠지지 않으려고 하는 데, 과연 그렇게 될 수 있을지는 모르겠습니다."(『고봉집』)라고 하여 지나친 음주벽을 경계하겠다고 다짐한다. 음주飮酒는 유가적 규범체계에서 '단순히 술을 마시는 것'의 차원이 아닌 하나의 행사[酒事]이고 '주례酒禮'의 형태를 띠어, 도덕적 교화의 측면에서 접근되었다. 따라서 술 마시는 행위는 당연히 자신의 품성을 도야하는 성격을 띠기 때문에 '주덕酒德' 혹은 '주도酒道'라고 하였다. 당대 사회에서 음주에 대한 인식이 이러함에도 고봉은 술이 문제가 된 것이다. 술로 인하여 구설수에 오르고, 몸에 이상이 생기는 지경에 이르러 고봉은 술을 억제하겠노라 다짐하고 있다. 그렇지만 고봉은 스스로 '그렇게 될 수 있을지는 모르겠습니다.'라고 진술하고 있는 것을 보면, 술을 억제하는 것은 그에게는 그리 쉬운 일이 아니었던 듯하다. 이 단순한 기술을 통해서 고봉이 자신의 고치기 어려운 습관의 한계를 진술하게 고백하는 용기를 엿볼 수 있으면서, 한편으로는 자신의 한계에 대해 번민하는 인간적 모습을 발견할 수 있다.

사실 고봉의 음주벽은 이미 오래전부터 문제가 되고 있었다. 고봉은 1560년 퇴계에게 보내는 편지에서 지나치게 술을 마셔서 스스로 몸을 지키지 못함을 후회하고 있다고 토로한다. 고봉의 술 마시는 버릇에 대해서 퇴계는 이후에도 질책하고 있음(1567)을 확인할 수 있는데, 퇴계는 술로 인하여 고봉이 삶을 지키는 도리나 경을 위주로 하여 궁리를 통해 덕을 쌓아 가는 공부를 망각할까 걱정한다.

고봉은 어린 시절부터 술을 즐겨마셨다고 시를 통해 고백하고 있고, 그가 술을 즐겨 마셨음을 보여주는 관련된 단어와 용례가 시작詩作에서 특히 많이 나타난다.(『고봉집』) 고봉은 "술에 취해 미쳐나 볼까"라고 노래하기도 하고, "술 깨니 향기 옷 소매에 남아 있지만, 술잔에 그림자 꿈에도 아쉬워한다."라고 하기도 하며, 취중에 아내에게 보내는 글을 쓰기도 한다.

그렇다면, 고봉이 이처럼 과도하게 술을 마시고, 스스로 자책하게 된 원인은 무엇일까? 고봉은 호방한 청련거사 이백(靑蓮居士, 李白: 701~762)의 심경으로 곤궁한 처지와 민초들의 애절함에 가슴아파하는 소릉 두보(少陵, 杜甫: 712~770)에게 보내는 형식의 글을 통해 자신의 심경을 표현한다. 이백은 44세의 나이로 744년 늦은 봄 참소를 당한 상태였고, 33세의 두보는 과거시험에 낙방한 상태였는데, 이들은 낙양에서 처음 만난다. 나이 차이가 있었음에도 취미가 같고, 술 마시고 시를 짓는 것 등에 의취가 서로 통하여 이백과 두보는 긴밀하게 교유하게 된다. 고봉은 이러한 이백과 두보를 차용하여 글을 짓고 있는 것이다.

고봉은 "오호의 물을 끌어다 술 삼아 마시면서… 어찌 인간 세상에 공후의 존귀한 지위와 영욕이 있음을 알겠습니까."(『고봉속집』)라고 노래한다. 도학적 이상을 견지하면서 스스로 경세지사를 자임하는 고봉에게 있어 현실은 너무도 부조리하고 이욕 적이다. 도덕과 의리, 인정과 나눔의 세계가 아니고, 간교한 이간질과 불의가 횡행하는 모리배의 세계이다. 정의롭지 못한 상황에 대해서 분노하고 저항하는 것은 의리의 관점에서는 당연한 것임에도, 그것이 허여되지 못하고, 그리하여 좌절할 수밖에 없는 세상의 장벽을 고봉은 느끼는 것이다.

고봉의 술 마시기는 이렇듯 부조리한 현실정치에 대한 좌절감과 분노, 도덕과 의리가 실현되지 않음에 대한 저항적 성격이 담겨져 있다. 고봉은 부조리한 현실의 규율 안에서 움직일 수밖에 없는 자괴감과 분노를 '술'을 매개로 하여 이완시키면서 그 너머의 닿지 않은 세계를 꿈꾸는 것이다. 현실세계로부터 이탈한 초탈의 세계를 찾고자 한다. 현실에 맞서지 못하고 은거할 수밖에 없는 답답함을, 이상을 꿈꾸는 자의 서글픔을, 고봉의 쓸쓸함을 술을 찾는 모습에서 발견하게 된다. 퇴계의 고봉에 대한 걱정과 질책이 지속적으로 보이는 것도 이와 같은 이유에서이다. 퇴계는 비분강개한 격정적 성품의 고봉을 너무도 잘 알고 있기에 평정심을 잃지 않고 '중용의 도'를 체득할 것을 요청한다. 그러한 퇴계의 우려를 고봉 또한 알기에 고봉은 '낙樂'을 찾고자 한다.

5. 승화된 가난과 즐김의 경계

병약하지만 기질적으로 강개한 성향과 예민한 감수성으로 인하여 고봉은 현실정치의 현장에서 좌충우돌하며 마음의 병을 얻게 된다. 그러나 고봉우 스스로의 '한계'를 절감하면서도, 이를 극복하기 위한 지향과 의취를 놓치지 않고 있다. 이 점은 그가 '낙樂'과 '존存'을 중시하고 있다는 면에서 찾아볼 수 있다. 고봉은 "가난을 마땅히 즐겁게 여겨야 한다[貧當可樂]"는 퇴계의 말과 "존存"으로써 자신의 서실 이름으로 삼고자 한다. 고봉은 가난을 근심하지 않고 자유로운 인격의 즐거움, 곧 '낙'을 통해 세속적 이욕을 지양한 인간적 자유로움의 세계를 추구하면서, 방심放心을 거두고 덕성德性을 기르는 존심양성의 '존', 이 두 측면을 통해 도학자적 의취와 지향을 드러내고 있다. 이 경계가 바로 유학자들이 꿈꾸는 진낙眞樂이다.

유학에서 낙樂은 인간이 대상세계와의 관계에서 물리적으로 느끼게 되는 '기쁨' '즐거움' '유쾌함' '안락함' '편안함'의 상태를 나타지만, 또한 '낙'은 표현 불가한 본질의 세계에 접속하였을 때, 그 감흥과 희열을 표현하는 경지이기도 하다. 이 '낙'의 경지는 공자에게서 찾아 볼 수 있다.

공자는 '낙'의 본질에 관하여 여러 곳에서 언급하고 있다. 『논어』「학이」편에서는 뜻과 의취가 맞는 동무가 먼 곳에서 찾아와 함께 도를 논할 수 있을 때 '낙'을 느끼게 된다고 말한다. 정자는 이를 마음에서 일렁이는 기쁨이 외면으로 발산하여 드러난 것이 '낙'이라고 해석한다.(『논어』) 공자는 『시경』「관저」편에 대하여 "관저의 시들은 즐거워도 음란하지 않고, 슬퍼도 몸을 상하기에 이르지 않는다."(『논어』)라고 하여 인간의 자연스런 정감의 발흥을 통한 '낙'의 상태를 중요하게 파악하고 있다. 또한 공자는 자기 자신을 스스로 평가하면서 '발분하여 밥 먹기도 잊으며, 즐거워서 근심을 잊어버린 사람'이라고 한다. 이는 학문연마를 통해 새로운 진리의 세계를 깨우쳐가는 이지적인 즐거움 또한 상존하고 있음을 말하고 있다.

맹자의 경우에는 백성의 즐거움을 함께 즐거워할 수 있는 군주의 모습을 통해서 '동락同樂'의 상호소통하는 심리적 희열 상태를 말하고, 특히 군자에게 있어서 '낙'의 세 유형을 들고 있다. 맹자는 낙의 첫 번째는 부모의 생존과 형제의 무고함을 들어 혈육의 함께함으로부터 비롯한 효제孝悌의 자연스런 정감을 말하고, 내면적 자기 정당성에서 기인한 부끄러움이 없는 상태를 두 번째 낙으로 삼고 있으며, 교육을 통해 영재를 육성함으로써 인문적 세계를 구축하는 것을 세 번째 낙으로 삼고 있다. 그러나 맹자는 술을 마시는 것으로써 즐거움을 삼는 것[樂酒]에 대해서는 '망亡'이라 하여 옳지 않다고 지적한다.(『맹자』)

유가적 전통에서 드러나는 '낙'의 세계는 시대와 공간에 따라 달리 표현되지만, 그 본질은 변하지 않고 전승된다. 그것은 '낙'이 곧 우주자연의 자연스러운 이치를, 삶의 세계에서 조응하는 진실을 온몸으로 감지하여 응대한 상태[感應]로 표현되는 '즐거움'이기 때문이다. 고봉도 이와 같은 유가적 '낙'의 세계를 찾고자 한다.

고봉이 추구하는 '낙'의 세계는 공자가 추구한 낙의 세계와 이를 계승하고 있는 안회·증점이 추구하고 있는 '낙'과 연결 된다. 공자는 "군자는 먹는 것에 대해 배부름을 추구하지 않고, 거처하는 데 편안함을 추구하지 않는다."고 하면서, 또한 "가난하면서도 즐겁게 살고, 부유하면서도 예의를 좋아하는 태도"를 중시하고 있다. 이것은 곧 인자仁者만이 가능한 것이다. 이러한 대표적인 사람을 공자는 안회로 지목하면서, "어질구나, 회여! 한 그릇의 밥과 한 표주박의 마실 것을 가지고 누추한 거리에 살고 있으니, 보통 사람이라면 그런 근심을 견뎌내지 못하겠지만, 회는 그 즐거움이 변하지 않는구나. 어질도다, 회여!"라고 찬탄한다. 안회의 '안빈낙도'와 비교되는 것이 증점의 '낙'이다. 공자는 자로·증석·염유·공서화와 대화를 나누면서 "만일 너희를 알아주는 사람이 있다면 어떻게 하겠는가?"가 하고 제자들에게 질문한다. 이 때, 증점은 "늦은 봄에 봄옷을 지어 입은 뒤, 어른 5·6명과 어린아이 6-7명이 함께 기수에서 목욕을 하고 무에서 바람을 쐬고는 노래를 읊조리며 돌아오겠습니다."라고 하자, 공자가 감탄하며 "나는 점과 함께 하겠다."(『논어』)라고 한다.

고봉의 연보에 따르면, 11세의 고봉은 김집金緝이 '식食' 자를 시제詩題로 내어 글 짓는 것을 시험하자, "밥 먹을 때에 배부르기를 구하지 않는 것이 군자의 도이다."라고 하였다고 한다.(『고봉집연보高峯集年譜』) 세거지인 서울을 떠나 타지를 떠돌면서 광주에 정착한 고봉 가계의 삶은 신산할 수밖에 없었을 터인데, 고봉은 가난함을 개의치 않고 군자적 이상을 꿈꾸고 있는 것이다. 이러한 고봉의 의취는 출사 이후의 시기에도 지속된다. 고봉은 "가난을 마땅히 즐겁게 여겨야 한다"는 퇴계의 말을 취하고 있다.

> 작은 초당을 신축하여 노닐며 지낼 곳으로 삼기로 하고, '낙' 자를 그 초당의 이름으로 걸고자 합니다. 이는 대개 전번에 주신 글에 "가난을 마땅히 즐겁게 여겨야 한다."는 말씀으로 인하여 제 마음에 원모하는 바를 명심하고자 하는 것입니다.(『고봉집』)

44세의 고봉은 현실 정치에 환멸을 느끼고 낙향하여 은거를 결심하면서 자신의 서실을 짓게 되는데, 70세의 퇴계에게 그 은거의 지향을 '빈낙'으로 표현하고 있다. 고봉 자신이 오래전부터 마음속으로 품어왔던 '낙'을 현실화하고자 한 셈이다. 고봉(44세 4월)이 퇴계에게 보낸 편지에서 말했던 '낙암'은 그해 5월 완공되어 '낙암樂庵'이라 당호를 갖게 된다.

한편 증점의 기수음영과 같은 우유자적優遊自適하는 기상을 취하고자 하는 '낙'의 측면도 고봉에게서는 발견된다. 고봉은 그것을 시적 감흥 상태에서 스스로가 지향하는 고양된 정감의 일면을 노래한다.

> 남쪽으로 양자강과 한수의 사이에 나가 동정호에 발을 씻고 옷자락을 떨

치고 악양루에 올라가 무지개를 끌어다 낚싯대로 삼고 해와 달을 가져다 낚시로 삼아서 바닷 속의 여섯 마리 큰 자라를 낚아 회도 치고 구이도 하며, 오호의 물을 끌어다 술 삼아 마시면서, 시 한 편 읊고 거문고 한 곡조 타며.…
(『고봉속집』)

고봉은 번잡한 세상사의 다사다난한 일상을 훌훌털고 동정호에 발을 씻고 악양루에 올라 낚시질하며, 호오의 물로 술 삼아 마시면서 시 읊고 거문고 타는 그러한 경지를 꿈꾼다. 고봉이 명예와 이욕의 세상사를 떠나서 이렇게 '신선'만이 가능한 '우유자적'한 세계를 꿈꾸는 것은 증점의 기수음영의 의취와도 맞닿아 있다. 이렇기 때문에 고봉은 "가능하다면 우리 서로 세상 근심 잊어버리고 사생 결단코 한번 만나 술이나 마시면서 만사의 형과 적을 다 잊어버리며, 꼭 신선을 사모할 것도 없고 꼭 세속을 싫어할 것도 없이 큰 천지조화 속에 멋대로 방종하여 나의 참[吳眞]을 이룩하기를 바랄 뿐입니다."라고 하여 '참나'를 발견하는 과정으로서 '낙'의 진면목을 추구하고자 한다.

변화하는 천지조화의 유동하는 시간은 유한한 시간생명의 존재인 인간에게 '한계적 상황'이지만, 이를 벗어날 수 있음은 우주자연과 내가 불이적 존재가 아님을 자각할 때 가능해진다. 경계를 넘어선 지점에서, 존재의 전환이 가능해진다. 마치 '존재가 다가와 말을 거는 것'을 체감하는 순간, 성性의 존재로서 인간은 성聖의 단계로 전이할 수 있다. 그 과정은 온전히 세계와 내가 '참다움' 혹은 '존재의 진실'[誠]을 '감感'할 때 가능해진다. 그것이 '나의 참'을 이루는 전회의 시간이다. 이 같은 경계를 이성의 언어로 어찌 표현할 수 있을까! 이성적 통찰로 파악된 세계의 '거기 너머'에 또 다른 세계가 있음을 어떻게 받아들일 수 있을까? 고양된 의식의 상태는 이성을 추동하는 '감수성'이 있기에 가능하다.

전일적으로 세계를 파악하는 안빈낙도와 기수음영의 '낙'의 경지를 예민하게 감지할 수 있는 감수성을 지닌 고봉이었기에, 그는 '만족함을 알면 욕됨이 없다'는 시를 남기기도 한다.

> 만족을 안다면 어찌 가난을 걱정하랴
> 길이 시비의 다툼을 사절하고
> 마음속에 한결같은 순수한 생각을 두네
> 나물밥으로 아침 저녁을 지내고
> 베옷으로 봄가을을 보내네
> 욕됨과 서로 얽히지 아니하고
> 초연히 이 풍진을 벗어난다
> (『고봉집』)

고봉은 이 시에서 '지족' 즉, 자기 분수에 만족하여 다른 데 마음을 두지 않는 안분지족安分知足한 삶을 노래한다. 그러기 때문에 가난함을 걱정하지 않는다. 차라리 '도를 걱정할지언정 가난함을 걱정하지 않는다.'(『논어』)는 것이다. 따라서 안분지족한 상태는 스스로 만족함을 안다는 것으로 안빈낙도安貧樂道와 상통한다. 위 시에서 '시비의 다툼'을 의미하는 만여촉蠻與觸은 달팽이의 뿔 위에 있는 두 나라, 즉 오른쪽 뿔 위의 만나라와 왼쪽 뿔 위의 촉나라가 서로 무의미하게 전쟁을 벌인다는 뜻이다.(『장자』) 고봉은 장자의 「칙양」편에 나오는 '만여촉蠻與觸'의 우화를 인용하여 무의미하고 어리석은 다툼과 분쟁을 지양해야 함을 우의적으로 표현하고 있다. 즉 분주하게 휩쓸려 살아가는 삶을 지양하고 자신의 본질을 찾아갈 수 있도록 순일한 마음을 유지해야만 하는 것이다. 이러할 때 풍진과 같은 세상사의 잡다한 일에서 초연히 벗어날 수 있게 된다. '지족함'은 '낙'의 또 다른 경계이다. 이렇듯 '낙'을 체화하는 과정은 고봉에게 있어서는 결국 존재의 진실 곧 '리理의 본체'를 찾아가는 여정이고 진실무망한 참다움의 세계[誠]로의 진입이다.

6. 심미적 감성 세계와 고봉

기존의 고봉에 대한 대다수의 연구는 그가 퇴계와 하서, 일재와 소재 등과 벌였던 철학적 논변을 통해 성리철학자로서의 고봉을 재구성는 방식을 취하고 있다. 그러나 나는 이 글에서 철학적 논변 대신에 고봉의 인간적 한계와 번민, 고통을 통해서 한 인간이 자신의 인간적 결함을 극복하고, 또 그것을 기점으로 인간적 성숙함을 성취하려는 열정을 함께 고찰해 보았다.

고봉이 관직을 버리고 '안빈낙도'와 '기수음영' '지족'과 같은 '낙'을 추구하고자 하는 것은 그만큼 그가 직면한 삶의 세계가 고단함을 반증하는 것이기도 하다. 도학을 실현할 수 없는, 넘어설 수 없는 현실의 벽에 고통스러워할 수밖에 없고, 고통만큼 가중되는 번민의 시간은 잔인하게 마음의 상처로 남게 된다. 하늘의 별빛이 지상의 아름다움으로 발현되기를 꿈꾸는 이상주의자의 현실은 그만큼 고단하고 서글플 수밖에 없음이다. 그 단면을 고봉에게서 만난다. 그 고통을 잊기 위하여 고봉은 '술'을 찾기도 하지만, 밖으로만 뻗치는 산란하고 방만한 마음을 존심存心 공부를 통하여 다잡고, 본래의 덕성을 함양하려는 양성養性의 인간적 노력 또한 발견된다. 존심은 미발未發과 이발已發, 동정動靜을 관통하는 지경持敬 공부를 전제로 명덕明

德으로서의 마음의 본체를 전일하게 지켜내는 것을 의미한다. 따라서 고봉은 존심양성의 실천적 공부를 통해서 조금도 자기를 속이지 않는[毋自欺] 진실한 본래적 나의 참다움[誠]을 회복하고자 하는 것이다. 고봉의 또 다른 호가 존재存齋인 것은 바로 존심양성의 자기 성찰적이며 향내적인 실천공부를 중단 없이 수행해 나가겠다고 하는 열망의 의지적 표현이기도 하다.

최근 뇌과학과 신경생물학에서 '느낌'에 대한 논의를 통해 인간의 본래성에 대해 진지하게 묻고 있는 안토니오 다마지오의 방법론은 '감感'의 세계를 이해할 수 있는 유효한 시사점을 제공한다. 다마지오에 따르면, "정서와 느낌의 신경생물학을 이해하는 것은 인간의 고통을 줄이고 행복을 증진할 수 있는 원리와 정책을 만들어 내는 데 핵심적인 요소"이다. 그는 이러한 느낌과 정서를 통해 인간에 대한 본질을 조명함으로써 새로운 인간관이 만들어질 수 있다고 주장한다.(A. 다마지오, 임지원 역, 『스피노자의 뇌』, 사이언스북스, 2003) 아울러 그는 스피노자를 해석하면서, "스피노자는 부정적 정서와 싸울 때 그보다 더욱 강한 정서, 이성과 지적 노력을 통해 만들어진 긍정적인 정서를 가지고 맞서라고 우리에게 권고한 것이다. 그의 생각의 핵심은 순수한 이성 자체가 아니라 이성으로 유도된 정서가 동반될 때 열정을 억누르는 것이 가능하다"는 것을 주장하려 했다고 평가한다.

이러한 다마지오의 입장을 고봉에 투사하여 본다면, 고봉은 부정적 정서를 이성에 의해 유도된 긍정적 정서를 통해 극복해내려고 분투(코나투스 conatus, 자신을 보존하기 위하여 기울이는 가차없는 노력)하고 있다고 볼 수도 있다. 여기서 다마지오가 구사하고 있는 '이성과 정서'의 구분법, 그리고 서양적 전통에 근거한 '부정적 정서'와 '긍정적 정서'의 의미 맥락은 유가적 전통, 특히 16세기 조선이라는 시공간에서 살았던 고봉의 정서 표출 양상에 그대로 적용하기에는 무리가 따르지 않을 수 없다. 일정한 한계는 있지만, 다마지오의 표현을 빌려보면, 고봉이 타자와의 갈등 구도 속에서 '분노'라는 부정적 정서를 표출하는 방식에 머물지 않고 '이성으로 유도된 긍정적 정서' 곧 '나'의 지향을 통해 '성숙한 인격'을 추구하는 것은 '분투'라 해도 좋을 듯하다. 고봉의 세계에 대한 인식과 그 대응으로서의 표현 양상은 다분히 격정적인 분노와 상실, 그리고 그에 수반하는 고통의 정감으로 나타나고 있지만, 또 다른 한편 이지적인 냉철함 속에서 자신의 본질을 찾고자 하는 열정으로 나타난다고 적극적으로 해석할 수도 있다. 이러한 고봉의 삶의 시간은 인간의 자기 형성을 위한 노력이라고 볼 수 있으며, 김우창이 메를로 퐁티에게서 차용한 표현을 빌린다면, 이는 '심미적 이성'이라고 지칭할 수 있다. 김우창은 "심미적인 것은 감각과 이성 그리고 물질과 정신의 중간지역에서 서식한다. 사람에 내재하는 더 나은 삶을 향한 충동은 이 혼합에 형성의 힘을 제공한다."고 설명한다.(김우창, 『자유와 인간적인 삶』, 생각의 나무, 2007)

인간의 인격적 성취와 성숙함은 '냉정'과 '열정'이라는 이분화된 격절 상태에서 형성될 수 없다. 두 요소는 '한 인간'의 분리될 수 없는 '몸과 마음'의 지난한 상호연관 속에서 교섭하면서 융합적으로 이루어질 수밖에 없다. 이 성숙의 과정은 근본적으로 '자기로부터의 소통'을 시도하는 것이며, 이러한 소통을 통해 자연인으로서의 개인은 '타자로서의 너'에 접속할 수 있게 되고, '확장된 나의 타자'인 우주자연과 만날 수 있게 된다. 다시 말하면, 주체로서의 자아뿐만 아니라 타자로서의 대상세계의 본질[寂然不動]을 진실하게 느끼게[感] 될 때, 그리하여 서로 소통할 수 있다[感而遂通]는 의미이다.

여기서 적연부동한 본질을 심성의 문제 적용한다면, 적연부동은 중中으로서 인간의 본래성[性]을 담고 있는 마음[心]이고, 사물세계에서는 사물의 본질[理]을 의미한다. 감이수통은 마음이 대상세계와 접촉하여 그 본질을 온전히 받아들임[感]으로써 분별없이 소통됨을 의미한다. '감感'을 통해 나와 타자로서의 세계가 이원적으로 분리되어 있지 않음을 자각하는 것은 이성에 의한 것만은 아니다. 다름을 인정하면서도 동일성 또한 긍정하며 동시에 이질성과 동질성의 연계가 가능한 것은 '몸과 마음이 분리되지 않은' 온전한 인간의 능력, 생명의 역동성과 창조성에 기인한다. 거기에 '감感'이 놓여있다. 이렇게 볼 때, '감感을 통해 세계와 인간의 진실[性]을 찾는 의지적 표현 양상'이란 내용은 위에서 언급한 '감'과 '성'이 결합된 '감성感性'으로 대신할 수 있을 듯하다. 유학적 의미에서는 '심미적 이성'이 아닌 '심미적 감성'이란 표현이 오히려 적절할 수 있다.

주체와 대상세계의 본질을 파악하는 고양된 의식의 상태가 곧 심미적 감성이다. 이러한 심미적 감성을 통한 인간과 세계에 대한 통찰을 나는 고봉에게서 만난다. 그 지점이 고봉에게 있어서 '낙'이다. 따라서 나는 고봉의 세계와 인간에 대한 접속방식과 이해의 태도를 '감성적 세계인식과 대응양상'이라고 표현한다. 특히 고봉에게 있어 성리학의 옳음에 대한 분명한 인식과 의리에 투철함, 고통 속에서도 안분자족·안빈낙도할 수 있는 심적 태도를 고려한다면, 그의 감성적 세계 인식은 긍정적인 선비의 감성으로 해석해도 좋을 듯하다. 선비로서의 고봉은 인정과 의리를 근거로 하여 '도덕적 원칙'에 충실하고자 하였으며, 또한 '도덕적 이상'이라는 자기 지향을 통해 욕망과 갈등을 조절함으로써 '이전투구'의 폭력적 세계상을 지양하고, 보편적 가치와 인간적 덕성이 실현되는 세계를 추구하였다고 평가할 수 있다. 이렇듯 존재의 본질 혹은 진실에 이르고자 하는 고봉의 선비적 감성은 게토화된 근대적 삶의 시공간에 놓인 현대인들에게 어떠한 '울림'으로 다가설까? 길은 길을 찾는 사람에 의해 찾아지고 또한 넓혀질 수 있을 뿐이다.(김경호)

〈참고문헌〉

● 김낙진, 『2009 정신문화포럼』, 한국국학진흥원, 2009.

● 김경호, 「영적인 몸: 종교체험을 통한 세속적 삶의 성화」, 『철학연구』 36, 고대철학연구소, 2008.

● 심경호, 『2009 정신문화포럼』, 한국국학진흥원, 2009.

● Antonio Damasio, Looking for Spinoza: Joy, Sorrow, and the Feeling Brain, New York: Harcourt; 임지원 역(2007), 『스피노자의 뇌』, 사이언스북스, 2003.

● 김우창, 『자유와 인간적인 삶』, 생각의 나무, 2007.

● 高峯集

● 莊子

치욕에서 저항으로

부끄러운 현실은 분노의 소금이 되어서
용기로 실천되고
인간이 꿈꾸는 세상의 밑거름이 되기도 한다

1. 양심과 교육지표사건

사회운동에 대한 최근의 논의는 대체로 사회운동을 합리적인 행동으로 보려고 한다. 이는 감성적인 행동을 비합리적인 것으로 규정하는 서구 사회의 인식틀에 근거한 것이다. 이러한 논의에서는 사회운동에 참여하는 대중의 비합리성과 폭력성, 위험성 등을 강조하며, 인간은 개인적으로는 합리적인 존재이지만 집합이 되면 사회체제에 위험한 군중이 된다는 식이다. 그러나 감성은 비합리적일 수는 있지만, 그 정의의 표현이자 사회발전의 동력이기도 하다. 이를 1978년의 교육지표사건을 통해 확인해보려는 것이 이 글의 목적이다.

유신정권은 교육을 철저하게 국가에 예속시켜 독재체제의 강화와 반공 이데올로기를 선전하는 권력의 시녀로 삼았다. 이 때문에 국민들의 사상과 언론의 자유는 억압당하고 그럼으로써 국민들의 사고는 더욱더 경직되어 갔다. 1978년 6월 27일 전남대 교수 11명은 억압의 권력과 인간 및 자연을 훼손시키는 부당한 권력이 저지른 갖가지 사회 부조리를 열거하고 진실과 인간의 품위를 존중하는 교육을 재개하자면서, 당시의 교육을 실패로 규정하고 이른바 〈우리의 교육지표〉(이하 선언이라 약칭함)를 선언하였다.

선언은 첫째, 물질보다 사람을 존중하는 교육, 진실을 배우고 가르치는 교육이 제대로 이루어지기 위하여 교육의 참 현장인 우리의 일상생활과 학원이 아울러 인간화되고 민주화되어야 한다. 둘째 학원의 인간화와 민주화의 첫걸음으로 교육자 자신이 인간적 양심과 민주주의에 대한 현실적 정열로써 학생들을 가르치고 그들과 함께 배워야 한다. 셋째 진실을 배우고 가르치는 일에 대한 외부의 간섭을 배제하며, 그러한 간섭에 따른 대학인의 희생에 항의한다. 넷째 3·1정신과 4·19정신을 충실히 계승·전파하여 겨레의 숙원인 자주평화통일을 위한 민족역량을 함양하는 교육을 한다는 것이 핵심 내용이다.

당시 한국사회는 양성우 시인의 표현처럼 "총과 칼로 사납게 윽박지르고, 논과 밭에 자라나는 우리들의 뜻을, 군화발로 지근지근 짓밟아대고, 밟아대며 조상들을 비웃어대는" 억압과 공포의 시대였다. 따라서 그들의 행동이 교수로서의 불이익과 어떤 고통을 감내해야 할 것인지는, 당시의 상황으로 보아 누구라도 손쉽게 예상할 수 있는 상식적인 일이었다.

11명 교수(김두진, 김정수, 김현곤, 명노근, 배영남, 송기숙, 안진오, 이방기, 이석연, 이홍길, 홍승기)의 전원 해직은 당연하였다. 이어 전개된 학생 시위 주도자는 무더기 징계를 받았음은 물론이다. 그러나 서명 교수와 학생시위 주동자들이 이후 전개되는 민주화운동에서 중추적인 역할은 역사가 증명한다. 교수와 학생들의 엄청난 희생을 낳은 교육지표사건은 한국 민주화운동의 상징이라 할 수 있는 5·18 민주화운동의 계기적인 사건으로 평가할 수 있는 이유이다. 곧 2년 후인 1980년 5·18광주민주화운동을 잉태하는 전주곡이었던 셈이다. 나아가 교육지표선언을 통해 드러난 민주주의를 향한 양심과 열정이 이후 한국 사회 민주화 운동을 통해 면면히 계승·발전되어 왔음은 이왕의 연구가 말해준다.

그런데 교육지표사건은 권위주의적 통치와 그 이념적 음모에 맞선 비교적 희귀한 지식인 운동이었다. 한국의 대학 교수들은 그 신분의 특성상 억압의 현실에서도 대체적으로 침묵으로 일관하였다. 4·19혁명 성공이 확실해진 4·26에 발표된 교수단 성명과 6·3사태 때 서울대 교수들의 화해적 성명이 고작이었다. 정부 비판적인 경향으로 해직된 교수들이 반정부적인 행동을 취하는 일은 알려져 있지만, 현직 교수가 집단으로 체제에 도전한 일은 매우 이례적인 일이었다. 한국 사회에서 교수는 특권계급인데 사회적 지위, 명망, 모든 것을 보아서나 정말 좋은 자리였다. 그런데 그걸 포기하고 그것도 투옥될 각오를 하고, 교수들이 서명을 한다는 것은 보통 결단이 아니었다. 정말 보통 결단이 아니었던 것이다.

그렇다면 교수 11명으로 하여금 무엇이 감히 유신교육에 도전케 만들었을까? 이처럼 지극히 무모한 이성적이지 못한 판단과 행동을 감히 하게 한 용기가 어디에서 나왔을까? 비이성인 그 무엇이 있었을 법하다. 교육지표사건과 관련되어 양심, 양심 교수, 교육적 양심, 학문적 양심, 대학인의 양심, 양심의 회복 등 양심良心이 눈길을 끈다.

良心은 사람으로서 마땅히 가져야 할 바르고 착한 마음이며, 자기의 행위에 대하여 옳고 그름과 선악을 판단하고 명령하는 도덕의식이라 할 수 있다. 서양 고대의 철학자 소크라테스는 양심을 "경고를 해주고 충고를 해주는 내면의 소리"라고 정의하였다. 동양의 철학자 맹자는 "사람은 모두 사람에게 차마 하지 못하는 마음을 가지고 있다"고 단정하고, "사람에게 차마 하지 못하는 마음(不忍人之心)"이 결국 양심이라고 하였다. 나아가 맹자는 "부끄러움이 사람에 있어서 매우 크다", "사람은 염치가 없어서는 안 되니,

염치가 없음을 부끄러워한다면 치욕스런 일이 없을 것이다"라면서, "자신의 잘못을 부끄러워하고 남의 잘못을 미워하는 마음(羞惡之心)인 義의 싹"이 양심이라고 하였다. 인격자가 되기를 희구했던 수많은 지식인들의 정신적 목표였던 의로움은 곧 양심에서 비롯되는 셈이다.

2. 대학의 자화상

4·19 혁명 후 민주당 정권은 이승만 정권의 집권주의적 교육정책의 폐단을 바로잡으려고 하였다. 그러나 그들이 제시한 교육개혁 방안은 반공의식의 순장품으로 무엇 하나 제대로 이룬 것이 없었다. 이어 등장한 박정희 정권은 1962년 〈교육에 관한 임시특별법〉을 제정하여 국가가 모든 교육을 통제함으로써 교육은 자치성을 완전히 상실하였다.

제3공화국의 교육정책의 핵심은 교육발전론으로, 교육을 인력 개발의 도구로 간주하였다. 이러한 인식을 바탕으로 공화당 정부는 교육헌장을 마련하였다. 1968년 반포된 국민교육헌장은 일본 식민지배 시기에 사범교육을 받은 박정희가 제시한 것이었다. 여기에서는 특히 그는 반공민주정신, 인류공영, 협동정신, 국민정신, 민족중흥, 공익과 질서 등을 강조하였다. 이는 마치 일본의 〈교육조서〉, 〈교육칙어〉와 흡사하다. 국민교육헌장을 반포한 결과 주체성 교육과 안보교육 체제, 그리고 새마을 교육을 통한 산학협동체제가 강화되었다. 주체성 교육은 식민 잔재의 청산과 남한 정부의 정통성 확립을 표방하여 국사교육과 국민윤리교육이 강화되었다.

유신 시대에는 두말할 나위 없다. 70년대를 통틀어 유신교육, 새마을 교육, 충효교육 등이 끊임없이 강화됨에 따라, 한국의 교육은 사실상 단일한 국가지배 이념과 형태를 주입시키는 도구로 전락하였다. 유신정권은 교육을 철저하게 국가에 예속시켜 독재체제의 강화와 반공이데올로기를 선전하는 권력의 시녀로 삼았다. 정치와 교육의 결합 그리고 획일적 전제 교육 하에서, 국민들의 사상과 언론의 자유는 억압당하고 그럼으로써 국민들의 사고는 더욱 더 경직되어만 갔다.

대학은 정권의 시녀?

유신체제에 동원된 대표적인 통로 중의 하나가 학교를 통한 방법이었다. 정부는 단일한 국가지배 이념과 형태를 주입시키는 도구로 대학을 전락시켰다. 전남대학교의 경우, 학교 안에 보안사, 중앙정보부, 경찰서 형사들이 들어왔으며, 이들은 대학본부 건물 뒤의 막사에 상주하며 감시를 계속했다.

1970년대 전남대학교 총장의 취임사는 당시 대학의 실상을 그대로 보여준다. 6~7대 총장은 "본인이 대통령 각하의 명을 받고 여러분을 모신 이 자리에서 본 대학교 총장으로 취임하게 된 것을 분에 넘친 영광으로 생각한다." "우리 대학은 국민교육헌장의 숭고한 이념을 받들고 융화와 상호이해로 혼연히 일체가 되어 온오한 학풍의 수립과 자유스러운 연구 분위기를 살려 보다 명랑하고 보다 밝은 민주 학원을 건설…"이라고 천명하였다. 8~9대 총장 역시 "우리는 국민교육헌장의 숭고한 이념을 받들고 융화와 단결과 상호이해로 혼연히 일체가 되어 조용하게 연구하는 학풍을 살리도록 공동노력을 아끼지 말아야…"라고 취임사를 하였다.

"아무 실권 없는 총장한테 뭐라고 할 것이여. 총장이야 위에서 시키는 대로 움직이는 사람인데"라는 이방기의 언급에서 볼 수 있듯이, 대학의 수장인 총장의 학식과 덕망으로 보아 이는 총장 본인의 의지와는 관계가 없었을 것이다. 아무튼 정부가 대학을 독재체제 강화와 반공이데올로기를 선전하는 권력의 시녀로 삼았고, 따를 수밖에 없었던 대학은 자치성을 완전히 상실하여 갔다.

학원의 병영화는 구체적인 실상이었다. 박정희 정권은 학생들의 반유신체제 저항운동을 차단시키고 그 사상을 통제하였다. 고등학교 이상 대학생들을 체계적이고 군사적으로 유신체제에 동원시켜 정권을 유지하고자 하는 목적으로 조직한 학도호국단이 그것이다. 학도호국단은 해방직후부터 4·19시기까지 존재하였던 학도대의 전통을 이어받아, 특히 베트남 공산화(1975년 4월 30일)를 계기로 대학 사회의 질서 확립을 위해 창설되었다. 안보와 대학 내 규율·질서 확립을 명분으로 한 조직으로, 학생조직을 통해서 학원소요 문제에 대처하는 데에 그 목적이 있었다.

〈학도호국단설치령〉에는 "총재에는 대통령을 추대하고 부총리에는 국무총리를 추대한다"라고 명시하였으며, 조직은 분대, 소대, 중대, 대대, 연대, 사단 등으로 편제되었다. 이처럼 학도호국단은 군사조직체제로 편제되어 유신체제를 물리적으로 뒷받침하는 준군사단체였다. 편제만 보더라도 대통령을 구심점으로 교수·학생의 일사분란한 지도체제였다. 학도호국단은 학생들의 자발적인 의지에 의하여 조직된 것이 아니라 국내외의 급변하는 상황을 반영하여 박정희 정권의 필요에 따라 조직된 관제학생단체이며, 유신체제의 통치이념을 실천하는 전위적인 역할을 담당하는 단체였다.

전남대학교 학도호국단 발단식은 1975년 6월 25일 거행되었다. 4개 연대 사단규모로 제대를 편성하였으며, 비국민적 행동 등 모든 부조리를 민족의 이름으로 처벌함으로써 안보체제를 더욱 군건히 하여 명공통일을 기필코 달성하겠다고 결의문을 채택하였다. 학도호국단의 편성과 교육 실태에 관한 검열이 같은 해 11월 12일 본교 종합운동장에서 4학년을 제외한 남녀 학생 4천명이 참여하여 열병과 분열을 통해 실시되었다. CAC 군악대가 동원된 가운데 열병 분열을 한 뒤 총검술, 각개전투, M1, M16 및 기관총 분해결합 등 군사훈련 실태를 점검하였다. 남학생은 베레모에 호국단 마크를 부착한 교련복을 착용했고, 여학생은 역시 베레모에 흑색 스웨터 백색 하의에 구급낭을 맸다.

1976년 학도호국단의 주요활동은 행정관리, 학·예술활동, 체육활동, 취미활동 및 레크레이션, 학풍쇄신 및 호국기강 확립, 새마을 사업 봉사, 군사교육 강화에 맞춰졌다. 그런데 전체 예산 24,795,000원 중에 군사교육 강화가 4,820,000으로 가장 많은 비중을 차지하고 있다. 더불어 관리체제 확립을 목표로 학번을 폐지하고 단번(전남대의 고유번호는 104)으로 대체하였다. 학도호국단과 써클 간부 등을 대상으로 산악훈련, 해상훈련, 공수훈련을 실시하였으며, 여학생 간부를 대상으로는 육군여군단에 입영훈련을 시켰다.

교련교육과 병영집체훈련도 같은 맥락이었다. 정부는 1969년부터 학생들의 안보의식을 고취하고 국가방위력을 증대한다는 이름으로 교련교육을 실시했다. 1970년대로 접어들면서 교련교육은 점차 강화되었는데, 대학생의 경우 1971~1975년간 1학기 중 주 2시간을 실시했고, 1975년 2학기부터는 주 4시간의 교육이 이루어졌다.

1971년 교련강화조치와 함께 실시하려다 폐지하였던 병영집체훈련을 1976년에 부활하였다. 병영집체훈련은 1학년을 대상으로 향토사단(31사 단)에 입소하여 10일간의 훈련을 받도록 하였다. 훈련과목은 일반학, 화기학, 전술학, 유격기초훈련, 정훈, 각개전투 등으로 총 80시간을 이수해야 하였다. 교육평가는 훈련시간의 5/6 이상을 이수한 자로 이론과 실기가 60%, 내무생활태도 40%를 가산하여 평가하였다. 만약 종합 성적이 60점에 이르지 못하면 합격할 때까지 재교육을 받도록 하였다. 연도별로 이

훈련에 참여한 학생 수를 보면, 1976년 1,222명, 1977년 1,418명, 1978년 1,927명, 1979년 2,519명이 입소훈련을 끝마쳤다.

순수해야할 봉사활동마저도 정부가 대학을 통제하는 방법의 하나였다. 1977년의 경우, 특정지역을 선정하여 의료, 교육, 근로봉사를 종합적으로 실시하여 조국근대화 촉진에 기여한다는 기본 목표를 세우고 대규모 봉사단을 조직하여 시행하였다. 전남대학교는 봉사지역을 장성과 담양으로 한정시켜 봉사대상지역의 행정기관과 유기적 관계를 강화하는 한편, 단체별 활동 내용을 단순화하여 교육, 노력, 의료 3개 분야로 구분하여 어느 단체든 3개 분야에서 한 분야에만 치중하도록 하였다. 1978년에도 전년처럼 교육, 노력, 의료 등 3개 분야 32개 단체 1,000여 명이 봉사활동에 참여하였다. 근로·교육봉사는 보성과 화순 2개 군에서 연합봉사 형태로 실시됐고, 의료봉사는 신안과 완도 등 평소 의료혜택을 받기 어려운 낙도를 중심으로 이루어졌다.

전남대학교의 교시가 진리·창조·봉사이고 보면, 학생들의 봉사활동은 전남대학교 창학이념의 구현이라 할 수 있다. 그러나 1970년대 봉사활동에 참여하는 학생 및 단체가 증가하였는데, 이는 정부의 정책과 밀접한 관련을 가지고 있다는 점이 문제이다. 1970년대에 들어서면서 학생들의 관심이 정치·사회문제 등으로 확대되고, 1972년의 교련반대 시위, 1972년 10월 유신 선포와 그에 따른 1973년의 유신체제반대운동, 1974년 민청학련사건 등이 연이어 일어나자 정부는 학생들에게 농촌봉사를 적극적으로 권장하는 정책을 취하였고, 재정적인 지원 또한 확대하였던 것이다.

정권의 시녀로 전락한, 정확히는 전락당한 수치스런 대학의 자화상 이었다. "우리는 학원을 무대로 삼은 정보기관원의 상주 및 이에 따른 교수·학생의 학문적 양심의 타락에 꾸준히 고민해 왔다. (중략) 우리들 젊음의 터전

전남대학교는 정보기관의 발바닥 아래에 깔려 있으며, 전국민적 신망을 잃은 정권의 시녀가 되어 버렸다"는 학생들의 진단은 적확하다. 수치스러운 대학의 자화상이다.

대학에는 교수도 없다!

송기숙은 대학교육의 중요성과 대학 교수의 임무를 다음과 같이 말한다.

> 농부가 굶더라도 씻나락을 베고 죽는다는 말이 있다. 이것을 현실에 비유하자면 정치는 일시적이지만 교육은 영구한 민족의 장래에 연결된다. 씻나락을 지킨 농부와 같이 교수는 모가지가 잘라지는 한이 있더라도 장래의 대학과 교육을 지키는 것이 임무요, 그 임무를 지키기 위하여 〈우리의 교육지표〉를 발표하기에 이르렀다면 이해가 될 것이다.

교수가 선량한 학생들을 순치시키는 일에서 벗어나 강의와 연구에 몰두하고, 학생들은 투쟁의 구호를 던져버리고 공부에 매진할 수 있게 되는 것이 모든 대학인의 소망이었다. 진심으로 학교가 자유로운 배움의 전당으로 거듭날 수 있게 되기를 기대하였을 뿐, 그 이상의 것도 그 이외의 것도 아니었던 것이다.

너무 순진한 기대였을까? 교수들의 소망과는 달리 정부는 학생들에 대한 통제와 유신을 홍보하는 수단으로 교수들을 활용하였다. 학원소요와 관련한 정보기관의 주요 개입 사례 중 학생에 대한 직접통제와 함께 가장 대표적인 것이 바로 교수에 대한 개입·통제 행위였다. 교수야말로 학생들과의 1:1 관계를 통해 직접 영향력을 행사할 수 있는 위치에 있었기 때문이다. 이런 교수를 통제할 수 있는 수단이 교수재임용제로, 이는 정부의 학원대

책과 관련하여 압력을 가할 수 있는 가장 효과적인 제도였다.

정부가 1976년 3월부터 교수재임용제도를 시행한 까닭은, 교수들의 국가관·교육관 확립으로 교육자상 정립에 기여를 하고, 교수들의 적극적인 학생지도 자세확립과 총학장들의 교수들에 대한 지휘체제가 강화될 것으로 기대하였기 때문이다. 또한 평소 불평불만 습성이 있거나 현실비판 성향 등으로 학생들을 배후에서 선동하는 정치교수들을 탈락시킴으로써 학원 안정에 기여할 수 있다는 판단도 작용하였다.

그러나 교수들에게 있어서 교수재임용제는 권력과 권력자에게 순응하게만 하는 제도이었을 뿐 그 이상의 그 이하의 것도 아니었다. "교수재임명계약제 이후로 새 학기가 돌아오는 것이 한 짐이나 되게 마음 이 무겁고 괴로웠다. 어느 교수가 소위 문제 학생을 설득하면서 우리도 도살장에 들어온 것 같다고 술회하여, 그 말이 정보원의 귀에 들어가 거꾸 로 학교 관리자에게 질책을 받았다"는 회고는, 그야말로 공화당정권에 고삐가 딱 묶인 대학 교수의 심정을 잘 설명해주고 있다.

교수들에 대한 성향분석과 평가가 암암리에 이루어졌다. 아래는 비록 80년 이후의 자료이고 사립대학의 경우이기는 하지만, 유신시기의 교육현실을 고려할 경우 국립대 또한 이와 별다르지 않았을 것이다.

○○대학교

○ 총장 ○○○은 80.3 학원자율화시 학생들로부터 ○○총장으로 배척되었으나, "내 한 몸 죽어도 좋으나 나라 위해 이성 찾자"고 학생들을 설득하는 등 평소 학생지도에 적극적 자세임(A)

○ ○○대학원 교수 ○○○은 학생지도는 적극적이나 매일 내기바둑으로 소일

하는 등 도박성이 다분(B)

　○ ○○학장 ○○○는 총장을 유일한 상관으로 모시는 아부파로서 일반교수들에게는 가혹하리만치 독선적이며 정부시책에도 미온적인 태도(C)

　○ ○○학장 ○○○은 81.9 학생지도에 대하여 "더러워서 못해먹겠다" "학생들이 하는 것을 우리가 어떻게 막느냐"는 등 학생지도를 기피하고 정부시책에도 비판적인 성향(D)

A, B, C, D가 교수들의 등급임은 물론이다. 등급을 매긴다는 것도 이해할 수 없거니와, 그 척도가 기상천외하다 못해 희화적이다. 이러할진대 교수들이 느껴야만 하였던 수치스러움과 그 존재감에 대한 의문은 어떠하였을까?

교수들로 하여금 끊임없이 학생들의 활동을 지도하고 그 동태를 보고하게 만들었다. 학생상담지도관실의 운영과 교수분담지도제도의 시행이 그것이다. 교수분담지도제는 1971년 10월 교련 반대 데모가 확산 되자, 대통령의 〈학원질서 확립을 위한 특별 명령 9개항(10.15)〉에 의하여 각 대학에서 시행한 제도이다. 교수별로 대학 사정에 따라 5~15명 정도의 학생을 분담, 월 1회 이상의 면담을 통해 지도하였다. 물론 이 제도에 따라 교수 학생 간의 대화통로가 제도적으로 보장되고, 교수와 학생 간에 상호 신뢰감이 조성되는 기회가 제공되는 측면도 있었다.

그러나 "대학 내에서 학생들을 극복할 수 있는 사람은 교수뿐이며, 교수들의 적극적인 지도만이 학원소요를 극소화할 수 있다는 점을 감안하여, 동 제도를 꾸준히 실시해나가되 효과 제고를 위해 1학년부터 졸업할 때까지 가능한 한 동일교수가 담당하도록 한다.", "면담지도 결과를 인사고과에 반영하는 등 제도를 보강 실시하는 방안을 검토할 필요가 있다"는 정부의 방침은, 교수분담지도제를 시행한 목적이 학원통제에 있었음을 잘 보여준다.

정부의 학생 감시는 주로 학생지도제를 교묘하게 이용하면서 관철되고 있었다. 그 제도를 일선에서 움직이고 있던 것이 교수라고 판단한 정부는, 유신 말기에 이르러 교수들에게 학생 지도를 강요하였다. 교수들은 강의보다는 이른바 문제 학생(데모할 기미가 보이는 학생)을 발굴하고 동태파악을 하여 그것을 상부에 은밀하게 보고해야 하였다. 교수를 통한 학생들의 동태 파악과 감시가 일상화되었음을 이홍길은 증언한다.

그때 당시 학생 데모를 막는데 방법이 뭐냐면 학생들이 예를 들어 데모 할 기미(낌새)가 있다 하면은 교수들 보다 그래요. A 교수는 뭐 교문에 있고 B교수는 연못 있는 데가 있고, C교수는 인문대 등나무에 있으라고 배치를 시켜. 그런데 삐딱한 교수들은 그런 것을 무시해 버리제. 그런데 대부분은 모범 교수들이제. 그런데다가 한 달에 한 번씩 학생 동향을 보고 하게 되야. 유신 시절에. 학생하고 면담을 하고 나서 그것을 내는데 만나는 장소는 연구실 아니면 시내 무슨 음식점 이렇게 몇 월 몇 일 어디에서 만나서 무슨 이야기를 했다고 그것을 써서 학생과장에게 다 내야되. 그러니까 사람을 얼마나 치욕스럽게 해. 또 학생들이 이것이 무슨 선생님이야 하지.

대학의 경우 당연히 논문 지도교수가 있겠지만, 1학년, 2학년, 3학년, 4학년 등의 지도교수를 정하여 동향보고서를 써달라고 강박하였다. 세상에 말이 안 되는 일이었다. 때문에 일부 교수들은 아예 써내지도 않았고 다른 사람들은 그냥 "이상 없음", "이상 없음" 그렇게 써내기도 하였다. 그야말로 모욕감을 감당해 내기가 어려웠다.

학생마다 지도교수가 붙어있었다. 그래서 경찰이 지목한 학생이 어디를 가면 형사들이 찾아와 그 학생이 어디에 갔느냐고 야단을 쳐서 복통이 터질 지경이었다. 학생들 중에도 스파이가 있다는 그런 소리가 들려오곤 하였다. 참으로 우스운 시대였다. 교수가 학생들을 감시하고 학생들이 교수를 색안경으로 바라보는 그런 불신풍조가 팽팽하게 조성되어 있었다. 이것이 무슨 대학인가? 대학 교수의 존재감에 대한 의문과 수치스러움이 생기는 것은 자연스러웠을 것이다.

뿐이랴. 교수들은 강의시간 외에 이른바 초청강사라는 이름 아래 시군단위로 출장을 나가서 유신정권과 긴급조치를 합리화하는 강연 등을 하였다. 실제로 교수들을 정부의 홍보요원으로 차출했다. 예를 들어 누가 함평이다, 강진이다 하면 해당 지역 출신들을 동원해서 일반 국민들한테 "유신만이 살길이다"라는 주제로 강연을 해야 했다. 그러니 대학은 대학이 아니고 교수는 교수로서의 위신과 양심을 제대로 갖출 수 없게끔 만드는 그런 세상이었다.

교수들은 또 더욱 알찬 대학을 건설한다는 명목으로 실시된 속칭 宇宙대학, 새마을科라는 새마을연수원을 다녀오기도 하였다. 새마을 지도자연수원을 수료한 교직원은 새마을연수자협의회를 발족시키기까지 하였으며, 1977년에는 학술연구, 교육훈련, 사업추진을 목표로 새마을연구 소가 발족되기도 하였다. 조금이라도 양심 있는 교수들은 '참을 수 없는 존재의 무거움'을 아니 느낄 수 없었으리라.

"지금 대학에는 대학도 없고 학문도 없고 교수도 없다"라는 송기숙의 언급이 바로 대학의 모습이었다. 또 "우리는 학원을 무대로 삼은 정보 기관원의 상주 및 이에 따른 교수 학생의 학문적 양심의 타락에 대하여 꾸준히 고민해 왔다. 오늘날 전국 각지에서 양심 있는 대학생들이 자유와 사회 정의를 외치다가 투옥되고 학원을 영원히 떠났을 때에도 우리는 보도 기관의 통제로 눈멀고 귀멀어야 했다"라는, 학생들의 선언문도 같은 의미이다. 60년대 말은 참 자유로웠으며 어떤 감시를 받았던 것도 아니었고, 상당히 자유롭게 대학 생활을 즐길 수 있었던 무풍지대였다는 회고는 참으로 역설적이다.

대학이 이러하였다. 1978년 6월 29일자 『全南大學報』(653호)에 교육지표 선언 관련 기사는 어디에서도 찾아볼 수 없다. 이어진 654호(1978년 8월 24일)도 마찬가지이나, 1면에 「朴文教長官 來校, 18日 教職員 勞苦치하」라는 기사가 눈에 잘도 띈다. 학생들에게는 스승이었고 교수들에게는 동료이었던 서명 교수 전원이 사표를 제출하여 직위해제 된 채 교단을 떠나야만 하였던 슬픈 현실은 외면한 채 … "온오한 학풍", "자유스러운 연구", "명랑하고 밝은 민주 학원"과는 거리가 먼 자율성과 자존심을 철저히 유린당한 대학이었다. 그저 창피스러울 뿐이다.

윤흥길은 소설 「제식훈련 변천약사」에 보이듯이, 감시와 통제의 시선이 일상화된 상황에서 교수들은 자신의 소신을 제대로 펼칠 수 없었고, 그런 시스템에 길들여져 자신도 모르게 전체주의적인 억압과 지배를 실천하여 갔다. 진실로 대학과 대학교수가 당근과 채찍에 의하여 길들여지기만 하는 그런 존재였을까?

3. 부끄러움은 분노의 소금

염치없는 유신헌법까지도 4·19 정신은 지워버릴 수 없어 이어받자고 하면서도, 바로 그 4·19 때문에 세계를 향하여 민주주의라 자랑하면서도, 그 기념행사 기간을 전후한 일주일간의 강의시간표 대신에 보초시간표가 나와서 하늘을 쳐다보고도 부끄러웠다. 어떤 시인 말마따나 풀잎에 이는 바람에도 부끄러운 게 이 땅의 교수였다.

유신을 겨울공화국으로 빗대 그 억압과 공포를 고발한 시인 양성우는 떳떳하지 못하고 부끄러운 우리들의 자화상을 슬프게도 그려냈다.

> 부끄러워라 부끄러워라 부끄러워라
> 부끄러워라 잠든 아기의 베게맡에서
> 결코 우리는 부끄러울 뿐
> 한 마디도 떳떳하게 말할 수 없네
> 물려줄 것은 부끄러움뿐
> 잠든 아기의 베게미맡에서
> 우리들은 또 무엇을 변명해야
> 하는가.

지식인으로서 자긍심보다는 부끄럽고도 슬프기만 하는 현실이었다. 부끄러웠지만 교수로서의 양심마저 버린 것은 결코 아니었다. 옥바라지와 고문으로 고통 받고 있는 이들의 건강 회복을 위해 책을 팔던 학생에게 책을 사주는 일화는 교수들의 양심마저 병든 것이 아님을 말해 준다. "내가 월부 책장사한다고 75년에 뛰어다닐 때 사람 시켜서 오라 해갖고 사준 교수들이 있다. 잘 모르는데 불러 갖고 가면 '뭐 책 판다며? 아이고. 우리가 뭐 해줄 수 있는 일이 있는가. 미안하네. 요놈 그래도 보탬이 될 수 있는가 해서 불렀네'. 그리고서는 사주시더라고. 아이고야!"라고 윤한봉은 회고한다.

동양의 전통에서 지식인은 가치적 표현과 역할을 함으로써 그들의 사회적 위신을 유지할 수 있었다. 오늘날 이 땅의 지식인도 전통 지식인의 후예로 가치적 지향과 표현에 대한 욕구는 맥맥하지만 그 욕구를 그대로 보장하는 현실을 군정 30년 어디에도 찾을 수 없었다. 진실을 말하더라도 정의를 증명하더라도 피해에 대한 공포 때문에 그 몸짓은 작고 조심스러웠다. 보편적 억압이 충만한 시대에 지식인이 그냥 당당하고 용감할 수만은 없었다. 하지만 가치와 지성을 완전히 철회할 수 없었다. 그것들이 그들의 징표이기 때문이다. 전통의 지식인들과 마찬가지로 억압의 현실을 살았던 이 땅의 지식인들은 가치의 존재와 순환을 학습하면서 생존하고 입신해 왔다. 작은 몸짓으로 분노를 삭이면서 아울러 용기 없는 그 부끄러움을 은폐해 왔다.

그렇다고 용기 없는 부끄러움을 은폐한 것만은 결코 아니었다. 오히려 부끄러운 현실은 분노의 소금이 되어서 용기로 실천되고 그리하여 인간이 꿈꾸는 세상의 밑거름이 되기도 하였다. 수치스럽고도 참담한 교육현실과 이로 인한 교육자로서의 양심에 괴로워하던 교수들은 그 뭔가를 준비하고 있었다. 겉으로야 침묵하였지만 교수들의 내면세계에는 그 어떤 분노가 이미 형성되어 분출의 날을 기다리고 있었던 것이다. "어쩌다 술을 마시면 내가 너희들한테 부끄럽지 않게 뭣 하나 하고 있다. 두고 봐라 내가 뭣 하나 하마!"라고 그들은 다짐하였다. 유신체제라고 하는 것이 국가 전체를 감옥 체계로 만들어내는 것이기 때문에 결국은 교육계에서 문제점을 제기하여야 한다는 위기감이 전남대학교 교수들의 마음속에 잉태되고 있었던 것이다.

교육지표선언이 AP통신 기자와 아사이 신문 기자 두 사람에게 건네져 본사로 타전하던 도중에 중앙정보부의 통신망에 노출됨으로써, 사건은 엉뚱하게 터진 것으로 이해할 수 있다. 그러나 교수들의 마음속에는 사건 이전에 이미 분노가 형성되고 있었다. 일부 지식인들은 사회정의나 민주화를 위하는 행위들이 대개 제도권으로부터 봉쇄당하는 것에 항상 불만을 갖고 있으면서도 행동에 옮기지 못한다는 죄책감에 사로 잡혀 있었다. 당시의 학교 풍토는 대학의 자율성은 물론 교수들의 교권이 완전히 박탈되어, 양심 있는 교수들은 숨쉬기가 어려울 정도였다. 그런 상황 하에서 송기숙 교수를 중심으로 전남대 몇몇 교수들은 대학의 자율성을 보장받는 것을 비롯하여 교육의 효율성 문제와 올바른 진로에 대한 고민을 하였다.

그런데 어떻게 이 교수들이 이래갖고 말이야 어? 나중에 우리가 교수였다고 하겠어. 이게 교수여 이거 뭐여? (중략) 학생들이 저렇게 잡혀가고 있는데 말이야, 이 교수들이 뭐하고 있냐, 이게. 이거 이 시대가 천 년 만 년 갈 것이냐 말이야 응? 연탄수레를 끌더라도… 명노근 교수는 어떻게 생각하오? 이럴 때엔 무언가 한바탕해야 하는 게 아니겠소?

이대로 있어서는 안 되기 때문에 적어도 대학에 몸담고 있다는 교수들이 뭔가를 해야 된다는 중압감이 교수들을 짓누르고 있었던 것이다. 부끄러운 교육현실은 오히려 교수들의 마음속에는 분노가 형성되고 분출될 수 있었던 자양분이 되었다.

교육지표선언이 바로 그것이었다. 막 말로 혁명을 하려고 한 것도 아니고 독재정권에 대한 항의, 항의를 한 것이지 부끄럽거나 그런 것이 없었다. 스스로의 지적 판단이었기 때문에 교육지표선언이 문제될 것이 없고, 따라서 연행을 당하여서도 숨기지 않고 소신에 입각해서 선언의 당위성을 말할 수 있었다. 내적 양심에 호소를 해버렸던 것이다. 양심에 따른 분노이었기 때문에 전혀 부끄러울 것이 없었다.

교수로서의 부끄러움은 씻어지고 자부심과 일상생활에서의 당당함으로 나타났다. 교수 아닌 죄수로서 옳은 소리를 한다는 것은 다행이며, 온 몸을 옥에 던져서라도 불의의 정권에는 타협하지 않고 바른 강의를 하겠다는 자부심 때문에 옥살이 6개월을 오히려 보람으로 느끼고 있다고 송기숙은 말한다. 이석연 또한 "파렴치한 일을 하지 않았기 때문에 하늘이 오히려 파랬고 마음은 개운했다. 혹간에 길을 나가다가 통근차를 만날 때가 있었는데, 흔히 말하는 파렴치범으로 파면이나 당했으면 그 차가 부끄러웠을 것이었지만, 오히려 당당했다. 생각이 옳았기 때문에 나날이 공기가 맑고 깨끗하였으며, 이것이 사람답게 사는 것이라고 느꼈다"고 당시를 회고한다.

전남대 촌놈들 맨 날 당한다고 서울에서 그랬는데, 이제 성명서에 사인을 해놓고 나니까 양심의 가책 때문에 괴로워하던 교수들이 거기서 해방이 되어 살맛이 난 것이었다. 불의한 권력의 부당한 압제가 교수들의 눈과 귀를 멀게 하면 할수록 교수들의 양심(마음)을 자극하였고, 그 부끄러움을 자양분으로 삼아 분출된 분노는 소금이 되어 용기로 실천되었던 것이다.

분노를 안으로 갈무리하지 못한 사람들은 많은 사람들에게 인간다운 삶을 맛보게 하면서, 소금이 그 존재를 없애면서 음식의 맛을 내듯 그들의 존재를 소멸시키면서 이 땅의 민주화를 앞당기고 물리적 억압을 무산시켰다. 「6·27 양심 교수 연행에 대한 전남대 민주학생 선언문」을 보자.

학우여! 야윈 주먹일망정 굳게 쥐고 일어서자. 이미 우리 조국은 경제적으로 일제의 식민지화의 제물이 되어 있고, 자주성을 상실한 정권은 반민족적 세력의 선봉이 되어 있지 않느냐! 그동안 침묵만 하고 있는 줄 알았던 우리의 스승이 민주교육선언에 일어선 쾌거는 암흑을 깨치고자 일어선 자각이요, 양심의 회복이었다.

분노는 보람이고 소금이었다. 양심 교수의 연행은 학생들의 감성을 자극하여 분노케 하였다. 그 전부터 체제에 대한 비판과 반독재 투쟁 및 민주주의에 대한 열망과 더불어, 교수들이 아니 우리의 스승들이 불법연행 되는 것을 목도하자, 학생들 또한 분노하여 뭔가 의사표명을 해야 된다는 사명감이 생겨났다. 유신정권의 철저한 감시와 탄압으로 휴면기에 들어갔던 학생운동이 이를 계기로 서서히 재개되었음은 물론이다.

4. 지식인이기에 가야하는 길

지식인은 도덕성과 의리의 정당성을 중추로 함으로써 한 사회와 역사 앞에서 책임을 지니고 있다. 지식인은 그 역사적 전통 속에서 한편으론 보편적 정당성인 의리를 실현하는 중심이어야 하고, 다른 한편으론 불의에 대해 비판하고 항거하는 투쟁의 선봉이 되어야 한다. 그 사회의 정당성을 부여하고 역사를 의롭게 이끌어갈 지식인이라면, 그 끝없는 자기 극복이자 항상 새로운 자기 창조의 길이어야 한다(금장태, 『한국의 선비와 선비정신』, 서울대학교출판부, 2001).

미사여구로 꽉 찬 국민교육헌장의 어느 구석에도 진리와 정의라는 단어도 그 내음을 찾아볼 수 없다. 국민교육헌장은 사람을 기능인 또는 순민 즉, 권력이 하라면 하자는 대로 만드는 것이었다. 다시 말하면 지식을 이용해 가지고 개, 돼지를 만들라고 하는 그런 것이었다. 따라서 한국의 지식인 중에서 제 정신을 가지고 살려고 하는 사람, 또 한국 해방 이후 나름대로 역사 발전 속에서 민주주의가 나아간다고 하는, 이런 것에 신뢰를 가진 사람 입장에서 보면 이건 참말로 지적 반동이다는 느낌을 누구나 가질 수밖에 없었다. 그렇기 때문에 교수들은 정의롭고 평화로운 사회, 한마디로 인간다운 사회는 아직도 우리 현실에서 한갓 꿈에 머물고 있다고 질타한다. 따라서 능률과 실질을 숭상한다는 것이 공리주의와 권력에의 순응을 조장하고 정의로운 인간과 사회를 위한 용기를 소홀히 하는 결과가 되어서는 안 된다고, 정의와 용기를 외쳤다.

이상과 현실은 다르다. 그럼에도 불구하고 인간이 부단히 이상을 추구할 수밖에 없다. 이상이 부조리한 현실을 극복할 수 있는 방향을 제시하여 주기 때문이다. 정의가 소중한 이유는 바로 여기에 있다. 억압이 있는 곳, 그리고 착취가 있는 곳에서는 어김없이 정의에 대한 외침이 터져 나온다. 정의는 지혜를 사랑하는 자들에 의해 발견되기를 기다린다. 정의는 억압받는 자들의 저항의 몸짓이며 정당한 몫을 빼앗긴 자들의 타당한 요구이다. 정의는 오직 정의롭지 못한 것의 시정을 통해서만 실현될 수 있으며, 정의롭지 못한 것의 시정은 부조리한 현실에 대한 부단한 고발 없이는 이루어질 수 없다(이승환, 『유가사상의 철학적 재조명』, 고려대학교출판부, 1998)

동양의 윤리 전통에서 정의正義는 올바른 의미로서의 정의, 행위의 정당성으로서의 정의, 곧고 의로운 인격으로서의 정의라는 의미를 갖는다. 중국에서의 경우, 궁극적인 이상을 실현하기 위해서는 생명과 이익을 버릴 수 있을 정도로 확고한 신념과 실천력을 지니는 것이 지식인(士)의 인격적 조건으로 제시되었다. 공자는 "뜻있는 선비와 어진 사람은 살기 위하여 어진 덕을 해치지 않고 목숨을 버려서라도 어진 덕을 이룬다"고 하였으며, 자장도 "선비는 위태로움을 당하여서는 생명을 바치고 이익을 얻게 될 때에는 의로움을 생각한다"고 하였다. 맹자는 자신의 생명이 아무리 소중하더라도 근원적 가치기준인 의를 취하는 것이 올바른 가치판단임을 분명히 하였다. 의는 생명보다도 더욱 근원적인 가치인 셈으로, 인격자가 되기를 희구했던 수많은 지식인들의 정신적 목표가 되었다.

한국의 역사에서도 지식인들은 사회의 올바른 방향을 밝혀주는 양심으로서 고난과 시련을 감당할 수 있는 불굴의 용기를 실천하였다. 지식인은 구체적 시대적 상황 속에서 가치규범을 지키기 위해 서릿발처럼 엄격한 비판의식을 발휘한다. 곧 정당성을 천명하고 이를 수호하기 위해 부당하고 불법적인 사태를 철저히 비판한다. 여기서 지식인은 한 사회의 정당함과 의로움을 지키기 위해 불의不義와 맞서서 싸우는 비판정신과 저항정신을 발휘하게 된다. 세속적 권력의 횡포 앞에서 지식인이 당당하게 맞설 수 있는지 비굴하게 고개를 숙이는 지에 따라, 그 시대에 불어오는 바람 곧 시대풍조가 맑기도 하고 혼탁하게 되기도 한다(금장태, 『한국의 선비와 선비정신』, 서울대학교출판부, 2001).

교육자 입장에서 교육의 본질은 비판의식의 양성이라 할 수 있다. 그런데 국민교육헌장의 내용을 보면, 피교육자 또는 전 국민을 기능인 위주로 만들려는 내용이 들어있을 뿐, 어디에도 옳고 그름을 가리는 그런 똑똑한 인간으로 만들어야 한다는 내용은 없었다. 그래서 교수들이 그것을 폭로하기로 마음먹었고, 그것이 바로 〈우리의 교육지표〉 선언이었다. 선언은 이를테면 지식인들에 요구되는 비판정신의 함양과 그 구체적인 실천이었다.

현실의 위기나 난국에 부딪쳤을 때 불의한 세력과 타협하고 자신의 이익을 위해 의리의 실천을 뒤로 미룬다면, 그 의리는 그저 구호로 내세우는 공허한 명분이거나 머릿속에 남아 있는 한갓 관념이 되고 만다. 지식인은 위기에 처하였을 때에도 의를 최고의 가치로 확인함으로써 모든 이해득실이나 고통의 감수는 물론이요 생명까지도 내맡길 수 있어야 한다. 이는 굳센 의지와 확고한 신념이 있어야 하고, 무엇보다도 과감한 용기를 필수적으로 요구한다(금장태, 앞의 책). 온 몸을 옥에 던져서라도 불의의 정권에는 타협하지 않고 바른 강의를 하겠다는 의지처럼, 선언에 참여한 교수들에게는 교육자로서의 강한 자부심과 신념이 있었기에 강요된 침묵과 수치는 오히려 의로운 용기로 분출되었다.

인간에게 의義는 어느 순간에도 놓쳐서는 안 되는 근원적 규범이다. 그러나 의義의 길은 끊임없이 자신을 돌아보면서 용기 있게 결단할 것을 요구하며, 때로는 온갖 고통을 감내하며 생명을 버리면서까지 지켜야 하는 투쟁의 길이라 할 수 있다. 이처럼 의를 행하고 지키기가 어렵기 때문에, 이를 실천하는 선비를 높이고 소중한 모범으로 삼는다. 옛날 선비들이 식구들 밥을 굶기면 안 되니까 붓장사 종이장사 하러 다닌다고 어렸을 때 들었고, 강제해직된 뒤 호구지책으로 계림동에 책방을 열었다는 안진오의 회고는, 쓸쓸함보다는 오히려 꼿꼿한 자긍심으로 다가온다.

우리시대에는 세속적 권력이 상당한 정도로 지식인 계층을 흡수 고용하고 있다. 따라서 지식인은 항상 고립과 합류의 기로에 서있다. 그들은 중재인이나 동의형성자가 아니라 자신의 모든 존재가 비판적 감각에 달려 있는 자를 말한다. 달리 말하면, 손쉬운 방법, 기성의 상투적 문구, 매끈한 유창함, 권력자나 인습이 말하고 행동하는 것에 대해 대단히 융통성 있게 순응하는 것 따위를 받아들이는 것을 달가워하지 않는 비판적 감각을 지니는 것을 말한다. 그것은 또한 수동적 의미에서 달가워하지 않는 것이 아니라, 능동적으로 공공연하게 기꺼이 그러한 것을 말하는 것을 의미한다.

사회는 극소수일망정 혹독한 위협과 유혹을 끊고 당당하게 지조를 지키며 일신의 영화나 안일을 돌보지 않는 지식인을 요구한다. 이러한 의를 지키는 지식인이야 말로 그 시대가 추구하는 가치관의 이상으로 드높이 걸린 깃발이 되고, 대중이 우러러 따르고자 하는 행동의 표준이 된다. 현대사회에 접어들어서도 지식인들은 억압의 권력과 인간의 존엄성을 훼손시키는 부당한 권력의 폭력에 맞서 늘 역사의 전면에 서왔다. 그리하여 불의하고 탐욕스런 세속적 권력의 혹독한 탄압을 받았으며, 위기에 맞서 저항하다가 엄청난 희생을 치르기도 하였다. 교육지표선언에 동참한 교수들이 그들이다. 이는 인간이기에 가야 하는 올곧은 길이었고, 목적성이나 의도성과는 거리가 있는 순수하고도 정당한 마음의 발로였다. 때문에 우리는 그 흔적과 정신을 지울 수 없는 역사로 기억한다.

5. 왜 감성을 묻는가?

지식인은 그 사회의 올바른 방향을 밝혀주는 양심으로서 고난과 시련을 감당할 수 있는 불굴의 용기를 갖추어야 한다. 지식인들은 의리와 비판 정신의 담지자이다. 때문에 지식인들은 불의하고 탐욕스런 세속적 권력으로부터 혹독한 탄압을 받기도 하였으며, 역사적 위기에 맞서 저항하다가 엄청난 희생을 치르기도 하였다. 그러나 지식인들이 언제나 의롭기만 하였던 것만은 아니다. 기득권에 안주하고 현실과 타협하거나 이해관계에 얽매여 타락하면서 공허한 명분만 내세웠던 경우도 허다하였다.

교육지표사건은 암흑의 시대에 작은 촛불을 켜보겠다는 그런 심정이 행동으로 표출된 것이었다. 특히 대학인의 양심으로 비록 어려움과 피해를 겪더라도 어두운 시국을 밝히는 데 일조를 할 수 있지 않겠느냐하는 그런 기대 때문이었다.

그리하여 〈교육지표사건〉은 1980년 5·18로 이어지고 또 5·18에서 1987년 6월 항쟁으로 이어져 우리 사회를 민주화시키는 역동적인 역할을 하였다. "민주화의 횃불 당기게 한 불씨", "대학 자율성·정의·민주화 향한 첫걸음", "80년 5·18로 이어지고 또 87년 6월 항쟁으로 이어지는 우리 사회를 민주화시키는 역동적인 역할", "5·18민주화운동의 사상적 자양분 제공", "민주 투쟁의 싹을 틔운 귀한 씨앗", "80년대 연대투쟁의 길 열었죠", "학생운동 장작불에 기름 끼얹었죠"라는, 당시의 서명 교수와 학생들의 주장은 이미 연구를 통해 이미 증명된 터이다. 곧 한국 민주화 운동의 상징이라 할 수 있는 5·18 민주화운동은 서명 교수들의 붓끝에서 시작되었던 셈이다. 이 땅의 지식인들이 학문적 양심과 사회적 책무를 위해 진정으로 무엇을 해야 하며, 청년 학생들은 역사의 부름 앞에 어떻게 응답해야 하는지를 알려준다.

2007년 7월 26일 전남대학교 인문대학 교정에 교육지표선언을 기리는 기념비가 세워졌다. 그럼으로써 이곳은 교수와 학생 모두가 교육 지표선언의 소중한 의미를 되새겨보고 그 내음을 음미해 볼 수 있는 감성 소통의 지점이 되었다. 후대에도 오랜 동안 기억될 수 있는 역사가 된 것이다.

교육지표사건이 오늘날 이런 의미를 가질 수 있는 이유는 무엇일까? 당시 교수들이 특정한 목적성이나 의도성을 가지고, 또는 개인적 혹은 집단적 의리 때문에 교육지표선언을 한 것은 아니었다. 그들은 경고를 해주고 충고를 해주는 마음의 법정이자, 자신의 잘못을 부끄러워하고 남의 잘못을 미워하는 마음이며 의義로움의 싹인 양심에 충실하였다.

인간의 존엄성을 훼손시키거나 유린하고 있는 부당한 권력이 물리적 억압과 폭력으로 겉으로야 지식인들의 눈과 귀를 멀게는 하였을지언정, 그 마음=양심만은 그렇게 하지는 못하였던 것이다. 양심良心은 교수들로 하여금 당시의 교육현실을 부끄럽게 인식하게 하였으며, 이 부끄러움은 오히려 분노로 분출되는, 교육지표 사건은 곧 정의의 구현 과정이었다. 그렇기 때문에 서명 교수들의 행동은 수치스런 교육 현실을 바로잡으려는 순수하고 정당한 마음이었고, 또한 시대적 아픔의 극복을 위한 촛불과 소금이 되고자 하는 마음이었다. 곧 이들의 '마음'이야말로 그들을 오래토록 기억하게 만든 힘인 것이다. 양심=마음의 놀라운 힘이다. 이로써 보면 양심은 자기 발견과 반성의 거울이고 인간 주체성의 기조이며, 동시에 사회 발전의 동력이라 할 수 있다. 작금의 촛불시위나 길거리 응원 등은 '감성'이 과연 무엇인지를 묻고 있다.(김창규)

〈참고문헌〉

● 『論語』
● 『孟子』
● 『孟子集註』

● 5·18기념재단, 『5·18의 기억과 역사』(1, 2), 5·18기념재단, 2006.
● 국가정보원, 『과거와 대화, 미래의 성찰 – 학원·간첩편(Ⅵ)-』, 국가정보원, 2007.
● 금장태, 『한국의 선비와 선비정신』, 서울대학교출판부, 2001.
● 金谷治 외 저/조성을 역, 『중국사상사』, 이론과 실천, 1993.
● 김병인, 「교육지표사건과 5·18」, 『민주주의와 인권』 8권 2호, 2008.
● 김준태, 『명노근 평전』, 심미안, 2009.
● 김행선, 『박정희와 유신체제』, 선인, 2006.
● 김희수, 「양심의 속성과 기능에 대한 고찰 : 서양 및 기독교 사상 을 중심으로」, 『한국개혁신학논문집』 13, 2003.

● 신일섭, 「교육지표사건의 역사적 의의」, 『박정희정권의 지배이 데올로기와 저항담론』, 엔터, 2009.

● 에드워드 W 사이드 저/전신욱 · 서봉섭 역, 『권력과 지성인』, 도서출판 창, 1996.

● 윤사순, 『동양사상과 한국사상』, 을유문화사, 1992.

● 이승환, 『유가사상의 철학적 재조명』, 고려대학교출판부, 1998.

● 이호연, 『맹자와 칸트 양심이론의 비교연구』, 『국민윤리연구』 42, 1999.

● 이홍길, 『큰 분노 작은 몸짓』, 전남대학교출판부, 1999.

● 임미원, 「양심과 자율」, 『법철학연구』 제5권 제1호, 2002.

● 임종명, 「국민교육헌장과 국민생산」, 『박정희정권의 지배이데 올로기와 저항담론』, 엔터, 2009.

● 장승희, 「맹자의 양심론」, 『유교사상연구』 제32집, 2008.

● 전남대학교 호남학연구단, 『〈선언〉 그리고 투쟁의 기억』, 엔터, 2008.

● 전남대학교 호남학연구원, 『박정희정권의 지배이데올로기와 저항담론』, 엔터, 2009.

● 전남대학교, 『전남대학교 50년사』, 전남대학교, 2002.

● 정성화/강규형, 『박정희 시대와 한국현대사』, 선인, 2007.

● 조중병 · 장련괴, 『當代韓國史』, 南開大學出版社, 2005.

사회개혁에서 감성의 위상

1. 역사발전과 감성

세계적 차원에서 보면 한국의 감성 연구는 이제 시작이다. 그러므로 우리의 감성 연구는 감성에 관한 일반의 인식이나, 그 역사적 위상에 관한 이해가 어떠한 수준에 머물러 있는가를 파악하는 과정을 우선 거쳐야 할 것이다. 즉, 감성의 본질과 역사적 역할에 관한 총론적 점검이 우선 이루어진 다음에 보다 구체적인 연구로 나아갈 수 있을 것이다. 필자가 이러한 당연한 순서를 새삼 거론하는 것은 무엇보다도 우리가 가지고 있는 감성에 관한 이해가 그 본질에 관해서나 역사적 인식에 있어서나 유감스럽게도 역사적인 구체적 사실과 큰 차이를 보이고 있다고 판단하기 때문이다.

서구의 경우에도 그러한 잘못된 인식이 오랫동안 자리 잡아 왔음을 알 수 있다. 서구 역사의 초기부터 감성은 이성보다 열등하고 부정적인 것으로 이해되어 왔다. 이 때문에 고대 그리스 이후 서구사회에서 이성의 절대적인 우위를 낭연시해왔나. 이러한 진통은 고대의 플라톤과 근대 초의 데카르트R. Descartes에 의해 하나의 전통으로 자리 잡아 왔다.

또 서구 사회에서 감성은 이성에 비해 역사발전에 별로 기여하지 못하고, 학문적으로도 별로 주목받지 못하고 주변부에 머물러 왔다는 인식이 우리 주변에 폭넓게 자리를 잡아 왔다. 우리는 18세기 계몽주의가 발생한 이후 인간의 이성이 사회개혁이나 체제의 변혁을 이끌고, 또 인간을 가난과 무지의 질곡에서 벗어나게 하는 데 전적으로 기여했다고 일반적으로 잘 알고 있다. 반면, 그러한 역사적 발전 과정에서 인간의 감정적 혹은 감성적 측면이 한 역할은 거의 도외시되어 왔다.

그런데, 과연 그러한 인식이 올바른 것일까? 인류의 역사가 전개되어 오면서 감성은 대다수 학자나 일반인의 관심 밖에 있었는가? 그것은 그렇지 않았다. 그러한 관점은 역사적 실상과 많은 차이가 나며 잘못된 선입견이다.

이미 소크라테스를 전후한 시기부터 서구의 사상가들은 감성의 본질에 관해 지속적인 관심을 가져왔다. 고대에 아리스토텔레스는 『수사학』에서 감정이 이성의 노예라는 관점에 반론을 제기하였다. 아리스토텔레스는 그의 스승 플라톤을 따라 인간의 영혼을 합리적인 부분과 비합리적인 부분으로 나눈다. 그러나, 플라톤과 달리, 아리스토텔레스는 두 부분을 완벽하게 분리시키지 않는다. 아리스토텔레스는 이성과 감성의 두 부분은 필연적으로 하나로 통일을 이룬다고 보았다.

오히려 아리스토텔레스가 보기에 우리의 감성은 지적인 경향을 띠는 경우가 많아 우리가 '이성reason'이라고 부르는 차분한 생각들보다 오히려 더 적절하고 통찰력이 있을 수 있다는 것이다. 이러한 아리스토텔레스의 관점을 따르는 지적 전통이 고대 이래로 계속 이어져 내려온다. 로마 시대에 스토아학파의 철학 속에서 윤리학과 감성의 결합이 발견된다. 또한 스피노자나 흄이나 칸트도 이성 못지않게 감성적 요소를 중시한다.

흄은 우리에게 올바르게 행동하도록 동기를 부여하는 것은 우리의 열정 passions이며, 따라서 감정은 윤리학과 철학의 주변부로 추방되기보다는 중심된 위치에서 존경받고 고려되어야 할 가치가 있다고 주장하였다. 그는 철학에서 감정passion의 열등한 위치에 도전하고 이성의 역할에 대해 의문을 제기하였다. 따라서 흄이 "이성은 열정의 노예이며, 또 그래야만 한다"고 선언한 것은 이성 우위의 전통적인 관념을 파괴한 하나의 이정표를 이루는 일이라고 할 수 있을 것이다.

감성의 역사적 역할에 대한 기존의 인식이 잘못되어 있다는 것도 영국과 미국 사회개혁의 역사적 전통을 볼 때 바로 알 수 있다. 두 나라의 사회개혁에서 감성적 요소는 그 주된 동인 가운데 하나임이 분명하게 드러난다. 19세기 전반前半 영국과 미국의 사회개혁은 종교적인 것이었고, 문학적인 것이었으며, 사회지도층의 온정주의가 그 출발점이었다.

미국은 19세기 전반 유럽 낭만주의의 충격이 미국형 낭만주의인 초월주의Transcendentalism 사상, 종교적으로 인간의 완전성을 인정하는 유니테어리언주의Unitarianism, 문학에서 네티 범포Natty Bumppo와 같은 인도주의적·감성적 인간형을 추구한 쿠퍼H. P Cooper의 작품들이 그 대표적인 사례들이라고 할 수 있다. 감성은 역시 19세기 전반 미국의 여성운동, 공동체 운동, 노예제 폐지운동 등을 촉발시켰다. 이러한 운동들은 모두 감성적 요소가 지배적인 동인이 되었던 것들로서 미국의 민주주의 발전과 사회개혁 전통을 확립하여 새로운 미국 사회를 만드는 데 중요한 초석이 되었다.

영국 역시 19세기 사회개혁 전통의 기초를 확립하는 데 감성적 요소는 그 핵심적 요이니 되었다. 국교회 복음주의와 기독교 사회주의의 종교적 요소, 상류층 지식인과 정치인의 온정적 보수주의, 코울리지S. T. Coleridge와 워드워스William Words worth의 낭만주의, 칼라일Thomas Carlyle과 러스킨의 낭만주의적 사회관, 애타주의Altruism 정서와와 문학이 그것들이었다. 그리고 19세기 후반 토인비A. Toynbee를 시작으로 출현한 수많은 사회개혁가들도 가진 자와 배운 자의 도덕적 책임감과 정의감에서 개혁의 대열에 동참했다.

이러한 사실을 놓고 볼 때, 우리가 단지 관심을 가지고 제대로 인식하지 못했을 뿐이지 역사 속에서 인간의 감성은 꾸준하고 활발하게 표현되고 발전되어 왔으며, 역사의 발전에도 지대한 기여를 해온 측면이 다분하다는 것이 필자의 관점이다. 그래서 우리의 감성연구는 감성의 올바른 역사적 위상을 복원하는 데서부터 출발해야 한다는 것이다.

이제는 감성이 역사 발전의 동인으로서 어떤 역할을 했는가를 보다 구체적으로 확인해 볼 차례이다. 이에 부분적인 대답으로 감성이 서양의 역사발전에 어떠한 역할을 했는가를 살펴보려고 한다. 특히 그것이 영국의 사회개혁 전통을 수립하는 데 끼친 영향을 살펴보고자 한다. 그 가운데서도 영·미의 사회개혁의 감성적 토양 가운데 특히 러스킨(1819~1900)의 자연과 예술에 대한 관점이 영국의 사회개혁 전통에 지대한 영향을 끼쳤다. 본 논문에서는 러스킨의 절대적인 사상적 영향을 받은 20세기로의 전환기에 영국의 사회개혁을 사상적 실천적 차원에서 선도한 인물이라는 역사적 평가를 받고 있는 홉슨John Atkins Hobson이 저술한 러스킨의 전기(*John Ruskin, A Social Reformer*, Loon: James Nisbet, 1899)를 토대로 그 구체적인 내용을 알아보기로 한다.

2. 세밀한 관찰에서 통찰로

러스킨은 1819년 포도주 무역상으로 성공한 제임스 러스킨John James Ruskin과 엄격한 복음주의 신도인 마가렛Margaret Ruskin의 외아들로 태어났다.러스킨은 런던 근교의 헌 힐Herne Hill에 있는 큰 저택에서 어린 시절을 보냈다. 러스킨의 아버지는 매우 교양 있는 인물로 아마추어 미술가이자 미술품 수집가였으며 시詩 애호가였다. 러스킨은 예술에 대한 높은 안목을 가진 아버지의 아낌없는 관심 속에 얼린 시절부터 고전을 탐독하면서 보냈다. 또한 거의 해마다 아버지가 국내에서 사업차 가던 여행에 동행했는데, 그때 부모님을 따라다니면서 시골집, 성, 교회, 미술품 들을 관람했다.

러스킨은 13살 때 터너J. Turner(1775~1815)를 비롯한 몇몇 화가가 삽화를 그린 로저스Rogers의 『이탈리아』의 사본을 생일 선물로 받았다. 러스킨은 이 책 안에 있는 터너의 소묘를 정확히 모사했다. 이 책은 러스킨이 자연과 예술에 관한 관심을 갖는 데 결정적인 영향을 주었다.

엄격한 청교도적 방식으로 양육된 어린 러스킨에게 허용된 가장 큰 즐거움은 시각적인 즐거움이었다. 인근 덜위치 칼리지Dulwich College에는 대중들을 위한 갤러리가 있었고 어린 러스킨은 이 화랑을 즐겨 찾았다. 그는 그곳에 전시된 그림을 감상하며 예술에 대한 안목을 길렀다. 1840년 초기 폐렴이라는 진단을 받고, 국외에서 겨울을 보내기 위해 이탈리아로 떠난 러스킨은 베네치아를 거쳐 스위스를 지나는 여행을 하게 되었다. 성년이 되어 하게 된 이 여행에서 러스킨은 자연의 아름다움에 본격적으로 심취하게 되면서 그것을 묘사하는 데 관심을 갖게 되었다.

성장하면서 러스킨은 스콧Walter Scott에게서는 중세의 낭만적 아름다움을, 워즈워스William Wordsworth에게서는 자연의 아름다움에 담긴 깊은 의미와 믿음을 배웠다. 1836년 옥스퍼드 대학에 진학한 러스킨은 터너의 그림을 수집하기 시작하였고, 그의 그림을 통해 자연의 창조적 · 사실적 재현에 관한 관심, 세계를 해석하고 재창조하는 인간의 능력에 대한 신념을 갖게 되었다. 이후, 러스킨은 자연을 탁월하게 묘사한 산문들을 쓰기도 했다. 러스킨이 라파엘 전파와 공유했던 중세주의에 대한 동경이나, 그의 자연에 대한 사랑과 그것의 파괴에 대한 공포심도 그 뿌리는 낭만주의 운동에 있었다.

빅토리아 시대의 대부분의 부유층 자녀들이 그랬듯이 그도 어린 시절부터 그림 공부를 했으며 당시 유명했던 수채화가인 앤소니 필딩Antony V. C. Fielding을 비롯한 여러 교사들에게서 전통적인 스케치 방법을 배웠다. 그러나 그는 어린 시절에 배운 전통미술을 거부하고 어린아이 같은 순수함으로 되돌아가야 한다는 깨달음에 이르게 되었다. 훗날(1884) 그는 그 순간을 다음과 같이 회상하였다.

1841년 봄, 나는 아주 우연히 성장하고 있는 잎을 처음으로 그리게 되었고 그것은 노우드 Norwood 길가에 있던 울타리의 담쟁이 덩굴 잎이었다. …… 이 한 점의 스케치 이후 나는 더 이상 어느 누구도(그림으로든, 글로든) 따라할 수 없게 되었다. 그 대신 이후에 라파엘전파주의를 이해할 수 있게 했던 그 공부를 시작하게 되었다.(팀 베린저, 권행가 역, 『라파엘 전파』, 예경 2002에서 재인용)

이처럼 러스킨이 그의 생애 초반부에 이미 보여주었던 자연에 대한 지적이고 섬세한 사랑은 그의 평생의 업적을 정확하게 인식하는 데 있어서 출발점으로 받아들여져 할 것이다. 시간과 그 강도에서 자연에 대한 사랑은 예술에 대한 그의 관심보다 앞서 있다. 러스킨은 "내 생애에서 나 자신의 모든 올바른 예술-활동의 시작은, 예술에 대한 나의 사랑이 아니라, 산과 바다에 대한 사랑이다"고 말하였다. 그의 천진한 탐구들, 돌 수집(그것은 그의 지질학과 야금술 연구의 출발점이 되었다), 야생화를 세심하게 관찰하는 집념, 하상河床, 구름의 모습들, 언덕들의 형태에 관한 연구는 그의 어린 시절의 열정이었을 뿐만 아니라, 그의 주요한 지적 훈련이 되었다. 훗날 러스킨에게서 특별히 발견되는 지적 능력은 분석력이었는데, 이 능력은 이 어린 자연 애호가에게서 두드러졌던 "보는 데 있어서의 참을성과 느끼는 데 있어서의 정확성"에 그 기반을 두고 있었다.

따라서 라파엘 전파前派의 형성에 중요한 역할을 한 러스킨의 초기 저작들은 전통적으로 내려오던 재현방식을 버리고 대신 직접 대상을 주의 깊게 그려야 한다는 사상을 유행시켰다. 그는 '(그림의) 첫 번째 중요한 원칙은 눈과 마음으로 관찰해야 한다는 것'이라고 주장했다. 러스킨의 모든 글 속에는 자연에 대한 세밀한 관찰과 묘사를 통해 최고의 통찰에 이르게 된다, 라는 확신이 들어있다. 이것은 그가 일생 제작한 스케치와 수채화 그리고 산문들에서도 분명하게 드러난다.

1842년 옥스퍼드에 돌아와 대학을 졸업한 후 러스킨은 터너의 그림을 옹호하기 위한 비평으로 저술하기 시작하였다. 바로 그 『현대 화가론Modern Painters』(1843~1860)에서 그는 빅토리아 시대 예술의 아카데미즘과 고정관념을 비판하였다. 타고난 분석력을 가지고 있고, 자연을 깊이 관찰하는 학생이 영국 예술의 전통에 반기를 들고, 새로운 방향을 모색한 것은 어쩌면 불가피한 귀결이었을런지도 모른다. 러스킨은 이 책에서 자연이 인간의 영혼을 고양시키는 숭고한 역할을 한다는 자신의 생각을 피력하였다. 그래서 그의 자연관은 '자연에 대한 충실'이라는 '라파엘전파'Pre-Raphaelite Brotherhood의 예술관에 이론적 토대를 제공하였다.

그리고 풍경화에 대해 쓴 글을 보면 그가 시와 신학뿐 아니라 지질학, 식물학, 기상학에도 관심을 두었다는 것을 알 수 있다. 그는 작가들이 나무를 정확하게 그리려면 반드시 나무의 구조와 생리를 이해해야 한다고 믿었으며 이 이론을 일반인들에게 설명하기 위해 『드로잉 입문 The Elements of Drawing』(1857)이라는 교육용 책자를 삽화를 곁들여 펴내기도 했다.

러스킨은 본다는 것이 단순히 관찰하고 기록하는 것보다 훨씬 더 깊은 의미를 지닌다고 생각했다. 특히 자연을 정밀하게 조사함으로써 더 높은 진리를 드러낼 수 있다는 것이 바로 그의 신념이었다. 실제로 그는 모든 진실은 시각적으로 이해될 수 있다고 믿었다. 따라서 그의 세계관으로 볼 때 화가가 특권적 지위를 차지하는 것은 당연한 일이었다. 그는 터너의 풍경화 속에 이러한 이상이 표현되어 있다는 것을 알았다.

> 우리는 여러 해 동안 터너의 작품들이 진실하지 못하다라는 비난만을 들었다. 그의 작품들이 지닌 힘과 웅대함, 아름다움, 그 모든 것을 보고난 후 사람들의 반응은 단 한 가지, 즉 그것이 자연과 같지 않다는 말 뿐이었다. 따라서 나는 그들의 입장에 서서 실제 사실을 철저히 조사하여 터너의 작품이 자연과 같으며 어느 누구보다도 충실하게 자연의 모습을 그렸다는 것을 보여주었다.(베린저, 『라파엘 전파』).

그러나 러스킨에게 있어 "통찰이란 관찰과 영감의 결합 속에 존재한다" 즉 러스킨은 자연 현상들에 대한 이해가 그에 대한 상상과 연결되어야만

한다고 믿었다. 러스킨은 특히 터너의 후기 작품들에서 그가 자연을 단순히 베낀 것만은 아니라는 것을 느꼈다. 그가 볼 때 터너는 사실적인 재현의 단계를 넘어서 상상의 영역 속으로 들어간 사람이었다. 터너가 일생 동안 관찰했던 자연 현상은 그의 상상력에 필요한 원재료와 기술을 제공해주었던 것이다.

러스킨은 터너의 진정한 의미를 널리 인식시키기 위해서는 풍경화가 고급미술이라는 것을 주장하는 이론이 필요하다고 생각하였다. 터너를 옹호하기 위해 소책자로 출판하려 했던『현대 화가론』은 이러한 과정에서 계획이 바뀌어 17년에 걸쳐 5권의 책으로 나오게 된 것이다. 그는 이 책에서 풍경화의 미학을 정립하기 위해 과학적, 종교적 논의들을 모두 동원했다.

『현대 화가론』이 영국의 미술이론의 발전에 기여한 바는 결코 적지 않다. 러스킨은 이 저술을 통해 영국 내에 확립된 역사화가 가장 우월하며 초상화와 풍경화는 열등한 장르로 취급되어 오던 르네상스식 장르구분의 전통에 도전했다. 1843년『현대 화가론』1권이 나오자마자 러스킨은 이내 유명해졌다. 그는 이 책의 결론에서 젊은 화가들에게 중요한 충고를 한다. 러스킨은 대가를 흉내 내는 것으로는 터너 같은 '대가'의 자리에 오를 수 없다고 충고하였다. 또 어떻게 자연을 바라보아야 하는가에 대한 그의 입장을 잘 보여준다.

젊은 화가들은 대가들을 흉내 내어서는 안 된다. 그들의 임무는 선택하는 것도, 구성하는 것도, 상상하고 실험하는 것도 아니다. 단지 겸허하고 진지하게 자연의 질서를 따르고 신의 손길을 더듬어 가는 것이다. (그들은) 오직 한마음으로 자연으로 돌아가 성실히, 진심으로 자연을 따라야 한다. 다른 생각들은 떨쳐버리고 오로지 어떻게 하면 자연의 의미를 잘 파악할 수 있을 지만을 생각하며 자연이 주는 교훈을 기억하기 위해 힘써야 한다. 그 어떤 것도 부정하지 말며, 아무 것도 선택하지 말며, 그 어떤 것도 소홀히 여기지 말며 ……언제나 진실 속에서 기뻐하라.(베린저,『라파엘 전파』)

라파엘전파는 러스킨을 개인적으로 알기 이전부터 이미 러스킨식 자연주의를 실행에 옮기고 있었다. 그러나 러스킨의 이 말은 젊은 라파엘전파 화가들이 로열아카데미에서 배워왔던 낡은 대가식의 기법과 양식을 그만두고 보다 적극적으로 자연을 직접 사생하고 자세하게 관찰하여 살아있는 듯한 그림을 그리게 만드는 데 결정적인 역할을 했다.

3. 예술의 원리로서의 도덕

러스킨은 옥스퍼드 대학의 학생이었을 때 건축에 관해 쓴 비평에서 예술의 사회적 특성에 관한 언급을 시작했다. 그가『건축 매거진』에 쓴 「건축의 시The Poetry of Architecture 혹은 민족적 풍경과 민족적 특성과 연관하여 고려된 유럽 민족들의 건축」의 내용에서 보인 그의 예술관은 그가『일곱 지표The Seven Lamps』에서 보여준 건축의 진정한 인간적 이용에 관한 뛰어난 관점을 보여준 출발점이었다. 그리고 그 글은 삶의 진정한 필요에 따라 물질을 정직하게 사용하는 것이 올바른 건축과 건축미의 기초라는 그의 초기 원칙을 보여주는 가장 주목되는 것이다. 여기에서 "사실주의" 혹은 삶의 현실의 연구와, "이상주의" 혹은 감각에 호소하는 미의 형식들을 부여하는 상상력의 이용은 상호 모순되는 것이 아니라 상호 보완적인 과정이라는 그의 독특한 생각의 첫 단계가 싹트고 있음을 추정할 수 있다.

콜링우드는 『존 러스킨의 생애와 업적 Life and Work of John Ruskin, vol.1, 1893』에서 러스킨이 1842년 인간적 진지성의 힘에 의해 보다 심원한 속성들과 동기들을 가진 자연의 해석자로서 고급예술의 진정한 사명에 대해 눈을 떴다고 지적하였다.

러스킨은 1843년에 출간된 그의 『현대 화가론』의 첫 권에서 "후에 그가 그 보다 좁은 의미의 예술부터 삶의 예술로 옮겨온 세 주요 규범canons을 열정적인 언어로" 말하였다. 그가 내세운 첫 번째 규범은 모든 예술은 자연 속에서 주제가 되는 대상에 대한 사실들을 끈기 있고, 철저하고, 상세하게 파악한 지식 위에 토대가 세워져야만 한다는 것이다. 이것은 리얼리즘의 기본원리이다. 이것이 지켜지지 않았다는 측면에서 러스킨은 이탈리아와 영국의 라파엘 이후의 미술 유파들의 위대한 "대가들masters" 대부분을 비난하고 있다.

러스킨은 끌로드 로랭Claude Lorrain이나 푸생Nicholas Poussin과 같은 위대한 대가들에게 이 원칙을 적용하면서 그들이 추구한 전통적 표현양식 conventionalism이 후대 예술가들의 예술관에 끼친 치명적인 해악을 폭로했다. 러스킨은 예술의 목적은, 감각을 모방하는 것도 아니고 속이는 것도 또한 아니며, 진리를 말하는 데 있다. 그러나 예술은 모든 진리들을 말하거나, 외부 세계의 모든 개별적 현상들을 문자 그대로 정확하게 묘사하는 것은 아니다. 러스킨은 그러한 리얼리즘은 예술이 아니라고 보았다. 러스킨은 그와 반대로 예술은 "이상적인 것들을 표현하는 것과 연관이 있다"고 보았다. 자연은 진리와 미의 관념을 제공함으로써 이러한 이상주의의 봉사자가 되는 것이다. 그러므로 "진실의 관념들은 모든 예술의 기초이며, 모방의 관념들은 모든 예술의 파괴이다." 풍경 속에서 이러한 관념들을 훌륭하게 표현하는 것은 예술의 첫 번째 목표이다.

『현대 화가론』의 두 번째 개정판 서문은 이러한 본질적인 원칙에 관한 보다 성숙된 언급을 담고 있으며, 한편으로는 라파엘 이후의 회화와 또 다른 한편으로는 네덜란드 회화를 비판하고 있다. 전자는 자연의 내용을 너무 광범위하게 일반화함으로써 전혀 알아볼 수 없는 종류의 나무와 지질학적으로 어떤 존재도 찾아 볼 수 없는 바위를 그림으로써 개별적인 사실을 파괴하고 있다. 후자는 그들의 그림들을 너무 많은 사소한 것들로 잔뜩 채워 넣고 있다는 것이다.

러스킨은 들판의 모든 풀잎과 꽃은 그 개별적이고, 두드러지면, 완벽한 아름다움을 가지고 있다고 생각하였다. 그것들은 그들 나름의 개별적으로 살아가는 방식과 표현과 기능을 가지고 있다. 그는 "가장 최고의 예술은 이러한 개별적인 특성을 파악하고, 그것을 발전시키고 설명하고, 풍경 속에서 그 적절한 위치를 부여하고, 그것에 의해, 그림이 전달하기 위해 의도하는 위대한 가치를 향상시키고 강화시켜주는 것"이라고 보았다.

러스킨은 예술에서 훨씬 더 중요한 것은 처음부터 도덕의식을, 관념들에 대한 평가의 기준으로 그리고 순수한 감각의 원천이 되도록, 예술의 표준으로 도입하는 것이라고 보았다. 즉, "완벽한 미적 감각은 그 순수성과 완벽함 속에서 우리의 도덕적 본성에 이끌리는 물질적 근원으로부터 가장 큰 가능성의 즐거움을 얻는 능력"이다. 또한 러스킨이 보기에 "미의 관념들은 도덕적 지각의 주제들이지 지적 지각의 대상들이 아니다" 것이었다.

일단 예술은 통찰력 있고 생산적인 상상력의 힘에 의해 자연 속에 비친 진정하고 가치 있는 관념들의 표현이라는 입장에 도달하고 난 다음, 러스킨은 그러한 입장에서 결코 물러서지 않았다. 무엇보다도 러스킨이 우선적인 가치로 생각한 인류애는 예술의 우선적 기준이자 목적이었다. 그러므로 러스킨은 "인간에 관해 어떠한 언급도 포함하지 않는 모든 예술은 열등하거나 무가치하다. 그리고 인간에 관한 그릇된 생각, 혹은 비열한 생각을 담고 있는 모든 예술은 그 정도만큼 그릇되고 상스러운 것이다"고 생각한다. 그러므로 예술은 인간에 관한 봉사를 통해 그 자체를 정당화해야만 한다는 것이다.

뒤이어 나오는『현대 화가론』의 속편들도 이러한 러스킨의 생각을 지속적으로 강조하고 있다. 인간의 삶의 요구에 부응하는 예술에 관해 러스킨은 예술 활동의 두 위대한 원천 - 고대 그리스 예술과 중세 고딕 예술 - 을 언급한다. 특히 러스킨은 고딕 회화와 건축은, 기독교의 영향이 준 영감 하에서, 그리스 예술이 가지고 있지 않았던 것 - 보다 심원한 진지성, 신비감과 영적 투쟁 - 을 제공하였다고 보았다. 또한 고딕 건축은 항상, 교회와 선술집의 모두의 건축이었다. 즉, 신의 집이자 인간의 집으로 그에 따라 신과 인간의 통합적 연관성을 표현하는 건축이었다는 것이다. 따라서 러스킨의 예술이론의 뿌리는 고상한 관념의 표현을 통해 예술이 인류에 봉사하는 것이다. 러스킨은 테크닉은 예술의 도구로 당연히 여겨지지만, 그 본질은 아니라고 보았다.

러스킨은 예술 활동은 처음부터 도덕의식의 도입을 예술의 표준으로, 이념들에 대한 평가의 기준으로, 순수한 감각의 토대로 삼는 것이 보다 더 중요하다고 보았다. 그리고 그 도덕의식이 추구하는 궁극적 가치는 '인간성'을 지향하는 것이야 한다고 주장하였다. 즉, 인간성은 예술의 기준이자 목적이 되어야 한다는 것이다. 그는『근대화가론』등에서 자신의 이러한 주장을 줄기차게 반복하였다.

『현대 화가론』2권에서 러스킨은 예술이 인간애를 추구해야 한다는 자신의 생각을 매우 적극적이고 설득력 있게 설파하였다. 그는 이 책의 한 장에서 육체적 도덕적 존재로서 당시 영국인이 처한 현실에 대해 뿌리 깊은 불만을 처음으로 분명하게 드러내었다. 러스킨이 사회개혁이 지극히 필요하다는 것을 알게 된 것은 그의 독특한 예술 연구를 통해서였다. 그는 "미를 느끼는 것은 한편으로 관능적인 것도 아니고, 또 다른 한편으로 지적인 intellectual 것도 아니다. 그 느낌은 그 아름다움에서 진리와 강렬한 느낌 모두를 얻으려는, 순수하고, 올바른, 그리고 열려진 마음의 상태에 달려있는 것이다"는 신념을 가지고 건축과 회화의 역사에 관한 연구를 했다. 그 연구를 통해 러스킨은 예술의 성격에 끼치는 정치적 산업적 제도와 관습의 영향에 관한 일정한 결론에 이르게 되었다.

러스킨은 건축만큼 한 민족의 성격과 활기찬 능력이, 그렇게 항구적으로, 그렇게 다양한 방식으로, 그렇게 인상적인 양식으로, 그렇게 무의식적으로, 따라서 그렇게 진실되게 표현되는 것은 없다고 보았다. 교회, 궁전, 주택을 한 민족의 특성이 기록된 거대한 증거물들로 보았을 때, 러스킨은 거기에서 역사의 의미에 대해 새롭고 강력한 깨달음을 얻을 수밖에 없었다.

그의 예술의 도덕적 원리를 건축이라는 특정 예술에 적용하면서 러스킨은 국가들의 운명의 기초가 되고 그 흥망의 원인이 되는 도덕적 요인들에 관한 깊은 성찰에 이르게 되었다. 이러한 깨달음을 담은 저술이 바로『건축의 일곱 가지 지표』이다. 당시 개인적으로는 새로운 결혼 등 평온한 일상을 보내고 있었지만, 칼라일의 저술들은 이미 그의 영혼의 깊은 심연을 휘젓기 시작하고 있었다. 그는 다음과 같이 암울한 예언을 담은 글을 쓰고 있었다.

우리에게 다가온 시절의 모습은 알 수 없는 미스테리로 가득 차 있지만 그만큼 피할 수 없는 엄연한 현실이다. 우리가 맞서 싸워야만 하는 악의 무게는 불어나는 물처럼 점점 커져가고 있다. 형이상학의 게으름과 예술의 오락을 위해 쓸 시간이 전무하다. 지상의 신성모독의 소리는 점차 커져가고, 지상의 불행은 매일매일 더욱더 커져간다.(Collingwood, *Life and Work of Ruskin*, vol.1, 1983)

천성적 성향이 기존 질서의 지지자이자 평화주의자인 러스킨이었지만 이제 그의 시대와 국가가 처한 상황을 목격하고 기존의 질서에 대한 비판적 시각을 갖기 시작하였다. 러스킨은 『베네치아의 돌』에서 이러한 사회의식이 진일보했음을 보여준다. 이 저서에서 그는 민족적 성격에 의존하는 민족 예술이라는 자신의 이론을 구체적인 예를 통해 보여주려고 시도하였다. 『베네치아의 돌』은 처음부터 끝까지 베네치아의 고딕건축은 그 모든 특징에서 베네치아 인들의 순수한 민족적 신념과 내적 덕성으로부터 생겨나왔고 그것을 잘 보여주고 있다는 것을 보여주려는 데 목적을 가지고 있었다. 대신 르네상스 건축은 은폐된 민족적 불신앙과 내부적 타락의 상태로부터 생겨난 것이며, 그래서 그 건축의 모든 특징들이 그러한 모습을 보여주고 있다는 것이다.

그러나 『베네치아의 돌』을 통해 러스킨이 정작 하고 싶은 말은 바로 영국의 현실이었다. 예술, 상업, 그리고 정치적 힘에 있어서 국가적 발전의 사례로서 베네치아는 "영국의 현실"에 강력한 교훈을 준다고 보았던 것이다. 영국은 아드리아 해의 신부를 파멸케 했던 배금주의와 똑같은 사악한 자만심에 빠져들면서 인간의 기력을 빼앗고 타락시키는 물질주의의 똑같은 구렁텅이로 뛰어들고 있는 모습이 눈에 보인다는 것이었다. 러스킨은 이러한 연구가 자신에게 준 교훈을 분명하게 인정하고 있다.

만년에 쓴 그의 사서전 『프리이데리타 *Præterita*』에서도 그는 어떻게 틴토레토Tintoret가 그에게 베네치아 공화국의 운명을 연구하도록 이끌었는가를 말하고 있다. 틴토레토의 그림은 "그렇게 나를 베네치아의 역사를 연구하도록 강력하게 촉구하였다. 그래서 그 연구를 통해 나는 국가의 부강함과 미덕의 법칙을 추적하였고 혹은 말하게 되었다."

4. 유기체적 공동체와 감성적 인간

러스킨의 두 "위대한 스승"은 터너와 칼라일이었다. 터너는 러스킨을 한 예술-선지자로 만들었고, 칼라일은 그를 사회개혁가로 만들었다. 1850년대에 들어서면서 칼라일과의 만남을 통해 러스킨이 산업사회를 보는 관점은 크게 변하게 되었다. 당시 칼라일은 『프랑스 혁명사*The French Revolution*』(1837)와 『차티즘*Chartism*』(1839), 그리고 『과거와 현재*Past and Present*』(1843)를 통해 벤담Jeremy Bentham의 공리주의를 비판하고 '노동자 계급이 처한 어려운 현실'에 대해 본격적으로 문제제기를 하기 시작하였다.

러스킨이 칼라일로부터 영향을 받은 것은 크게 두 가지였다. 하나는 고전 경제학의 구조적 문제점에 대한 인식이었고, 다른 하나는 노동자들의 비참한 현실에 대한 자각이었다. 그리고 러스킨은 57년 맨체스터에서 노동자들을 대상으로 강의 활동을 하는 동안 그들의 일상을 목격하면서 칼라일의 문제의식이 옳았음을 분명히 깨닫게 되었다. 이러한 과정을 거치면서 러스킨은 그만의 독특한 사회의식을 갖게 되었다. 그가 추구한 예술 역시 결국 그의 사회의식을 반영하게 되었다.

러스킨의 초기 저술과 강연에는 그가 진정한 예술 작업의 필수적인 조건으로 개별 예술가의 도덕적 성격을 주장하는 것으로 비치는 내용이 존재한다. 그러나 그의 생각이 보다 성숙해 가면서, 그가 유전, 전통, 그리고 그가 살고 있는 시대의 정신과 제도들이 개인에게 부여하는 사회적 도움의 힘을 깨닫게 되면서, 개인의 도덕성보다는 사회적 도덕성을 보다 중시하게 되었다. 러스킨이 예술과 민족적 특성의 유기적 관계를 분명하게 이해하고 더 인정해 감으로써 그의 예술적 사명과 그의 사회적 사명 사이에 다리가 놓여졌다.

당시 영국 사회에 대한 러스킨의 초기의 부정적 표현들은 속류 공리주의, "지나치게 빈민이 양산되는 부패한 문명"(『현대화가론』 2권), 당대를 풍미한 기계적 진보관에 대한 날카로운 비판들로 이루어져 있다. 칼라일의 고발은 러스킨의 마음에 열정적인 공감의 태풍이 몰아치게 만들었으며, 그래서 1850년에 그들이 처음 긴밀한 관계를 맺은 후부터 러스킨은 칼라일의 신봉자가 되었다고 할 수 있다. 1851년 만국박람회가 런던에서 열렸을 때, 러스킨은 자신이 자축의 합창에 동참할 수 없음을 알았다. 1855년에 러스킨은 맨체스터 산업자본가들의 정치 경제학에 대해 처음으로 언급하기 시작한다. "정치 경제학에 관한 나의 연구를 통해 나는 누구도 그것에 대해 아무것도 모르고 있다는 사실을 믿게 되었다. 그래서 나는 지금 가끔씩 밤을 지새우면서, 정치 경제학에 독립적인 원리들로서, 한 추상적인 방식으로 화폐, 지대, 그리고 세금의 본질에 관한 연구에 몰두해 있다."(Collingwood, *Life and Work of John Ruskin*) 이러한 경제 연구를 통해 그는 이제 적극적으로 참여하기 시작한 노동계급 교육을 위한 다양한 박애주의 계획에 관심을 갖게 되었다. 그는 1854년 장식업계의 노동자들에게 첫 강의를 하기 시작하였고, 같은 해 기독교 사회주의 운동의 창시자인 모리스F. D. Maurice가 창설한 노동자대학에 동참하여 노동자들을 가르치면서 그들과 가까이 하려는 노력을 기울였다.

러스킨의 경제 연구의 결과는 1857년에 보다 구체적인 형태를 띠기 시작하였다. 그때 맨체스터 미술품 전람회 강연에 초대받았을 때, 그는 강연 주제로 「예술의 정치 경제학」을 선택했다. 이 강연에서 그는 예술로 분류되는 그러한 종류의 부의 생산과 분배에 관해 경쟁적 상업주의의 본질적인 결함에 관해 처음 폭로하였다. 러스킨은 국가의 이익을 위해 가장 많은 수의 최고의 예술 작품을 얻고 보관하기 위해, 국민의 예술적 능력을 교육하고, 조직화하고, 모든 방법을 통해 경제적인 것으로 만드는 것은 국가가 할 일이라는 생각을 피력하였다. 이 강연은 그가 훗날 각 숙련공 조합의 규제를 책임질 기술자 협동 길드의 설립과 같은 구체적 방법론들을 모색하는 데 있어 하나의 단초가 되었다.

러스킨의 사회적 경제적 비판의식의 발전은 이제 점차 빨라지고 있었다. 1859년 가을에 런던 건설 노동조합의 파업의 영향을 반영하는 그의 일련의 강연은 『나중에 온 이 사람에게도』라는 저술의 모태가 되었다. 그러므로 러스킨의 저술의 역사에서 이 강연들의 원고는 가장 큰 중요성을 가진다. 이 원고들은 러스킨의 예술비평을 높이 평가하고 또 친분관계에 있는 지인에 의해 『콘힐 잡지Cornhill Magazine』이라는 저널에 실리게 되었다. 그러나 첫 세 편의 글이 실리고 난 다음 세간의 혹독한 비평 때문에 러스킨의 글은 더 이상 실릴 수 없었다. 훗날 이 글을 토대로 출간된 『나중에 온 이 사람에게도』에 대한 세인의 반응도 역시 마찬가지였다.

그의 정치 경제학 이론이 훗날 다소 수정되었다고 하더라도, 그 골자는 『나중에 온 이 사람에게도』에 담겨있으며, 이 저서는 아직까지 그의 가장 강력하고 널리 알려진 고전경제학 비판서의 자리를 차지하고 있다. 이 책에 담겨있는 비판은 두 방향에서 이뤄지고 있다. 한편으로 기존 산업 질서를 설명하는 것으로 여겨지는 현행 "정치 경제학"의 비능률과 비일관성을 폭로하는 것이다. 또 다른 하나는 산업 제도의 특성 – 그 소모성, 불의, 그리고 비인간성 – 에 대한 공격이다. 러스킨은 이러한 산업사회의 문제점을 해소할 새로운 사회질서를 이미 모색하고 있었다. 그러나 이 저술은 거기에 담겨있는 생각뿐만 아니라 그 서술 방식에서도 너무 파격적인 것이어서 앞에 언급한대로 처음에는 세인들에게 잘 받아들여지지 않았다.

그러나 러스킨은 세간의 혹평에도 굴하지 않고 1861년에 다시 새로운 비판이론을 『프레이저 잡지Fraser's Magazine』에 게재하였다. 그러나 그 글들도 역시 세 편이 실린 후에 중단될 수밖에 없었다. 러스킨의 사회이론을 가장 뛰어나고 체계적으로 정리하여 발표된 그 글들은 다시 사장되었고 그로부터 10년이 지난 1872년에야 『무네라 풀베리스Munera Pulveris(한 알의 모래까지 베풀다)』라는 제목의 책으로 출간되었다.

그의 글에 대한 잇따른 혹평에 대해 러스킨은 1865년 영국 건축가 협회에서 행한 연설을 통해 보다 강화된 자신의 태도를 드러냈다. 그 연설은 예술에 대한 희망과 예술의 사명에 관한 그의 보다 초기의 희망에 대한 공식 포기를 선언하는 것이었다. 러스킨은 자신의 그러한 변화의 원인으로 예술의 진정한 발전의 선행조건으로 산업사회의 급진적 재조직화의 필요성을 들었다. 그의 사상의 발전에서 매우 중요한 문서로 평가받는 이 연설에서 러스킨은 건축가들에게 현대 산업사회의 무질서와 부도덕성을 비판하였다. 그는 "나로서는 오늘날 탐욕스런 상업주의의 매카니즘과 극렬함이 도저히 그에 저항할 수 없는 지경에 이르렀기 때문에 건축분만 아니라 거의 모든 예술의 연구로부터 물러났다. 그래서, 포위공격을 받고 있는 도시에서 의당 그럴 것처럼, 그 대중들을 위해 빵과 버터를 얻을 최상의 방법을 찾는데 나 자신을 던지기로 했다"⁷고 선언했다

이러한 예술 포기의 진정성은 그가 오랜 동안, 실로 『포르스 클라비게라

Fors Clavigera』가 완결될 때까지, 그의 예술에 관한 저술들의 재인쇄를 거절한 사실에서 입증된다. 그러나 러스킨이 그때 이후 "영국의 현실" 문제를 그의 주제로 삼고, 경제적 구조의 개혁을 최우선의 고려로 하는 동안에도 그는 극단적인 행위를 항상 피했다. 산업의 경쟁적 체제가 본질적으로 부정직하다는 확신이 그에게 강하게 자리 잡게 된 경우에도 그러한 생각은 그의 마음 속에 계급적 적개심을 키우지 않았고, 사회 문제들에 보다 폭넓은 도덕적 접근을 하려는 그의 의지가 약화시키지도 않았다. 그는 그러한 문제에 대한 희망적인 해결 방식으로 교육이 필수적인 것이라는 믿음을 결코 잃은 적이 없었다. 한 마디로, 그의 사회적 사명은 정치적인 것이라기보다는 오히려 윤리적인 측면이 두드러졌다. 그래서 모든 타당한 윤리적 가르침이 우선적으로 요구된다는 생각을 결코 잃어버린 적이 없다.

1863년 러스킨이 『프레이저 잡지』에 기고한 정치적 기사들을 묶어 만들어진 『무네라 풀베리스』는 진정한 정치 경제학에 의해 요구되는 산업사회의 개혁을 이룩하기 위해 개인의 "어떤 도덕적 문화의 조건들"을 필수적인 것으로 제시하고 있다. 1864년에 맨체스터에서 강연한 내용들을 출간한 『참깨와 백합*Sesame and Lilies*』은 문화적 수준이 높은 계급의 사람들에게 이러한 조건들을 가르치려는 시도였다. 그는 1866년 전쟁·산업·교육·명예에 관한 강연집 『야생 올리브로 만든 왕관*The Crown of Wild Olive*』에서 "노동이란 무엇인가?"라는 질문을 특별 주제로 삼아 '노동의 진정한 목적은 부를 창출하는 데 있지 이윤을 얻는 데 있지않다'는 생각을 피력하였다. 러스킨은 잘못된 산업에 대한 비판은 그 그릇된 바탕이 경쟁에 있다는 그의 고발에 있고, 경쟁의 존재 이유는 개인의 이윤 추구에 있기 때문에, 그가 『야생 올리브로 만든 왕관』에서 제기하는 중심 문제는 산업의 동인이 이윤이라는 것이 오류라는 사실이었다.

러스킨의 정치 경제학은 이론과 실천의 거리를 크게 좁혀주었다. 초기부터 그가 발표한 글들은 실질적 제안들이나 건설적 사고의 많은 단편들을 가지고 있고,『야생 올리브로 만든 왕관』은 러스킨이 수년 후에 실험에 옮길 교육과 농업에서의 실질적인 개혁의 청사진이었다. 실질적인 무엇을 추구하려고 하고 특히 지적인 노동계급과 밀접한 유대관계를 맺고자 했던 그의 강력한 의욕은 선더랜드의 코르크 마개를 만드는 노동자들에게 쓴 그의 일련의 편지에 잘 드러나 있다. 이 내용들은『세월과 조류*Time and Tide by Weare and Tyne*』라는 제목의 책으로 출간되었다. 각별히,『세월과 조류』는 러스킨이 건전한 사회를 이루기 위해 필수적이라고 생각하는 세 가지 제안 - 혁신된 길드 제도, 산업의 수장들, 결혼과 인구의 국가 규제 - 을 담고 있는 것으로 알려져 있다.

『세월과 조류』를 보완하기 위해 고안된『포르스 클라비게라』는 노동자들에게 보내는 일련의 편지 시리즈로 폭넓고 다양한 화재를 다루고 있다. 여기에서 러스킨은 가정생활과 고급문화에 대해 언급하고 있다. 또 이 책은 모든 사회적 가르침에 있어서 도덕적 동기가 지배적인 것이라는 러스킨의 기존의 입장을 일관되게 강조하고 있다. 세 영어 단어 Force, Fortitude, Fortune에 담겨있는 "Fors"의 삼중적 의미 - 즉, '일에 있어서 남성다운 활동성', '참는 능력', '자신 밖의 힘(운명 혹은 섭리)' - 는 이러한 가르침의 온전한 실체를 구현하고 있다.

『포르스 클라비게라』의 첫 인사말(1871년 1월)에서 러스킨은 다음과 같이 자신의 목적을 밝히고 있다.

나는 내 주변의 물질적 고통에 관한 모든 책임감으로부터 나를 벗어나게 하고 싶다. 당신에게, 내가 할 수 있는 한 가장 짧은 영어로, 내가 알고 있는 그 원인들에 대해 설명함으로써. 당신에게, 그러한 어려움을 경감시킬 수 있는 몇몇 방법들을 지적함으로써. 그리고, 당신들 가운데 어떤 사람이 그러듯이, 나의 수입 가운데 적은 일부를 정기적으로 비축하여, 우리가 해야만 하는 일을 돕기 위해서, 우리 각각이, 각자의 능력에 따라, 공공의 서비스를 위해 무엇을 비축하고, 마침내 우리 사이에, 비록 아주 적은 것일지라도, 국가적 부채 대신에 국가적 저축을 갖는 것이다.

이처럼 "실질적인 무엇을 하려는" 러스킨의 열망이 『포르스 클라비게라』에 살아 숨쉬고 있었다.

일정한 면적의 토지를 구해 거기에서 농사를 짓고 수공업을 부지런히 하면서 살아갈 적극적인 의지를 가진 노동자들을 모아, 그들이 온전한 가정생활을 유지하면서, 이웃과 적극적으로 협동하고, 올바르게 세워진 권위에 복종하면서, 삶의 진정한 은총과 즐거움을 가꾸고 실천해 나갈 여유와 마음을 가진 공동체를 발전시켜 나간다는 것이 러스킨이 꿈꾸는 이상향이었다. 러스킨은 이러한 사회생활의 실험을 이제 착수하려고 하였다. 이러한 러스킨의 이상에 함께 동참하여 실천하기로 서약한 사람들이 비전문가 조직인 '성 조지 협회The Society of St. George'를 창설하였다.

이러한 공동체를 추구하려는 러스킨의 이상을 뒷받침하는 것은 그가 발전시킨 '총체성'이라는 유기체적 개념이었다. 그는 인간과 사회가 유기체적 존재이며, 유기체의 본질은 "모든 인간 행위의 유기적 통일성과 연대 및 사회단위 사이에 협동"이라는 인식을 널리 심어주었다. 러스킨의 가르침을 따르면 각 개인이 자신의 이익을 위해 최선을 추구하는 것이 사회 전체의 복지에 가장 크게 기여하는 방식이라는 '자유방임적' 가정은 "사회의 유기체적 구조를 이해하는 데 완전히 실패"하는 것이 된다.

러스킨은 19세기에서 20세기로의 전환기의 대표적 사회개혁 사상가이 자 실천가였던 홉슨에게 그의 사상이 형성되기 시작하는 초기부터 유기체 적 사회관을 그의 사상적 기초를 삼도록 그에 관한 완전한 관념을 전해주 었다. 러스킨을 19세기의 "가장 위대한 스승"으로 존경했던 홉슨은 "중상 주의 경제학으로부터 러스킨의 '사회적 경제학'으로의 전환에 있어서 우리 는 자신의 이익을 추구하려는 동기를 포기하지 않는다. 그러나 우리는 '우 리의 이익과 타인의 이익을 동일시할 때 형성되는' 더 폭넓은 자아를 위해 더 편협한 자아를 희생시킴으로써 '자아'의 영역을 넓히고 본성을 확대시 킬 수 있는 것이다"고 주장하였다. 특히 홉슨이 고전경제학을 '인간화'하려 는 사고의 밑바탕에는'유기체적 사회관'이 자리 잡고 있었다. 이러한 사회 관을 전파함으로써 홉슨이 추구하려 했던 바람직한 인간상은'이기적 경제 인'이 아니라 개인의 이익과 사회의 이익의 조화를 추구하는"의식적 · 합 리적 · 감성적 인간"(Michael Freeden, *The New Liberalism: An Ideology of Social Reform*(Oxford University Press, 1978, 1986))이었던 것이다.

5. 생명의 존속에 유용한 가치들

러스킨은 자연과 예술에서 출발하여 도덕성과 인간을 중시하는 가치관 을 발전시켜 경제와 사회문제로까지 그것을 확대 적용시켰다. 그리하여 러 스킨은 고전경제학을 주로 윤리적 측면에서 비판하였다. 그리하여 또 러스 킨은 기존의 고전경제학이 경제학의 진정한 의무인 '인류를 위한 봉사'와 기리기 먼 학문이라는 사실을 당대의 사람들에게 일깨워 주었다. 그의 인 류애는 정통 정치 경제학에는 낯선 '사회복지'의 개념을 발전시켰다.

러스킨은 생명을 "그것을 제외한 어떠한 가치도 있을 수 없는" 모든 것에 우선하는 가치로 여겼다. 물질적 가치만이 최고로 떠받들어지던 당시의 세태와 달리 러스킨은 인간적 가치의 중요성을 강조했다. '생명의 존속에 유용한 가치들'을 최우선의 가치로 생각하는 러스킨은 상업적 화폐가치보다 윤리적 가치를 우선으로 생각했고, 재화의 양보다는 삶의 질을 더 중요시하였던 것이다. 또한 인간의 삶을 중시하는 러스킨은 물질적인 차원에서의 사회개혁의 중요성을 강조한다.

또한 러스킨이 주창한 유기체적 사회관은 19세기 말 홉슨과 홉하우스 Leonard T. Hobhouse 등 영국의 대표적 사회개혁가들에게 수용되었다. 뿐만 아니라, 홉슨과 노동운동 지도자 램지 맥도날드를 포함한 당대 영국의 대표적인 사회개혁가들의 시민운동 단체인 '레인보우 서클 Rainbow Circle' 도 유기체론을 사회개혁의 지도적인 노선으로 수용하였다. 그 결과, 유기체론은 영국의 자유주의가 개인주의적 자유주의에서 공동체적·사회적 자유주의로 진화해 가는 데 중요한 영향을 끼친다.

이처럼, 러스킨은 그의 독특한 자연관과 예술관을 기반으로 감성적 사회비평은 19세기 후반 영국의 사회 문제를 지적하고 그것을 해결할 방법론을 제시하였음을 알 수 있다. 그리고 그의 사상적 영향을 받은 라파엘 전파나 윌리엄 모리스 William Morris와 같은 예술가와 앞에 언급한 사회사상가과와 사회운동가들이 영국의 사회개혁에 중요하고 실질적인 기여를 한 점을 볼 수 있다. 이처럼, 러스킨의 자연과 예술관이 영국의 사회개혁 전통의 초석을 놓는 데 상당한 공헌을 하였다는 것을 살펴 볼 때, 우리는 감성이 영국의 사회개혁과 역사 발전에 일정한 기여를 한 점을 확인할 수 있을 것이다.(박우룡)

〈참고문헌〉

● 박우룡, 『전환시대의 자유주의: 영국의 신자유주의와 지식인의 사회개혁』, 신서원, 2003.

● 박우룡, 『영국인의 문화와 정체성: 대처주의와 자유시장이 부른 전통의 위기』, 소나무, 2008.

● Brinkley, Alan, *American History : A Survey*, Volume.1, 2007 : To 1877, 12th edition, New York and London: Mcgraw Hill Higher Education.

● Barringer, Tim, *The Pre-Raphaelites: Reading the Image*, 권행가 옮김, 『라파엘 전파』, 예경, 2002.

● Collingwood, W.G., *Life and Work of John Ruskin*, vol.1, 1893.

● Collini, Stefan, *Public Moralists: Political Thought and Intellectual Life in Britain*, Oxford University Press, 1991.

● Collini, Stefan, *English Pasts : Essays in History and Culture*, Oxford: Oxford University Press, 1999.

● Fishman, Solomon, *The Interpretation of Art*, 민주식 옮김, 『미술의 해석』, 학고재, 1999.

● Freeden, Michael, *The New Liberalism: An Ideology of Social Reform*, Oxford University Press, 1978, 1986.

● Freeden, Michael ed., *Reappraising J.A. Hobson: Humanism and Welfare*, London and Boston: Unwin Hyman, 1990.

● Green, E. H. H., *Ideologies of Conservatism: Conservative Political Ideas in the Twentieth Century*, Oxford University, 2002.

● Hobson, J.A., *John Ruskin: Social Reformer*, London: James Nisbet & Co, 1899.

● Jenkins, T.A., *Disraeli and Victorian* Conservatism, Macmillan Press Ltd and St. Martin's Press, 1996.

● Norman, Edward, *The Victorian Christian Socialists*, Cambridge and New York: Cambridge University Press, 1987.

● Nussbaum, Martha, *The therapy of desire*, Princeton, NJ: Princeton University Press, 1994.

● Pearson, Robert & Geraint Williams, *Political Thought and Public Policy in the Nineteenth Century : an introduction*, London and New York: Longman, 1986.

● Phillips, Paul T., *A Kingdom on Earth : Anglo-American Social Christianity, 1880-1940*, University Park, Pennsylvania: The Pennsylvania State University Press, 1996.

● Pierson, Stanley, *Marxism and the Origin of British Socialism: The Struggle for a New Consciousness*, Ithaca and London, Cornell University Press, 1973.

● Ruskin, John, *Modern Painters*, vol.1~4, 1843~1860.

● Ruskin, John, *The Stones of Venice*, 3 vols., 1851~1853, 박연곤 옮김, 『베네치아의 돌』, 예경, 2006.

● Ruskin, John, *Unto This Last*, 김석희 옮김, 『나중에 온 이 사람에게도』, 느린걸음, 2007.

● Ruskin, John, *Fors Clavigera*, vol.1, Letter 1, 1871.

● Solomon, Robert C., *What Is an Emotion?: Classic and Contemporary*

Readings, Second Edition, New York and Oxford: Oxford University Press, 2003.

● Solomon, Robert C., "The Philosophy of Emotions", Michael Lewis, Jeannette M. Haviland-Jones, and Risa Feldman Barrett (eds.), *Handbook of Emotions*, Third Edition, New York and London: The Gilford Press, 2008.

● Sorabi, R., *Emotion and peace of mind*, New York: Oxford University Press, 2003.

감성동원의 수사학

1. 어떻게 한 덩어리로 만들 것인가?

우리가 보통 생각하듯 파시즘Fascism이 반드시 억압적이거나 폭력적일 필요는 없다. 그 형성의 경로들을 좇다보면, 오히려 파시즘이 대중의 자발적인 동의나 합의에 뿌리를 두고 있다는 사실을 보게 된다. 저 악명 높은 히틀러의 나치체제는 독일의 진보적 성향의 지식인들은 물론 궁핍했던 대부분의 독일 민중들의 열렬한 지지 속에서 태어났다. 더구나 나치체제가 민주적 형식과 절차 곧 선거에 따라 합법적으로 탄생했다는 점은 파시즘이 독재와는 구분된다는 점을 잘 설명해준다.

얼마나 효과적으로 대중들을 설득하고 동원할 것인가? 균질적이지 않은 그래서 잡다한 대중들의 욕망을 어떻게 한 덩어리의 욕망으로 버무려 낼 것인가? 그렇게 일체화된 욕망을 어떻게 하면 그들의 '지도자(또는 영웅)'에게 온통 쏠리도록 만들 것인가? 이것이 바로 파시즘의 정치공학자들이 끊임없이 골몰해야하는 물음들이다. 파시즘 체제가 유지되기 위해서는 대중의 마음을 움직일 수 있는 다양한 선전·선동의 전략과 수사학이 개발되어야 한다.

아리스토텔레스는 사람을 설득하는 수단을 발견하는 모든 기술, 이른바 확실하게 증명되지 않은 사실을 사람들에게 그럴싸하게 보이도록 만드는 기술을 일컬어 수사학rhetoric이라 했다. 그는 설득의 기술로서 3가지의 방식을 제시한다. 곧 메시지의 논리적 옳고 그름에 기대는 로고스logos, 말하는 자의 권위나 신뢰에 의지하는 에토스ethos 그리고 감성적인 교감이나 감동을 적극 활용하는 파토스pathos가 그것이다. 파토스란 기본적으로 사람들의 정념에 호소한다. 정념적인 설득에서 메시지의 옳고 그름은 중요하지 않다. 메시지를 접하는 사람들을 사로잡기 위해 그들의 마음을 흥분시키거나 혹은 가라앉힐 수 있는 요소나 동기가 과연 무엇인지를 포착하는 것이 훨씬 중요하다. 설득의 기술로서 파토스에 능하다 함은 대중이 무엇 때문에 또는 어떤 자극에 분노하거나 슬퍼하고 열광하는가를 잘 안다는 것을 말한다.

파시즘의 수사학이 파토스적이라는 사실은 우연이 아니다. 파시즘 형성의 역사적 경로를 논리적으로 설명할 수는 있다. 그러나 올바른 의미에서 파시즘은 일관성 있는 논리의 체계가 아니라 오히려 정념의 응축물(비정형의 덩어리)에 가깝다. 파시즘의 정치 이념을 선전하기 위한 도구로서 주로 인간의 정념에 호소하는 문학예술 장르가 용이하게 선택되는 이유가 여기에 있다. 이러한 맥락에서 이 글은 일제 시기 전시 총동원 체제 아래 한국작가들이 생산한 '국민문학' 계열의 작품들을 대상으로 이들이 일반 대중들의 감성에 어떤 방식으로 접근하려 했는지를 성찰할 것이다.

매우 상식적인 이야기이지만, 문학 역시 커뮤니케이션의 일종이다. 문학이 추구하는 목적은 이를테면 감정이입, 거리두기, 각성 혹은 계몽, 심미적 인식 등등 매우 다양하다. 그러나 그러한 목적들을 달성하기 위해서는 독자에 대한 설득이 원리적으로 전제되어야 한다. 이 점에서 문학은 설득적 커뮤니케이션이라고 할 수 있다. 특히 목적(혹은 계몽) 문학 또는 이데올로기 선전문학으로서 '국민문학'은 문학의 그와 같은 설득적 기능에 더더욱 예민할 수밖에 없다. 당시의 대중적인 코드에 어떤 식으로건 부응해야만 설득의 목적을 실현할 수 있었을 것이기 때문이다.

국민문학은 일제의 전시총동원 체제로 한국인을 끌어들이기 위해 다양한 감성적 기제들을 사용한다. 그러나 그러한 기제들이 순전히 그들의 머릿속에서만 고안되었을 리는 없다. 의식했건 하지 않았건 독자 대중이 특별히 선호하는 감성적 장치들, 이른바 집단적 표상이나 갈망 또는 평균적인 이상 등을 표현의 층위에서 조율하고 반영할 수밖에 없다. 따라서 국민문학 계열의 작품들은 대중의 무의식과 작가의 무의식이 교차하거나 아니면 그들 사이의 암묵적인 조율 과정에서 만들어진 것으로 볼 수 있다. 결국 국민문학 계열의 작품들*을 읽음으로써 특정 시기에 한국인이 어떠한 감성적 기제에 슬퍼하고 분노하고 혹은 열광했는가를 추적하는 길이 열리게 될 것이다.

2. 가치 있는 존재라는 미망

파시즘의 광기가 세계를 휩쓴 시점은 1930년대 후반의 대공황 무렵이다. 후지타 쇼조는 대공황이 대중을 어떠한 일시적인 안정조차 허용하지 않는 극도로 유동적인 '무無사회'의 상태로 몰아넣었다고 했다. 그리하여 대중은

---

* 이하 국민문학계열 작품들에 대한 논의는 김병걸·김규동 편, 『친일문학작품 선집 1·2』, 실천문학사, 1986에 수록된 것을 대상으로 했다.

오직 자신에게만 맹목적으로 집착하는 존재로, 곧 자기 상실자 무리 또는 초조한 상황에 지속적으로 내몰리는 외톨이로 전락하고 만다는 것이다.(후지타 쇼조, 이홍락 역, 「전체주의의 시대경험」, 『창작과 비평』 겨울호, 창비사, 1995) 이러한 외톨이를 두고 잉여인간이라 불러도 된다. 사회로부터 도태되었다는 자괴감과 상실감 탓에 이 잉여인간들의 가슴에 원한과 분노 그리고 불안과 공포 같은 파괴적이며 반항적인, 때로는 충동적인 에너지로 충만할 수밖에 없다.

파시즘의 성패는 우선 대중들의 반항적인 에너지가 지배자를 향하지 않도록 하면서도 동시에 그 에너지를 효과적으로 관리하고 조절할 수 있는 기예art의 유무에 달려 있다. 그 기예의 가장 일반적 형식은 대중들이 지닌 원한과 복수의 감정이 향해야 할 대상을 지목해주는 것이다. 곧 그들에게 가상의 적을 타깃으로 세워주면 된다. 독일 나치의 적은 '유대인'이었으며 일제 파시즘의 적은 '영미제국주의'였다. 대중이 자신들의 분노를 가상의 적에게로 쏟아 붓게 되면서 결국 지배자는 자신이 맞닥뜨릴 위험요인을 피하는 한편 대중을 손쉽게 관리하고 동원할 수 있게 되는 것이다.

파시즘은 대중동원을 위해 가상의 적을 만드는 것 말고 또 하나의 유력한 방법을 선호한다. 원한과 상실감에 시달리고 있는 대중에게 그들이 실은 의미 있고 가치 있는 사회적 또는 국가적 존재임을 지속적으로 주입하는 방법이다. 물론 이 방법은 기만이고 허위이다. 그러나 항상 누군가에 의해 '대표되는 자'에 불과했던 자가 누군가를 '대표하는 자' 곧, 능동적인 주체(주인)로 탈바꿈할 수 있다는 환상은 매우 솔깃하다. 특히 자신을 잉여인간이라고 생각하는 데 이력이 난 자들일 수록 더 솔깃할 수밖에 없다.

일세하 국민문학 계열의 문학작품 안에서도 비루하고 보잘 것 없는 대중이 바야흐로 대표하는 자가 될 수 있다는 식의 허구의 수사들이 난무한다.

대표하는 자라는 허구에는 실은 전쟁에 나가 천황의 병사로서 목숨을 초개와 같이 버리라는 잔인한 명령이 들어있다. 물론 그런 잔인한 명령은 결코 겉으로 드러나는 법이 없다. 외려 병사가 되는 길은 불완전 했던 자가 완전한 자가 되어 자부심과 긍지를 얻는 행운 정도로 포장될 뿐이다. 예컨대 조용만의 희곡 「광산의 밤」에서 주인공 '길돌'은 어린 동생 '만돌'이를 항공병으로 보내자며 자신의 어머니를 이렇게 설득한다.

> 저도 저 녀석만큼은 좋은 학교를 졸업시켜서 훌륭하게 되는 걸 보고 싶었습니다. 그러나 지금과 같은 시국에 남자를 훌륭하게 만드는 길은 군대에 보내는 길밖에 없습니다. 만돌이도 말했듯이, 지금 가장 중요하고 필요한 비행기를 몰 항공병만 충분히 있다면, 미영을 무찌르는 건 문제 없습니다. 쟤가 전장에 나가 훌륭한 공적을 쌓고 금의환향이라도 하는 날에는, 어머니, 우리 가문에 더할 나위없는 광영이 아니겠습니까? 네-에 어머니, 만돌이를 항공병으로 보냅시다요.

요컨대 '길돌'은 군대가 남자를 훌륭하게 만들어 준다는 것, 게다가 그 남자가 전장에 나가 공적이라도 쌓아 금의환향이라도 하게 되면 가문의 영광이지 않겠냐고 어머니를 설득하는 참이다. 물론 '길돌'의 주장은 설득력도 없고 비현실적이다. 그러나 눈여겨 볼 것은 학교가 그렇듯 군대 역시 한 인간(남성)을 훌륭한 존재로 탈바꿈시켜준다는 괴상한 논리이다. 불완전했던 존재가 완전한 존재로 이행한다는 관념을 확장하다 보면 결국 '비국민'이 영예로운 '국민(황국신민)'으로 변화한다는 식의 국가주의 이데올로기와 만나게 된다. 아래는 김동인은 수필 「일장기의 물결」의 한 대목이다.

어제까지는 부모께는 불초자요, 동생들에게는 욕심장이요, 선배에게는 귀찮은 짐이요, 동무들에게는 떼꾸러기던 이 소년이, 여기서 낡은 옷을 벗어버리고 새 옷을 갈아입을 때는 그는 폐하의 충량한 신자요, 국가에는 튼튼한 간성이요, 사회에는 거룩한 질서보호자가 된다.

우리는 김동인의 목소리에서 변형되고 왜곡된 성장의 내러티브를 읽을 수 있다. 곧 불효자, 욕심쟁이 혹은 말썽꾸러기에 불과했던 불완전한 소년(비국민)이 낡은 옷(교복)을 벗고 새 옷(군복)을 갈아입자 '질서보호자'와 같은 완전한 성인(국민)이 된다는 식이다. 불행하게도 이 같은 왜곡된 성장의 내러티브는 오늘날도 별 문제의식 없이 통용되고 있다. 아무튼 대표하는 자라는 허구는 곧잘 영웅의 내러티브와도 잘 맞아 떨어진다.

> 이인석 군은 우리에게 보여주지 않았던가
> 그도 병되어 생사를 나라에 바치지 않았던들
> 지금쯤 충청도 두메의 이름 없는 농군이 되어
> 베옷에 조밥에 한평생 묻혀 지내었겠지
> 웬걸 지사, 군수가 그 무덤에 절하겠나
> 웬걸 폐백과 훈장이 그 제상에 내렸겠나.
> (김동환, 「권군, 취천명」 중에서)

이인석이란 인물은 누구인가. 그는 1938년 지원병제가 실시된 이래 최초로 전사한 조선인이다. 당시 그는 조선인 제1호 전사자로서 훈장을 받았고, 언론의 주목도 각별했다. 위 시에서 김동환은 이인석이 전쟁에 나가 전사함으로써 충청도 두메의 '이름 없는 농군'에서 지사나 군수의 예를 받는 전쟁영웅으로 재탄생하고 있음을 강조하고 있다. 이 시에서도 대표되는 자(이름 없는 농군)와 대표하는 자(관리에게 예를 받는 존재 또는 훈장을 받는 존재)라는 이분법이 등장한다. 두말이 필요 없이 김동환의 의도는 노골적이다 못해 잔인하다. 즉 특별지원병이 된 청년들이 이인석을 본받아 나라를 위해 목숨을 바치라는 것이다.

한데 평범한 농민의 아들이 전사하자, 지역의 최상층 관리인 지사나 군수가 죽은 자에 대한 예를 갖추었다는 것은 당시의 감각으로 볼 때 대중에게 매우 이례적인 일이었다. 마치 지배자와 피지배자라는 위계적 관계가 허물어지고 수평적 관계로 뒤바뀌는 듯한 인상을 대중에게 심어주었을 것이다. 혹은 피지배자가 지배자보다 우월한 지위로 격상되는 듯한 착각을 불러일으켰을 가능성도 없지 않다. 애석하지만 현실에서 지배자와 피지배자의 위치가 뒤바뀌는 일은 거의 없다. 그들 사이의 동등함조차 실은 언감생심이다. 그러나 농촌의 무지렁이에 불과한 한 비루한 존재가 전사함으로써 그들의 지배자보다 우월한 영웅의 지위를 얻었다는 식의 날조된 신화는 대중들에게 대단히 매혹적인 것이 아닐 수 없다. 김동환은 이 점을 십분 이용해서 청년들의 참전을 독려하고 있는 꼴이다. 한편 이인석은 내선일체를 온몸으로 실현한 국민적 영웅기도 한다.

보아라,
너들의 피가
내 핏줄을 통해
여기 뿜는다.
2천 3백만의
뜨거운 피가

1억의 피로

한 덩어리가 되는

처음의 피가

지금 내 핏줄에서

콸콸 솟는다.

(주요한, 「첫 피-지원병 이인석에게 줌」 중에서)

'첫 피'라는 시의 제목에서 알 수 있듯, 주요한은 이인석을 2천 3백만 조선민족을 대표하는 선구자 또는 전위로 묘사한다. 뿐만 아니라 이인석은 조선과 일본을 하나로 묶어내는, 이른바 '일억일심'의 내선일체를 온몸으로 실현한 최초의 국민적 영웅으로 표상된다.

김동환이나 주요한 어느 누구도 이인석이라는 한 개인의 비참한 죽음에는, 그만이 떠안아야 했을 실존적 고통에는 아랑곳 하지 않는다. 개인의 죽음을 기념비적인 의미 따위로 덧칠함으로써 자신의 목숨을 가벼이 여기는 일이 마치 아름답고 숭고한 일인 양 권장할 뿐이다. 청년들에게 스스럼없이 죽음을 독려하는 작가들의 가학적인 열정에는 비정상적으로 증폭된 광기와 폭력성이 도사리고 있다. 따지고 보면 타인의 죽음이 나와 무슨 상관이냐는 식의 은밀한 안도감 그리고 타인의 고통을 외면하는 데 이미 익숙해져버린 윤리적 냉담함 속에서 실은 광기와 폭력이 자라나는 것은 아닐까. 더욱 심각한 것은 국민문학 계열의 작품 안에서 목숨을 담보로 대표되는 자에서 대표하는 자로 격상될 수 있다는 허구가 일종의 특혜나 특권으로 날조되어 빈번히 유포된다는 점이다. 청년들에게 학도병에 지원할 것을 채근하는 이광수는 한편 이렇게 읊었다.

남아 한번 세상 나,

이런 호기 또 있던가,

일생일사는 저마다 있는 것,

위국충절은 그대만의 행운.

(이광수, 「조선의 학도여」 중에서)

　오늘날에도 흔히 사용되는 '남아'라는 매우 이데올로기적인 단어 사용에서 알 수 있거니와, 이광수는 학도병들이 전쟁에서 목숨을 거는 행위가 마치 남성성을 보증하는 특권인 것처럼 이상화하고 있다. 때마침 그런 잔인한 목소리에 화답이라도 하듯 노천명은 남성들과는 달리 전장에 나가 명예롭게 죽을 수조차 없는, 곧 천황의 부름에 어떻게도 응답할 수 없는 여인으로서의 자신의 숙명적 한계를 서러워한다.

남아면 군복에 총을 메고

나라 위해 전장에 나감이 소원이리니

이 영광의 날

나도 사나이였드면 나도 사나이였드면

귀한 부르심 입는 것을

(노천명, 「님의 부르심을 받들고서」 중에서)

　노천명 역시 참전을 남아 곧 사나이들만의 특권인 양 노래하고 있다. 군인이란 여인의 처지로서는 도저히 누릴 수 없는 특권임을, 그래서 그것이 마치 선망의 대상이라도 되는 것인 양 '나도 사나이였드면'이라는 영탄적 진술을 반복하고 있는 것이다.

게다가 대표하는 자 곧, 황군이 되는 것은 보기 드문 행운이기조차 하다. 「반도민중의 황민화」에서 김동인은 병역의 길이 열리게 된 것은 조선인에게 커다란 행운이라고 설파한다. 왜냐하면 바야흐로 조선인 역시 황군으로서 일본인에 뒤지지 않음을 만천하에 증명하는 절호의 기회를 얻을 수 있기 때문이다. 우리는 내표하는 자라는 허위의식 속에 깃든 인정받고 싶다는 욕망과 패권주의적 발상에 주의할 필요가 있다. 같은 글에서 김동인은 차라리 사악하다고 밖에 달리 표현할 길이 없는 순진성조차 드러낸다.

> 우리가 완전한 황국신민인 이상 동아해방의 성업에 제국이 차지한 지위는 우리에게도 동석을 허여된 지위일 것이요, 제국이 차지하는 지도자 지위는 우리도 동석하여 영광을 분담해야 할 것이요-요컨대 제국이 져야 할 책임이며 사명이며 권한이며 긍지며는 한결같이 일본제국의 일익인 조선도 함께 져야 하고 누려야 할 것이다.

요컨대 김동인은 일본제국의 한 축인 조선이 지도자로서 일본과 동등한 위치에서 제국의 영광을 함께 누려야 한다고(아니, 누릴 것이라고) 말하고 싶어 한다. 물론 제국의 영광이란 아시아의 침략과 지배이다. 그런데 조선과 일본이 대등한 지도민족이라는 김동인의 생각을 제국 일본이 과연 수긍했었을까. 우문임에 틀림없다. 그럼에도 불구하고 김동인 식의 인정욕망과 패권주의적 발상은 다른 작가들에 의해 지속적으로 변주되어 출현한다. 예컨대 김문집은 「조선민족의 발전적 해소론-상고에의 귀환」에서 조선이 세계를 지배하고 그 영광을 누리기 위해서는 천황에 대한 절대적인 충성이 필요하며, 이때의 충성은 만주인이나 혹은 중국인에게는 허락되지 않는 조선만의 특권이라고 주장한다. 도가 넘치는 순진성인 셈이다.

아울러 대표하는 자라는 의식에 담긴 패권주의적 발상은 세계사적 현실 또는 백철의 표현대로 '세계사적 신기원'(「낡음과 새로움 - 전시하의 문예시평」)과 같은 용어로 집약되는 일종의 기만적인 보편주의 담론 안에서 큰 울림을 만들어 낸다. 이른바 대동아전쟁은 서양에 의해 짓밟히고 황량해진 동양의 '꽃동산'을 다시 가꾸는 일이다.(김팔봉, 「신전의 맹서」) 또한 물질문명의 선진국으로서 자신의 지위를 악용하여 후진국의 민족을 노예로 삼았던 '앵글로색슨족'으로부터 각 민족의 자유를 회복하는 성스러운 전쟁이다. (김동인, 「반도민중의 황민화」) 결국 황군으로서 대동아 전쟁에 나서는 일은 눈앞의 산 역사에 참가하는 일(김소운, 「부조의 오명을 일소」)일 뿐만 아니라, 미약한 개인이 세계사의 대전환과 직접 결부되는(최재서, 「징병제 실시의 문화적 의의」) 거룩한 과업인 것이다.

이를테면 비루한 개인이 황군이 됨으로써 세계사적 보편성과 직접 만날 수 있다는 기만적인 이념이 강조되고 있는 형국이다. 그러한 이념을 오늘날의 관점에서 보면 매우 허황돼 보일 게 분명하다. 그러나 대중의 정서와 감성을 자극하는 것으로 이만한 것이 없다. 특히 낙오되고 도태된 대중에게 그런 이념적 장치는 퍽 매혹적인 것으로 다가왔을 게 분명하다. 이와 관련해서 나카노 도시오는 다음처럼 주장하는데, 오늘날의 현실을 설명하는 데에도 참조할 지점이 많아 보인다.

> 전시동원 시대는 협소한 '초국가주의' 시대였다기보다는 오히려 세계사의 현실성 속에서 살고 있다는 것(혹은 그것 때문에 죽지 않으면 안 된다는 것)이 강하게 의식된 시대였던 것이다. 단적으로 '세계사의 철학'을 표방한 교토 학파의 사상은 이 시대정신이라는 빙산의 일각에 지나지 않는다.
>
> 요컨대 제국주의 전쟁 시대에도, 더욱이 제국주의 본국의 국민을 대할 때

조차도, 총력전에의 동원은 단순한 '국가적 자기 이익'의 주장에 의해서만 정
당화되기는 곤란했으며, 어떤 보편주의의 계기가 편입되었을 때 비로소 동
원의 권유가 내재적으로 널리 힘을 미치게 되었던 것이다. 이때 보편주의는
민족주의를 보완하거나 혹은 하나의 계기가 되어 작동했다. 달리 말하면 민
족주의는 국민의 존재가 보편적인 것의 실현(세계사, 문명, 아시아 해방)이라는
전망 속에 자리매김 되었을 때 가장 동원력 있는 공격적 제국주의가 되었던
것이다. 혹은 원래 근대민족주의라는 것이 '문명화'라는 보편적 프로젝트의
탈 것으로서 국민을 구축하고 상상하면서 선택하는 것이었다고 해도 좋다.
(나카노 도시오, 박경희 역, 「자발적 동원형 시민사회론의 함정」, 『당대비평』, 생각의
나무, 2000)

3. 노스탤지어, 자기혐오의 내적 드라마

앞서 파시즘의 성패는 대중의 반동적인 에너지를 효과적으로 관리하고
조절할 수 있는 기예에 달려 있고, 그 기예의 일반적인 형식이 바로 가상
의 적을 만드는 것이라는 식으로 이야기 했다. 파시즘의 알파이자 오메가
는 적의 가공이다. 즉 파시즘은 가공적인 적에 대항하여 집단의 일체성과
행위-운동을 생산하고 그러한 한에서 "모든 필요한 이데올로기적인 것들
을 자기 내부로 착종시키며 내부화"(박영균, 「자본주의 위기와 파시즘, 파쇼적인
것들과 사회주의」, 『문화과학』 여름호, 2009)시킬 수밖에 없다. 파시즘은 대중적
효과라는 측면에서 그야말로 실용적으로 온갖 이론과 잡다한 사상들을 조
합할 수 있다. 따라서 파시즘의 일관성을 보증해주는 것은 가상의 적에 대
항한다는 맹목적인 강령 이외에는 없다.

일제 역시 총동원 체제로 대중을 끌어들이기 위해 그들의 반동적 정서가 향해야 할 적을 가공해야만 한다. 적은 아시아를 침범하는 영미 제국주의자들이다. 국민문학 역시 이에 부응하여 다양한 방식으로 적의 가공에 몰두한다. 국민문학 계열의 작품들은 대체적으로 영미 제국주의에 대한 분노와 적개심을 피해의 이미지를 통해서 강화한다. 그러나 그 피해의 이미지라는 게 실상 식민지 조선 민중의 구체적이고 현실적인 수난이나 고통 따위와는 애초부터 관련이 없다. 다만 영미제국주의가 아시아 혹은 동양을 핍박한다는 식의 이른바 피해의 보편주의만을 강조하는 경우가 대부분이다.

(…)

너의 피를 빨아먹고

쌓이고 쌓인 양키들의 굴욕과 압박 아래
그 큰 눈에는 의혹이 가득히 깃들여졌고
눈물이 핑 돌면 차라리 병적으로
선웃음을 쳐버리는 남양의 슬픈 형제들이여
(노천명, 「싱가폴 함락」 중에서)

위의 시에서 보듯, 노천명은 작가 자신의 실존과는 사실상 아무런 구체적 연관이 없을, 소위 익명의 '남양의 형제들'에 대해 박애주의 차원에서 애잔함과 동정심을 유감없이 표현하는 한편 영미 제국주의에 대한 분노와 적개심을 드러내고 있다. 물론 이러한 관념적인 피해의 이미지는 "동양은 동양 사람의 것! 수천여 년 긴 역사를 가진 동방민족이 자라나고 살아온 요람의 성지다. 이곳에 한 발이라도 백인의 발자취가 들어와서는 아니 된다. 한 방울이라도 백인의 피가 섞여 흘러서는 아니 된다."(박종화, 「동양은 동양 사람의 것」)식의 인종주의 또는 순혈주의 슬로건과 쉽게 호환되기도 한다.

그러나 적에 대한 분노는 피해의 보편주의 형태로는 그 강도가 아무래도 약하다. 그래서 국민문학 계열의 작가들은 대체로 스스로가 피해자임을 내세움으로써, 영미제국주의로 상징되는 서구적인 것에 대한 앙갚음의 형태로 분노와 적개심을 드러낸다. 흥미로운 것은 그 앙갚음의 형태가 자기학대와 자기부정을 특징으로 하는 마조히즘masochism적 패턴으로 표출된다는 점이다. 앙갚음의 정서적 강도는 매우 높다. 앙갚음해야할 대상 곧, 적이 한때 강렬하게 선망해마지 않았던 존재였기에 더욱 그렇다.

소위 선망의 극적 플롯은 단지 다른 사람이 가진 것을 원한다는 것인데, 선망하는 자의 내면은 보통 자신이 부당하게 빼앗겼다고 느끼는 것에 대한 갈망으로 채워져 있다.(리처드 래비스 외, 정영목 역, 『감정과 이성』, 문예출판사, 1997.) 타인을 선망하는 사람은 자신의 무의식 안에 타인에 대한 적개심의 도화선을 숨기고 있는 경우가 흔하다. 이를테면 선망의 플롯 위에 가해자와 피해자라는 격자를 씌우기만 하면 선망은 이내 타인에 대한 원한으로 돌변한다. 즉 우연한 기회에 자신을 피해자로 규정하기만 하면 그전에 선망의 대상이었던 타인은 이제 자신의 것을 부당하게 빼앗아 간 가해자로 바뀌게 되는 것이다. 뭔가를 상실했다는 그야말로 막연한 느낌은 가해자에 대한 분노라는 좀 더 강도 높은 에너지로 전환된다. 그러나 이러한 전환은 감정의 곡예에 가깝다. 선망의 감정이 모호하고 주관적이듯, 그것으로부터 비롯된 분노의 감정 역시 애매하긴 마찬가지다. 국민문학 계열의 작가들은 종종 '자기상실'을 주장하지만, 주장의 이면을 채우는 것 역시 그러한 감정의 곡예뿐이다. 따라서 애초부터 그러한 주장 안에서 엄밀한 사유에 의한 자기성찰이나 반성의 여지는 찾기 어렵다. 「우리는 반드시 승리한다」라는 글에서 아시아의 자기상실을 꼬집는 유진오도 예외는 아니다.

> 아세아의 각성의 길이 또한 그처럼 탄탄한 것은 아니었습니다. 언젠가 필리핀 운동선수가 우리나라(일본)에 왔을 때, 우리 여학생들이 그 선수들의 뒤를 따라다닌 적이 있습니다. 그들의 몸은 황색인종이었으나, 말은 영어 지껄여댔기 때문에 여학생들이 호기심에 들떠 따라다녔다는 것입니다.
>
> 여러분, 이 사실을 그저 철없는 젊은 여성들의 것이라고 그냥 넘겨버려도 좋겠습니까? 그건 그렇다고 치고 나는 10여 년 전에 서양에서 방금 돌아온 어느 젊은 대학교수로부터 다음과 같은 말을 들은 일이 있습니다.
>
> "유럽의 거리를 잠시 돌아다니고 있을 때, 어느덧 내 얼굴이 황색이라는 것을 잊었는데, 숙소에 돌아와 거울 앞에 서 보니, 얼굴이 확 붉어지며 정말 뭐라 할 수 없는 한심스러운 기분을 느꼈다."라고 그는 나에게 자기의 심정을 솔직하게 털어놓았던 것입니다. 얼마나 무서운 자기상실입니까. 그러나 이것은 숨길 수 없는 사실이었습니다.

같은 황인종이지만 영어를 쓴다는 단 하나의 이유 탓에 필리핀 운동선수들을 무턱대고 뒤쫓는 철없는 젊은 여성들의 행동거지, 유럽에서 자신이 황인종임을 자각하고 한심스러웠다고 고백하는, 아마도 런던 유학 시절의 나쓰메 소세키인 듯한, 젊은 교수의 모습에서 유진오는 아시아인의 무서운 자기상실을 발견한다. 아시아의 자기상실을 불러온 것은 자신들이 서구적인 것 또는 서양적 근대를 과도하게 선망했던 과오 탓이다. 유진오의 진단이 맞을 수도 있고 그렇지 않을 수도 있다. 그러나 유진오의 태도에서 자기상실의 근원을 면밀히 성찰하는 진지함을 읽어내기는 곤란하다. 대신 인종적 혐오의 감정만이 선연하다.

이 '무서운' 자기상실감은 자기부정(비하) 또는 자기청산이라는 허무주의적 의지와 맞물리게 되고, 결국 순수에 대한 비정상적 집착과 강박으로 치닫는다. 「임전체제하의 문학과 문학의 임전체제」에서 박영희는 국민 총력전 상황에서 개인이 국가적 이상에 통합되는 것이 중요하다고 전제한 다음, 그 이상을 일본적으로 파악하기 위해서는 개인의 의식을 순화하기 위해 그 안의 협잡물을 제거해야 한다고 주장했다. 물론 이때 협잡물이란 서구적인 것으로 치부되는 자유주의와 개인주의이다. 심지어 김문집은 조선 정신의 내장을 청소해야한다는 식으로 「조선민족의 발전적 해소론」에서 다음처럼 절규한다.

조선사람이 황국신민이 된다는 것은 '게다'를 끌고 '다꾸앙'을 먹고들 하는 것이 아니고, 고무신에 깍두기도 매우 좋으니 먼저 정신적인 내장을 소제하는 데 있다. 재래 조선사람이었기 때문에 가졌던 일체의 불미불선-취기 분분한 그 썩은 내장물을 위로는 토해내고 아래로는 관장-배설하여 속을 깨끗이 해야 한다.

김문집이 말하는 썩은 내장물이란 역시 서구적 의미의 자유주의와 개인주의 거기다가 민족주의까지를 모두 싸잡아서 이르는 것이다. 그는 '취기분분한'이라는 후각적 심상을 동원하면서까지 자기 혹은 조선에 대한 혐오감을 거침없이 쏟아내고 있는 셈이다.

이른바 '내장청소론'으로부터 조선의 문학 또한 자유로울 리 없다. 김팔봉은 수필 「탄환과 충언」에서 조선의 근대문학은 과거의 온갖 잡다한 이념을 성산하고 국민문학이라는 순수한 개념으로 전환해야 하는 한편 일본적 도의를 실천하기 위해서는 현재의 자기를 철저히 버릴 것을 주문한다. 그가 보기에 조선의 근대문학은 잡다한(서구적) 이념에 물든 상실과 결여의 산물일 뿐이다. 같은 맥락에서 박영희 역시「문학의 새로운 과제」에서 조선의 근대문학이 오랫동안 외래문학, 특히 구미문학의 영향과 지배 탓에 동양적 아름다움을 상실한 문학이었다고 진단한다. 결국 그동안 작가들은 부지불식간에 불건전한 사상에 빠져 침울하고 허무한 문학만을 양산하는 데 앞장섰다는 것이다. 따라서 조선근대문학은 국가에 봉사하는 '국민문학'으로 해소되어야 하고 그 과정에서 잃어버린 '자기'를 찾아야 한다고 역설한다.

그러나 작가들이 보기에 상실과 결여는 결코 문학만의 결함이 아니다. 조선의 역사와 문화가 모조리 결함 그 자체이기 때문이다. 김소운이「부조의 오명을 일소」에서 말하듯 조선의 역사와 문화는 무용조선의 진정한 자태를 억압해버린 절조 없고 기회주의자인 '아버지들'의 그것에 불과하다. 결국 작가들은 악명 높은 '조선문약론'을 주장하기에 이른다. 함대훈의 수필「우리들과 지원병」에서 조선문약론의 요체를 볼 수 있다.

이조 5백 년간 특히 근세사에 있어서 조선인은 무력적 훈련을 등한히 했다. (…) 그러니만치 상무정신은 자연 그 퇴락의 일로를 걸어 왔다. 이리하여 문인의 숭상은 파행적으로 되어 문무겸전할 국가 되지 못함에 따라 문약한 정치체계는 또한 사색당쟁으로 정치상 커다란 오점을 남기고 말았다. 이 문약의 정신이 오늘날 조선인의 상무적 정신을 상실케 하고 조선인은 무슨 일에 우유부단하여 양적 활발성을 띠지 못하고 음적이고 '히니꾸레(빈정거림, 야유)'적이 되었다. 이것은 하루 이틀에 된 것이 아니다.

요컨대 조선왕조 5백년은 문약, 파행, 오점으로 얼룩진 상실의 역사이다.

역사적 과오, 특히 상무정신을 잃어버린 과오 탓에 조선인은 수동적이며 결단력이 없는 '마이너스적' 존재 곧 빈정거리거나 야유하기를 즐겨하는 존재가 돼버렸다는 것이다. 여기서 주목할 것은 잃어버린 상무정신 운운하는 대목인데, 필시 상무정신이란 사무라이로 대변되는 일본적 무사도에 대응하는 개념일 것이다. 함대훈은 오랫동안 무사도를 간직해 온 일본민족은 '플러스적' 존재라는 점을 은연중에 전제하고 인정하는 모양새다. 그에게서 자기비하(멸시)와 타인 선망이 교차되어 있는 열등의식을 쉽게 읽을 수 있다. 그래서 간혹 잃어버린 상무정신에 대한 보상심리는 조선 이전의 역사 곧 상실 이전의 과거로 거슬러 가려는 욕구로 나타나기도 한다. 박종화는 수필 「입영의 아침」에서 남대문 앞에서 목격한 입영을 앞둔 학도병 무리를 보고 흥분된 어조로 통일신라의 김유신이나 고구려의 을지문덕을 호명하면서 다음처럼 감격스러워한다.

남대문을 나서니 열 패, 스무 패, 학병의 떼가 밀렸다. 거리는 세기世紀의 감격으로 꽉차고 말았다.

천 년 만에 보는 감격이었다. 천 년 만에 당하는 흥분이었다.

눈시울이 뜨끔하자 더운 눈물이 화끈하고 쏟아졌다.

옛날 고구려 때 이러했으리라, 신라 때에 이러했으리라! 삼국은 통일한 김유신 장군의 부하 화랑님들이 이러했으리라. 청천강淸川江에서 수병隨兵을 깨두들겨 부수던 을지문덕의 부하가 이러했으리라.

자기상실에 대한 감각이 이처럼 태고의 역사에 대한 반동적 혹은 복고적 퇴행심리로 귀결되는 예는 이외에도 많다. 흥미로운 사실은 자기상실감이 오늘날로 따지면 아마도 '신토불이'쯤 되는 논리들을 무턱대고 쏟아낸다는 점이다. 이를테면 박영희는 「문학의 새로운 과제」에서 자기의 국가를 모르고 남의 국가를 연구하는 것도 환상이며 자기의 정신을 이해하지 못하는 사람이 남의 정신을 비판하려는 것도 우스운 것이라고 말한다. 물론 여기서 말하는 국가란 일본이다. 여하튼 이와 같은 논리의 심층에 세계주의 (혹은 국제주의)에 대한 혐오감이 깔려있는 경우가 적지 않다. 서구적인 것으로 치부되는 자유주의 및 개인주의와 더불어 척결되어야 할 사상이 바로 세계주의이다. 예컨대 최재서는 「문학자와 세계관의 문제」라는 글에서 세계주의를 다음처럼 비판하는데, 그 비판의 핵심에는 도시에 대한 극도의 혐오감 곧 반도시주의 정서가 짙게 깔려 있다.

　　코스모폴리턴은 나라가 없다. (…) 코스모폴리턴은 예외 없이 교양인이다. 그런데 그 교양이라는 것이 (…), 마치 새가 맘에 드는 나뭇가지에 머물 듯, 자기의 성향에 맞는 문화에서 고향을 찾는 그런 유의 교양이다. 그는 피와 땅에 묶인 현실적 세계에 살기보다, 모든 교양인들과 자유롭게 교제할 수 있는 관념의 세계에 살고 있는 것이다.(…)

　　메가로폴리터니즘문학, 즉 대도시주의 문학에 있어서는 토지를 떠난 수백만의 인간들이 도시에 모여들어 각종의 사회문제와 격투를 한다. 생활이 보장된 자에게는 향락에, 보장되지 못한 자는 혁명에 절대 배타적인 흥미를 가진다. (…) 이것이 소위 메가로폴리터니즘의 저류를 이루는 것이다. 독일에서는 이것을 아스팔트문학이라고 부른다. 아스팔트문학이란 뿌리 없는 문학의 뜻이다. 뿌리가 없으니까 불건전하다. 아스팔트문학은 마치 쇼윈도우에 런던의 모자도 파리의 향수도 뉴욕의 안전면도기도 진열되어 있지만, 불결하고 먼지가 풀썩풀썩 일어나는 듯한 그런 것이다.

　　코스모폴리턴은 한마디로 무책임하다. 국적을 거부하니까 정치적 책임관

넘이 없다. 또 도덕적 전통으로부터 절연되어 있으므로 윤리적 책임관념을 갖지 않는다. 그들은 단지 혁명적 이론가로서 정치적 정세를 비판하면 되는 것이고, 악마적 풍자로서의 인간의 타이프를 냉소하면 그만이다.

최재서의 주장은 간명하다. 코스모폴리터니즘 곧 세계주의란 불결한 것이다. 상품들이 국적 따위는 아랑곳하지 않은 채 나란히 진열되어 있는 아케이드arcade 공간으로서 또는 패스티쉬pastiche적 혼종hybrid 공간으로서 대도시는 매우 불결하다. 대도시의 이념인 세계주의는 소위 '피'와 '땅'에 대한 유대감을 거부한 채 자기에게 어울린다고 생각되는 이국의 문화에서 고향을 찾아 떠도는 관념주의자들의 사상이다. 그래서 세계주의자들의 행동 패턴은 딱 두 가지뿐이다. 향락 아니면 혁명. 그러나 최재서가 보기에 이 두 가지 행동 패턴은 동전의 양면과 같다. 향락적인 삶을 탐닉하는 자나 정치 정세를 비판하고 나면 그것으로 족한 혁명적인 이론가 모두 토지를 등진 자 곧, 뿌리 뽑힌 자라는 점에서 정치적으로나 윤리적으로 무책임하기는 마찬가지이기 때문이다.

최재서가 말하는 향락 또는 혁명이 정확히 무엇을 지시하는지는 중요하지 않다. 그것들은 대도시적 삶의 부정적 양상일 뿐이다. 관건은 대도시적인 삶과 연루되어 있는 세계주의를 대체할 새로운 이념으로서 국민적(일본적) 세계관이 요청된다는 점이다. 최재서는 같은 글에서 국민적 세계관이란 국민의 독특한 본질과 지리적(공간적) 규정에 의해 표현되는 역사적 운명이자 생활의 의욕이라고 설명한다. 그래서 그 세계관은 한 국민에게 절대적이며 유일한 것이어서 그것을 한 국민의 정신에서 다른 국민의 정신으로 옮겨지거나 이식되는 식의 일은 일어날 수 없다는 것이다.

결국 번역(교환) 불가능한 이념으로서 고향의 절대성과 유일성이라는 관념이 반도시주의 정서 안에서 발아하게 된다. 고향은 피와 땅에 대한 귀속성이다. 뿐만 아니라 고향은 영혼 이나 정신과 동의어이기도 하다. 고향을 상실한 것은 영혼을 상실한 것과 다르지 않다. 그래서 유진오는 「동양과 서양-동아문예부흥에 관한 일단상」에서 마치 양심선언이라도 하듯 자신의 과오를 다음처럼 고백하기에 이른다.

차차 커진 후에 서양문화에 대한 인식이 생겨남에 따라 나의 이러한 배서사상은 점점 더 강해졌다. 그리고 경주보다 아테네가 그리웠고, 그리고 퇴계나 율곡보다 루소나 칸트가 그리웠고, 묵화보다 유화가 좋았으며, 가야금이나 단소보다 바이올린이나 플롯이 좋았다. 일언이 폐지하면 내가 나고 자라고 살고 하는 이 땅보다는 나의 영혼의 고향은 차라리 서양에 있거니 하고 스스로 생각하게까지 된 것이었다.

바야흐로 영혼을 상실했다는 일종의 피해의식은 잃어버린 고향에 대한 애절한 그리움과 동경을 낳는다. 작가들의 내면에서 온갖 형태의 노스텔지어가 범람하기에 이른다. 소위 '아스팔트 문학'을 내팽개치고 작가들은 고향으로의 귀환을 서두른다. 예컨대 정비석 역시 수필 「국경」에서 자유주의가 팽배했던 시대에, 예술의 고향을 서구에서 찾으려 했던 자신의 과오를 참회하면서 국가 관념으로서의 '국경'에 대한 낭만주의적 감회(애국심)를 노스텔지어로 둔갑시켜 놓고 있다.

자신을 최대한으로 보해해 주는 모국의 은혜를, 나는 국외로 한발자국을 디뎌놓음과 동시에 절실히 느꼈다. 그리고 두만강이라는 강 하나를 건넜을 뿐인데도 조선이 무한히 그립고, 더욱이 나는 고향에서 멀리 떨어져 있는 듯해서 애수 같은 것조차 느꼈다.

　고향에서 멀리 떨어져 있는 듯한 애수의 정서가 당시 국민문학 계열의 작가들에게서 공통적으로 발견되는 자기상실감의 정체라고 해도 틀리지 않다. 또한 이러한 애수가 '불결한(혹은 불건전한) 도시'와 '순결한(혹은 건전한) 농촌(전원)'이라는 식의 파시즘 심리의 전형적인 이분법을 만들어냈다고 해도 상관없다.

　늦은 밤 한 무리의 사람들이 설을 쇠러 고향 안성으로 향하는 길에 버스 고장으로 조난을 당하면서 벌어지는 몇 가지 해프닝을 다루고 있는 정비석의 소설 「한월」 역시 그러한 이분법을 철저히 답습한다. 이 소설에서 고향 혹은 농촌 마을은 "삭막하고 깔깔하기 모래 같은 도회"와는 어딘가 다른 "가면과 허식이 없는 부드러운 세계"이다. 그곳의 사람들은 "공중도덕과 지식과는 아무런 관련"이 없음에도 불구하고 겸양과 순박성을 잃지 않은 자들이다. 게다가 거만한 도시인 '수달피'라는 인물과의 대비에 의해 선명하게 드러나듯, '예쁜이 어멈' 그리고 '강춘보'와 같은 순박한 농촌 사람들은 대동아공영권 시대에 부합하는 "희생과 인종의 숭고한 정신"을 간직한 자들이기도 하다. 아울러 이 소설의 화자(지식인)는 그들에게서 처음 만난 사람 같지 않게 친근함 곧 일체감을 느꼈다고 소회를 밝힌다. 물론 그러한 일체감은 도시에서는 도저히 맛볼 수 없는 아름다운 풍경임을 덧붙이는 것을 빠뜨리지 않는다.

　농촌 혹은 고향에 대한 이상화라든가 아니면 그 안에 살고 있는 사람들과 일체감을 경험한다는 식의 관념은 가라타니 고진(柄谷行人)이 말한 바 있는 타인에 대해 냉담하고 아울러 주위의 외적인 것에는 관심이 없는 '내적인간inter-man'의 낭만주의적 풍경에 지나지 않다는 것(가라타니 고진, 박유하 역,『일본근대문학의 기원』, 민음사, 1997)을 새삼 지적할 필요는 없을지 모르겠다. 그렇지만 그러한 애수의 감정 혹은 노스탤지어가 지닌 잠재적인 혹은 은폐된 폭력성을 오히려 문제 삼아야 한다. 국민문학 계열의 작가들이 노스탤지어에 이르는 내적 드라마에는 적에 대한 분노에서 비롯된 자기부정과 소멸이라는 마조히즘적 열정이 포함되어 있음을 확인한 바 있다. 한데 그러한 마조히즘적 열정이 소위 피해자 의식과 결부되고, 앞서 이야기 한 바 있는 대표하는 자라는 허위의식과 맞물리게 될 경우, 그것은 이내 사디즘sadism적 욕망으로 코드 전환될 것이라는 점이다. 나치의 유대인 학대 또는 인종청소라는 무시무시한 사디즘적 열정을 구성하는 것 또한 그러한 내적 드라마(이른바 '게르만의 숲')와 결코 무관하지 않았다는 점을 기억할 필요가 있다.

4. 고통은 아름다워!

타인에 대한 분노와 적개심을 감춘 자기혐오와 부정이 노스탤지어의 음화라고 해도 좋다. 그러나 노스탤지어는 그것의 은폐된 폭력성 이상의 위험을 지니고 있다. 그것이 철저히 조직화되고 규율화된 사회적 신체에 대한 동경이나 갈망과 쉽게 일치하기 때문이다. 이 사실을 이광수의 소설「그들의 사랑」에 등장하는 주인공이자 농촌출신의 경성제대생인 '리원구'를 통해 확인할 수 있다. 그는 우선 '흙'에 대한 애착이 무척 강하다.

> 곡식이 모락모락 자라는 것이라든지, 거름을 주면 주는 만큼 김을 매면 매는 만큼 곧 곡식에 효과가 나타나는 것이 새삼스럽게 신통하여서 원구는 그

속에서 신의 섭리라 할까 인과의 묘미라 할까, 신비한 큰 법칙과 큰 사랑을 느낄 수 있는 것이 기뻤다. 논에 나가면 늘 만나는 메뚜기나 개구리도 다 낯이 익어서 한줄기 정이 통하는 것 같고, 스스로 기어가다 고개를 들어서 원구를 돌아보는 뱀들도 악의로 대할 마음이 없었다. 논바닥의 흙과 밭에 모래도 다 제 손발이 닿은 데요 땀이 밴 것이라 하면 정이 들었다.

한편의 전원시를 떠올려도 무색하지 않을 듯하다. 어지간한 노스탤지어의 표상이 거의 다 동원되고 있는 셈이다. '리원구'는 흙 속에서 '뿌린 대로 거두리라' 식의 인과를 발견하고서, 그 안에 담긴 신의 섭리와 사랑에 기뻐한다. 게다가 그가 바라보는 전원의 풍경은 자아와 세계가 분리되기 이전의 낙원, 이른바 서정시적 총체성의 세계이기도 하다. 따라서 전원에서 만나는 모든 것들이 낯설지 않다. 하찮은 미물과도 마음이 통한다. 뱀조차 '악의 없는' 서정의 세계를 펼치는 데 동참한다. 한데 '리원구'의 내면을 차지하고 있는 그러한 서정성의 기원은 과연 무엇일까. 서정성이란 쉽게 말해 나와 세계가 서로 낯설지 않음에서 비롯되는 친밀한 유대의 감정이다. 이른바 '세계의 자아화'라고 해도 무방하리라. 그래서 간혹 서정성은 세계에 대한 나의 일방적인 내면화인 탓에 나르시스적이며 위계적이지 않느냐 하는 비난을 받기도 한다. 물론 여기서 서정성에 대한 부정적인 평가의 시비를 가릴 의도는 없다. 다만 '리원구'의 서정성만큼은 나르시스적이며 대단히 위계적이다.

'리원구'가 보기에 고향의 농민들은 어느새 흙에 대한 애착을 잃어버린 자들이다. 게다가 고향은 이미 '처녀성'마저 상실해버린 곳이다. 곧 "인조견 치맛자락을 펄렁거리고 낯바닥에 분을 바른 세집아이들이 벌써, 처녀성을 잃은 듯한 몸을 가지고 도회에서 제 집에 다니러 오면 제 동무들은 그 계집애를 용이나 된 것 같이 부러워하고 그 인조견도 도회지의 전기등이며 활동사진이며, 사이다며 이런 이야기를 하여서 굵은 배치마를 들뜨게 하는" 타락한 곳, 그래서 "풍기가 심히 문란"한 곳이다. 요컨대 불결한 도시 문화가 침범함으로써 농촌은 순결을 잃어버린 것이다. 그러나 '리원구'의 흙에 대한 애착은 그저 그런, 그러니까 당시에 퍽 일반화된 반도시주의 정서에서만 비롯된 것은 아니다. 만일 그러한 정서에만 의지한 것이라면, '리원구'의 서정성을 문제 삼을 근거는 다소 희박해진다. 오히려 다음 대목을 유심히 살필 필요가 있다.

> 원구는 이 촌에서 볼 수 없는 교양인일뿐더러 또 얼굴이나 몸매가 다 깨끗한 것이 동네 아가씨의 주목을 끌지 아니할 리가 없다. 자기네들은 아무리 하여도 저런 좋은 사내를 남편을 삼을 수 없다. 저런 사내의 아내가 될 이는 서울서 공부 많이 한 썩 잘난 계집애리라고 그들은 속으로 질투에 가까운 부러움을 아니 느낄 수가 없었다.
>
> 이런 남자를 보다가 동네에서 누구누구 하는 젊은 사람들을 보면 다 마음에 차지 아니하였다. 이것이 그 처녀들로 하여금 농촌을 떠나서 도시로 달아나게 하는 한 이유가 아닐 수 없다.

요약하자면, 처녀들이 농촌을 떠나는 이유는 '리원구'와 같은 정결한 교양청년이 그곳에 없기 때문이다. 이를 두고 어떤 현상을 일정한 근거를 가지고 설명하는 논리라고 보아야 하는지 의문이다. 그와 같은 궤변 앞에 일제의 수탈에 의해 농촌이 피폐화되었다고, 그래서 농촌의 청년들(처녀들을 포함해서)이 고향을 등지고 생계를 위해 도시로 갈 수밖에 없었다고 운운하는 것은 부질없는 짓이다. 오히려 작가 이광수가 '리원구'라는 허구적 인물의 궤변을 통해 노골적으로 지식인(교양인)의 자기 우월성을 주장하는 근거가 무엇인지를 따지는 편이 더 의미 있다.

우월성의 근거는 간단명료하다. 정결함(혹은 청결함)이다. 이것은 '리원구'의 강박적 행동에서도 알 수 있거니와, 모든 가치에 우선하는 절대적 선이다. '리원구'는 "청결이 습관이 될수록 불결한 데가 눈에" 보이고 "거미줄 하나, 먼지 하나 있는 것이 다 마음에 걸"리는, 그래서 "쓸고 훔치고 치우"는 일이 낙이 돼버린 일종의 결벽증 환자이다. 결국 병적인 강박이 도달한 결론은 '표리일치'식의 수신 모럴이다.

원구의 이러한 노력은 곧 효과를 발생하였다.

이렇게 반성하고 힘쓰는 동안에 원구가 제 결점으로 느낀 것은 'まじめさ(진실함)', 'すなおさ(순박함)'의 부족함이었다.

무엇이나 정성껏 힘껏 'まじめに', 무슨 일에나 속에 있는 대로, 꾸미거나 비꼬지 말고 'すなおに'하는 것은 습관이 되어보면 유쾌한 일이었다.

"피이"

하고 빈정거리고 비꼬는 것이 원구에게는 대단히 미운 것이 되었다.

원구는 원구의 동창 중에도 이러한 버릇을 가진 이가 적지 않음을 발견하였다.

그리고 겉으로 다 하면서도 속으로 아니 하는 체하는 일이 동창 간에 많은 것도 발견하였다. 원구는 이것은 큰 도덕적 죄악이라고 생각하였다.

'리원구'의 생각대로라면 자신의 동창들로 대변되는 조선인은 도덕적으로 타락했다. 왜냐하면 빈정거리거나 비꼬는 버릇 뒷에 그들은 순박함과 진실함을 잃어버렸기 때문이다. '리원구'가 내세우고 있는 모럴 들은 일종의 전칭명제('무엇에나' 혹은 '무슨 일에나')와도 같은 것이다. 따라서 구체적으로 어떤 것에 대한 혹은 어떤 조건에서의 그것들인지, 하는 식의 맥락적 물음을 도무지 끼워 넣을 수 없는 절대적 명령이다. 결국 이러한 절대적 명령을 실천할 수 있다는 자부심과 오직 자신만이 정결(청결)하다는 결벽증적 우월감이 결합됨으로써 흙에 대한 애착이라는 관념이 또는 서정성이 생겨나게 된 것이다. 이를테면 처녀성이 이미 사라져버린 곳에서 그것을 지키며 간직하고 있다는 식의 예외성 또는 초월성의 관념이 아니었다면 그러한 서정성은 도저히 생겨날 수 없었다. 따라서 예외적 개인(=영웅)일 게 분명한 '리원구'의 서정성은 나르시스적이며 위계적이다. 이 결벽증적 우월감은 질서와 규칙에 근거한 단순함 또는 일사불란함에 대한 선망으로 귀결된다. 선망의 대상은 '리원구'가 가정교사로 가 있게 되는 일본식 가정, 그러니까 후일 그가 제2의 아버지로 추앙하게 되는 '니시모도 박사'의 집이다.

원구는 조선사람의 가정생활이 어떻게 방만하고 무질서한 것을 깨달았다. (…) 원구가 가장 느낀 것은 니시모도집에서 취침시간 기상시간이 일정한 것이었다. 종을 치는 것도 아니언마는 온 집안 식구가 각기 마음속에 깨어라, 자거라 하는 종소리를 듣는 것 같았다. 이층 박사의 서재에 매어달린 낡은 시계 치는 소리가 이 가정생활을 차곡차곡 진행시키는 모양이었다. 오전 여섯 시에 일어나고 오후 열 시에 자고, 아침 일곱 시에 밥 먹고 오정에 점심 먹고 오후 여섯 시에 밥 먹고.

다음에 느낀 것은 집안이 조용하여 아무 소리도 아니 들리는 것이었다. 마치 말 아니하는 사람들만 모여 사는 집과 같았다.

다음에 느낀 것은 온 가족이 언제나 예의를 갖추는 것이었다. 옷매무새나 앉음앉음이나 문여닫는 것이나 모두 예절을 잃는 일이 없었다.

군이 엘리아스N. Elias의 문명화 이론을 들춰볼 필요까지는 없다. 신체와 행동에 관련된 예절(혹은 매너) 목록들의 분화 또는 그 정교함의 정도가 문명화의 기준이라는 점은 잘 알려져 있다. 이를테면 '리원구'의 관념에는 일본은 문명화되어 있다는 것, 반면 조선은 아직 문명화되어 있지 않다는 것, 오히려 야만에 가깝다는 의식이 깔려있다. 그러나 본질적인 것은 '문명/야만'이라는 적이 식상한 이분법이 아니라, 문명의 척도로 숭상되고 있는 질서와 규칙 혹은 예절에 대한 필요 이상의 선망 또는 열등감일 것이다. 또는 그러한 것들의 작동원리인 단순성, 명료함, 기계적 움직임과 반복성에 대한 애착이라고 해도 상관없다. 단순성에 대한 그와 같은 이상적인 긍정은 아도르노T. Adorno에 따르면 일체의 '정신적 활동'에 대한 거부 또는 혐오로 이어지는 길 외에는 달리 없다.

부엌 종업원을 사랑하고 싶어 하는 지성인이 있다. 즉 자신에 대한 정신적 요청을 완화시키고 수준 이하로 내려가고 일과 표현에서 실행 가능한 습관, 즉 − 깨어있는 인식자로서 그가 이전에 배척하였던 것만을 행하고 싶어 하는 예술가나 이론가들이 있다. 범주나 교양 자체가 더 이상 지성인에게 주어지지 않기 때문에 그리고 활동하라는 수많은 권유로 말미암아 어떤 것에 집중하는 일이 위태로워졌기 때문에, 어느 정도 올바르다고 증명된 것을 생산하는 일은 쉽지 않게 되었으며, 그 결과 누구도 더 이상 그러한 노력을 기울이고자 하지 않는다. 게다가 모든 생산자에게 가해지는 동형의 압력으로 그는 자신에게 가해진 정신적 활동 요청을 점차 깎아내리려 한다. 정신적인 자기 규율화 자체의 중심이 파괴되는 것이다.(T. 아도르노, 최문규 역,『한줌의 도덕』, 솔, 1995)

자신에 대한 '정신적' 요청을 완화시키고 수준 이하로 내려가려는 욕구, 실은 대단히 저급한 속물적 욕망은 보통 고행 이후에야 얻게 되는 깨달음이라는 식의 승려적 욕구(물론 사이비에 가까운)와 결부됨으로써 뭔가 숭고한 것으로 이상화되기도 한다. 장혁주의 소설 「새로운 출발」의 주인공 '사와다'는 그러한 욕구를 지닌 대표적인 인물이다. 그는 어렸을 때부터 품어온 동경의 땅으로 들어간, 곧 지원병이 돼버린 친구 '시마무라'에 대한 선망과 질투로 인해 결국 '라디오 수선소' 일을 접고, '선반공 양성소'에 입소하게 이른다. 3개월간의 양성기간은 그를 '완전히 다른 사람'으로 탈바꿈시켜줄 훌륭한 계기로 보인다. 완전히 다른 사람, 곧 새로운 인간형이란 어떤 모습인가. 그 모습의 정체는 이렇다.

다음날 양성소에서 묵묵히 쇠망치를 내리치는 연습을 하였다. 너무나도 단순한 그 동작을 한 시간이나 계속 반복해서 하는 동안 불현듯 바로 이거구나, 하는 생각이 들었다.

모든 고통을 꾹 참는 기분, 그리고 겉으로 내색하지 않는 마음, 묵묵히 임무를 수행하는 병사, 한 가지 일을 몇 년이고, 몇 십 년이고 아니 몇 백 년이고 계속하는 학자, 만세를 외치며 정신없이 적진으로 뛰어들어 싸우다 죽는 병사의 마음을 알았다.

내색하지 않고 고통을 참아내면서, 그저 묵묵히 행동하는 것에 대한 찬양, 이를 달리 '맹목성'에 대한 신념이라고 할 수 있겠다. 이런 신념은 오늘날도 여전히 끈질긴 생명력을 유지하고 있는 변형된(그래서 왜곡된) 성장의 내러티브를 반복한다. 곧 극한 시련(체험)을 통해 새로운(성숙한) 인간(남성)으로 다시 태어난다는 재생의 신화와 연결되는 것이다. 예컨대 이석훈의 소설 「고요한 폭풍」에서 '문인강연대' 멤버로 참여하게 된 지식인 '박태민'은 흉흉하고 위험해서 누구도 꺼려하는 함경선 방면을 택하면서 자신의 소시민적 회의와 방황의 버릇을 버리겠다는 결심으로 이렇게 말한다. "이 기회에 나를 시련해야겠다. 나를 보다 잘 달련시키기 위해서는 시련이 가혹할수록 좋다.(…) 그러다보면 자신을 방황으로부터 구해내는 데 도움이 되리라." 이처럼 시련을 통해 자신을 구원한다는 식의 발상은 최재서의 소설 「보도연습반」에서 지식인 '송영수'가 군대식 훈련 과정에서 얻게 되는 깨달음에서도 동일하게 나타난다. 물론 그 깨달음이란 전체 속으로 지양되거나 해소되어가는 개체의 열락이다. 새로운 인간형, 곧 전체주의적 인간형으로 변모해가고 있다는 마조히즘적 기쁨 그 이상이 아니다.

이상할 정도였다. 노래하는 가운데 송영수는 피로도 공복도 불만도 어깨를 짓누르는 무게도 잊고, 정말로 즐거운 기분으로 행군할 수 있었다. 이제 그는 외톨이가 아니었다. 하나의 뜻에 움직이고 있는 전체 속의 한명이었다. 그의 한 걸음 걸음은 전체의 한 걸음 한 걸음과 완전히 일치했다. 피로를 느끼고 공복감을 느끼고 불만에 괴로워하는 그 자신은 어디론가 사라져버리고, 전체와 같이 노래하고 함께 행군하는 새로운 그가 거기에 있었다.

맹목성에 대한 신념 그리고 전체 속으로 해소되는 개체의 열락이라는 신화는 다시금 소설 「새로운 출발」의 '사와다'의 친구 '시마무라'의 다음과 같은 혐오감, 이른바 이론적 사유와 지식인에 대한 극도의 혐오감이나 경멸심과 공명하게 된다.

나는 모든 이론을 버리자, 그리고 실생활뿐이다. 이론만 캔다는 것은 조선

출신자의 나쁜 버릇이었다. 이론만 내세우는 지식인의 버릇은 서구식 이론 교육의 악습이며, 지식인이 아닌 자도 일일이 이치를 따지는데, 이는 하나의 본능으로 이론을 내세움으로써 자기를 변호하고 싶은 잠재의식이었다. 둘로 나뉘어서 자신을 죽이고, 공존하는 정신과는 상당한 거리가 있는 것이다. (…) 이론을 내세우지 말고 그저 실행하면 된다. 이런 습관을 자기 마음속에 심기 위해 노력해야겠다고 결심했다.

'이론/실감'이라는 명징한 이분법 아래 이론이란 서구식 교육의 악습에서 비롯된 부정적인 것, 따라서 잠재적인 자기변호(보호) 본능 이외에는 아무 것도 아니다. 그렇다면 이론(정신적 활동)을 대신하는 또는 그것보다 우월한 '실생활'이란 과연 무엇인가. 그것은 바로 '명령과 실행'이라는 오직 두 가지의 행동패턴으로 요약되는 '단순함'의 세계, 규율과 그것에 대한 복종만이 유일하게 강조되는 병영 혹은 '의사pseudo' 병영 시스템의 세계이다. 결국 병영으로 대변되는 단순함의 세계는 뭔가 숭고한 것으로 미화되고 만다. 병영은 "인생 대학"(최재서, 「보도연습반」)이며 "근사한 인생 공부" (최정희, 「야국초」)를 할 수 있는 곳, 따라서 "사람이 사람다웁게 되는 길에 있어서도 역시 없어서는 아니 될"(홍효민, 「감격의 일일」) 성스러운 공간이다. 그리고 그 공간을 채우고 있는 새로운 인간형으로서의 이 '순종적인 신체' 들의 모습은 지극히 친근하다. 바로 우리들 '가족'의 모습이기 때문이다.

"○○○ 해병단에 관한 나의 충실한 견문 기록"이라고 밝힌 오영진의 소설 「젊은 용의 고향」에서 묘사되고 있는 순종적 신체들은 대체적으로 우리들의 가족 구성원들을 많이 닮았다. 해병단 부장의 눈은 "자애로운 어머니의 따스한 눈길처럼, 안경 속에서 부드럽게 빛나"며, 병사들을 모아 놓고 훈시를 하는 단장은 마치 "어린아이를 달래는 어버이처럼" 부드럽다. 교반장은 "어느 때는 약장수 흉내를 내고 아리랑을 부르는 무관한 형님"에 가깝고, 신병과장은 "양반집의 작은아버지 같은 위엄"을 가지고 있다. 해병단에서 "구김살 없는 가족적인 분위기"에 감동한 '나(화자)'는 「그들의 사랑」의 주인공 '리원구'가 연출하는 서정성에 비겨 결코 뒤지지 않을 이른바 미의 사제가 된다.

대조봉재일이다. 넓은 연병장을 꽉 메우고, 제이종 군장의 흰 옷이 아름답게 열을 지었다. 어제 본 카키색 군복에 약간 기대어 어긋난 실망감을 느꼈던 나는, 찬연한 아침 태양 아래에서 이제까지 머리로만 그려보았던 해군의 아름다운 모습에 넋을 잃었다. 푸른 하늘, 푸른 바다.
이렇게 푸른 일색一色의 공간에 선명하게 드러나기 시작하는 해군 깃발. 우렁찬 나팔 소리의 전송을 받으며 하늘을 오르는 군함기. 지상에 있는 모든 것들은 부동.
해군에서 자주 말하는 진선미의 상징이란 바로 이것일까? 어쨌든 그것은 미의 순간이며, 엄숙한 때이다.

기념일을 맞아 사열을 벌이는 순종적 신체들의 스펙터클spectacle은 진선미의 상징으로 둔갑하고, 엄숙하고 숭고한 것으로 승화된다. 이 스펙터클에 대한 찬미는 자신과는 상관없는, 결국 자신에게는 무해할 게 분명한 청년들의 죽음을 스펙터클로 변형시켜버리고 마는 계몽적 이성의 가장 악마적인 서정성으로 나타나게 된다. 이른바 서정주는 「스무 살 된 벗에게」에서 "죽음이 우리들 젊은 사람을 단련시키기 위하여서 아름다운 운명의 빛깔을 하고 우리의 발밑을 올러산나"고 하면서 청년들의 죽음을 그야말로 서정적으로 '호출'해 낸다.

자신이 있으면 뛰어들어가거라! 뛰어들어 가지 않고 어찌 견딜 것이냐!
오! 남에게 알리기에는 너무나 아까운 이 재미! 바다에 떠서 물이랑을 갈고
갈 수 있는 데까지는 나는 바다보다도 세구나. 말이 아니라, 이리도 넓고 깊
고 무서운 것이, 그 아름다운 빛깔과 몸놀림으로서 지극히 아름다운 여인과
같이 내 밑에서 눌리우지 않느냐. 내 사지는 분명히 내 것일 것이나 벌써 내
것은 아니다. 간신히 머리를 치켜들며, 치켜들며, 전체로 들이마시는 아 — 고
마운 공기. … 정말로 무슨 푸른빛의 '기체사탕'과 같이 한 번 들이마시어서
는 오래 깨물어 먹어야 하는 이 아까운 공기. 공기도 벌써 내 것은 아니다. 내
눈도 코도 타는 입술도 바다여 (또 운명의 모습을 땅 위에서는 가장 많이 지닌 것
이여) 네 것이지 내 것은 아니다. 바다여 그러나 이 영혼은 내 것이다. 이렇게
빽빽이도 빈틈없이, 둘러싸는 네 속에서도 살아나가는 이 영혼은 내 것이다.
바다여! 내가 다시 육지로 갈 때에도 네 품속에서처럼 '모두 내 건 아니라'고
거부할 테니, 공기까지도 늘 주인에게서 얻어 마시는 기체사탕과 같이 마시
고 살테니 이 영혼만은 내 것이다! 바다여 그렇다고 대답해다오.

5. 한 번은 비극으로 또 한 번은?

한국 근현대사를 그야말로 단적으로 설명할 수 있는 몇 개의 키워드를
뽑을 수 있는 권한이 주어진다면, '국민'과 '동원'이라는 두 개의 단어를 뽑
는데 주저하지 않을 것이다. 한국 근현대사는 지속적인 국민형성(혹은 재형
성)의 과정이자, 그러한 형성 메커니즘과 필연적으로 결부된 대중 동원의
역사였다고 해도 결코 틀리지 않을 것이다.
게다가 국민의 형성과 동원의 메커니즘을 가장 드라마틱하게 혹은 가장

비극적으로 보여준 시점이 일제 파시즘 시기였다고 할 수 있다. 뿐만 아니라 이 시기의 다양한 양상들 또는 경험내용이 향후 한국(남북한 포함)의 국가 재건과 통치 과정에서 보여준 국민형성과 동원 메커니즘의 '프로토타입prototype'을 제공했다고 생각할 수 있다. 물론 이렇게 이야기 하면 한국의 사회와 역사 혹은 문화의 복잡 미묘한 양상들을 가지치기하듯 단순화해버리는 것은 아니냐는 비판이 있을 수 있다. 그러나 역사적 단계의 특수성 혹은 역사적 사건들의 개별성이나 고유성 아니면 특정 시기 사회와 문화의 특이성 등이 분명히 존재함에도 불구하고 지속적으로(혹은 저주스럽게) 반복되고 있는 어떤 것들이 있다는 사실을 파악할 필요가 있다.

마르크스K. Marx는 『루이보나파르트 브뤼메르 18일』에서 역사는 두 번, 그러니까 한 번은 비극으로 또 한 번은 희극으로 반복된다는 식으로 말하고 있다. 이 말은 이렇게 이해해야 한다고 생각한다. 곧 특정의 사건이, 이른바 그 자체로 특이성을 가지고 있는 어떤 사건이 두 번 반복되는 일은 없다. 문제는 개별 사건이 아니라 그러한 사건들을 떠받치고 있는 일정한 '구조'들이 의상을 바꿔 입고 반복 출현한다는 점일 것이다. 이를테면 일제 파시즘의 광기로 국민들을 내몰기 위해 소위 '대표되는 자에서 대표하는 자로의 격상'이라는 허구와 같은 이데올로기적 상징 조작은 퍽 유용한 것이었다. 심지어 그러한 상징 조작이 한국전쟁기 뿐만 아니라 '조국의 근대화'를 기치로 내걸고 '새마을운동'에 농민들을 동원했던 1970년대의 박정희 시절에도 횡행했었다는 점이 중요하다. 문제는 시대와 역사를 뛰어넘어 오늘날에도 그와 같은 상징 조작이 효력을 발휘하고 있는 조건들이다. 그러한 상징 조작에 쉽게 공명하고 동화되는 사람들의 '망탈리테mentalité'에는 근본적으로 쉽게 바뀌지 않는 어떤 자질 같은 게 있다고 생각해볼 수 있다. 이러한 망탈리테, 다른 말로 이러한 집단적 감성이 하나의 유령처럼 이 사회를 배회하는 한, 파시즘은 과거형이 아니라 현재형이다. 혹시 내 안에 그리고 우리 사회에 사악한 유령이 어떤 기회를 엿보며 은밀히 살고 있는 것은 아닌가? 따라서 마르크스의 말을 비틀어서 이렇게 이야기해야 옳을 지도 모르겠다. 역사는 두 번 반복된다. 한 번은 비극으로 또 한 번은 '더한' 비극으로!(정명중)

〈자 료〉

● 김병걸 · 김규동 편,『친일문학작품선집 1』, 실천문학사, 1986.
● 김병걸 · 김규동 편,『친일문학작품선집 2』, 실천문학사, 1986.

〈참고문헌〉

● 박영균,「자본주의 위기와 파시즘, 파쇼적인 것들과 사회주의」,『문화 과학』 여름호, 문화과학사, 2009.
● T. W. 아도르노, 최문규 옮김,『한줌의 도덕』, 솔, 1995.
● 가라타니 고진(柄谷行人), 박유하 역,『일본근대문학의 기원』, 민음사, 1997.
● 나카노 도시오(中野敏男), 박경희 역,「자발적 동원형 시민사회론의 함정」,『당대비평』, 생각의 나무, 2000.
● 리처드 래비스 · 버니스 래저러스, 정영목 역,『감정과 이성』, 문예출판 사, 1997.
● 마루야마 마사오(丸山眞男), 김석근 역,『일본의 사상』, 한길사, 1998.
● 후지타 쇼조(藤田省三), 이홍락 역,「전체주의의 시대경험」,『창작과 비평』겨울호, 창비사, 1998.

지나간 미래, 굿문화의 역능과 현재성

1. 균열된 혹은 약한 지반

위도는 칠산어장이 황폐화된 이후로 주민들의 경제적 삶도 피폐해졌다. 대리마을도 예외는 아니어서, "우리가 사업할 때만도 괜찮았다. 우리들하고 사업한 사람들은 다 괜찮게 살아요. 근디 우리 밑에 사업헌 사람들은 저렇게 완전히 다 실패했다. 고기가 고갈되어버리니까. 들어가는 경비는 많지. 건져오는 것은 없지. 그러니까 빚만 져."라고 말하는 상대적으로 앞선 몇몇 세대를 제외하고는 극한의 생존 환경 속에서 살길을 모색하고 있다. 칠산바다를 배경으로 하는 위도의 경관, 등산과 바다낚시, 그리고 여름 바다를 찾는 관광객 등을 대상으로 한 민박과 음식업, 그리고 어업으로는 멸치잡이 등을 통해 근근히 생계를 잇고 있다.

어업 시작은 음력으로 3월이다. 여기 배가 스물한척이 있었는데, 안 되는 사람은 어찌할 수 없이 넘한테 뺏기고 16직 있다. 디 동력선이다 주로 3월 초에 고기를 잡는데, 2월 말에 들어가는 사람도 있다. 철 따라서 봄이 이르면

대리마을 전경

일찍 시작하고 늦으면 3월 초에 허고 그런다. 맨 처음 뱃일을 시작해서 잡는 고기는 꽁맬이라고 허는디 멸치처럼 생겼다. 멸치종류다. 맛이 멸치와는 다르다. 그 다음에 실치도 잡고 그런디, 실치도 멸치처럼 생겼고 맛이 틀리다. 멸치가 더 맛있다. 실치는 고기 먹이로 많이 팔리는데, 일본으로 많이 수출한다. 한 달간은 그 놈을 잡고, 음력 4월부터는 새우를 잡는다. 왕대하/왕새우 반절 정도의 크기다. 오월 달에는 멸치 잡기로 들어간다. 오월 달부터 11월까지 멸치를 계속 잡는다. 그리곤 잡어들이 잡히는데, 잡어 중에 주로 많이 잡히는 것은 아구/아귀. 갑오징어, 홍어, 병어, 농어, 우럭, 광어, 갈치 등이 있다. 잡어 팔아서 기름값허고 그런다.

대리마을은 그래도 주 생업은 어업이다. 논농사, 밭농사가 없고, 이렇다할 특산물도 없으며, 숙박이나 음식업도 다른 마을에 비해 열악한 것으로 보인다. 그래서 대리마을 사람들(혹은 위도 주민들)은 핵폐기장을 적극적으로 위도에 유치하려고 했으며, 그 때문에 격포(혹은 부안) 사람들 과 첨예한 갈등을 겪기도 했다. 이 갈등과 상처는 매우 커서 지금도 앙금이 남아 있다. 심정적으로 이들의 처지에 공감하지 않을 수 없다. 그러나 위도라는 섬이 갖는 경관적 가치, 낚시꾼들의 발길이 끊이지 않는 바다, 등산객들이 선호하는 산 등 그 문화적, 생태적 가치 등을 생각해볼 때, 비비안느 포레스테가 그의 책『경제적 공포』에서 매우 우려한 '경제적 공포에 따른 수치심과 불안, 그리고 분별력 상실과 노예화'를 떠올리지 않을 수 없다.

① 우리 마을의 주 생업은 어업이다. 논농사, 밭농사는 없다. 치도마을과 진리마을에서 마늘농사를 짓는다. 이 마을은 밭농사가 안 된다. 규모도 작은 데다가 수송비까지 드니까 수지가 안 맞는다. 어종은 멸치, 새우, 실치, 잡어 등이 있다. 민박도 여기는 잘 안 된다. 벌금마을이 민박으로는 제일 잘 되고, 또 파장금이 잘 되고. 여기는 잘 안 된다. 옛날에는 김이 유명해서 김으로 먹고 살았는데, 지금은 시세가 안 맞는다. 김 한톳이면 백장인데, 백장 만들어 가지고 팔면은 다소 용돈이 생겼었는데, 지금은 몇 천원뿐이다. 손으로 떠서 만드니까 여간 힘든 게 아니다. 빈곤촌이라 여기는, 음력으로 봄 3월, 4월 두 달 일허고, 5월 6월 두 달은 놀고, 7월, 8월, 9월, 10월까지 사업을 허는데, 글쎄 한 달이면 한집에 30만원꼴 된단 말여. 6개월이면 180만원 그 정도 밖에 안 된다. 한 2백만 원, 3백만 원도 안 된다. 그래도 식도가 더운 짐이 훅 난다. 근데 알고 보면 속이 팍 끓아 버렸어. 죽을 사람도 많을 것여. 배 사업 허는 디가 다 그려. 이 부락하고 식도 부락허고는 다 그려. 위도에서 끄덕없이 생계유지 해나갈 정도라고 허면은 치도마을이 제일 부촌여. 거기는 굴밭이 있어서.

② 그래서 위도가 핵폐기물 때문에 굉장히 떠들썩 했었잖어. 그것만 들어오면 한 집에 한 3억씩 된다고 혀가지고 그놈 가지고 먹고 살거니 큰 기대를 걸었다가 그놈이 안 되야 버리니까, 크게 실망했다. 넘으 빚 때문에, 이 사업 허는 사람들은 빚이 한 2억 정도 졌어. 1억 2억 빚진 사람들이 배 사업하는 사람들이다. 그렇게 여기는 살기가 힘들다. 사업 않는 사람도 옛날에 사업허다가 실패헌 사람들도 그렇게 빚을 져서 행세를 못 헌다. 그러니까 내가 이 부락 조금 주었다고도 한 7천만원 선주들 주었는디, 돈 한 푼도 못 받잖어. 전부 수협, 농협에다가 다 설정되어가지고, 자기 집도, 땅도 다 잽혀버렸다. 가서 어떻게 허것어. 없는 사람을.

③ 변산 부안 쪽으로 있는 사람들한테, 내가 그랬어. "야 드른놈들아. 너그들은 다 눈멀고 귀 멀은 놈들이다. 경주사람들 봐라."고. 그때 위도 사람들이 배타고 나가들 못 혔어요. 돌멩이질 혀 가지고. 차타고 가다가 돌멩이 던져가지고 머리 다쳐가지고 안수네 집 밑에 아주머니는 병원에 입원도 안 혔소. 위도사람들 한 서넛은 격포놈들한테 맞어가지고 걍, 나가들 못 혔다니까. 그 놈으 새끼들이 위도사람들보고 찬성허고 받아들인다고 혀 가지고는. 그것이 무너져버리니까 위도 사람들이 완전히 실망혀 버렸어. 여기 몇 명만 빼놓고는 다 불쌍허게 생겼어.

④ 그러니까 위도 주민들이 정부에다 뭐라고 혔냐면은 너그들에게 둘려가지고 완전히 실망을 혀 가지고 우리 완전히 죽게 생겼다. 그러니까 너그들이 뭔 대책이라도 세워줘야겠다. 하다못해 객선이라도 하나 해도라 그랬어. 그러면 우리들이 객선요금도 덜 물고 다닐 수 있고, 객선이 전부 외지 사람 것이거든. 그러니까 위도에다 객선을 하나 만들어 도라. 그런 건의도 했는데, 1년에 3개월 해가지고 몇 억을 번다는디.

위의 구술은 2006년 1월 20일에 위도 대리마을 이종순(현 기능 보유자)이 마을주민이 처한 경제적 상황과 위도 핵폐기장을 둘러싼 육지부와의 갈등을 한탄하면서, 어쩌면 '절망의 상황' 속에 처한 마을과 주민들의 처지를 대변한 것이라고 할 수 있다. ①은 대리마을을 비롯한 위도 전체 주민이 당면한 열악한 경제적 상황을 설명한 것인데, '빈곤촌'과 '부촌'이라는 언표 속에 담긴 역설 즉 상대적 박탈감과 허탈함이 진하게 배어 있다. ②는 위도 핵폐기장 유치를 동의하게 된 배경과 그 절실함을 나타내면서도, 앞서 언급한 포레스테의 우려가 스미는 대목이다. ③은 ②로 인한 육지부 사람들과의 갈등과 거기에서 얻은 상처와 절망이 나타나 있다. ④는 정부에 대한 원망과 격포-위도를 오가는 객선 소유주에 대한 양가감정이 드러나 있다. 무엇보다도 열악한 경제적 상황으로부터 벗어나고자 하는 소망/욕망이 위의 언표 속에 강렬하게 자리 잡고 있다고 할 수 있겠다.

이러한 상황 속에서 '위도 띠뱃굿'은 어떠한 의미를 가질 수 있을까? 다시 말해 '굿'이 지향하는 위험과 결핍으로부터 벗어난 '풍어와 안전'의 세계에 대한 염원은 위도 띠뱃굿을 통해 어떤 양상으로 나타나고 있을까? 위도 띠뱃굿 전승과 연행 주체들이 욕망하는 세계의 구현이자 그 역능의 원천으로 위도 띠뱃굿은 얼마만큼 그 기대를 총족시킬 수 있을까? 1978년 제19회 전국민속예술경연대회에 출전하여 대통령상을 수상하고, 1985년 중요무형문화재 제82-다호로 지정된 이후로, 위도 띠뱃굿은 그러한 역능의 원천이자 구현체로서 그 지속성과 현재성을 잃고 있는지도 모른다. 왜냐하면 경제적 어려움과 정치적 갈등에 더하여, 이미 그 이전에 종교적 갈등이 존재하고 있었으며, 현재는 더욱 위도띠뱃굿 보존회와 교인들 간의 불화와 갈등이 심화되고 있기 때문이다. 또 이는 '굿'이 지향하는 공동체성, 혹은 조화, 치유, 통합, 나눔, 분배와 같은 굿의 이념과 배치되는 것이기 때문이다.

그럼에도 불구하고 위도 띠뱃굿은 매년 연행되고 있으며, 그 전승력을 확보하고 마을 주민들 전체의 축제로 거듭나기 위해서 노력하고 있다. 비록 제도적으로 연행과 전승을 강제당한다고 인식될지라도, 너무 열악한 상황 속에서 제한된 재정적 지원만으로는 그 연행의 지속성을 담보할 수 없으므로, 또한 '위도'라는 섬이 갖는 문화적 상징성과 특수성, 그리고 거기에 현재 존재하고 있는 전통문화에 대한 긍정적인 인식과 기대가 그 문화적 역능이 구현될 수 있는 '약한' 지반이 되고 있다.

2. 파시의 흔적, 문화의 교차로 혹은 문화적 역능의 구현체

중국 송나라의 서긍이 지은 『고려도경』에 '고슴도치털섬(苦苦苦)'이라는 지명과 이규보의 유배지가 위도였다는 『동국이상국집』의 기록을 참조할 때, 고려 이전부터 위도에 사람이 살기 시작했다는 추측이 가능하다. 위도 띠뱃굿의 연원을 구체적으로 알 수 없지만, 현재의 '위도 띠뱃놀이'가 아닌, 위도 주민들의 '제만/지만' 모시는 종교적 습속은 장기지속적인 문화현상임에는 틀림없을 것이다.

또 하나 주목되는 기록은 「원당중수기」이다. 「원당중수기」는 도집강 이인범을 비롯해서 화주 신득삼과 이익겸 등이 주관자가 되어 이곳 대리마을의 원당을 중수한 기록이다. 이 문서는 화주 서익겸의 후손인 서진석씨 집안에서 대대로 보관하고 있는데, 이 문서에 기록된 화주 신득삼과 서익겸이 1850년생이므로 「원당중수기」가 기록된 때인 경자년은 1900년이라고 할 수 있다. 이 문서에서 주목되는 기록은 당시 대리마을에서 원당을 수리하는 데 위도의 선주뿐만 아니라 인근 도서지역인 줄포와 비응도, 군산, 계화도, 완도, 멀리는 황해도 옹진에서까지 원당 중수 비용을 댔다는 점이다.

이는 위도 띠뱃굿이 대리마을에 국한된 행사가 아니라, 경향각지에서 생업을 위해 모여드는 뱃사람 모두의 공동 축제였음을 나타내고 있는 것이다. 대리마을 인근 바다를 지나는 조선 팔도의 어선들은 앞을 다투어 '신령스럽고 기이한 기운'을 가득 담은 이곳 원당에 풍어와 안전을 기원했다. 원당은 조선 팔도의 경향각지에서 몰려든 뱃사람들의 안전과 풍어의 나침판이 되었으며, 관심과 경외의 대상도 되었다. 때문에, 대리 마을의 축제인 위도 띠뱃굿은 대리만의 것이 아니었을 것이다. 여러 지역에서 몰려든 사람들이 전한 조선 팔도 경향각지의 노래와 가락이 이곳 띠뱃놀이 축제에 섞여들었을 것이다. 이렇게 보면 위도 띠뱃굿은 협소한 한 지역의 문화가 아니라, 넓게는 조선 팔도 좁게는 조기를 따라 어장이 형성된 서해안 지역에 두루 통할 수 있는 보편성을 띤 것이라고 할 수 있다. 이를테면 일제강점기 위도 조기파시의 중심지였던 치도리에는 파시철이 되면 외지에서 온 연희패들이 공연하던 공연장이 별도로 있었다고 한다. 그리고 이들 연희패들은 파시가 서면 이곳을 찾아와 재미있게 놀아주면서 돈을 벌어가기도 했다. 이 연희패들은 남사당패로 보이는데, 이곳 주민들은 이 남사당패를 '해밀사패'라 불렀다.

또한 파시가 활발하던 일제강점기에는 외지의 선박들이 이곳에 머물면서 다양한 놀이 문화들이 생겨났다. 특히 가장 먼저 위도를 찾아오던 황해도 선박들은 배 안에 꽹과리며 태평소와 같은 악기를 싣고 다녔는데, 만선 때가 되거나 마을에서 정박할 때면, 풍물을 치면서 배치기소리, 술배소리, 가래질소리와 같은 노래들을 불렀다. 이 노래들은 현재 서해안과 서남해안 지역에서 널리 불리고 있다. 혹자는 오늘날 위도 지역에 불리는 가래소리

1956년 5월 19일의 조기걸대

와 술배소리 등은 파시철에 이곳을 찾아온 연평도 사람들에게 배웠던 것이
지, 본래 위도 지역에는 이러한 노래가 있었던 것은 아니었다고도 한다. 또
다른 사람은 위도의 배치기소리가 황해도에서 온 것은 사실이지만, 과거
이 마을의 오봉술씨가 연평으로 배를 타러 갔다가 배치기(서도소리)를 배워
가지고 위도에 와서 매제지간이었던 장항식씨에 전하여 위도에 널리 퍼졌
다고도 말한다. 이러한 점을 미루어 볼 때, 위도 띠뱃굿에서 불리는 소리들
은 조기가 이동하는 경로를 관통하면서 전승된 범지역적인 소리의 특징을
갖는다고 볼 수 있다. 그러나 이러한 노래들의 전파와 섞임, 그리고 정착 과
정에서 형성된 노래들은 위도의 자연·인문 환경, 그리고 이곳 주민들의 성
정과 삶 속에 녹아들어 현재에 전승되고 있다고 할 수 있겠다.

　　요컨대 과거 '칠산어장'은 그물코마다 조기가 걸렸다는 황금어장이었
다. 흑산도 앞바다에서 연평도에 이르는 조기들의 터전 한가운데에 '칠산바

다'가 위치해 있고, 그 중심부에 위도蝟島가 있었다. 그리고 위도에는 저마다 만선의 꿈을 안은 조기잡이 어선들과 '칠산바다로 돈 벌러 가자'는 노래를 부르며 가래로 조기를 퍼 담아 올리는 어부들이 있었다. 비록 현재에는 띠뱃놀이를 중심으로 한 연행국면을 중시하면서 위도 띠뱃굿이 힘겹게 전승되고 있지만, 그것은 위도 앞바다에 조기가 넘쳐나던 시절에, 이 지역 어민들의 풍어豊漁와 만선滿船에 대한 소망, 자연과 신을 경외하면서 조화롭게 함께 공존하고자 한 꿈이 투사되고 그러한 의지와 힘을 키웠던 문화적 역능의 구현체라고 할 수 있겠다.

3. 욕망의 징후 혹은 감성적 언표의 기록

감성적 창은 인간이 환경 혹은 인간 외적 존재와 마주칠 때 열리며, 궁극적으로 환경에 적응하거나 인간 외적 존재를 수용함으로써 그 결과로서 감성적 언표들이 표현된다. 이때 감성적 언표는 이러한 우발적 마주침에 대한 분석 혹은 의미의 추출 이전에, 이성의 틀이 풀리고 그 망이 느슨한 감성의 체계/구조로 마주친 세계를 수용한다. 이러한 감성적 사건 속에서 그 의미와 가치가 추출되고 경험적 지식의 형태든 분석적/해석적 지식의 형태든 마주친 세계에 대한 기억을 재료로 하여 문화적 공연으로 가공하는 일은 사건 이후의 일이다. 이를 좀 더 정식화 하면 외부 세계는 자극의 원천으로 작용하고 감성적 언표가 생성되는 표면인 감성 주체의 몸은 자극의 정체를 감지(감각)한다. 이후 먼저 오는 인식 작용은 감성적 인식이며, 이를 통해 파악된 '사건'의 의미는 세세관 기질·신성 구조·사회 구조 등의 차이에 따라 해석되어 문화적 의미를 만든다. 이는 외부 세계가 신체에 의해

동편당산

혹은 신체가 외부 세계를 자극·감지·인식·해석하는 경로를 따라 파악/경험하여 상호 적응·변화해가는 과정을 낳는다. 이러한 과정은 문화적 관습 속에서 주기적으로 반복되는 특성을 보인다.

이렇게 보면, 띠뱃굿은 우발적 마주침에 의해 생성된 감성적 사건이자 그러한 경험이 주기적으로 반복되어 형성되고 전승·연행되는 문화적 사건이라고 할 수 있다. 태초의 사건 즉 띠뱃굿의 감성적 기원과 문화적 기원을 파악하는 일이 언제나 불가능한 것이지만, 주술-종교적 상징 장치와 제의/의례 형식, 그리고 연행의 요소(무가, 민요, 풍물, 놀이, 제의도구 등)에 새겨진 감성적 언표들은 태초의 사건을 통해 마주친 세계에 대한 원초적 혹은 반복의 원천이 되는 감성적 징후들을 함축하고 있다. 이 감성적 언표들은 인간 존재의 생존을 위해서는 필수적인 경험과 지식의 첫 계기들이지만, 언제나 우발적 마주침 속에서 생성된다고 할 수 있다. 그것들은 애초에 달성되지 못한 그래서 끊임없이 지속되어야 하는 욕망의 징후들이다. 인간이 마주친 세계는 항상 잔혹했으므로, 혹은 한계 상황의 연속이었으므로, 어쩌면 늘 굶주리고 결핍되었으므로, 나누지 않고 함께 하지 않고, 관계적이지 않으면 공멸할 수밖에 없었는지도 모른다.

띠뱃굿에 담긴 감성적 전언은 바로 이러한 나눔과 공생, 그리고 관계적 지향(보살핌/의지함, 협동과 단결, 화합과 우애/사랑 등)을 담고 있음과 동시에 그 기저에서 그러한 감성적 언표들의 작용 – 원인이 되는 배고픔과 질병, 죽음 등에 대한 공포의 감정 혹은 정서를 내포하고 있다. 또한 이상적 공동체 즉 커뮤니타스의 지향이 띠뱃굿의 공통 이념 혹은 공통 감각을 구성하고 있는 까닭에 분열과 갈등, 경쟁과 고립, 실패와 좌절 등의 감성적 언표들이 담고 있는 비극적 사건이 띠뱃굿의 연행 구조 속에 자리하고 있음도 알 수 있다. 특히 띠뱃굿에는 공동체의 사건적 경험들이 사회적인 조건과 계기들에 의해 형성되는 집단적 산물이므로 공동체를 구성하는 개인과 개인, 개인들과 집단, 집단과 그 집단의 갈등과 조정 등의 사건들이 투사되어 있다. 또한 불화와 분열의 세계상 혹은 인간상을 경계하고 극복하고자 하는 비판의 공적 전언이 해원 · 상생 · 신명 · 대동의 감성적 언표 혹은 상징들을 반복적으로 실어 나르고 있다.

띠뱃굿의 상징 체계는 사람과 공간을 매개로 시간을 정지 혹은 굴절시키면서 주기적으로 구성되고 반복적으로 확장된다. 사람을 매개로 한다는 것은 제관의 선정과 금기의 준수를 통한 신성성의 확보와 무당에 의한 신적 세계의 구현을 이름이요, 공간을 매개로 한다는 것은 제의 공간들 즉 원당 · 작은당 · 동서편 당산 · 동서편 용왕바위 · 용왕굿 연행 장소 · 띠배와 모선, 그리고 바나 등에 신을 위한 계기와 제물, 각종 상징 도구와 신악을 울리는 악기, 그리고 무가와 민요, 풍농과 풍어 및 제액초복을 갈구하는 신

띠배제작

적/주술적 언어·상징·음악·몸짓 등을 빼곡히 채워 커뮤니타스를 구현 혹은 선-체험된 신성한 공간을 구축한다는 의미이다. 시간을 정지 혹은 굴 절시킨다는 것은 일상의 시간을 정지시키고 신과 인간이 접촉하는 신성한 시간이 생성된다는 의미이고, 주기적으로 구성되고 반복적으로 확장된다 는 것은 1년을 주기로 세시를 따라 그 상징체계가 구성된다는 것이고, 이러 한 주기적 반복 속에서 연행의 축적을 통해 그 경험의 폭이 확장되고 일상 과의 접촉을 통해 마주치는 희비喜悲의 사건들 속에서 욕망이 강화되고 감 성적 언표의 외연과 내포가 확장된다는 것을 의미한다.

띠뱃굿의 감성적 언표들은 한편으로 해원과 신명, 제액과 초복, 금기와 해방, 분리와 통합, 경쟁과 협동 등 이항적인 대립 체계를 구축하고 있지만, 다른 한편으로 대립항의 무화를 통한 일원적인 다층 체계로 구축되어 있 다. 언뜻 보기에 해원과 신명은 서로 대립하는 두 축이 아닌 것처럼 보이지

원당굿을 하기 위해 당젯봉에 오르는 풍물패

만, 원통하게 죽은 수사자 혹은 병사자 등의 원혼이 해원 행위의 동기가 된 다는 점에서 제액·금기·분리·경쟁 등과 한 계열을 이룬다고 할 수 있다. 또한 해원 행위가 유왕굿이라는 무당굿의 과정 속에서 주기적으로 연행된 다는 점에서 해원은 양가적인 감성적 언표라고 할 수 있다. 신명·초복·해 방·통합·협동의 계열축은 일상을 구부리고 마련한 신성한 현재의 시간 속에 도래하는 미래적 사건으로 경험된다고 할 수 있다. 신명은 풍어풍농 의 선-체험을 욕망하는 감성적 언표이고, 초복은 개인·가족·공동체의 무 병장수와 행복을, 해방은 금기를 통해 구축한 신성한 세계 속에서 일상의 해방을 경험하는 것임과 동시에 제의의 목적을 달성한 이후에 금기에 의해 축소/억압된 인간성을 다시 찾는 해방을, 분리·전이·통합의 제의 메커니 즘에 따른 제의 전개과정 속에서의 통합을, 원당굿에서 쌀점을 쳐서 풍어 와 만선을 보장하는 서낭신을 누구보다도 먼저 차지하려는 화장들의 경쟁

원당굿의 한 장면

으로부터 대보름날 암수의 경쟁을 통한 풍농풍어의 모의적 행위인 줄다리기의 궁극적 협동을 의미하는 감성적 언표이다. 이 대립항들은 제의와 놀이의 궁극적 목적을 달성하는 과정 속에서 그 대립적 자질은 사라지고 긍정적인 감성적 언표들로 일원화된 다층 체계를 구축한다.

또한 띠뱃굿은 시간적으로 다층적인 감성 언표들을 연행 구조 안에 포섭하고 있다. 다만 그 구체적인 사건의 증표들은 불연속적이고 파편화된 언술과 행위의 조각들로 숨어 있다. 이를테면 띠배와 제웅은 조기를 잡는 중선배와 그 선원을 암시하기도 한다. 물론 제웅은 음양오행 사상이 투영된 상징물로서 마을의 동서남북중앙을 지키는 일종의 신상들로써 온갖 잡신과 재액災厄을 거두어가는 주술적 상징물이기도 하다. 그러나 중선배를 본 따 만든 띠배에 태운 제웅은 중선배에서 조기잡이를 생계로 삼아 살아갔던 선원들을 상징하기도 한다. 띠배는 1년을 주기로 만들어지고 바다에 띄워

지며, 먼 바다로 나가 가라앉기를 반복한다. 이는 침몰과 난파를 미리 체험하여 무사 만선을 희구하는 욕망의 징후들로 읽을 수 있고, 실제로 늘 있었던 비극적 사건의 경험이 투사된 감성적 언표/상징들이라고도 할 수 있다.

　이러한 시간의 다층적 감성은 무당의 무가에서도 드러난다. 성주·산신·손님·지신·원당-본당 서낭·애기씨 서낭·장군 서낭·문지기굿 등으로 전개되는 무가의 사설 속에는 알 수 없는 기원으로부터 현재까지 끊임없이 반복되는 청신·오신·송신의 주술적 과정을 통한 재액초복의 구현이라는, 시간의 결이 무화된 원환적인 사건의 재현이 계속되지만, 1983년의 구체적인 상황이 주술적 사건으로 전화되어 나타나기도 한다. 1983년 국립민속박물관 조사팀에 의해 연행된 원당굿에서, 무당은 서낭굿 과정에서 갑자기 실신하여, 서낭신으로 화한 뒤, 마을 사람들을 질책한다. 즉 그동안 당집을 찾지 않은 점, 당집 청소를 소홀히 한 점, 정성이 부족한 점 등을 들어 마을 사람들을 질책했다. 조기 파시의 소멸, 위도의 경제적 궁핍, 띠뱃굿에 대한 마을 사람들의 태도 변화 등이 이러한 연행 상황에 함축되어 있는데, 이는 근대적 변화상을 그 안에 접고 있는 것으로 파악된다. 그 접힘의 층위들 속에 이성 중심/과학적인 근대적 가치에 내몰린 무당의 한과 무巫문화의 주변적 처지가 새겨져 있다.

　띠뱃굿의 전체 연행 구조를 도식적으로 구조화하면, 분할→절합→통합→동일화/집합화한 분산 혹은 개체화로 나타낼 수 있다. 이는 복원의 복잡성 즉 잠재적 층위와 현실적 층위의 교섭·재구성·복잡화, 다시 말해 그 접힘과 펼쳐짐의 나선형적 구조를 염두에 둘 때, 선택/배제·변화·연속의 원리에 의해 반복된다고 할 수 있다. 분할은 일상적 시공과 제의적 시공을 가르는 행위로 분리·건너·통합 혹은 위반·위기·교정·재통합/분열의 과정을 겪으면서 나아간다. 절합은 공연의 구성 요소들이 연행의 시간

원당굿의 한 장면

과 장소, 계기와 목적/기능에 따라 분절되고 접합되는 과정을 의미하는데, 띠뱃굿을 구성하는 무당굿·풍물·민요·연희·대동놀이 등이 시간과 장소를 달리하고 그 연행 목적을 달리 하며 따로따로 연행되다가 점차적으로 합류하는 단계로 나아가는 것을 이른다. 통합은 연행의 요소들이 합류하는 절합의 토대 위에서 매 계기마다 대립하는 행/불행, 비극/희극, 제액초복 등의 대립항들이 무화되고 공동체 구성원들의 욕망이 개별적인 데서 대동적인 데로 나아감을 의미한다. 이 과정에서 띠뱃굿의 절차는 대보름날의 줄다리기와 대동판굿에 이르는데, 이 통합의 과정은 새로운 일상을 여는 계기가 된다. 그런데 새로운 일상을 마주하게 되는 공동체 구성원 개개인은 띠뱃굿 공연의 연행과 향유를 계기로 미래적 사건 즉 풍어풍농·무병장수·제액초복의 이상적 상태를 함께 체험하여 동일화된 개체들로 변화한 존재들이다.

원당굿 중 풍물 연행 모습

특징적인 것은 풍물의 배치와 그 작용인데, 풍물은 이러한 띠뱃굿의 전체 구조 속에서 각 절차/연행 단위들을 해체·절합(분절과 융합)하는 핵심 기제가 된다. 풍물의 연행은 굿의 시작이면서 동시에 끝이다. 또한 그 시작과 끝은 매번 반복된다. 어떤 때는 즉 원당굿의 연행에서는 마을에 굿의 진행을 알리는 신호의 구실을 하기도 하고, 무당굿 연행에 휴지를 가져오기도 한다. 풍물의 연행은 반복·축적·순환의 패턴 속에서 그 악음을 축적하면서 점차적으로 고조되는 리듬을 생성한다. 또한 함께 한 굿판의 관중을 몰입/동화시켜 굿판을 역동적으로 운영한다. 이러한 풍물의 작용을 고려할 때, 풍물의 연행은 굿판의 모든 존재들(신과 인간)을 신명의 감성으로 충만하게 한다.

굿판의 정서는 삶추딤과 병듦에서 오는 불안, 자연 상태의 원초적인 위험과 계급적 구별에서 오는 사회적 위험 등을 굿을 통해 위무하고 다스려

띠배를 모선에 다는 장면

풍요·안정·건강·행복감으로 충만해진다. 이러한 정서적 변화는 띠뱃굿 연행의 구조적 배치에 의해 특화된다고 할 수 있다. 일상을 전복하는 축제적 감성의 충만 상태에 도달하기 위해서, 최소한의 통제와 금기로 일상적 존재와 시공을 구획·분할하고 굿이 시작되는 장소인 '전수관 마당'에서 동편당산을 거쳐 작은당, 그리고 원당을 거쳐 띠배가 띄워지는 바다에 이르는 과정에서 위험을 다스린다. 이러한 구획과 분할선이 각 가정을 분할하고 통합하는 마당밟이와 공동체 전체를 통합하는 대동판굿을 거쳐 신명이 충만한 세계로 전화한다. 이는 궁극적으로 모방과 재현, 의사체험을 통해 위험의 조절과 안정에의 희구로 나아가 신명·해원·상생의 경지에 다다른다. 이러한 굿판의 세계는 어쩌면 필연적이기도 한 나눔의 자연적 조건 속에서 모든 존재들이 공명하고 공생/상생하는 세계이며 분배의 평등 구조를 구현하려는 욕망으로 충만한 세계라 할 수 있겠다.

먼 바다로 가는 띠배

굿은 마을주민 혹은 개인들이 꿈꾸고, 광란할 수 있는 특권적 장소이다. "지배질서가 바로 꼭 무질서만큼이라는 것을 보여주기 위해 혼란한 형태를 선택"한, 일상의 정상 상태/지배 구조가 해체·전치·전복된 체제를 꿈꾸는, 민중의 꿈이 투사된 의례이자 예능이다. 같은 맥락에서 굿판에서 작용하는 통합의 효과는 문화적인 규율-권력의 작용이라고 생각하지 않는다. 굿판에 충만한 신명에 의한 대동단결의 본질적 의미와 효과는 "수천 명의 몸들을 하나의 스펙터클로 조직하는 원-파시즘적 작용이 아니라, 오히려 나쁜 몸을 기율"하는 생산하는 긍정적 욕망이라고 할 수 있다. 굿판의 신명은 욕망/감성이 차별적 방식으로 표출되는 일상으로부터 탈주하여 그 무차별적 표현 방식을 창출하는 동력이다. 굿판은 또한 축제적 유희·연희·문화적 공연 양식이 생성·구축·변형되는 장소이자 그 원천이라고 할 수 있다.

4. 지나간 미래를 향한 꿈, 위도 띠뱃굿의 현재성

2009년 위도 띠뱃놀이 행사는 특별했다. 2009년 공개행사를 위해 각 신문방송사에 보낸 보도자료에 의하면, 2008년 "위도 띠뱃놀이 보존회는 12억 원의 예산을 부안군으로부터 보조받아 숙원이었던 펜션형 다목적 전수관을 건립하였고, 그동안 허울만 전시관이었던 전시관을 대폭 수리하여 띠뱃놀이 전과정을 이해하기 쉽게 각종 패널과 영상을 설치하였다. 그리하여 기존의 전수관과 새로 건립한 다목적 전수관에서는 연중 어느 때나 가족별, 단체별 띠뱃놀이의 각종 기·예능을 배울 수 있는 체험프로그램을 운영할 수 있게 되었다. 띠배를 띄워 보낼 때 실어 보내는 허세비를 볏짚으로 만드는 것이나, 띠배를 띄워 보내기 위해 이를 끌고 가는 모선에서 부르는 술배소리와, 배치기 소리, 그리고 가래질 소리 등 구성진 각종 소리를 배울 수 있고, 띠뱃놀이가 진행되는 동안 울리는 풍물의 각종 악기를 다루는 방법 등 띠뱃놀이에 관한 모든 것을 가족과 연인과 또는 각급 학교의 동아리나 학급별 체험과 전수교육을 위도의 멋진 풍경과 함께 며칠씩 이곳에 묵으면서 배울 수 있는 제반 시설을 갖추게 된 것이다." 이와 더불어, 부안군은 통상적으로 행사지원 보조금을 200만원 지원하던 것과는 달리, 군 관계자가 다른 루트를 알선해서, 천만원을 보존회에 더 지급했다. 마을 주민들 입장에서는 호재였다. 이러한 상황은 다음과 같은 2009년 10월 25일에 있었던 '부안 위도 대리마을 띠뱃놀이 보존회 이사회'의 평가 발언에서도 잘 나타난다.

A: 거년에는 도비 천만원이 지금 도의원이 해준 것이고, 중앙지원비가 천만원해서 2천만원, 군비가 200만원, 이렇게 인자 되어가지고 2천 3-4백 가지고 행사를 마쳤는데, 총 지불액은 거년에, 2천백 11만 3천 4백 5십원입니다. 이것가지고 거년에 행사는 마쳤었는데, 금년 행사에는 이보다 조금 더 추월해가지고 지금 3천만원 예산을 가지고 행사를 지금 계획을 하고 있습니다. 그 3천만원의 구분은 중앙 지원비 천만원하고, 군비를 도에서 내년에 못 준다고 허니까 2천만원을 지금 우리한테 요구를 허라고 합니다. 그러면 3천만원 내에서 행사를 치러보자, 군에서는 이 행사를 차원 높게 보고 있습니다. 앞으로 격포 수성당을 연계해서, 위도 띠뱃놀이까지 해가지고 유네스코에 자랑스럽게 한 번 해보자 이런 생각도 있고, 군수 생각은 여러 가지 생각이 있습니다. 우리 내부에서 행사를 잘 계획해서, 잘 치러내야 하니까 여러 이사님들이 많이 바쁘시지만, 이 행사에 대해서만 우리가 후세에 길이 남겨줄 것이 무엇이냐 생각을 하고 속히 진행을 해줘야 합니다. 이것이 달다고 삼키고 쓰다고 뱉고 해서는 안 되니까, 여러 이사님들이 각별히 유념을 해가지고 차질 없이 협조를 부탁드립니다.

위의 발언은 2010년 공개행사를 준비하면서, 2009년보다 더 나은 조건에서 더 나아진 프로그램을 계획하기 위해 지난해의 성과를 보고함과 동시에 마을 주민들의 적극적인 참여를 이사들에게 협조하는 차원에서 이루어진 것이다. 상당히 고무되어 있고, 위도 띠뱃놀이 보존회는 물론 대리마을과 위도의 내일에 대한 기대감이 고조되어 있는 상태로 파악된다. 그렇지만 다음의 발언에서 보는 바와 같이, 다목적 전수관의 운영을 위한 직원의 채용과 그에 대한 군 지원의 문제 등에 대한 불인감과 불만도 함께 가지고 있다.

A: 저도 2009년도 하반기 사업 때문에, 상당히 애로를 많이 느끼고 심적으로 고통을 많이 느꼈습니다. 물론 여러 이사님들도 인제 그런 고통을 느낄 줄로 알고 있습니다만, 저 역시 이것을 전화만 해서 안 되겠고 또 역시 사무국장도 굉장히 이것 때문에 수시로 군을 접촉하면서, 이것이 결과적으로 이번에 최종적인 과장 결재까지 지금 제가 얻어 냈는데, 과장님도 이 문제 때문에 여러 주민들에게 미안스럽다는 이야기를 전해달라고 했습니다. 박○○라고 하는 여자가, 여직원이 출산을 히서 3개월 동안 휴가를 냈고, 그 뒤에 또 2개월 동안 연거푸 휴가를 낸 모양입니다. 그래가지고 계장 과장 진행이 되는가 싶었었는데, 서류가 안 되니까, 이것이 늦어졌습니다. 11월 달에 군의회까지 거쳐야 우리한테 1500이 오기 때문에, 근데 11월 달에 군의회는 소집이 없는 것으로 군에서 하고 있습니다. 1500만원이라는 돈은 금년에 우리가 못 쓰는 대신, 명시 이월해가지고, 내년에 어떤 일이 있더라도 내년 계획 이외로 우리가 쓸 수 있도록 군에서 제가 확답을 받았습니다. 그리고 또 직원 하나를 더 써야 되겠는데, 이 돈이 오게 되면은 그런디 우리가 천상 직원을 못 쓰는 것이 아쉬움에 처해 있습니다. 어쨌든 업무 절차가 늦어지는 관계로 되었으니, 여러 이사님들도 참아주었으면 합니다. 그리고 명시 이월해서 2010년에 우리가 1500만원 쓰게 되어있습니다. 2010년도 하면은 지금 3천만원을 요구하고 있습니다. 3천만원 전반기 하반기 그렇게 보고 있는데, 지금 요구를 하고 있는데, 그것은 아직 내년도에 가야 이것이 확정이 되리라고 믿고 있습니다.

2009년 공개행사는 '문화와 경제가 함께 가는 21세기 위도 문화 프로젝트 1, 상생의 바다 축제, 그 한 걸음을 내딛다'라는 주제로 기획되고 실행되었다. 그 방향에 대해서는 행사 프로그램 안내지의 「모시는 글」에 잘 나타나 있다. 몇 대목을 언급하면 "'위도 띠뱃놀이'는 가깝게는 위도와 인근 서해안, 멀게는 연평도 등지와 남해안 갈두를 비롯한 바다라는 삶의 터전에서 우리 조상들이 어떤 때는 신과 자연과 싸우고 화해하며, 어떤 때는 인간과 사회와 갈등하고 경쟁하며 모두가 함께 잘 사는 풍요로운 낙원을 꿈꾸었던 문화의 기록입니다. '2009년의 위도 띠뱃놀이'는 그 동안의 침체로부터 벗어나는 새로운 시작이길 원합니다. 이렇게 내딛는 한 걸음 속에서 조상의 지혜와 경험이 응축된 '위도 띠뱃놀이'의 문화 전통 즉 대동과 나눔의 삶을 현재의 국면에서 새롭게 재발견하길 소망합니다."와 같다. 여기에서 드러나는 바와 같이 2009년의 공개 행사는 경제적인 곤궁, 마을 주민들간의 갈등과 분열, 그로 인한 주민 참여도의 저하, 행사의 축소, 전승력과 연행력의 약화, 중요한 연행절차인 원당굿과 용왕굿 담당 무녀의 부재 혹은 교체 등으로 침체되었던 국면에서 벗어나고자 하는 분기점이라고 할 수 있다.

B: 2009년도 행사 주제가 문화와 경제가 함께 가는 위도 문화 프로젝트, 첫 번째 해가지고, 상생의 바다 축제 한 걸음을 내딛다, 이렇게 했어요. 그니까 이게 지금 연속성을 가지면서 가자는 거죠. 그때 작년에 시작하기를 한 10년 정도 전망을 두고 가보자라고 그런 비슷한 얘기들을 얼추 했었든 것같거든요. 그래서 이제 연속성으로 첫 번째 이야기, 두 번째 이야기, 이렇게 이야기가 있는 행사 축제를 그런 쪽으로 쭉 이어나갈 때, 일정 정도 쌓이는 것도 있고, 커지는 것도 있고 그럴 것같다는 생각이 들어서, 주제를 가지고 인제 가는 겁니다. 근데 주요방향은 마을 주민하고, 외부 공연자, 관람객, 이 세 주체가, 축제를 그 성사시키는 주체가 셋이잖아요. 중요한 주체. 그래서 이 세 주체가 축제를 통해서 만족을 느낄 수 있도록, 어느 정도, 공히, 세 주체가 전부다. 그런 방향이었습니다.

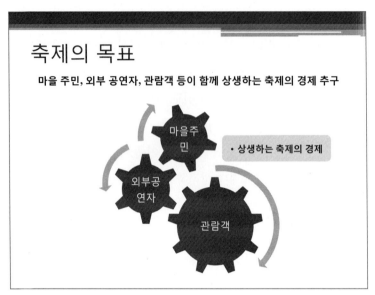

위의 언급처럼 2009년 공개행사의 주요 방향은 '상생'과 '지속성/연속성'으로 요약될 수 있다. 여기에는, 행사를 이루는 마을 주민, 전승력과 연행력이 약화되어 외부에서 초청하는 무녀와 악사, 그리고 행사를 보기 위해 대리마을로 찾아드는 사람들이 일시적이고 제한적이긴 하지만, 어느 정도 만족하고 새로운 경험을 통해 이전과는 다른 존재로 조금은 나아지고자 하는 소망이 배여 있다. 이러한 점을 2009년 행사계획의 일부를 제시하여 살펴보고자 한다.

축제의 목표는 위의 계획서에 명시된 것과 같이 마을 주민, 외부 공연자, 관람객 등이 함께 상생하는 축제의 경제를 추구하는 것이다. 물론 이러한 목표는 대리마을의 경제적 곤궁이 어느 정도 반영된 것이라고 할 수 있다. 비록 일 년에 한 번 하는 공개행사를 통해서 어려운 경제 상황이 근본적으로 개선될 수 있지는 않지만, 그 동안 행사를 주최하면서도, 주체이기보다는 대상화되어 소외되고, 지극히 수동적이며, 보유자로 지정된 몇몇 주요 연행자가 주도하고, 또 보존회 실무자만 고립되어 왜소하게 진행되었던 여러 문제들을 인식하고, 약간 증액된 예산으로 가급적 마을 주민들이 함께 하는 축제를 만들고자 한 것으로 보인다. 또 그러한 행사 주체의 증진된 활력을 통해 찾아오는 행사 관람객들에게 이전보다 나은 행사의 품격과 마을 이미지를 재고하고자 한 의도로 보인다. 이러한 점은 아래와 같은 마을 주민과 관람객의 차원에서 설정된 추진 방향들을 통해 확인할 수 있다.

　다소 원칙적이고 간결한 것같지만, 이러한 추진 방향은 대리마을 주민들에게 매우 적실하고 미래적인 것처럼 보인다. 왜냐하면 이와 같은 방향들이 그간의 행사 속에서 추구되지 못했고, 더욱이 그 원인이기도 하고 결과이기도 한, 마을 공동체의 결속이 담보되지 못했으며, 주요 연행자인 무녀 조금례와 이복동의 사후, 전승력의 약화 또한 가속화되었기 때문이다. 따라서 전승력을 확보하고 지속시키기 위한 방안이 매우 중요하게 고려되었는데, 이는 연행 능력과 전승력이 우수한 공연자를 확보하여 지속적으로 연계하는 방향으로 추진되었다.

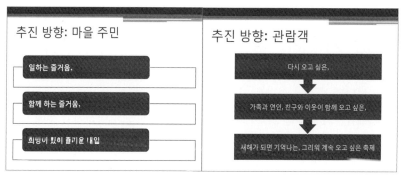

2009 위도 띠배놀이 공개행사 기획서, 주민과 관람객을 대상으로 한 추진방향

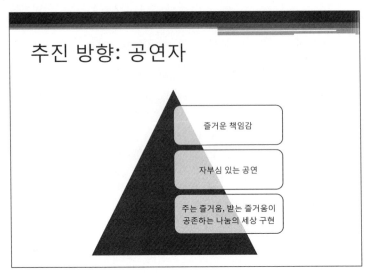

추진 방향: 공연자

즐거운 책임감

자부심 있는 공연

주는 즐거움, 받는 즐거움이
공존하는 나눔의 세상 구현

2009 위도 띠배놀이 공개행사 기획서, 공연자를 대상으로 한 추진방향

공연자의 문제는 위도 띠뱃굿의 지속가능성을 결정짓는 매우 중요한 공연의 요소이다. 위도 띠뱃굿의 핵심 공연 단위는 원당굿과 용왕굿이다. 그런데 현재 원당굿과 용왕굿을 담당할 무녀가 없다. 조금례의 무가와 소리, 장단과 몸짓, 의례 절차를 온전히 전수받은 사람이 없기 때문이다. 다년간의 노력을 통해서 무가만이라도 대리마을의 전통을 잇고자 했지만, 세습무의 굿 예능이 하루아침에 확보될 수 없고 구전심수로 오랫동안 무의 현장에서 획득되는 것이기에, 대리마을 무굿의 정체성 확보는 앞으로도 불투명한 것이 사실이다.

또 하나의 변화된 상황은 마을주민들의 인식변화를 요구하고 있다. 대리마을 세습무가 사라진 조건에서, 마을주민들의 심성과 의식에는 무에 대한천시와 홀대가 아직도 남아 있다. 즉 "저도 드릴 말씀이 있어서요. 외람됩니다만은, 전에 조금례 선생님 하고 뭘 격차를 두었다는 말은 아니에요. 어르신들한테 양해를 구하고 싶어서 말씀을 드립니다. 저는 원래 국악을 했던 사람이고, 제가 무슨 옛날처럼 당골네가 아니고, 그러니까 저에 대해서도 그런 믿음을 가져주시고, 그런 편견을 버려주시고, 여기를 들어서면은 주위의 모르는 분들은 그렇게 말씀을 하시겠지만, 무당여 무당여 저한테는 그런 말을 듣기가 좀 그래요. 제 나름대로 많이 노력을 합니다. 저도 생활이 있다고 보니까 많이 지연은 되요. 열심히 할테니까 그런 부분은 생각을 해주었으면 합니다."라는 발언에서 알 수 있듯이, 무의식을 담당하게 된 무굿 공연자가 그동안 마을 주민들과 접촉하면서 느낀 소회와 바람을 어렵게 토로하고 있다. 이러한 의식과 무의식, 몸과 태도에 새겨진 봉건적인 기풍을 혁신하는 것도 필요해보이며, 그렇지 못했을 때 난관에 봉착하리라는 예상을 충분히 해볼 수 있다.

어쨌든 현재로서는 유일하게 섬 지역 무굿의 예능력을 보유하고 있는 신안 비금도 출신의 세습무인 유점자를 초빙하고 연계하여 어느 정도 큰 틀에서 대두된 문제를 극복하고자 하는 것으로 보인다. 또한 장자백의 후손으로, 어머니가 전북지역에서 유명한 명창 반열에 드는 판소리 예능인이었고 그 자신 또한 판소리 예능인인 유지연을 원당굿의 전수장학생으로 발굴하여 후계를 도모하고 있다. 그럼에도 불구하고 해결해야 되는 문제는 조금례가 연행한 용왕굿에 있다. 원당굿은 다행히 녹음본이 있어서 그 예능력 확보에 한걸음 더 다가갈 수 있지만, 용왕굿은 아직 자료조차도 확보하고 있지 못하다. 여러모로 녹음자료라도 확보하기 위해 노력했지만, 현재까지 성과를 얻지 못하였다. 어쨌든 아래와 같이 앞으로의 계획에 따르면 이러한 문제들을 인식하고 그 해법을 찾기 위해 지속적으로 노력할 것으로 보인다.

또 하나의 문제는 관람객을 위한 프로그램의 개선과 보완에 있다. 그동안은 대리마을의 공동체굿에서 초사흗날을 중심으로 한 공연이 이루어졌

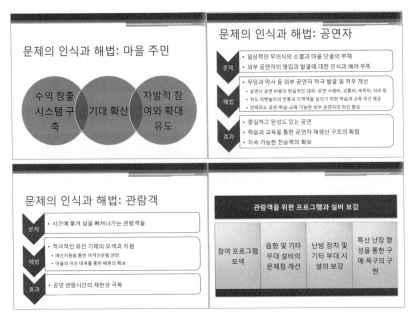

2009 위도 띠배놀이 공개행사 기획서, 행사의 문제점과 그 해법 관련 대목

다. 마을주민들의 원당에 대한 신앙이 약화된 상황에서 이러한 행사는 무형문화재 공개 행사라는 데 좀 더 비중이 있었으며, 외부에 보이기 위한 방향으로 추진되었다. 이 점은 다음과 같은 언급에서도 잘 나타난다.

C: 지금 교회 얘기가 수십 년 된 문제다. 보존회가 무형문화재 받기 전부터 나온 문제다. 그러나 신앙은 자유다. 이분들은 그야말로 저승과 천당을 생각하고 있고, 목사님이 당신들 띠뱃놀이 참여허라고 허면 헐 수가 없다 그말이지. 목사님이 허들 않습니다. 여하튼 우리가 그대로 유지해나가면서, 상대 신앙 비평허지 말고. 이 원당에 가서 빌어서 잘 될 것같으면, 나 매일 올라댕겼어. 원당을. 허지만 그분들이 생각허는 것은 그런 것이 아니라 그말이지. 그러니까 단 목사님을 통해서 이게 띠배놀이기 때문에, 원당에는 올라가지

않더라도, 동네에서 참여는 해달라고 그런 문제는 바랄 수 있단 말이지. 안 되는 것은 하지 말자는 말이여.

주민들간 종교적인 갈등도 문제로 대두되고 또 그것이 심화되었다는 것을 이 발언을 통해서 알 수 있지만, 위도 띠뱃굿의 핵심 공연자인 F의 심성과 인식도 상당히 변화되었다는 것을 알 수 있다. 이전에 있었던 원당에 대한 일종의 경외심은 찾아볼 수 없다. 이 점은 전승 주체의 정체성 문제와 관련해서도 중요한 문제이다. 위의 발언을 통해서 위도 띠뱃굿의 연행 주체가 이전의 종교적인 심성과 인식틀 속에서 위도 띠뱃굿을 대하기보다는 그것을 하나의 놀이이자 문화로서 보고자 하는 경향을 감지할 수 있다. 이러한 문제는 주민의 참여 저조로 연결되어 위도 띠뱃굿 전승의 어려움을 가중시키고 있는 것으로 보인다.

D: 우리 위도 띠배 행사에서 젤로 핵심은 말입니다. 참여 의식이에요. 저는 그렇게 생각합니다. 얼마나 참여하느냐에 따라 행사가 달라집니다. 그런데 종교적 편견이 있습니다. 이걸 그대로 놔두어서는 우리 계획대로 행사를 진행할 수 없습니다. 홍보도 중요하고 다 중요하지만, 이 행사는 지역민의 행사입니다. 그래서 우리 종교적인 편견을 개선하지는 않는 한, 참여가 저조합니다. 그래서 그 편견을 없애는 방법을 강구해야 합니다. 가장 중요한 것이라 생각합니다. 화합차원에서 행사를 치러야 합니다. 첫째가 그것입니다. 저는 그걸 제일 강조합니다. 60년대 70년대는 우리 주민으로 마을 행사를 치뤘습니다. 지금은 보존회에서 하니까, 보존도 해야지, 참여도 시켜야지 그게 힘든 문제입니다. 그걸 개선해야 합니다. 그 비전을 제시해야 합니다. 편견을 없애는 방법을 제공해가지고 참여의식을 높여야 합니다.

E: 목사님이 이것을 참여하라 하지 마라 그런 말을 못허는 것이고, 여기 권사님 장로님들이 계셔요. 근디 그 양반들의 신앙 나름대로는 이것이 제사를 지내고 그러니까, 예를 들어서 밥을 채려놓고 빌잖아요. 그런게 인자 그것을 의식을 허는 거예요. 실제로 내가 교회를 다니니까 알아요. 강○○씨 말대로, 그것을 차별을 두지 말고, 내가 안 빌면, 절 안 하면 될 거 아닙니까, 그렇게 생각하고 참여하면 되는데, 그 직위가 높은 사람들 인식이 그렇게 쩔었다 그 말예요. 첫째는 장로님들, 권사님들이 중요해요. 그것을 의식해서 안 나와요. 그러면 주민들은 참 복잡해요. 주민들은 안 나온다고 뭐라고 허고, 교인들은 내 신앙 내가 지킬란다 하고 니들끼리 해라 그래요. 그런디 올해는 한 번 회의를 해서 한 번 말을 해볼랍니다.

따라서 주민 내부의 종교 갈등과 참여 저조를 연결시키면, 위도 띠뱃놀이에서 제의성을 축으로 전통성과 정체성을 확보할 것인가, 아니면 놀이성을 축으로 주민의 참여율과 대동성을 담보할 것인가의 문제가 제기된다. 위도 띠뱃굿이 정월 민속의 매우 중요한 문화유산이고, 그 연행적인 측면에서 섬의 민속 현상을 잘 보여주는 전형적인 사례라고 할 때, 어떤 어려운 조건 속에서 그 정체성을 지켜내야 하는 점만은 분명해보인다. 그러나 마을이 처한 여러 곤경과 처지를 고려할 때, 새로운 모색이 필요해 보인다. 다만 시기와 방법의 차원에서 문제를 다각적으로 풀어가야 할 것으로 보인다. 이러한 맥락에서 프로그램의 변화는 의도된 것으로 보인다. 관람객의 참여를 유도하는 프로그램이 전통적인 색채를 잃지 않고, 또 전통적인 방식의 연행 문법에 장애가 되지 않으면서, 행사를 활성화시키고자 한 의도가 엿보인다.

시간		주 연행의 명칭/순서	장소	주요 연행자	공연 내용
08:00		모임굿/ 마당굿	전수관 앞마당	상쇠 이종순 외 다수	대리마을 풍물패가 오방진 굿·풍년굿을 치면서 마을 사람들에게 띠뱃굿의 시작을 알린다.
08:30 ~ 09:20		동편당산제 ·원당오르기 ·제물차림	마을 동쪽 당산나무· 당젯봉·원당	무녀, 화주, 화장, 기수, 풍물패, 뱃기수 등 다수	무녀와 화주를 위시한 제사 장들이 앞을 서고 그 뒤를 풍 물패가 행렬을 이루어 동편 당산제를 올리고 당젯봉 정 상의 원당에 올라 준비한 제 물을 진설한다.
09:30 ~ 13:00	09:30 ~ 13:00	독축과 원당굿	원당	화주, 무녀, 악사, 풍물패 등	화주가 축문을 읽은 후 무녀 가 성주굿, 산신굿, 손님굿, 지신굿, 원당·본당서낭굿, 애기씨서낭굿, 장군서낭굿, 깃굿, 문지기굿의 순서로 굿 을 진행한다.
	10:00 ~ 12:00	띠배와 제웅 만들기	마을 앞 부두	마을 주민들	원당에 올라가지 않은 마 을 주민들이 띠배와 제웅을 만든다. 제웅은 허세비라고 도 하며, 보통 동·서·남· 북·중앙 등 5방위의 상징적 존재로 5개를 만들어 띠배 안에 싣는다. 원당에 간 행렬 들이 하산할 즈음에 띠배와 제웅이 거의 완성된다.
	10:00 ~ 11:30	특별 공연: 부안 실버공연단과 복주머니 문화 봉사단이 함께 하는 따뜻한 겨울나기	마을 앞 부두	나금추, 김봉기, 박선옥 외 다수	부안문화원에서 주최하는 특 별행사로 상쇠놀이와 풍물공 연, 시조창, 가야금 병창 등이 공연되고 기타 부대행사가 진행된다.
	12:00 ~ 13:00			점심식사	

시간	행사	장소	참여자	내용
13:00 ~ 14:30	주산돌기	마을 동서편 당산과바닷가 및 마을 뒤편 산자락	화주와 풍물패 등	주산은 마을의 중심이 되는 신성한 산으로 주산돌기는 화주와 풍물패가 주산을 중심축으로 행렬을 이루어 도는 행위를 말하며, 그 절차는 동편 용왕밥 던지기, 동편 당산제, 북편 주산 신령제, 서편 당산제, 서편 용왕밥 던지기, 우물굿 순서로 진행된다.
14:30 ~ 16:30	용왕굿	마을 앞 부두	화주, 무녀, 악사, 풍물패 등	용왕굿은 화주의 독축 후에 무녀가 주도하여 진행한다. 특징적인 점은 여성들이 대거 참여하는 구도로 진행된다는 점이다. 과거에 연행되었던 용왕제에서는 마을 부녀들이 한복 차림에 고깔을 쓰고 나와 장구, 징, 소고 등을 치며 흥겹게 노는가 하면, 탈을 쓴 여인이 나와서 춤을 추기도 했다.
16:30 ~ 17:00	띠배 띄우기	마을 앞 바다	이종순 외 풍물패 다수	마을 사람들은 띠배 안에 마을의 모든 재액을 상징하는 5개의 제웅/허수아비를 실은 다음 띠배를 끌고 마을 사람들은 띠배 안에
				마을의 모든 재액을 상징하는 5개의 제웅/허수아비를 실은 다음 띠배를 끌고 갈 모선과 띠배를 줄로 연결시킨다. 띠배를 끌고 갈 모선에는 민요/소리를 메길 앞소리꾼과 풍물패들이 탄다. 과거에는 띠배를 환송하거나 띠배를 띄운 모선이 마을로 돌아올 때에 마을 부녀자들이 색색의 한복을 입고 부둣가에 서서 소고춤을 추거나 풍물을 쳤다고 한다.

17:00 ~	대동놀이	마을 앞 부두	마을 주민들	과거에는 띠배 띄우기 과정이 끝나면 마을 사람들이 바닷가 광장에 다시 모여 풍물을 치거나 노래를 부르며 서로 어우러졌다. 지금은 마을 주민들이 위도 띠뱃놀이 공개 행사를 마치고 여흥을 푸는 자리이다.

주 공연자 역할/약력
◇ 위도 띠뱃굿
김상원(화주, 악사-징) 이종순(상쇠, 민요 선창 등) 장춘섭(북), 장영수(쇠), 그리고 많은 보존회원들과 주민들, 무녀(원당굿과 용왕굿 연행, 유점자[신안군 비금도 무당굿 기능 보유자], 유지연[무당굿 및 판소리 기능 보유], 이영금[목포대 연구교수]) 박필수(악사-장구) 한영호(악사-피리/새납)
◇특별 공연
나금추(상쇠놀이, 전라북도 무형문화재) 김봉기(시조창, 전라북도 무형문화재) 박선옥(가야금 병창, KBS국악대상 가야금병창 부문 대통령상 수상)

참여 프로그램 안내
◇당밥 만들어 주산돌기에 참여하기
진행 요원의 안내에 따라, 한 해에 이루고자 하는 꿈과 목표 등을 한지에 쓰고 거기에 김과 밥을 함께 넣고 쌉니다. 풍물패를 따라, 서편용왕바위가 있는 바닷가로 가서 정성껏 준비한 당밥을 바다에 던지고 소망을 기원하면 됩니다.
◇ 한지에 액운을 담아 띠배에 넣어 띄우기
먼저 진행요원의 안내에 따라 2008년의 불행이나 불운 등 다시는 겪고 싶지 않은 기억들을 한지에 적습니다. 용왕굿이 끝나면 안내에 따라 띠배에 한지를 넣으시면 됩니다.

위의 표는 이제까지 살펴본 대리마을 주민들의 고민과 노력이 구체적인 프로그램으로 현실화된 것이다. 이제까지 전승 · 연행해온 초사흘날 띠뱃굿의 큰 틀에, 부안문화원의 행사가 특별공연으로 진행되었으며, 참여 프로그램도 공개행사에 방해되지 않는 방향에서 소규모로 진행되었다. 그럼에도 불구하고 이러한 참여 프로그램의 지속적인 가동의 문제는 좀 더 시간을 두고 고민해야 하는 것으로 보인다. 무형문화재로서 위도 띠뱃굿이 지

니는 성격과 마을 주민들의 대동굿으로서의 속성이 긍정적인 방향에서 만
날 수 있도록 신중한 모색이 이루어져야 할 것이다.

E: 근데 외부 손님들을 마냥 우리가 따라 댕기면서 뒤치다꺼리를 헐 수
없는 문제가, 생각해보세요. 한두사람이 와가지고, 그란니도 그날 구정한
지도 돼서, 전부다 애들로 오고 그러는데, 주민이 전체적으로 나와서나 어
떻게 한다고 하면은, 이 사람들을 어디 식당이나 놓고 여관이나 큰 디나 있
다고 면은 제공도 마음대로 해주고 예산도 많고 그러면 헐 수 있는데, 이미
지만 나쁘다고 하고, 먹을 것 다 먹고 가면서도 예를 들어서 지금 그런 소
리를 허는 것같은데, 앞으로 그런다고 허면은 이 사람들을 하등에 우리 불
를 필요가 없어요. 솔직히 그런 사람은 안 와도 돼요. 이미지를 자꾸 뭣헌
다고 그러면. 자기들이 와서 행사를 보고 가는데, 우리 행사날은 점심 대접
다해서, 술대접까지 싹 해서 있는 거 없는 거 다 드리잖습니까. 그믄 그 이
튿날 왔다고 해가지고 우리가 어떻게 따라대님서 밥 잡수쇼, 뭣 잡수쇼, 헐
그런 자격이 없어요. 솔직히 얘기히서, 우리가 하들 못허고. 그런 행사라고
해도. 그라니요. 큰 숙박을, 예산을 많이 해가지고 세워서, 그 양반들이 띠
배에 관해서 오신다고 허면은, 예를 들어서 식당이나 여관을 제공해가지
고, 한군데를 크게 잡아서, 아 이 양반들이 과연 여기서 띠뱃놀이 때문에
왔으니까, 이 양반들, 그래도 하루 이틀 먹고 갈 수 있는 제공을, 군 홍보비
에서나 예를 들어서 이렇게 해서 널리 알릴 수 있는 길을 터줘야지. 우리
주민으로서는 이런 길을 못 헙니다. 솔직히 얘기해서요. 그니까 제 얘기는
그날만큼은 제공헐 수 있다니까요. 점심때부터. 근디 지속적으로 뭐 카메
라 와서 하나 사진 찍으러 왔다고 해서 그 사람 따라댕김서 우리가 일일히
안내를 허고 그럴 수는 없어요. 솔직히 얘기허면은. 작년에 2층에서 안 좋

은 일도 있었어요. 그런 것은 보완을 허는데, 우리 팀 내에서는 그렇게 하는데, 전부 다 헌다고 허면 못헙니다.

위의 발언은 그간 외부 관람객들이 종종 마을 주민들과 빚은 마찰로 인한 것이다. 다시 말해 흔히 말하는 마을 인심과 관련하여 마을 이미지를 재고하자는 것에 대한 불편함을 토로하고 있다. 사실 이 부분에 대해서는 쉽게 말할 수 있는 것이 아니다. 앞서 언급한 바 있지만, 이 마을주민들이 여러 가지 사회적 · 경제적 · 정치적으로 어려운 상황들에 처해 있는 것이 현실이기 때문이다. 외부자들은 이 점을 고려하지 못하고 너무 쉽게 풍족한 마을 심성과 일반화시켜 비교하는 것이 아닌가 한다. 다만 아래의 발언과 같이 장기적으로 마을 제반 조건이 진일보하는 과정 속에서 주민들 스스로의 변화가 필요한 부분일 것이다.

C: 우리 띠뱃놀이 행사는 최고 악천후, 1, 2월 달에는, 바다가 얼어붙는 악천후를 끼고 있습니다. 지금 같이 따사하고 날씨가 좋다고 허면 이런 생각이 들겠지만, 그때 바람 불고 배가 안 가며는 우리끼리 조용히 행사를 끝내야 허고 누구나 들어올 수도 없는 것이고, 그런 조건을 가지고 있는 것이 현재 우리 띠뱃놀이다. 방금 이장님도 언급을 했지만은, 저그 건물을 지어놓고, 그전에도 오는 손님들은 다 대접을 했잖습니까, 여기다 포장을 쳐놓고라도 막걸리 한 사발이라도 대접하고, 돈 주고 먹은 사람은 없으니까. 허다 보면은 이 큰 잔치에 다 만족헐 사람은 없어요. 어느 잔치든지, 먹은 사람도 있고 못 먹을 사람도 있고. 물론 사진 기자들 온 사람들이 끝까지 띠배 띄우는 장면 보고 여섯 시에나 객선 출발허면 민족을 허기만은, 이 객선은 갈 시간 되고 임박허지, 띠배는 안 띄우고 돌고 있지, 여러 가지로 장단점이 있다는 것을 알

고 있기 때문에, 이런 등등을 한 번에 다 정립할 수는 없어요. 우리도 이런 걸 잘 알고 있지만, 최선을 해도 결과가 없더라 그말이예요. 그래서 인제 더욱더 신경을 써야되는 것은 사실이예요.

2009년 위도 띠뱃굿의 평가와 2010년을 준비하는 이사회에 모인 마을 주민들은 여러 가지 어려운 조건 속에서 "60·70년대 주민들 전체가 자율적으로 결속하여 치러낸 공동체굿"을 그리워하였다. 그때의 대보름 줄다리기와 판굿에서 벌어진 신명난 놀이를 추억하고 현재의 상황 속에서 그러한 굿문화를 이루기 위해 논쟁하고 조정하고 다짐도 했다. 어쩌면 과거의 위도 띠뱃굿은 이미 지나간 미래인지도 모른다. 그렇다고 해서 완전히 잃어버린 과거는 아닐 것이다. '지나간 미래'라는 말 속에서 '현재'가 암시되어 있다. 실재했던 과거가 미래의 기대와 만나면서 현재에 보다 적합한 '그것'을 창조할 수 있는 '가능 세계'로서, 현재를 사는 사람들의 선택과 결정을 기다리고 있는지 모른다. 그것을 위해서 대리마을 주민들은 꿈꾸고 있다. 어떤 의미에서는 낭만적이라고 비판을 받을 수도 있겠지만, 그들의 질곡 많은 현실 속에서, 많은 한계 속에서, 아래와 같이 일어서려는 의지가 더욱 뚜렷해지길 기대해 본다.

F: 물론 이런 기획을 잘 해가지고 크게 보이고 잘 되면 그보다 바랄 것이 없습니다. 할 수 있는 부분은 희망적인 건데, 현실은 그렇지 않습니다. 현실을 무시하면 우리는 못 따라갑니다. 당일 날 하루 하는 것도 힘든데, 이 정도 할려면, 외부 학생들이라도 데려와서 해야 하고, 명확한 책임 하에 해야 되는데, 현실적으로 많이 힘듭니다. 근본적으로 참여가 안 되는데, 여기 있는 분들도 당일 날만 의식이 있지, 그 전에는 없어요. 정말 힘듭니다. 실질적으로

마을주민들의 의견에 협력허고 같이 할라고 혀도, 그 동안의 예산이 적어서 못 주고 그랬어요. 그래서 여기 공연하는 분들도 수고비를 주고 예산을 짜야 합니다. 그동안 못 했기 때문에 저예산으로 허다보니까, 수동적으로 반은 참여, 반은 밖으로 겉돌고 그랬던 같습니다. 예산을 많이 가져와서, 외부에서 좋은 사람 데려와서 흥을 살려야 하지만, 예산도 맞으면서 현실적으로 생각해서 해야 할 것같습니다. 작년에는 배가 증액이 되었는데, 결과적으로 그전보다 더 못했던 것같습니다. 효율적으로 더 크게 벌렸어야 했는데, 그렇게 안 됩니다. 우리 한계가 있습니다. 그래서 단계적으로 가야합니다.(이영배)

〈참고문헌〉

● 김수남 · 임석재, 『위도 띠뱃굿』, 열화당, 1993.

● 김월덕, 「한국 마을굿에 대한 민족연극학적 연구 – '위도 띠뱃굿'을 중심으로」, 전북대 석사논문, 1996.

● 김익두 외, 『위도 띠뱃놀이』, 국립문화재연구소, 2007.

● 김일기, 「곰소만의 어업과 어촌 연구」, 서울대 박사논문, 1988.

● 박혜준, 「문화정책과 전통의 재해석 – 위도 띠뱃놀이를 중심으로」, 서울대 석사논문, 1999.

● 서종원, 「위도 조기파시의 민속학적 고찰」, 고려대 석사논문, 2004.

● 이영금 · 김세인, 「위도 띠뱃놀이의 연행구조와 제의적 특징」, 『한국무속학』 제18집, 한국무속학회, 2009.

● 이영금 · 이영배, 『위도 띠뱃놀이의 노래와 가락』, 민속원, 2008.

● 이영배, 「풍물굿의 제의적 속성과 양식에 관한 시론 – 위도 띠뱃 굿과 남원농

악의 대비를 중심으로」, 『실천민속학연구』 제10호, 실천민속학회, 2007.

● 임재해, 「굿문화에 갈무리된 자연친화적 사상」, 서울대학교 환경계획연구소
편, 『한국의 전통생태학』, 사이언스북스, 2004.

● 임재해, 「굿 문화사 연구의 성찰과 역사적 인식지평의 확대」, 『한국무속학』
11, 한국무속학회, 2006.

● 하효길 외, 『위도의 민속-대리 원당제 편』, 국립민속박물관, 1985.

예술로 승화된 여항인의 분노

1. 예술가의 감성과 작품

그림에는 어떤 방식으로든 그린 사람의 감정이 투사되기 마련이다. 원대 문인화가 오태소嗚太素는 묵매화보인 『송재매보松齋梅譜』(1351년) 서문에서 매화도는 그린 사람의 감정 상태에 따라 다른 형태감을 나타낸다고 하였다. 매화도에서 보이는 맑고 한가한 느낌은 행복과 기쁨의 감정에서 그려진 것이며, 가지가 성글고 말라있으며 꽃에 냉기가 도는 것은 근심과 슬픈 마음으로 그려진 것이라 하였다. 또한 가지가 옹이 지고 꼬여 있는 것은 강개한 마음으로, 줄기가 괴벽스럽고 꽃이 거칠고 힘찬 것은 분개하고 성난 감정에 의해 그려진 것이라 하였다.

중국 원나라 승려 각은覺隱은 "성난 기운으로 대나무를 그리고, 기쁜 기운으로 난을 그린다." 하였다. 이를 인용하여 후대 화가들도 난과 대나무에 그러한 감정을 담아 그리기도 하였다. 19세기 여항화가 조희룡은 평소에 이 말을 자주 인용하였고, 그가 그린 묵죽에 이 구절을 적어 넣기도 하였다.

정치, 사회적으로 다사다난했던 19세기를 여항문인화가로 살았던 우봉

又峰 조희룡趙熙龍(1789~1866)의 작품에는 여항문인으로서 또 화가로서의 삶이 담겨있다. 19세기는 그 어느 때보다도 다양한 화풍이 공존하며 근대 화단으로 이어지는 과도기였다. 정치적으로는 대내외적인 여러 사건들과 열강의 각축으로 혼란스러웠다. 학술적으로는 청대 학자들과의 교류로 고증학과 금석학이 유행하였다. 사회적으로는 종래의 엄격한 신분의 격차가 점차 완화되고, 중인계층의 문화 학술 활동이 활기를 띠었다. 이러한 분위기 속에서 '여항문인'들은 창작 뿐 아니라 감평·수장 등 서화와 관련된 제반 활동에 중추세력으로 부상하였다.

조희룡은 평양 조씨 개국공신 조준趙浚의 15세 손으로 고조부 대까지는 당상관의 벼슬을 이어왔다. 증조부 태운泰運이 서얼이었던 듯 증조부 이후 중인가계로 바뀌어 여항인으로 살게 되었다. 좋은 가문의 후예였던 만큼 경제적으로도 부유하였고 시서화에 두루 뛰어난 능력을 지녔다. 문인 집안에서 성장하였지만 집안내력이 변화되면서 받은 차별대우 때문인지 조희룡의 의식에는 문인화가와 여항화가라는 양면성이 공존하였다. 문인화가로서의 자부심과 여항화가로서의 저항의식이 있었다. 이로써 그림으로 표출된 미의식에도 양면성을 띠었다. 문인화론이 문인들에 의해 면면히 이어져온 뿌리 깊은 의식이었다면 여항화가로서의 미의식은 현실에 대한 강한 저항의식에서 비롯된 새로운 의식이었다.

격변의 시기 19세기에 여항문인화가로 활동하였던 조희룡의 감성은 어떠하였는가? 그의 감성이 작품에 어떤 형태로 표현되었는가? 더 나아가 조희룡으로 대표되는 여항화가들의 미의식이 19세기 화단의 변화에 어떤 작용을 했는가? 이러한 의문에서 이 글은 쓰여졌다. 즉 조선시대 화풍변화와 이를 이끈 화가들의 감성과의 관계를 밝히는 것이다. 이로써 다양한 층위로 존재하는 우리 회화미감의 한 단면을 읽을 수 있을 것이다.

2. 조희룡의 감성을 이루는 것은 무엇인가

조희룡은 '여항화가'이자 적지 않은 저술을 남긴 '문인'이라는 특수 한 위치에 있었던 인물이다. 집안도 대대로 높은 벼슬을 한 집안의 '서인계열 庶人系列'이라는 양반사대부와 서얼의 양 측면을 동시에 지니고 있었다. 때문에 그의 예술 감성 또한 이러한 특수성에 기인한 양면성을 보인다.

조희룡 생애를 통해 발현되는 주된 감성은 문인소양을 갖춘 예술가로서의 '자부심'과 함께 여항인이라는 신분에서 오는 '울분'이라 할 수 있다. 문인의 소양을 두루 갖추었지만 낮은 벼슬의 여항화가로서 겪는 신분상의 불평등은 그로 하여금 울분을 느끼게 하는 일이 잦았다. 그는 이를 예술로 승화시켜 빼어난 작품들을 창작해 내었다. 울분과 예술가로서의 자부심은 그를 이끌어가는 양대 감성의 축이었다 할 수 있다.

1) 여항인으로서의 '울분'

조희룡은 비록 궁중의 도서를 관장하는 낮은 벼슬의 여항인이었지만 다방면의 저술을 남긴 저술가이자 평론가, 서화가로서 두루 인정을 받았다. 여항인의 전기집인 『호산외기』를 비롯하여, 수상과 생활이야기를 담은 산문집 『석우망년록石友忘年錄』, 그림의 화제畫題를 모은 『한와헌제화잡존漢瓦軒題畵雜存』, 유배지에서의 생활과 심경을 담은 『화구암란묵畵鷗盦讕墨』과 시모음집 『우해악 암고又海岳菴稿』, 유배기간 31명에게 보낸 편지를 모은 『수경재해외적독壽鏡齋海外赤牘』, 시집 『일석산방소고一石山房小稿』, 『고금영물근체시초古今詠物近體詩』, 『우봉척독又峰尺牘』 등을 남겼다. 시를 잘 지어 헌종 임금의 명으로 금강산 시를 짓기도 하였고, 글씨를 잘 써서 궁중의 전각인 문향실聞香室의 편액을 써서 바치기도 하였다.

조희룡은 시서화의 탁월한 재능을 바탕으로 여항인 뿐 아니라 김정희, 권돈인 등 사대부들과도 폭넓은 교유관계를 맺었다. 특히 추사 김정희로부터 난치는 법을 배워 그의 제자로 알려져 있다. 그러나 여러 상황으로 미루어 신분의 차이는 있으나 서화를 통해 교류하였던 사이로 짐작해 볼 수 있다. 김정희가 제주도 유배에서 돌아와 서울에 있던 어느 해 총 여섯 차례에 걸쳐 조희룡이 서예가 8명과 화가 8명의 작품을 가지고 김정희를 찾아가 평을 받은 일이 있다. 이 일을 적은 기록이 『예림갑을록藝林甲乙錄』이라는 이름으로 리움박물관에 전한다. 이에 참여한 화가들은 김수철, 이한철, 허련, 전기, 박인석, 유숙, 조중묵, 유재소 등 모두 여항화가이다. 이들의 각 작품에 김정희는 날카로운 평을 하였고, 조희룡은 찬시를 썼다. 김정희와 조희룡의 평과 찬시는 이들의 입장이 어디에 있었는지 알려준다.

김정희와 조희룡이 서화로 교류하던 1851년 김정희가 헌종의 묘천문제로 인해 두 번째 유배를 가게 되었다. 김정희의 유배에 조희룡은 김정희의 심복이라는 죄목으로 연루되었다. 김정희는 함경도 북청에 조희룡은 전라도 신안의 임자도에 유배되었다. 김정희는 74세 조희룡은 63세였다. 그런데 조희룡의 유배기간은 김정희의 유배기간 8개월보다 훨씬 긴 19개월여에 걸쳐 있었다. 직접적인 죄가 아니었음에도 김정희보다 유배기간이 더 길었다는 것은 그의 신분상의 한계를 극명하게 드러내는 사건이라 할 수 있다. 여항문인으로서 행한 폭넓은 교유활동이 화근이 된 것으로 추측된다.

자신의 죄로 유배를 가도 내심 억울함이 적지 않았을 터인데, 김정희의 죄에 엮여 유배를 간 조희룡의 심사가 편할 리 만무하다. 이러한 유배지에서의 고독과 고통을 조희룡은 친구 이기복에게 보낸 편지에서 다음과 같이 표현하였다.

저의 객지 상황은 썩어빠진 밥과 같아 어느 것이 기장 맛인지, 보리 맛인지 알지 못합니다. 알 수 있는 한 가지 맛이라고는 더러운 냄새가 사람들의 코를 가리게 하는 것뿐입니다. 저는 날마다 바닷가에 가서 물 구경을 합니다. 맑고 넓은 것은 그 본성이요, 용솟음치고 급하게 흐르며 파도치는 것은 우는 것으로 그 지형에 따라 그렇게 되는 것인가 봅니다. 저의 사정은 이 막다른 지점에 이르러서 어찌 울지 않고 견딜 수 있겠습니까(『수경재해외적독』)

친구 이기복 또한 여항인이다. 이기복은 의역중인으로서 의관으로 어의를 지냈다. 1849년 헌종에게 올린 약이 효험이 없었다는 이유로 강진 고금도에 유배되었다가 이듬해인 1850년 풀려난 일이 있었다. 조희룡 보다 먼저 전라도 섬에 유배되었던 친구 이기복에게 보낸 편지인 만큼 그 내용은 더 절절했을 것이다.

조희룡이 평소에 신분 때문에 받는 부당한 대우도 적지 않았다. 김정희가 아들 상우에게 난 법에 대해 적어 보낸 편지에서 "조희룡 같은 무리는 나에게서 난초 치는 법을 배웠으나 끝내 그림 그리는 법칙 한 길을 면치 못했으니, 이는 그의 가슴속에 문자의 향기가 없었기 때문 이다.(『완당전집』)며 그를 폄하했던 것은 잘 알려져 있다. 조희룡에 대해 '조희룡 같은 무리'라는 용어를 쓴 것이나 '가슴 속에 문자기가 없다'라고 한 것은, 조희룡의 학식이 김정희에 못 미쳤기 때문이기도 하겠지만 조희룡의 신분에 대한 비난으로 보아 무리가 없을 것이다.

신분차별이 분명한 현실을 살아가는 여항인으로서 조희룡은 그의 가슴 속 근심과 답답함이 적지 않았다. 이를 떨치는 수단이 시를 쓰고 그림을 그리는 이유라고 그는 수차에 걸쳐 말한다. 그러한 심경을 그는 다음과 같이 토로하였다.

손가는 대로 이리저리 그리노라면 먹 기운이 무르녹아 가슴속의 불편한 기운을 쏟아내니, 문득 소슬하고 높은 뜻이 있음을 깨닫는다. 오직 이 한 가지 일이 일체의 고액을 극복해가는 법이다.(『화구암난묵』)

가슴 속 울분을 예술로 승화시킨 것이다. 물론 남아 있는 그의 저술 대부분이 유배지에서 완성된 것이기 때문에 그의 그러한 심경이 유난히 두드러져 보인 것이기도 하겠지만, 예술이 그의 고통을 덜어주는 수단이었음은 물론이다. 그는 평소에 "성난 기운으로 대나무를 그린다"는 구절을 자신의 묵죽에 쓰곤 하였는데, 유배 시에 유난히 묵죽을 많이 그렸다는 것이다. "내 평소에 대를 그린 것이 매화나 난초 그림의 열에 하나를 차지할 뿐이었다. 그런데 바다 밖에 살면서부터 대 그림이 매우 많아져 매화나 난초 그림이 도리어 열에 하나가 되었다(『화구암난묵』)."하였다. 유배지에서 유난히 묵죽을 많이 그린 것은 이를 통해 자신을 다스리려 함이었다. 바로 묵죽이 자신의 마음 상태를 대변한 것이라 할 수 있다.

조희룡이 자신의 신분에 따른 울분을 예술로 승화시켰던 면은 그가 여항인에 대한 전기집 『호산외기』를 쓴 것에서도 드러난다. 『호산외기』에 실린 42명의 입전인물 모두가 여항인이었다는 것은 다분히 그의 의도를 드러내는 것이다. 이를 쓴 뜻을 그는 다음과 같이 적었다.

저 여항의 사람에 이르러서는 칭찬할 만한 경술이나 훈업도 없는 것이고, 혹 그 언행에 기록할 만한 것이 있으며, 혹 그 시문에 전할만 한 것이 있더라도 모두 적막한 구석에서 초목처럼 시들어 없어지고 만다. 아아, 슬프도다! 내가 『호산외기』를 지은 까닭도 여기에 있다(「이향경묵록서」, 『수경재해외적독』.)

당시 양반이 아니면서 각 분야에서 뛰어난 업적을 이룬 사람들의 전기를 씀으로써 이들에 대한 각별한 애정을 표현한 것이다.『호산외기』의 서문은 1844년에 쓰여 졌고, 1854년에 사망한 전기가 죽었다고 기록한 것으로 미루어 1854년 이후에 완성된 것으로 본다.(홍성윤,「우봉조희룡의 회화관」,『미술사 연구』vol.27, 미술사연구회, 2007) 호산외기의 저작은 그의 저항의식이 1851년 유배 이후에만 드러난 것은 아니라는 것을 보여준다.

조희룡이 여항인에 대해 갖고 있는 시각은 민중에 대한 위로의 글을 쓴 것과도 상통하는 면이 있다. 그는 한 폭의 난 그림 위에 "무릇 난초를 그리고 돌을 그리는 것은 천하의 수고로운 사람들을 위로하기 위함이다(凡畵蘭畵石用以爲天下之勞人)"라는 화제를 적었다. 청나라 화가 정섭의 시를 인용한 것이지만 자신의 난 그림에 이를 쓴 뜻은 예술의 효용을 보다 직접적인 목적에 둔 것이다. 이는 또한 역사적으로 주목받지 못한 사람들의 전기『호산외기』를 쓴 시각과도 연결된다.

조희룡은 여항인이라는 신분상 한계로 인해 자신의 능력보다 낮은 대우를 받았다. 또한 김정희의 죄에 연루되어 2년 가까이의 유배생활까지 하게되었다. 신분차별과 억울한 유배로 인한 울분을 조희룡은 저술과 서화 등여러 예술 활동으로 풀어내었다고 볼 수 있다.

2) 문인화가로서의 '자부심'

여항문인들은 미관말직의 하급 관인으로 살아갔으나, 가치관과 취향에 있어서는 양반 사대부 층과 거의 동일한 의식세계를 지녔던 것으로 파악된다. 하급이지만 전문 지식인이었고, 경제적으로 부를 축적한 경우도 많았다. 무엇보다도 이들은 경전을 읽으며 유교적 소양을 닦고, 글 짓는 일 등을 생활화하면서 양반 사대부 층의 의식세계를 계승하고 답습하였다. 조희룡도 유교적 교양과 시·서·화 뿐 아니라 골동서화를 좋아하는 문인취향을 가졌다. 그와 동시에 그의 저술 곳곳에는 전문화가로서의 자부심 또한 드러나 주목된다. 그는 각별한 심미취미를 가졌고 전문 예술가로서의 독특한 예술론인 '수예론手藝論'을 펼쳤다.

○ 돌을 점심하고 글자를 익혀 먹는 이치

조희룡은 "평시에도 늘 고서화와 골동품을 좌우에 벌여놓고 잠시도 떨어져 있질 않았다."고 했을 정도로 옛 물건들을 상당량을 소유하고 있었다. (『화구암낙묵』) '한나라 벼루가 있는 집'이라는 뜻의 '한와헌'이라는 당호도 자신이 애용하던 골동 벼루의 명칭으로 생각된다. 골동품을 애호하였을 뿐 아니라 스스로 시·서·화를 즐겼던 조희룡은 예술 자체의 가치를 인정하고 이에 몰두하였다.

돌을 점심으로 할 수 있을까? 글자를 달여 먹을 수 있나? 그림으로 배부를 수 있을까? 종이를 대하면 그림의 기운이 배에 그득하고 불룩하여 밥 먹는 것을 잊게 되니 그림이 배부르게 하는 게 분명하다. 유독 돌을 점심하고 글자를 익혀 먹는 이치가 없겠는가(『한와헌제화잡존』)

예술 그 자체가 직접적으로 배를 부르게 하거나 생활을 편리하게 해주는 것은 아닐지라도 그것에 심취해 밥 먹는 것을 잊어버리니 배가 불러지는 것이나 다름없다는 생각이다. 어떤 대상이 즐거움을 준다는 것은 그 자체가 내재적으로 아름답기 때문이 아니라 어떤 특정한 형태의 쾌락을 주기 때문에 아름답다고 부른다는 논리와도 연결된다.

조희룡이 서화에 했던 위의 말은 북학파의 대표 인물인 박제가가 골동서화에 대해 갖는 생각과 유사하다. 박제가는 연경의 유리창에 진열된 아름다운 골동서화를 보고 다음과 같이 말하였다.

어떤 사람은 말하기를 "부유하기는 하지만 생민에게는 아무런 보탬이 되지 못한다. 다 불태워 버려도 무슨 손해가 있겠는가"라고 했다. 그 말이 정확한 것 같지만 사실은 그렇지 않다. 무릇 푸른 산과 흰 구름은 꼭이 먹고 입는 것은 아니지만 사람들은 이를 사랑한다. 만일 생민과 관계없다고 해서 완고하게 이를 좋아하지 않는다면 그 사람은 과연 어떤 사람이겠는가.(박제가, 『초정전서』하).

'청산백운'을 예로 들어 골동서화가 당장의 생활에 필요한 것은 아니지만 그 가치를 인정해야 한다고 하였다. 박제가의 주장은 당시로서는 상당히 혁신적인 것이었다. 이러한 사회 분위기 속에서 개성을 중시하는 창작 성향이 점차 확대되었고, 회화자체에 대한 가치를 부여하는 인식이 퍼지게 되었다. 조희룡은 서화와 골동품을 좋아하였을 뿐 아니라 회화자체의 가치를 인정하였다. 때문에 그 자신 회화활동에 몰두할 수 있었다.

조희룡의 심미취미는 그림에 대한 독창성 강조를 통해 더욱 그 가치를 발한다. 조희룡은 그가 가장 많이 그렸고 또 그의 화풍의 특징이 가장 잘 드러나는 매화도에 대해 "『좌전』을 끼고 정현의 수레 뒤를 따르려 하지 않고, 외람된 생각으로 홀로 이룬 한 닢 판향은 짐짓 소속시킬 곳이 없다. 소속하지 않음이 또한 소속됨이리라.(『한와헌제화잡존』)고 한 바 있다. 그는 당시 청나라 화가들의 매화도를 많이 보았고 그 중에서도 동옥, 전재, 나빙의 작품이 뛰어나지만, 그들의 매화를 참고하였을 뿐 자신의 화풍을 세워나가겠다는 의지를 보이며 한 말이다.

위와 비슷한 표현으로, 대나무를 그리는데 차라리 나의 재능과 역량이 미치는 대로 하나의 내 법을 만들 따름이다(『한와헌제화잡존』)라고도 하였다. 오직 자신의 재능과 역량에 따라 자신만의 개성 있는 그림을 그린다는 강한 자의식을 표현한 것이다. 그림에서 뿐 아니라 조희룡은 한 장의 편지를 쓸 때조차 단 한 줄이라도 중복되는 글이 없도록 반드시 확인하고 썼다고 할 만큼 독창적인 글쓰기도 중시하였다.

그림의 가치를 인정하는 심미취미는 당시 문인들 사이에 수용된 명말 공안파公安派의 영향이었다. 이들은 골동서화에 대한 애호와 함께 문예미학적 측면을 강조하였다. 서화를 재도론적 관점에서 보지 않았고 그 자체에 가치를 부여하는 인식도 나타났다. 공안파의 소품문은 17세기 김창협, 김창흡 형제를 위시한 백악사단에서 받아들여 18세기 북학파를 중심으로 확대되었고, 다시 박제가를 통해 추사파에게로 계승된 것으로 파악된다.(김순애, 「김정희파의 회화관 연구」, 『동악논집』 vol. 14, 동국대학교 대학원, 2001) 조희룡도 글쓰기 뿐 아니라 서화인식에 있어서도 이들의 영향 하에 있었던 것으로 보인다.

○ 손끝에 있는 것이지 가슴속에 있는 것은 아니다

조희룡의 화가로서의 자부심은 화가는 아무나 할 수 있는 것이 아니라는 강한 확신이 바탕이 되었다. 바로 성령과 타고난 솜씨의 유무를 전제로 한다는 것이다. 재력才力이 있어야만 성령을 제대로 표출 할 수 있다는 성령론에 바탕을 두고 있다.

성령을 중시하는 경향은 김정희를 비롯한 당시 문인들의 문예경향이었다. 이러한 경향에 특히 중인출신의 추종자들이 경도되었는데, 조희룡 도 그 중 한 사람이라 할 수 있다. 성령론은 사람의 성정에 천부적인 영수靈秀

의 본질이 있음을 전제로, 영감을 중요시 하는 이론이다. 이는 '천기天機'론에 바탕을 둔 것으로, 그의 소품문과 마찬가지로 백악사단에 이어 연암학파 사이에 만연하였던 사상이다.(이동환, 「조선후기 '천기를'의 개념 및 미학이론과 그 문예·사상사적 연관」, 『한국학문학연구』 vol. 28, 한국한문학회, 2001)

그러나 같은 '성령론'이지만 이를 해석하는 방식은 김정희와 조희룡이 달랐다. 김정희는 '화품畵品'과 '인품人品'을 같은 것으로 보아, 화품은 인품의 고하에 의해 평가된다는 것이다. 이는 특히 그가 즐겨 그리던 난에서 강조되었다.

> 정소남(정사초)·조이재(조맹부) 두 사람은 인품이 고고하고 특별히 빼어나므로 화풍도 역시 그와 같아서 일반인으로는 쫓아가 밟을 수도 없는 것이다. (중략) 아무리 구천 구백 구십 구분까지 갔다고 하더라도 그 나머지 일분이 가장 원만하게 성취하기 어려우며, 구천 구백 구십 구분은 거의 다 가능하겠지만 이 일분은 인력으로 가능한 것이 아니며 역시 인력 밖에서 나오는 것도 아니다. 우리나라 사람들이 그리는 것은 이 뜻을 알지 못하니 모두 망작妄作인 것이다.(「재석파난권」, 『완당전집』)

김정희의 논리에서 보자면 인품은 문자향과 서권기에서 우러나오는 것으로 학문이 깊은 사대부 문인들만이 훌륭한 그림을 그릴 수 있다는 것이다. 이는 명나라 문인 동기창(1555~1636)의 논리를 따른 것으로 김정희가 말한 그 일분一分은 곧 천부적인 요소이다. 동기창은 그의 저술 『화선실수필』에서 "화가에게는 육법이 있는데, 그 첫 번째가 기운생동으로 이 기운이라는 것은 배워서 이루어지는 것이 아니라 태어나면서부터 알고 나오는 것으로 천부적인 것이다. 단 열심히 익히면 얻는 것이 있을 테니, 만권의 책을 읽고 만리의 여행을 한다면 산수의 전신을 얻을 수 있게 될 것이다."고 하였다.(동기창, 『화선실수필』)

조희룡은 그러나 문자향과 서권기의 중요성은 인정하면서도 이러한 논리에서 더 나아가 그림을 그릴 수 있는 천부적 재능은 바로 '솜씨' 즉 '수예'라는 논리를 펼친다.

> 글씨와 그림은 모두 솜씨에 속하는 것이니, 그 솜씨가 없으면 비록 총명한 사람이 종신토록 그것을 배울지라도 능할 수 없다. 그런 까닭에 "손끝에 있는 것이지 가슴속에 있는 것은 아니다"(『선우망년록』)

> 동파공이 대나무 그리는 것을 논하여 '가슴 속에 대나무가 이루어져 있어야 한다'라고 했는데, 이 말을 나는 일찍이 의심했다. 가슴속에 비록 대나무가 이루어져 있더라도 손이 혹 거기에 응하지 못하면 어찌 하겠는가(『화구암난묵』)

솜씨는 노력으로 얻어지는 것이 아니다. 하늘로부터 부여 받는 것이기 때문에 문장과 학문의 기운이 넘친다 하더라도 누구나 회화활동을 할 수는 없다는 것이다. 문인화에서 가장 강조하는 "가슴속에 문자기가 없으면 좋은 그림을 그릴 수 없다"는 논리에 대한 반박이자, 김정희가 일전에 난법을 논하면서 조희룡을 비난했던 것에 대한 반대 논리 일 수도 있다.

조희룡이 주장한 '수예론'은 단순히 기술적 측면의 재능을 뜻하는 것만은 아니다. '수예'를 강조하는 것은 당나라 시인 백거이의 "마음에서 얻어 손이 이를 전한다得於心傳於手"는 '심수상응론心手相應論'에서 비롯된 것이다. 명말 동기창은 가슴 속에 자연의 기운을 형성시킨다는 '수수사출隨手寫出', 즉 손을 따라 모든 산수의 본 모습을 그려낼 수 있다고 했다. 청대의 정섭이 '눈으로 대나무를 보고', '가슴으로 대나무를 느껴', '손이 대나무를 그린다'고 했듯이 창작자의 창작의도를 전달하는 최후 기관으로서의 손을 강조한 것에 바탕을 둔 것이다.(홍선표, 「19세기 여항문인들의 회화활동과 창작성향」, 『미술사논단』 창간호, 1995)

'수예론'과 유사한 논리로 조희룡과 같은 시기 여항시인 김진수는 시는 마음에서 얻어 손이 응수한다는 시론을 말하기도 하였다. 예술에서 직접 전달자인 손을 강조하는 것은 당시 여항인들 사이에 공유되는 사상 이었음을 알 수 있다. 이러한 논리를 조희룡은 회화에 적용시켜 자신의 자부심을 표현하는 용어로 사용한 것이다.

때문에 조희룡은 그림을 잘 그리는 전문화가로서의 자부심도 적지 않았다. 그림을 그리는 일이란 남과는 다른 재능을 타고난 이가 내면의 역량을 쌓고, 이를 바탕으로 끝없는 수련 과정을 거쳐 성취하는 것이라 생각한 것이다. 이러한 조건은 아무리 산림학자나 벼슬아치라도 할 수 없는 별개의 것이며, 동시에 높은 위상을 지닌 영역이라 생각하였다.

3. 조희룡의 감성은 그의 작품에 어떻게 표현 되었는가

한 화가의 사회적 신분이나 예술적 역량 등 그를 있게 한 여러 조건들은 그의 작품에도 그대로 반영되어 있게 마련이다. 조희룡은 그림에 자신의 감정을 어떻게 이입시켜 나가는가를 다음과 같은 글에서 보여주었다.

검속이 일변하여 완락에 이르고, 환락이 일변하여 취정에 이르고, 취정이 일변하여 글씨에 이르고, 글씨가 일변하여 그림에 이르고, 그림이 일변하여 돌에 이르고, 난에 이르고, 광도난말에 이르고, 권태에 이르고, 잠에 이르고, 꿈에 이르고, 나비의 훨훨 날음에 이른다(『한와헌제화잡존』)

예술세계에 점점 몰입해가는 과정으로, 절정에 이른 충동과 격정을 "미친 듯이 칠하고 어지럽게 긋는다"는 '광도난말'이라는 용어로 표현한 것이다. '광도난말'로 대변되는 절정의 순간이 지나면 점차 권태와 잠과 꿈이라는 환각적인 상태에 이르러 나비처럼 훨훨 날아 무아의 경지로 들어가는 것으로 보았다. 장자 '호접몽胡蝶夢'의 고사를 응용한 것이다.

조희룡의 회화미는 크게 '광도난말'로 대변되는 '격동'의 미학과 이를 해소하고 승화시킨 '무아의 경지' 즉 '담'의 미학을 표방하고 있다고 할 수 있다. 격동과 담의 미는 그의 감성 기저의 양면성이며, 그의 회화의 특징을 보여주는 주요 심미관이다.

1) 격동의 미 '광도난말'

○ 격동의 미감

'광도난말'과 비슷한 의미로 조희룡은 종횡으로 칠한다는 뜻의 '횡도수말橫塗竪抹'이라든가, '종횡도말縱橫塗抹'이라는 용어를 즐겨 사용하였다. 이러한 말 뜻은 작화 과정에서 작가의 강렬한 격정이 거침없이 쏟아져 나오는 느낌을 받게 된다.

'광도난말'에 해당하는 미학 용어로는 서양미학에서 말하는 '격정미' 즉 '파토스'가 이와 비슷한 용어가 될 것이다. 그러나 격정이 작가의 감정에 더 무게를 둔 느낌이 드는 반면, 격동은 표현된 작품의 가시적 느낌이 강조된다는 점에서 이 글에서는 '격동미'라는 용어를 쓰게 되었다.

격이란 "흐르는 물이 장애물을 만나 빠르고 세차게 부딪치는 것"을 뜻한다. 즉 유유히 흘러가는 물이 아니라 무언가에 부딪쳐 소용돌이를 이루기도 큰 소리를 내기도 하며 급하게 흐르는 상태이다. '격동'이라 하면 급격하게 움직이는 것, 혹은 그러한 느낌을 뜻한다. 이를 미술작품에 적용시켜보면 붓질이 빠르고 일면 거칠기도 하며 구도에 동감이 강한 것을 뜻한다.

회화에서 동세를 중시한 것은 오랜 역사를 갖고 있지만, 격렬한 동세를 의미하는 것은 아니었다. 동양회화에서 가장 중요하게 다루어졌던 '기운생동'에서 '생동'이란 생생한 느낌이 마치 살아있는 것과 같음을 의미한다. 이는 서화가 정신을 전해 사람을 감동시킴을 형용한 말이다. 기氣와 세勢가 이와 비슷한 용어가 될 것이다. 움직임이 급하거나 지나치게 빠르면 품격이 낮은 것으로 보았기 때문이다. 일례로 명대 절파의 거칠고 분방한 필치에 대해 당시의 문인 비평가들은 직업화가들의 병폐로 보고 '광태사학파狂態邪學派'라며 대단히 비판적인 평가를 보냈다. 그러나 유일하게 절파를 변호한 명대 중기의 감상가 이개선(李開先, 1501~1568)은 『중록화품中麓畵品』에서 절파의 필법을 "칼을 뽑고 쇠뇌를 당기는 듯한 기氣"가 있는 "강한 필법"이라 하였다. 그만큼 힘찬 기세에 의미를 둔 것이다.

명대 절파화풍의 분방함은 명나라 말기의 혁신적인 사상가 서위(徐渭, 1521~1593)의 "기운을 중시하고 기왕의 화법에 구애받지 않는" 화론으로 계승되었다. 서위의 진보적인 사상은 정통과 대립한 하나의 이단이었다. 이러한 생각은 내적 정감의 표출을 중시한 성령론과도 맥이 닿아 있는데, 성령론의 주창자인 원굉도(袁宏道, 1568~1610) 등이 서위의 저작을 매우 높이 평가하였다는 점에서도 연관성이 적지 않음을 알 수 있다. 명말 청초의 서예가 왕탁(王鐸, 1592~1652) 또한 유가의 '온유하면서도 돈독한' 중화미中和美'에 비판적 시각을 제시하고 왕양명(王陽明, 1472~1529)과 이지(李贄, 1527~1602) 등이 제창한 개성해방의 학설을 받아들였다. 이들이 주장한 '옹장하고 강한 서풍'은 부산(傅山, 1607~1684), 정보(鄭簠, 1622~1693), 정섭(鄭燮, 1693~1765) 등으로 이어졌다.

조희룡이 특히 좋아하였던 학자 중 한 명이 정섭이었던 것을 감안하면 개성을 강조하고 분방함을 표방하는 조희룡의 미감은 정섭을 거슬러 역대 개성파 문인들과 맥이 닿아있음을 알 수 있다. 특히 개성파 문인들 대부분이 기존의 제도와 현실비판적인 인사들이라는 점도 무관하지 않을 것이다.

○ 조희룡 회화 중의 격동미

조희룡 회화는 노년기로 갈수록 거침없는 분방함을 보인다. 이는 필력의 노숙함에 기인하는 점도 있지만 가슴 속에 자리한 신분에 따른 분노, 60대 초에 겪은 유배와 이에 따른 울분의 표출로서 형성된 것이었음을 간과할 수 없다. 역대로 나라 잃은 설움이나 개인적인 분노를 작품에 표현한 예는 수없이 많다. 원나라 초기 정사초(鄭思肖, 1239~1316)는 몽고에 나라를 빼앗긴 울분을 땅이 없이 난 포기만 있는 묵난화로 표현하였다. 청나라 초기에 명 황실의 후예였던 팔대산인(八大山人, 1625~1705) 주답朱耷은 미치광이 노릇을 하고 독특한 표정을 한 물고기나 새에 담아 표출하였다.

이에 반해 조희룡은 자신의 분노를 필법으로 풀어 내었다. 유배기에 그린 〈황산냉운도〉 발문에 그는 "종횡으로 휘둘러 울적한 마음을 쏟아놓 는다"라는 표현을 썼다 (도 1).

도1) 조희룡
〈황산냉운도〉
지본수묵,
124×26cm, 개인.

지금 외로운 섬에 떨어져 살며 눈에 보이는 것이란 거친 산, 기분 나쁜 안개, 차가운 공기뿐이다. 그래서 눈에 보이는 것을 필묵을 종횡으로 휘둘러 울적한 마음을 쏟아놓으니 화가의 육법이라는 것이 어찌 우리를 위해 생긴 것이랴.

산은 거칠고 기분 나쁜 안개와 차가운 공기가 가득한 유배지에서 조희룡은 우울한 심경을 화가의 법식과는 무관하게 붓을 종횡으로 휘둘러 쏟아놓는다고 한 것이다. 실제 그림에서는 절제되어 표현되어 있지만 산과 나무에 쓴 거친 갈필에서 보이는 암울한 분위기만큼은 그의 심경을 가감 없이 보여준다.

조희룡에 대해 쓴 시에서 김석준(金奭準, 1831~1915)은 우봉은 그림과 시에 두루 능하며 마음이 고루하지 않은데, "이리저리 어지럽게 돌아가는데 더욱 기이함이 많다."고 하였다.(『홍약주회인시록』) 조희룡 화풍의 특징을 정확히 파악한 것이다. 김석준은 조희룡보다는 무려 42세나 연하로 조희룡이 노년기에 교유하였던 인물이다. 때문에 조희룡 노년기의 작품을 주로 보았기 때문이기도 할 것이다.

조희룡의 작품 중 '광도난말'이 적극적으로 표현된 작품이 고려대학교박물관 소장 〈매화도〉이다(도 2). 이 작품에 구사된 자유자재의 거침없는 필의 운용은 매화를 묘사한다기보다는 마음 내키는 대로 붓질을 가하여 어지럽게 칠한다는 '광도난말' 그대로이다. 이러한 필치는 그의 대표작이라 할 수 있는 개인소장 〈홍매도대련〉에서도 볼 수 있고, '성난 기운으로 그린다'고 했던

도 2) 조희룡,
〈홍백매도〉,
지본담채,
113.1×41.8cm,
고려대학교박물관

묵죽에서도 유사한 기세를 느낄 수 있다(도 3).

조희룡은 매화를 그릴 때면 "승천하는 용처럼 구불거리는 줄기와, 서로 뒤엉켜 몸부림치는 듯한 가지, 온몸의 기가 분출된 불꽃같은 형상의 붉은 꽃을 용 그리는 법으로 그린다"고 하였다. 크고 기이하게 구불거리는 매화를 불상의 '장육존상'에 비유하여 '장육매화丈六梅花'라고도 하였다. 이 장육매화를 매화로 유명한 나부산의 매화나무, 그 중에서도 가장 크고 기굴한 나무가 신선의 힘에 의해 뿌리째 뽑혀 화폭에 들어온 것이라는 이야기를 꿈을 빌어 상징적으로 표현하기도 하였다. 이 이야기만으로도 격동의 회오리가 불어 닥치는 느낌이며, 이를 표현하는데 쓴 화법 또한 이에 어울리는 강렬한 필치를 구사하였다.

도 3) 조희룡,
〈묵죽도〉 8폭
병풍 중, 지본수묵,
53.0×133.0cm,
간송미술관

매화 그리는 일을 조희룡은 "태사공[사마천]의 『사기史記』를 읽는 것과 같다."는 비유적인 표현을 썼다. 『사기』는 황제 때부터 전한의 무제 천한연간(天漢年間 : BC 100~97)에 이르기까지 약 3,000여 년의 역사를 서술한 방대한 역사서이다. 수 천 년 전개된 격동의 역사를 읽는 감동을 매화그림에서 찾고자 한 것이다.

조희룡 회화의 격동미는 그의 회화사상 60대 이후에 주로 발현된 것이다. 여항인으로서의 아픔과 함께 '유배'라는 고난을 겪음으로서 표출된 독특한 미감이라 할 수 있다. 같은 시기 다른 여항화가에 비해 더 강렬한 표현을 보이는 것도 그만큼 신분에 대한 고뇌가 컸던 때문이 아닌가 한다.

2) '담淡'의 미

조희룡이 그림에서 추구했던 미감의 다른 한 축은 '담'에 있었다. 장자 미학의 결국이라 할 수 있는 '평담천진平淡天眞'의 경지이며, 조희룡이 "나비의 훨훨 날음에 이른다"고 했던 마음의 지향점이다. 완벽하게 도달하지는 못하였지만 그가 예술세계에서 추구했던 최고의 경지이기도 하다.

○ '담'의 미감

담이란 진하다는 뜻의 농濃과 반대되는 말로, 맛이 엷거나 물이 평평하고 옅은 것을 말한다. 담백淡白, 담박淡泊, 담담淡淡 등으로 의미를 확장하여 사용하며, 사물의 특성이나 사람의 성품을 나타낼 때도 담백하다는 표현을 쓴다. 『노자』에서는 "도道를 말한다면 담하여 맛이 없는 것 같고, 보더라도 보기에 부족하고, 들어도 듣기에 부족하고, 사용하더라도 부족한 듯하다."고 하였다. '담담'한 상태가 도의 경지에 이른 상태라는 뜻이다. 유가의 『중용』에서는 "군자의 도는 담담하나 싫증 내지 않는다"라 하였다. 이와 비슷한 뜻으로 『장자』에서도 "군자의 사귐은 담담하기가 물과 같다"는 표현을 썼다. 유가에서건 도가에서건 '담'은 모두 인격적으로나 문학·예술적으로 문인들이 추구하는 도의 지극한 경지였다. 어느 경우에나 요란하거나 번잡하지 않으면서도 진실되다는 의미까지 포함하고 있다.

『노자』에서 연유한 '평담'은 당송팔가와 이들을 흠모한 명·청대 학자들에 의해 강조되었고, 동양예술에서 시종 가장 영향력 있는 미학으로 받아들여졌다. 명나라 말기의 학자 진계유는 『용대집容臺集 서문』에서 평담이란 어떤 경지인지 다음과 같이 말하였다.

모든 시문가는 객기, 시기, 종횡기, 초야기, 금의옥식기는 모두 김매듯 없애버려서, 미세한 것이라도 가슴속에 스며들어 손, 발, 입을 통해 나타나지 않도록 해야 한다. 점차 늙어 가면 점차 익숙해지고, 익숙해지면 점차 형식을 떠나게 되며, 형식을 벗으면 점차 평담자연에 가까워진다.

문인이라면 일체의 사한 기운을 멀리하여 언행과 시문에 그러한 기운을 드러내면 안 된다는 것이다. 그러한 상태로 노숙해져 어떤 형식도 갖추지 않은 무위자연의 경지가 곧 '평담'이라 하였다.

지극한 도의 경지로 여겼던 담백의 미는 서양화에서 말하는 이미지의 단순성과는 근본적으로 다르다. 동양화에서도 먹을 적게 쓰거나 형태를 단순하게 한다는 의미만은 아니다. 물론 그러한 기법을 통해 표현되기도 하지만, 그린 사람의 인격과 미감이 투영된 그림 전체에서 풍기는 품격이라 보아야 할 것이다.

○ 조희룡 회화중의 담미

조희룡은 담백한 아름다움을 발하는 대표적 그림으로 난을 들었다(도 4). 그는 난 그림은 "담담한 마음으로 성정을 기르는 것"이라며, "난을 그리는 일은『유마힐경』을 읽는 것과 같다."고 하였다.『유마힐경』은 불경 중에서 가장 문학적인 경전으로 알려져 있다. 그러나 어디까지나 불경이므

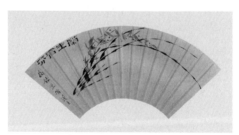

도 4) 조희룡, 〈난생유분〉, 지본수묵,
16.3×44.5cm, 간송미술관

로 요동하지 않는 담담한 마음으로 읽어야 할 것이다. 난을 그리는 것도 그와 같다 하였다. 때문에 난에 쓰는 제사題辭도 간결한 것을 써야 한다고 하였다. 난 그림의 제사로는 칠언고시 같은 침웅한 편은 적당치 못하고 오언절구의 유한한 시가 적당하다. '담'의 미는 지나치지 않는 '절제'의 미이기도 하기 때문이다. 그가 '기쁜 마음으로 난을 그린다.'는 말을 인용하기도 하였듯이 난의 성정은 담담하고 유한함에 있다고 본 것이다. 때문에 난을 그리는 환경도 "밝은 창 깨끗한 책상에 옛 벼루와 옛 먹을 사용하여 눈빛같이 흰 종이 위에 손 가는대로 짙은 잎과 엷은 꽃을 끄집어 낸다"고 하였다(『한와헌제화잡존』).

조희룡은 산수화에서도 '담'의 의경을 추구하였다. 그의 초기작인 〈방운림산수도〉에 "유운관 겨울날에 운림의 소경을 방한다."고 제하여 이 그림을 그린 뜻이 원나라 예찬倪瓚의 그림에 있음을 밝히고 있다(도 5). 예찬은 중국회화사를 통틀어 '담'의 의경을 가장 잘 표현한 화가로 평가된다. 결벽에 가까운 깔끔함을 추구하는 성품에서 뿐 아니라 "먹을 금처럼 아껴 썼다"는 필법과 단순한 구도에 이르기까지 그의 작품은 담박한 문인화의 전형으로 알려져 있다. 이 뜻을 따랐다는 조희룡의 〈방운림산수도〉도 담묵

도 5) 조희룡, 〈방운림산수도〉, 지본수묵,
22.0×27.6cm, 서울대학교박물관

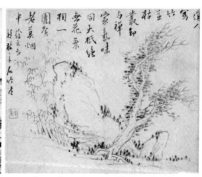

도 6) 조희룡, 〈고목죽석도〉, 지본수묵,
112.9×29.8cm, 서울대학교 박물관

을 적절히 사용하여 문인화의 의취를 살려내고 있다. 그의 서울대학교박물관 소장 〈고목죽석도〉, 간송미술관 소장 〈괴석도〉 등은 그와 유사한 의경이다(도 6).

위 산수도에 쓰인 '유운관'이라는 당호를 쓰던 때는 40대 이전부터 50대 말까지이다. 예찬풍의 담담한 의경을 표현하던 이 때는 그가 유배가기 이전이다. 전래된 여러 화보나 청대 화풍, 김정희 등의 영향을 받아 화풍을 모색해 가던 시기였다. 위 작품의 화풍은 60대 이후와는 다른 면모를 보여 60세를 전후한 시기에 그의 화풍에 극심한 변화가 일어났음을 알려준다. 즉 잠재된 울분을 폭발하게 한 것이 63세에 있었던 억울한 유배였고, 이를 계기로 그의 심경에도 화폭에도 큰 변화가 있었다고 볼 수 있다.

도 7) 전기, 〈계산포무도〉, 1849년, 지본수묵, 24.5x41.5cm, 국립중앙박물관

소산하고 간일 · 평담한 화풍은 김정희나 신위, 권돈인 같은 문인사대부들이 추구하는 것이다. 그러나 전기의 〈계산포무도〉, 유재소의 〈산수도〉, 김수철의 〈송계한담도〉, 허련의 〈방심석전 산수도〉 등에서 볼 수 있듯이 김정희파 화가로 분류된 대부분 여항화가들의 작품에서도 담의 미감은 공유되었다(도 7). 하나의 화풍으로서 만연되었음을 알 수 있다.

'담'을 추구했던 산수화나 난에 대한 조희룡의 미감은 매화에 대해 느끼는 '힘찬 기운'과는 사뭇 달랐다. 그는 매화와 난을 다른 미감으로 보았고 또 그렇게 표현하였다. 때문에 김정희에 비해 조희룡의 묵란은 조희룡 자신의 표현대로 '젖혀진 풀' 같아 '자못 기이한 기운'이 있다. 같은 단어로 쓰였지만 조희룡에게 있어서 '담'은 좀 다른 경지였다.

김정희가 난 그리는 것이 "하나의 하찮은 기예이지만 마음을 오로지 하여 공부하는데 있어서는 유가의 격물치지의 학문과 다름없다."고 한 것에 비해 조희룡은 "난을 그리는 것은 비록 작은 재주이지만 성령을 즐겁게 기를 수 있다"고 한 것에서부터 두 사람의 예술에 대한 가치는 차이를 보인다. 두 사람의 견해 차이는 작품에서도 드러나며, 이러한 점이 조희룡 난에 대해 김정희가 못마땅하게 생각했던 이유이기도 할 것이다. 그러나 조희룡은 자신의 난에 대해 다음과 같이 항변한다.

난을 그리려면 만 권의 서적을 독파하여 문자의 기운이 창자에 뻗치고 뱃속을 떠받치고 있어서 열손가락 사이로 넘쳐 나온 뒤라야 가능하다. 나는 천하의 서적을 읽지 못했으니, 어떻게 그것이 가능하겠는가? 다만 화사畵師의 마계魔界는 아니다(『한와헌제화잡존』)

독서를 많이 하여 좋은 기운을 길러야 하는 것은 옳지만 이것이 절대적인 것은 아니라는 것이다. 난 또한 그림이지만 문장 학문의 기운 이외에 산림의 유정幽貞한 운치와 구학邱壑과 연하煙霞의 기운이 더 있어야 한다고 주장하였다. 가슴속의 구학 즉 심미공간이 있어야만 제대로 된 그림을 그릴 수 있다는 논리이다. 조희룡은 김정희가 추구한 문인화의 '사의寫意'를 받아들였다. 그러나 사의의 개념을 작가의 가슴 속 의경意景이나 심경心景과 같은 '나의 법'을 중시하며 내적 성향의 사출을 더 강조하는 '주관적 사의'로 전이시켰다.

조희룡은 난을 통해 '담'의 미학을 추구하기는 하였으나, 새로움을 향한 격농의 비에 비과면 상대저으로 약하다 뮤자향 서권기로 대변되는 문인화의 논리를 받아들이면서도 새로운 예술을 추구하는 자신의 생각을 놓지 않음으로써 변화로 나아갔다고 볼 수 있다.

○ 조희룡의 미감

시·서·화에 능하고 골동서화를 좋아하는 등 문인의 소양을 두루 갖추었던 조희룡은 그러나 신분은 양반사대부는 아니었다. 그의 의식에는 지향하는 바 문인과 현실로서의 여항화가의 감성이 혼재되어 있었다. 조희룡의 감성은 '여항인으로서의 울분'과 '문인예술가로서의 자부심'이라는 양 측면에 놓여 있었다. 그러한 감성적 기반에 의해 그의 작품에는 그 자신이 '광도난말'로 표현한 '격동'의 미감과, 이를 승화시킨 '담'의 미감으로 나타났다. 격동과 담의 미는 그의 감성 기저의 상반된 두 요소가 그림이라는 형태로 드러난 것이다.

조희룡의 감성에 있어서 '울분'과 '자부심'은 얼핏 보면 부정적인 감성과 긍정적인 감성으로 보인다. 그러나 조희룡의 예술에 있어서 울분은 단지 부정적인 것만은 아니었다. '여항인으로서의 울분'은 그의 예술의 원동력이었기 때문이다. 그는 여항인으로서, 혹은 그로 인해 겪게 되는 유배생활 또한 예술로 승화시켜 그의 회화일생을 대표하는 역작을 유배 중에 창작해내었다. 이에 더하여 '예술가로서의 자부심'은 그의 작품에 깊이와 독창성을 부여하였다.

조희룡이 '격동'이라는 새로운 미의식을 표출할 수 있었던 것은 그의 신분상의 특수한 위치 때문이라 생각된다. 물론 새로운 문예흐름을 받아들일 수 있는 당시 사회분위기도 있었다. 여항인이라는 신분은 문인사대부들의 고정된 의식에서 벗어나 그림에 대한 자유로운 사고를 가능케 한 힘이 되었다. 이에 더하여 전문화가로서의 자부심은 그림에 대한 새로운 미감을 가능케 했다고 볼 수 있다. 당시 문예미학의 흐름이었던 성령론을 바탕으로 했지만, 천부적인 신분의 고하에 따라 화품도 달라진다는 문인화가들과는 달리, 천부적 재능은 '솜씨' 즉 '수예手藝'라는 논리를 펼침으로써, 그림의 형식에서나 기법에서 이전과는 다른 독특한 화풍을 선보였다.

조희룡의 미의식은 다소 표현의 차이는 있으나 여항문인들의 문예미학과도 통하는 것이었다. 조희룡을 비롯한 19세기 여항문인화가들의 미의식은 '남종문인화풍'으로 대변되는 문인화가들의 미의식과 함께 19세기 화단을 이끈 양대 축이라 할 수 있다. 더구나 양반사회가 허물어진 일제강점기에 들어서는 우리나라 미술의 주 흐름이 여항화가의 후손들에 의해 주도되었다는 점에서 의미가 새롭다.(이선옥)

〈참고문헌〉

● 조희룡, 실시학사고전문학연구회 역주, 『조희룡전집』 1~6, 한길아트, 1999.

● 오세창 편, 동양고전학회 역, 『국역 근역서화징』, 시공사, 1998.

● 김순애, 「김정희파의 회화관 연구 – 조희룡·전기·허련 등을 중심으로」, 『동원논집』 vol. 14, 동국대학교 대학원, 2001.

● 남덕현, 「공안파 문인과 그 문론」, 『중국어문학』, 영남중국어문학회, 1996.

● 손명희, 「조희룡의 매·난·죽·석도 연구」, 『미술사학연구』, 한국미술사학회, 2006.

● 신익철, 「19세기 여항문예와 조희룡의 예술세계」, 『석우망년록』, 조희룡전집 1, 1999.

● 안나미, 「17세기 초 공안파 문인과 조선 문인의 교유」, 『한문학보』, 우리한문학회, 2009.

● 이동환, 「朝鮮後期 '天機論'의 槪念 및 美學理念과 그 文藝·思想史的 聯關」,
『한국한문학연구』 vol. 28, 한국한문학회, 2001.

● 이선옥, 「19세기 여항화가들의 매화도」, 『전남사학』 제25집, 전남사학회,
2005.

● 이성혜, 『조선의 화가 조희룡 : 매화에 미친 문인화가의 일생』, 한길아트,
2005.

● 최기숙, 「예술가의 유배 체험과 내적 성찰 : 조희룡의 유배 체험과 글쓰기」,
『한국문화연구』 Vol. 9, 이화여자대학교 한국문화연구원, 2005.

● 홍선표, 「19세기 여항문인들의 회화활동과 창작성향」, 『미술사논단』 창간호,
1995.

● 홍성윤, 「우봉 조희룡의 회화관」, 『미술사연구』 Vol. 27, 미술사연구회, 2007.

● 葛路 著, 『中國古代繪畵理論發展史』, 상해인민미술출판사, 1982 ; 강관식 역,
『중국회화이론사』, 미진사, 1989.

● 徐復觀 著, 『中國藝術精神』(1966); 권덕주 역, 『중국예술정신』, 동문선, 2000.

자연 속에서 자연을 완성하는 건축

1. 건축, 인간과 자연이 만나다

일상과 비일상적 행위가 혼재된 체험이 이루어지는 공간. 지역적 특성 또는 사용 용도에 따라 개방성과 폐쇄성이 공존하는 공간. 자연과 인간의 관계에 매개체 역할을 함으로써 공간의 영역은 물리적 구축물에 한정되지 않고 심리적으로 외부까지 확장되는 공간. 자신을 비움으로써 전체를 받아들여 공간을 풍부한 감성으로 채우는 공간. 인간과 공간 그리고 환경의 상호작용 양상을 가장 잘 엿볼 수 있는 공간. 이것은 정자 건축을 대표하는 특성들이다.

정자건축은 다른 건축양식들-사찰, 궁궐, 관영 건축 등-에 비해 입지의 선택, 자연과의 관계, 건축주의 사유가 적극적으로 드러나 있는 건축이다. 이곳에서 감성적으로 지각된 자연은 풍요로움과 매력, 형태와 동세의 지속적인 변화를 보이며, 인간의 정신활동을 더욱 자유롭게 하고 그것을 주관화하고 심상화시킨다. 뿐만 아니라 이는 공간의 본질에 영향을 끼치게 되어 공간지각의 복합적인 감각을 미적 체험단계 이상으로 승화시켜 감성을 자극하는 주체가 된다. 감각을 통해 자연현상을 지각하고 다양한 감성의 층위들을 만들어 내며 시적 즐거움을 증폭시키는 정자건축은 현상학적 공간으로 구체화된다. 정자 건축은 자연과 인간을 조우하게 만드는 건축적 장치이면서, 자연 속에서 인간과 함께 자연을 완성시키는 매개체이다.

2. 정자건축, 지역적 특이성

호남의 정자건축은 평면구성이 독특한 것으로 알려져 있다. 호남지역에 주로 나타나는 한가운데 방이 있는 중앙재실형(가운데 실이 있으며 사방이 개방되어 있는 유형)의 평면유형은 영남, 호서, 경기지방에서는 쉽게 볼 수 없다는 점에서 이를 이 지역의 특성(김동욱, 「담양면앙정의 형태」, 『건축역사연구』, 2000)으로 규정한다. 중앙재실형은 보통 정면 3칸 규모의 건물 한 가운데 1칸의 온돌방을 두고 나머지 실내 바닥은 마루로 하고 사방을 개방한다. 이러한 형태는 호남 지역 전체에 전반적으로 나타나고 있다. 특히 조선 시대 호남의 문화적 중심이라 할 수 있는 담양이나 나주 일대는 이와 같은 유형의 정자가 밀집되어 있는 것으로 알려져 있다.(박언곤, 『누정건축의 조사연구』, 문화재연구소, 1995/김봉열, 『앎과 삶의 공간』 발언, 1999) 그러나 많은 연구 결과에도 이러한 형태가 호남지역에 밀집되고 있는 구체적인 이유가 규명되지 않았다는 것은 다른 관점에서 고려할 필요하다는 것을 보여주는 대목이기도 하다.

전남 담양 지역의 정자건축이 건립되었던 시기는 대체적으로 16, 17세기에 집중적으로 나타난다. 선비문화의 영향으로 전남의 정자문화에 나타난 시단詩壇의 형성과 성장의 시기는 16세기로 설정하고 있다. 물론 고려시대에 건립한 전남의 정자가 없는 것은 아니지만, 정자조영造營의 역사성과 그 사회적 배경으로 보아 정자를 무대로 한 시단의 형성 발전이 눈에 띄게 활발했던 시대는 조선조에 접어드는 16세기 이후로 추정된다. 16세기에 이르면 곳곳에 더 많은 정자가 건립되었고, 이곳을 무대로 한 시인문사詩人文士들의 시적 교류는 더욱 활발하게 전개되었다. 물론 이같은 현상은 전남지역뿐만 아니라 전국적으로 나타난 일이었으므로 16세기는 우리나라 정자시단이 본격적으로 발전한 시대로 보아야 할 것이다.

다음 표를 보면, 담양 무등산 주변 정자는 중앙재실형이 7개로 가장 많이 분포되어 있으며, 건립시기는 16세기에 가장 많이 지어진 것을 알 수 있다. 이에 따라 담양 무등산 주변 정자 중 다른 지역에 비해 호남지역만의 독특한 형태로 볼 수 있는 중앙재실형이며, 임란 이후 시단이 본격적으로 발전한 시기인 16, 17세기에 지어진 정자인 면앙정(俛仰亭, 담양군 봉산면 제월리 마항, 1533년 건립*), 소쇄원 광풍각(光風閣, 담양군 남면 지곡리 지석, 1520-1540년대 건립**), 명옥헌(鳴玉軒, 담양군 고서면, 산덕리 후산, 1650년대 건립***)을 중

---

* 16세기 한국최대의 시가문학의 활동지이며, 호남 제일의 가단인 면앙정이다. 담양 뜰에 젖줄인 원효계곡의 물이 이곳에 까지 흘러 내려온다. 면앙정 건물은 송순이 생존해 있을 때까지는 가운데 온돌방이 없었고 그 대신 따로 정자 곁에 온실이라는 별도의 따뜻한 방을 갖춘 집을 마련해 놓고 있어왔다. 그것이 재건 이후 현재와 같은 중재실을 갖춘 모습으로 바뀐 것이다. (김동욱, 「담양면앙정의 형태」, 『건축역사연구』, 제9권 3호, 2000)

** 1574년에 쓰여진 〈『유서석록遊瑞石錄』〉에는 광풍각이라는 명칭은 쓰지 않고 소재小齋라고 표현하고 있으나 1614년에 양천운梁千運이 쓴 〈「소쇄원계당중수사량문瀟灑園溪堂重修上樑問」〉에는 계당溪堂을 침계문방 혹은 광풍각이라고 표기하고 있어 광풍각이 바로 침계문방임을 알 수 있는데 제월당이 주인을 위한 집이라면 광풍각은 객을 위한 사랑방이라 할 수 있다. 이 상량문에 의하면 광풍각은 1597년에 불에 탔으며 1614년 4월에 중수하였다. 또한 〈계당〉이란 명칭으로 보아 광풍각의 별칭이었음을 알 수 있다.

*** 오희도鳴希道(1583-1623)가 살던 곳으로, 오희도가 어머니를 따라 외가인 순천박씨의 마을에 정착하면서부터 이곳과 관계를 갖게 된다. 그의 아들 오이정이 부친의 뒤를 이어 이곳에 은둔하면서 자연 경관이 좋은 도장곡道藏谷에 정자를 짓고, 이를 명

심으로, 현상학적 관점에서 자연과 인간의 만남이 어떻게 통합되는지 살펴보기로 하겠다.

무등산 주변 정자 건축의 유형별 현황

연대 \ 평면유형	중앙재실	무실형	중앙후실형	좌측실형	우측실형	중앙좌후실형	계
1300			독수정				1
1500	관수정 (현재무실형) 면앙정 광풍각		송강정	제월당 식영정	서하당	환벽당	8
1600	명옥헌	동강조대			풍암정		3
1800	문일정	남극루	취가정				3
1900	일등루 만옹정	소산정					3
계	7	3	3	2	2	1	17

3. 자연을 체험하는 신체 — 현상학을 통해 본 공간

■ 수용미학에서 벗어난 경험된 공간과 신체의 위상

모더니즘 시대에는 건축공간을 이루고 있는 요소인 건축물과 인간 그리고 환경의 관계는 고정적이고 일방향적인 관계라는 인식이 지배적이었다. 공간은 물리적 대상으로만 존재할 뿐 신체는 건축가의 의도에 따라 보고 움직이는 예측 가능한 '수동적인 존재'로 머물고 있었던 것이다. 이를 보완

옥헌이라 이름 지었다. 명옥이란 이름은 정홍명의 「명옥헌기」에서 유래된 말로 한 천寒川의 흐르는 물소리가 옥이 부서지는 소리 같다고 한 데서 붙여진 것이다.

하려는 현대 건축의 노력은 해체주의 이후 디지털 기술, 철학적 사유, 미학, 과학적 사고 등 여러 시각들이 결합되면서 하나의 패러다임으로 규정할 수 없는 다양한 방법들을 통해 시도되고 있다. 그 일환 중 하나는 '인간'을 건축의 중심에 두는 방법이 있다. 이는 근대 이전의 휴머니즘 시대로의 회귀를 의미하는 것이 아니다. 이때의 인간은 주변 환경과의 상호관계 속에 있는 인간에 대한 관심을 의미한다. 이 같은 인식의 변화는 공간과 인간의 상호작용을 전제로 하는 건축적 체험을 공간 담론의 주제로 부각시키게 되었으며, 건축가들은 이성과 개념보다는 신체의 정신과 감성의 통합적 측면을 중요시 여기게 되는 계기가 되었다.

현대 건축은 고정된 의미체계 안에서 읽혀지기 보다는 공간과 형태의 경험과정에서 인간의 참여와 해석의 가능성을 지니며, 열려진 의미체계를 지향하고 있다. 이러한 관심은 공간과 형태를 인간이 경험하는 방식에서 신체가 어떠한 의의를 지니는가 하는 문제로 이어진다. 경험된 공간은 건축가가 만들어 낸 공간적 질서에 신체의 참여 행위를 전제로 이루어진다. 건축 체험을 공간 안에서의 신체의 움직임과 그에 따른 이미지 형성의 시각으로 해석한 프랭클P. Frankle을 비롯하여 건축 디자인에서 인간의 시지각적 특성에 주목한 그로피우스, 그리고 신체와 공간의 새로운 관계를 신체-상Body-image으로 파악한 블루머와 무어K. C. Bloomer & C. W. Moor 등은 건축공간의 문제를 신체의 체험방식과 관련지어 새롭게 해석해 왔다.(길성호, 「현대건축가의 신체 담론에 나타난 공간성 비교 연구」, 『대한건축학회 논문집』, 22권 4호, 2004)

다시 말해 건축이 인간을 주어진 상황에 존재케 하기 위해 물리적으로 구체화된 것이라면, 건축공간의 의미문제는 공간 속에서 인간의 구체적 체험에 의해 공간의 의미가 재구성되어지고 이에 영향을 받은 감성에 의해 획득되어진다는 점에서 현상학적 관점으로 이해할 필요가 있다.

■ 현상학적 신체 지각에 의한 공간 경험과 감성

현상학적 신체 지각은 눈에 보이는 것뿐 아니라 보이지 않는 대상에 내포된 모든 것을 지각하는 것이라고 볼 수 있다. 즉 시각적인 자극 및 인체의 오감을 통해 받아들이는 자극을 포함하며, 이차적으로는 물리적 자극의 내면에 배어 있는 느낌, 상상력, 의미를 포함하고, 삼차적으로는 물리적 자극이 인간 존재와 관련되어 '인간-환경'이라는 이분법으로 구분하지 않고 인간과 환경이 어우러져 융합하는 총체적 현상의 체험을 의미한다.(임승빈, 『도시에서의 현상적 체험』, 공간, 1994) 공간은 바로 이러한 체험을 전제로 하며, 공간에서 현상학적 신체 지각 체험은 공간을 구성하는 사물과 그것을 뒷받침하는 장이 서로 얽혀서 새로운 의미를 유도하는 작업이라고 할 수 있다.(이선정, 「현상학적 체험을 통한 건축의 의미생성에 관한 연구」, 『대한건축학회 학술발표 논문집』, 제15권 2호,1996) 또한 현상학적 관점에서 신체 지각을 통해 공간을 체험하고 경험한다는 것은 이성적 논리가 우선되는 것이 아니라 촉각, 시각, 후각, 또는 통합감각 등 인간의 감각들이 활성화되고 재구성되는 것을 말한다. 즉 서로 다른 감각들이 상호 소통하면서 공감각이 만들어지고 이들의 종합과 통일성을 통해, 공간에 대한 감성적 체험과 경험을 만들어 내는 것으로 이해해야 하는 것이다.

4. 시공간의 통합적 인식체계로서 현상학적 공간의 구현, 정자 건축

공간은 독립적으로 존재하지 않는다. 인간과 환경은 이분법적인 존재가 아니라 서로가 유기체적으로 연결되어 지속적으로 서로에게 영향을 주고 받는 관계이다. 감성은 바로 인간과 그를 둘러싼 환경 사이에 일어나는 상호 관계적 활동에 의해 형성되며, 이를 통해 공간의 본질적 의미를 파악할 수 있다.

이러한 인식하에 건축 분야에서는 메를로 퐁티의 현상학을 기반으로 한 신체 담론을 통해 공간을 이해하려는 연구가 많이 시도되어 왔다. 그럼에도 대부분의 연구경향은 그의 저서 『지각의 현상학*Phénoménologie de la perception*』에서 공간에 대해 기술하고 있는 몇 가지-방향, 깊이, 운동성, 장소성-단편적 개념을 통해 건축공간을 파악하는데만 국한되어 있다. 이에 본 고에서는 체험을 통한 공간의 본질적 의미를 파악하기 위해, 신체가 세계와 대화하기 위한 시작점인 '감각', 과거-현재-미래의 감각을 통합함으로써 지각의 종합을 이루는 '시간', 그리고 이것의 연속을 통해 조화로운 관계를 형성하기 위한 '운동'등 세 가지 개념을 공간의 통합적 인식의 방법으로 제시하고자 한다. 또한 이를 통해 '정자'에 나타난 감성의 다양한 스펙트럼을 조명함으로써 자연과 인간을 매개하는 공간이 '어떠한 감성'을 형성하고 있는지, 나아가 호남 지역에서 자연-인간-공간의 상호관계를 통해 어떻게 자연을 완성해 나가는지 살펴보도록 하겠다.

■ 감각을 통한 신체와 세계, 공간의 대화

메를로 퐁티에게 있어서 몸은 지각론을 의미한다. 신체를 통한 지각은 감각기관에 의존한다. 메를로 퐁티는 선험적인 의식 대신에 신체를 내세우며, 다음 글에서 나타나듯이 신체를 가시적인 광경과 동일한 차원에 속해 있는 것으로 본다. 메를로 퐁티는 모든 지각 상황으로부터 신체를 뺀 상태로서 제대로 지각이나 감각을 기술할 수 없다고 여기며, 이러한 관점이 잘못되었음을 지적하면서 '감각'은 우리의 존재 전체를 감싸며 새로운 세계로 우리를 인도한다고 보았다.

> "몸 자신은 심장이 유기체 속에 존재하는 것처럼 세계 속에 존재한다. 즉 몸 자신은 가시적인 광경을 계속해서 살아 있도록 유지하고, 가시적인 광경에 활력을 불어넣고 내적으로 영양을 공급하며, 가시적인 광경과 함께 하나의 체계를 형성한다."(메를로 퐁티, 류의근 역, 『지각의 현상학』, 문학과 지성사, 2002)

위의 글처럼 메를로 퐁티는 몸, 즉 신체는 지각된 세계의 입구이자 출구이며, 감각은 신체-주체와 그것의 실존적 환경 사이의 살아 있는 '대화'로 인식하고 있다. 감각의 대상이라고 할 수 있는 '감각적인 것'이 나의 몸 전체를 취해서 그것이 존재하는 공간을 전율케 하고 가득 채운다는 그의 감각론은 우리의 인식 환경 내지는 삶의 환경에서 감각 단계에서부터 몸과 세계가 전율하면서 교접하는 상호 내속적인 관계를 갖는다는 것을 보여주고 있다.

그렇다면 공간에서 감각은 어떠한 위치에 있는 것일까? 건축에서 메를로 퐁티의 '감각'에 대한 개념은 스티븐 홀Steven Holl이 지향하는 현상학적 건축에서 통해 잘 드러난다. 그는 빛, 색채, 물, 소리 등의 현상적 영역을 감각적 현상-시각은 물론 촉각, 청각, 후각, 미각 등-의 상호 얽힘의 결과로 인식하였으며, 하나의 감각적 영역의 이미지가 다른 감각적 영역의 이미지와 상호작용하여 통합된다고 보았다. 따라서 그는 "건축 작품의 본질은 관념과 형태간에 유기적인 결속을 만들어 내는 것"(Steven Holl, 『Anchoring』, New York : Princeton Architectural Press, 1989)이며, 건축 공간 속에 깔려 있는 수많은 경험의 층들이 신체의 현상적 경험을 통해서 구체화된다고 보고 있다.

이를 통해 감각은 세계와의 대화이며, 상호 감각에 의해 감각들이 종합, 통합되듯이 공간과 환경, 인간의 소통은 신체의 감각들과 공간과 환경의 상호 얽힘에 의한 통합의 결과로서 획득되어 지는 것이라고 해석할 수 있다. 그때 비로소 진정한 공간의 본질을 이야기 할 수 있으며, 이로부터 드러나는 다양한 현상은 일상적 삶의 체험을 고양시킬 수 있는 것이다.

그렇다면 감각이 신체와 실존적 환경 사이의 살아 있는 대화이듯이 '정자'라는 물리적 구축공간에서 감각적 요소들이 어떻게 자연과 대화하고 있는지 살펴보도록 하겠다.

명옥헌 정원은 주변의 자연경관을 차경借景한 자연순응적인 전통정원양식이다. 조선시대의 전통적인 네모난 연못 가운데 섬을 설치한 지당정池塘

그림1. 명옥헌 전경

庭을 도입하였고, 지당 주변은 수많은 배롱나무를 줄지어 심었는데 마치 도 잠陶潛의 무릉도원경을 보여주고 있는 듯 하다. 이 명옥헌은 '구슬과 같은 물소리가 들리는 집'이라는 의미를 지닌 명칭에서도 나타나듯이 물에 의한 청각적 요소를 고려하여 입지부터 정자 주변 자연환경의 활용까지 고려하여 공간을 구성했을 것으로 짐작할 수 있다. 여름날 활짝 핀 빨간색 백일홍은 연못을 붉게 물들이며 시각적 효과를 극대화한다. 계곡에서 내려오는 물소리는 시각적 효과와 서로 중첩되면서 정자에 앉아 자연을 바라보는 이에게 무릉도원에 온 듯한 복합적 감성을 불러일으키고 면앙정 공간을 현상학적 공간으로 드러나게 해준다.

대숲 사이 돌층계를 오르면 나타나는 넓은 터는 호연지기를 기르고 자연을 벗하며 풍월을 즐기고 유유자적하기에 적합한 곳이다. 면앙이란 '땅을 굽어보고 하늘을 쳐다본다'는 뜻으로, 아무런 사심이나 꾸밈이 없이 너르고 당당한 경지를 바라는 송순의 마음이 여기에서 읽힌다. '풍월을 불러들이고 산천을 끌어들여'라는 위의 구절 뿐만 아니라 박순의『면앙정30영』에 나타난 추월산의 푸른 절벽, 몽선산의 푸른 소나무, 용구산의 저녁구름, 불대산의 낙조, 용진사의 산봉우리, 서석대의 아지랑이, 독바위의 우뚝한 모습 등 주변의 다양한 경치를 모두 끌어들이는 '차경'을 통해 면앙정은 모든 자연과 함께하고 있다. 당시 정자 주변의 풍경을 확인할 수 있는『면앙정30영』일부를 통해 감각적 요소가 충만한 현상학적 공간으로서의 면앙정을 살펴보자.

고경명의 제30영을 보면 정자의 산기슭 앞에 천이 흐르는 소리를 슬피 우는 비명悲鳴으로 청각화 함으로써 시간의 변화를 노래하고 있으며, 붉게 피는 석양의 모습을 시각적으로 처리하고 있다. 고경명은 간수澗水의 흐름을 비명悲鳴이라 하였다. 조락凋落해가는 가을, 서산 너머로 기울어 가는 석

그림2. 면앙정 전경

양이 주는 쓸쓸함 때문이다. 찬란함과 격정으로 시간은 지나고 이제 신상新
霜과 령화冷花만이 주변에 가득하다. 그러나 자연의 변화는 제자리로 돌아
오는 것이 우주의 섭리이다. 이처럼 정자에서 바라보는 자연의 모습은 면
앙정이라는 공간을 보다 감각적 공간으로 드러나게 하고 있다.

제30영 시냇가의 붉은 여귀꽃

시냇물 서글프게 흐르는 곳에
새 서리 맞은 여귀꽃 피었네
석양에 한번 붉어지고
남은 노을에 가을 빛 드러나네

소쇄원은 양산보(1503-1557)가 처음 터를 잡아 가꾸었던 별서別墅정원
으로서 계곡 가까운 곳에 세운 정자가 광풍각光風閣이다. 제월당 동남쪽 계
곡에 면하여 쌓아올린 축대에 자리하여 좌향은 동남이다. 광풍각의 조망
권은 마루에 앉아 내려다 볼 수 있는 계곡의 영역과 수평적으로는 계곡 너
머 대나무 숲과 대봉대가 있는 진입로 영역, 측면에 있는 담장 밖 원경 영역

으로 나눌 수 있다. 광풍각은 '빛'과 '바람'이라는 제호에서도 엿볼 수 있듯이 시각적 풍경과 청각적 풍경이 복합된 곳이라는 상상을 가능하게 한다. 김인후가 지은『소쇄원 48영』을 통해 당시 사람들이 소쇄원 주변의 자연을 어떻게 지각하고 경험하였는지를 엿볼 수 있다.

제15영 살구나무 그늘 아래 굽이도는 물

지척에 물줄기 줄줄 내리는 곳
분명 오곡의 구비 도는 흐름이라
당년 물가에서 말씀하신 공자의 뜻
오늘은 살구나무 가에서 찾는구나

위의 15영은 '상생相生'의 원리를 노래한 것으로 '살구나무 그늘'의 시각적 요소와 '아래 굽이도는 물'의 청각적 요소가 결합되었다. 빛에 의해 그늘이 형성되는 살구나무의 물성으로 인한 시각적 자극은 단순히 보는 것만이 아니라 물에 의한 청각적 요소와 상호 얽히면서 복합적 감각을 이끌어 내고 있다. 광풍각에서는 아래에 흐르는 물이 보이지 않으나 물소리는 수직적 높이 차로 인해 '소리의 정원'으로 불릴 만큼 십장폭포의 물 소리는 소쇄원 전체 영역을 덮고 있다. 오곡문에서 흘러들어온 물은 약작을 지나 십장폭포를 거쳐 대나무 숲으로 사라져간다. 소리를 극대화 하는 건축적 장치-폭포, 나무홈통, 굽어 흐르는 물길-또한 소쇄원에서 중요한 역할을 하고 있다. 이를 거쳐 대나무 숲에 이르게 되면 그 소리는 다시 바람에 의해 흔들리는 대나무 잎의 소리로 전이되며, 대나무 잎이 떨리는 시각적 효과와 함께 청각적 요소가 다시 결합한다. 이와 같이 빛, 소리, 잎의 떨림과 같은 감각들의 결합은 정자에서 자연을 감상하는 인간과 소쇄원의 자연이 직접적으로 대화할 수 있게 해주며 소쇄원의 공간을 감각과 세계와 대화하는 현상학적 공간으로 탄생시킨다.

다음 34영에서도 여러 감각들이 복합되어 있는 것을 알 수 있다. '창포의 향기'와 같은 후각적 요소와 '몹시 세차게 흐르는 물가'에서 비롯된 청각적 요소는 소쇄원 광풍각에서 느끼는 공간의 감성을 더욱 풍부하게 해준다.

제34영 세차게 흐르는 여울물가의 창포

듣자니 여울 물가의 창포
아홉 마디마다 향기를 지녔다네
날리는 여울 물 날로 뿜어대니
이 한가지로 염량을 꿰뚫는다오

정자의 입지는 자연을 통해 느낄 수 있는 시각, 청각, 후각, 촉각 등의 많은 감각적 요소들을 경험하여 감성을 활성화 시킬 수 있는 곳에 선정되는 것이 보편적이다. 정자 건축은 자연의 빛, 색채, 소리 등의 현상적 영역이 상호 얽히며, 하나의 감각적 영역이 다른 감각적 영역의 이미지와 상호작

그림3. 소쇄원 광풍각 전경

용하는 것을 중요하게 고려하고 있기 때문이다. 정자에서 확인할 수 있는 다양한 감각적 요소들은 개별 감각으로 존재하기도 하지만 각각의 감각들이 상호 얽히며 복합되기도 하고 또는 감각이 전이되면서 공감각적 효과를 발생하게 된다. 이처럼 감각적 요소들을 중요시 여기며 다양한 감각들을 활성화시키는 '정자'는 물리적인 건축적 공간을 초월하여 비물리적인 감성 공간으로 치환시키고, 결국 현상학적 공간으로 구체화 된다.

■ 신체의 시간, 세계의 시간에 의한 공간 지각의 종합

메를로 퐁티는 지각의 종합을 이야기 하면서 다음과 같이 시간의 문제를 언급한다.

> 지각 종합은 시간적인 종합이다. 지각 차원에서 주체성은 시간성 이외의 아무것도 아니다. 지각 주체에 그 불투명성과 역사성을 허용할 수 있는 것은 이 때문이다. ……공간적인 종합과 대상의 종합은 이 같은 시간의 전개를 바탕으로 한다. 매번 일어나는 응시의 운동에서 내 몸은 현재와 과거와 미래를 함께 결합한다. 내 몸은 시간을 분비한다. 아니, 오히려 내 몸은 사건들이 서로를 밀쳐내지 않고 현재의 주위에 과거와 미래의 이중적인 지평을 처음으로 투사하는 자연의 장소가 된다. …내 몸은 시간을 소유한다. 내 몸은 현재에 대해 과거와 미래를 존재하도록 한다. 내 몸은 사물이 아니다. 내 몸은 시간을 견뎌내는 것이 아니라 시간을 만든다.(메를로 퐁티, 『지각의 현상학』, 2002)

몸이 시간을 분비한다는 것은 지각의 종합이 이루어질 때 감각들이 현재와 미래와 과거를 하나로 결합하기 때문이다. 이때 과거-현재-미래의 감각들이 통합되는 과정은 사유와 감정과 행동들이 세계와 교섭함으로써 의미들을 얻어내고 향유되면서 시간이 드러나는 것을 의미한다. 메를로 퐁티의 현상학에서 시간의 출구와 입구는 주체인 나의 몸과 대상인 세계이다. 대상인 세계 속에서 나와 주체인 나의 몸 속으로 들어오고, 주체인 나의 몸에서 나와 대상인 세계 속으로 들어가는 회전/역회전의 운동을 반복하는 것이 시간이라 할 수 있다. 즉 주체의 시간은 대상의 시간으로 전환하고 대상의 시간은 주체의 시간으로 전환하는 것처럼 보이지만, 주체의 시간이 곧 대상의 시간이고 대상의 시간이 곧 주체의 시간인 것이다.

공간에서의 시간성은 지각체험 요소의 기반이 되며, 새로운 지각의 확장 가능성을 만들어 주는 감성적 요소로 작용된다. 공간을 지각하는데 관여되는 시간성의 개념은 몇 가지 측면에서 고려해 볼 수 있다. 하나는 시점의 변화를 통해 바뀌어 가는 '과정공간'에서 체험되는 시간성과 또 다른 측면은 '정지된 시점'에서 시간의 변화를 지각함으로써 일어나는 인간과 세계와의 반응을 들 수 있다.

첫 번째 측면으로 과정공간에서 느끼는 시간의 개념은 공간에서 이용자가 위치를 움직임으로 인해 연속적으로 변화하는 시지각적 현상을 인지하게 되는 것을 말하며, '일련의 연속성Sequence'을 띈다. 이는 시간성을 나타내지만 궁극적으로 신체의 움직임을 유발함으로써 획득되는 특성이라는 점에서 뒤에 이어지는 '운동성'의 개념에서 논의하도록 하겠다.

두 번째 측면으로는 고정된 위치에서 경험할 수 있는 시간성으로서, 자연과 세계의 변화하는 상황에 대한 지각을 들 수 있다. 현상학적 관점에서 볼 때, 빛, 바람, 물 등의 자연의 변화를 인지할 수 있는 공간의 구축환경은 신체와 대상이 함께 얽히면서 시간성을 경험할 수 있게 해주는 요소이기도 하다. 공간의 물리적 환경은 시간의 변화에 따라 다양한 상황을 지각하고 경험하게 해주는 구축체계를 지님으로써 감각을 활성화 시키는 감성적 공간으로 치환된다. 공간에서 시간성의 개념은 궁극적으로 공간에서의 지각적인 질의 층위를 다양하게 하고 이론 인해 인간은 다양한 공간의 깊이를 느끼게 된다는 점에서 감성적 측면을 강화시키는 개념이라고 할 수 있다.

그렇다면 정자 건축에서는 과거-현재-미래의 감각들이 감각의 주체와 세계 속에서 어떠한 시간성을 표상하고 있는 것일까? 공간에서의 시간성은 다양한 방법들이 논의될 수 있으나 본 고에서는 건축이 자연과 만나는 다양한 스펙트럼을 살펴보고자 하였기 때문에 자연의 변화를 통한 시간성의 인식을 중점적으로 살펴보도록 하겠다.

공간에서 시간성에 대한 지각은 빛에 의한 밝기의 변화, 그림자의 움직임, 아침과 낮, 계절의 변화 등을 통하여 이루어질 수 있으며, 시간성의 체험이 극대화 되면서 새로운 감각과 다양한 지각의 가능성을 유도하게 된다.

정자건축에서의 시간성은 자연에 대해 춘경, 추경, 하경, 동경으로 모습을 바꾸는 변화와 순환, 영원의 시간성을 인식하는 데서 출발한다. 사시四時에 나타나는 변화와 지속의 이원성은 천리로 인식되는 데, 천리를 체득한 사람만이 아름다운 흥취를 온전히 즐길 수 있으며, 이는 자연유상의 최고의 경지가 된다. 즉 정자에서 체험되는 시간성 속에서 자아의 실존 의미를 발견하게 되는 것이다.

그러한 점에서 정자에서 조망하는 대상은 시간의 차원 속에서 또 다른 하나의 특성을 갖는다. 신체의 감각을 통해 지각한다는 것은, 듣고 보고 만지고 느끼며 정자의 공간상황 속에 있는 세계를 지각해 나가는 것이라면, 시간성을 통한 지각은 관망대상, 즉 정자의 주변 환경이 내포하는 시각적 표상에 의미를 부여하는 역할을 함으로써 체득된다. 몸(주체)과 세계의 상호작용에 의해 감성이 형성되어지는 과정에 있어서 시간성은 몸, 즉 인간 자신과 세계와 매개 역할을 하기 때문이다. 신체에서 분비되는 시간은 춘하추동 세계의 시간을 체험하면서 과거, 현재, 미래의 시간의 흐름 속에 자연과 공간에 대한 지각을 통합하게 된다.

『면앙정 30영』에서 김인후와 임억령이 지은 시 「혈포효무穴浦曉霧」를 보자.

> 한밤 용머리의 산 기슭
> 꾸불꾸불 이어져 멀기도 하네
> 새벽이 오면 끼었다 사라지니
> 조물주의 한가함도 없을 성싶네
> 　　　　　 - 김인후 「혈표효무」

김인후는 정자 위에서 멀리 보이는 산 기슭을 굽어 도는 시내에 낀 새벽 안개가 만들어내는 신기한 조화를 묘사하고 있다. 모였다 흩어지는 변화무쌍한 안개의 신비한 모습을 보며 자연의 조화에 감탄하고 있다. 우주 만물이 항상 변하여 잠시도 한 모양으로 머무르지 않는 변화 속에서도 조화로움을 잃지 않는 것은 조물주의 조화造化에 기인하고 있다는 자연관의 반영이다. 자연의 변화 속 조화를 이곳 면앙정이라는 공간에서 체험하고 있는 것이다.

> 냇물 가운데 안개는 푸르게 일어나
> 지붕 한 모퉁이는 아침 해에 붉게 잠기네
> 실바람이 모두 쓸어가는데
> 짧은 햇빛 황혼을 재촉할까 두렵구
> 　　　　　 - 임억령 「혈표효무」

임억령의 시는 혈포穴浦 냇물에 자욱하게 끼었던 안개가 문득 바람에 흩어지는 모습을 묘사하고 있다. 잠시 안개가 흩어져서 자연의 천연덕스런 모습이 보이기는 했어도 언제 다시 가리워 본연을 잃을지 모른다는 불안한 감성을 표현하고 있다. 이는 자연의 변화무쌍하면서도 조화를 회복하려는 모습을 보여주고 있는 것으로 이해할 수 있다.

소쇄원은 면앙정과 마찬가지로 춘하추동 4계절의 변화와 음과 양의 순환원리가 내재된 공간 구성을 통해 자연의 변화를 감상할 수 있도록 계획된 공간이다. 소쇄원에서 체험할 수 있는 시간성은 『소쇄원 48영』에서 뿐만 아니라 소쇄원 공간구성을 통해서도 확인할 수 있다.

소쇄원의 광풍각은 원림 내 다른 공간들보다 자연을 가장 근거리에서 직접적으로 느낄 수 있는 영역이다. 이곳에서 선비들은 풍경의 아름다움 뿐만 아니라 춘하추동 4계절의 마지막에 피는 사계화(붉은 꽃이 3, 6, 9, 12월 4번 걸쳐 피는 것을 사계화라 함)를 통한 변화, 선비의 절개를 상징하는 사시사철 푸른 대나무와 소나무, 그리고 4계절의 변화를 확연히 느낄 수 있는 오동나무, 느티나무, 단풍나무, 살구나무 등과 같은 활엽수, 무릉도원을 상징하는 복숭아나무 등 식재되어 있는 많은 조경 식물을 보면서 계절의 변화 뿐만 아니라 그 속에서 늘 한결같은 선비의 기개를 다짐하며, 궁극적으로 자연과 인간이 합일되는 감성을 느끼고자 하였을 것이다.

또한 밝음과 어두움, 즉 빛과 그늘의 반복과 조화가 이루어지는 공간 구성에는 순환적 시간개념이 농후하게 배어 있다. 어두운 대나무 숲을 지나면 갑자기 밝아지는 원림의 전정에 도달하고 여기서 계곡 건너편을 쳐다보면 그늘에 가려진 광풍각과 양지바른 제월당이 중첩되어 대조를 이룬다. 진입로를 걸어보면 길 옆의 담장은 긴 그림자를 머물게 하고 애양단은 밝은 햇살로 충만하게 된다. 이처럼 소쇄원의 전체적인 공간 구성은 빛과 그

림자가 순환 반복되는 구조와 음과 양의 순환원리가 내재된 자연관을 보여
줌으로써 동양의 순환적인 시간개념을 엿볼 수 있다.

우리의 전통건축은 도교, 유교, 불교의 사유체계의 영향을 받으면서 형
성되어 왔다. 도교의 노자는 순환적인 변화, 발생과 소멸을 거듭하는 자연
을 관찰함으로써 얻은 성찰로 항상 생성하는 자연의 모습, 즉 가시적 존재
로 보이는 세계의 모습을 비가시적이고 정신적 체험적인 영역의 생태계로
관조하였다. 불교에서는 초기와 종말을 인정하지 않는 윤회의 사고로서 순
환적 시간관을 보여주고 있으며, 유교는 '기'를 우주 본원적인 것으로 상정
하여 행동적이고 유기적인 사유체계를 보여준다. 또한 음양의 개념을 통해
'천인합일', '천인감응天人感應', '오행의 상생상극'으로 우주의 생장·변화
를 형성하고 있다. 정자건축에서 느끼는 자연에 대한 시간성은 바로 이와
같이 순환하며 성장하고 변화하면서도 조화로움을 추구하는 불교, 유교, 도
교적 자연관이 반영된 결과라고 말할 수 있다. 즉 정자 건축은 인간의 심상
에 변화에 대한 두려움과 조화로움에 대한 심상을 함께 불러일으키는 현상
학적 공간으로서, 순환적인 자연에 순응, 합일을 지향하는 감성적 공간이라
고 할 수 있다.

■ 움직임에 의한 자연-인간-공간의 통합

우리는 하나의 몸을 가지고 있다. 그리고 그 몸은 여러 부분들로 구성되
어 있다. 많은 자극들을 받아들이고 그것들에 반응할 때, 몸 전체는 일관되
고 통일된 조화로운 방식으로 움직인다. 어떤 상황에서도 우리의 몸은 완
전히 하나로 통일된 것처럼 감각하고 움직인다. 하지만 우리의 지각은 늘
불완전하고 부분적으로 혹은 일면적으로 주어질 수밖에 없다. 그런 지각
의 내용들이 연속적으로 주어질 수 있는 것은 몸의 움직임 때문이다. 운동

은 바로 그 운동에 의해 규정될 수 없을지라도 장소의 위치 또는 위치의 변화로 규정된다.(메를로 퐁티,『지각의 현상학』) 근원적인 지각은 일종의 신체적 행위이며, 지각의 과정은 몸의 운동적 과정과 본질적으로 결합되어 있다. 시선을 게재로 한 나의 신체와 대상과의 실존적 관계는 운동성으로 해석 할 수 있다. 움직임은 몸과 세계와의 교차 행위의 매개일 뿐만 아니라 생생한 삶의 지적 감수성이요, 신체 존재의 자연적인 양식이다. 즉 메를로 퐁티가 의미한 바는 움직임이 지각을 따르는 것이 아니라 지각은 움직임과 상호 교차되어 있다는 것이며, 이는 결국 운동성은 신체주체의 지각기반을 이루고 있다는 것을 의미하는 것이다.

공간 속에서 객관적인 움직임이나 이동으로서가 아니라 움직임의 기투企投로서 혹은 잠재적인 실제 움직임으로서 이해되는 움직임이 감성들의 통일성에 대한 기초가 된다. 움직임의 능력으로서의 몸은 세계를 바라보는 방식이며 지각의 주체로서 세계 속에서 현전하며 그것을 알아가는 방식이다. 우리는 그러한 운동성을 통해서 공간을 지각하고 주어진 세계를 신체 움직임에 따라 조작할 수 있으며, 우리의 몸을 자유롭게 상상의 영역으로 내보낼 수 있게 되는 것이다. 공간의 체험은 의미 있는 몸짓의 생생한 체험인 것이다.

이처럼 신체의 운동은 우리에게 공간을 지각하게 해주고 주어진 세계를 각자의 경험의 정도에 따라 조작할 수 있게 한다. 공간에서 신체의 움직임은 공간이 매개하고 있는 세계와 인간을 소통시키며, 다양한 체험과 경험을 유도한다. 신체의 움직임은 비연속적 공간과 연속적인 시간을 연결하는 중재자로서 분절된 세계를 살아있는 공간으로 통합한다. 또한 움직임은 공간에서 경험하는 단편적인 감성들의 틈을 결합하고 비연속적인 공간들은 시간의 이행과 함께 신체의 움직임으로 채워지면서 연속적 공간으로 통합되며 신체에 의한 공간의 체험 영역은 확장된다. 건축 공간 내에서 운동성을 통하여 공간을 지각한다는 것은 우리 신체의 실제적인 운동만을 의미하는 것이 아니라 인간이 느끼는 지각적 운동감도 포함하는 것이다. 이는 공간이 우리에게 느끼도록 하는 운동이며, 공간 구성요소의 통제를 통하여 여러 가지 형태로 인간에게 인식된다.(김신영, 「한국전통가옥에서 나타나는 시지각적 특성에 관한 연구」, 한서대석사논문, 2004)

시선을 옮김에 따라 시각적인 연속성을 가지는 것은 비연속적인 장면들이 시간의 이행과 신체의 움직임으로 인해 통합되면서 연속적인 장면들을 완성시키기 때문이다. 그것으로 인해 획득된 시각적인 연속성은 주변 자연 경관을 다양하게 보여줌으로써 풍부한 감성과 공간의 장소성을 강화시킨다. 이러한 점에서 호남의 정자건축에서 발견되는 '시점의 다양성'은 시각적인 연속성을 보여주는 장치로서 의미가 크다. 시점은 대상을 바라보는 위치라고 할 수 있다. 위치에 따라 바라보는 대상에 대한 시각적인 인지는 변화하게 된다. 시점의 변화는 신체의 이동에 의해 표상되는 세계(주변의 자연환경)가 다르게 나타나게 함으로써 공간에서 다양한 감성을 느끼게 한다. 이와 같이 시점의 이동에 따라 풍경을 파악하여 시각세계를 종합하는 것은 시간의 이행 속에서 움직임을 유발하여 다양한 공간의 감성을 체험하도록 유도하는 구성방법으로서, 단편적 장면에 그칠 수 있는 건축공간에 연속성을 제공함으로써 생명력을 불어넣어준다.

한편, 서양에서는 르네상스 시대 투시도법의 발견으로 고정된 시점으로 그림을 그리는 방법들이 발달하였다. 과거 서양건축은 하나의 시점을 통해 강한 비스타를 형성함으로써 고정된 관점에서 보여지는 상이 부각되는 것이 일반적이었다. 이것은 인과론적인 서양의 시유체계와 맥을 같이하는 것으로서 직선적인 시간 개념을 단적으로 보여주는 것이다. 아인쉬타인의 상대성 이론 등 복잡성 과학의 발달로 인한 시간의 개념이 수정되고 확대되면서 현대건축 또한 공간에서 시간의 변화를 추구하려는 다양한 시도들이 있어왔다. 이후 인간은 건물 내에서 움직이며 연속적인 시점을 가지고 공간을 체험하게 되며, 그로 인해 공간과 시간이 절대적으로 독립되어 존재하는 것이 아니라 상대적으로 영향을 끼치며 존재한다고 여기게 되었다.

이러한 시간과 움직임의 결합은 전통건축의 여러 유형에서도 확인할 수 있는 특징이다. 그 중 특히 정자건축은 시점을 한군데 고정시키지 않고 이동, 윤전輪轉하여 자연환경의 위치에 따라 여러 차원으로 자연과 인간, 세계와 몸이 상호작용 할 수 있도록 고려된 공간이자, 다양한 시점에서 보여지는 상을 중요시 여긴 흔적이 잘 엿볼 수 있는 공간이다. 특히 호남지역 중앙재실형 정자건축에서는 동서남북 사방에서 보여지는 상을 중요시 여기는 공간 구성을 지니고 있는 것이 가장 큰 특징이라고 할 수 있다. 공간과 인간, 자연의 관계에서 끊임없는 변화를 추구하는 것, 또한 공간과 시간, 움직임이 분리될 수 없는 관계라는 것을 잘 보여주는 예인 것이다. 면앙정, 광풍각, 명옥헌 모두 중앙재실형으로서 가운데 방이 있고 사면이 마루로 둘러싸여 있는 평면 형태를 지니고 있다. 이는 앞서 설명한 바와 같이 호남지역만의 지역적 특성으로 볼 수 있다.

동서남북 각각 4면의 마루에 앉아서 각기 다른 장면의 경치를 바라볼 수 있는 공간구성은 시점을 한군데 고정시키지 않고 신체의 이동에 의한 다양한 시점을 통해 비연속적인 풍경들은 연속적인 장면으로 완성시킨다. 또한 방에 앉아서도 자연을 벗할 수 있도록 대부분의 벽에 문이 설치되어 있다. 명옥헌은 4방향 모두에 문이 있으며, 광풍각과 면앙정은 3방향으로 문이 설치되어 내부공간에서 문의 프레임을 통해 자연 경관의 연속적인 경관을 감상할 수 있다. 광풍각의 경우 북측의 문을 열면 굽이치는 십장폭포가 눈에 들어오고, 동측의 문을 열면 온갖 나무들의 푸르름이 펼쳐지며, 남측 문을 열면 대나무 숲 사이의 바람을 맞이할 수 있다.

이처럼 정자건축은 화면의 단일 시점이 아닌 다시점에 의해 보는 사람으로 하여금 시선을 일정한 방향으로 움직이도록 유도하는 공간 구성을 하고 있다. 이를 통해, 정자는 인간과 공간 그리고 자연의 통합을 뛰어넘어 건축적 영역이 자연으로 확장되면서, 주체로서의 정자는 자연의 일부로 객체화되는 위상학적 공간으로 변환된다. 결국 정자는 인간과 함께 자연에 무화無化되며, 결국 자연을 완성하는 공간이 된다.

5. 자연 속에서 자연을 완성하다

정자건축이 창조해낸 공간은 신체의 '감각'을 통해 인간과 자연을 중재한다. 시각, 후각, 청각 등의 신체 감각을 통해 빛과 바람의 감촉, 소리, 향기 등의 비가시적 요소와 그림자, 자연풍경 등 가시적 요소들이 결합되면서 공간은 신체와 세계가 대화하는 출구가 된다. 즉 시간의 추이에 따라 시시각각으로 변하는 자연현상의 단편들을 종합하는 건축적 장치하고 할 수 있다.

정자 건축은 변화하는 세계의 시간을 신체 감각을 통해 지각할 수 있는 장소로서 시간의 이행 속에서 경험되는 자연의 변화는 감성적 공간의 전개를 가능하게 하며 현상적인 거리를 변화시킨다. 신체의 시간, 세계의 시간에 의한 공간에서 지각되는 단편들을 종합하고, 결국 자연을 향해 열려있고 또 공산을 비움으로써 공간은 자연과 일체가 되는 소우주가 된다.

정자건축은 움직임을 통해 신체에 의해 감각적으로 인식된 자연과 인간,

그리고 공간을 통합한다. 또한 정자건축은 신체의 움직임에 따른 시점의 변화를 고려하여 다수의 시점에서 동시적으로, 입체적으로 지각되는 장소이다. 단편적으로 지각된 자연의 모습은 다시점으로 인해 연속적으로 펼쳐지는 장면들이 통합되며 이곳에서 인간은 다양한 풍경을 체험하게 되는 것이다. 이것은 공간을 비움으로써 가능해 진 것이다. 자연을 감상하기 위해 건축된 정자는 주체로서의 자기 자신을 버리고 자연을 향해 열린 공간이 되며 공간은 물리적 영역에서 자연으로 확장된다. 나아가 정자는 객체로서 자연의 일부가 됨으로써 자연과 공간이 일체가 되는 관계를 뛰어넘어 자연에 무화無化되는 위상변환의 공간이 된다.

호남 지역, 특히 담양 가사문학권 정자건축은 지역적 특성이 강하다. 이 지역의 건축체계는 인간이 세계 내 존재로서 감각의 종합과 지각이 상호 얽힘으로서 다양한 감성을 느끼며 공간의 영역이 물리적 공간에 한정되지 않고 자연으로 확장되며 자연-인간-공간이 통합되는 현상학적 공간을 구현할 수 있게 해주는데 적합한 물리적인 건축체계(평면, 공간 구성, 주변 자연환경 등)를 지니고 있다. 이러한 표현체계는 현대건축이 추구하고 있는 자연과 공간, 인간의 관계에 대한 관심과 지향점을 잘 구현하고 있다는 점에서 의미를 부여할 수 있다. 그러나 정자건축의 지역 및 건축적 특성이 우리에게 시사하고 있는 현재적 가치 보다도 더욱 의미 있는 것은 다른 어떠한 건축양식보다도 자연 속에서 자연을 완성하고자 한 건축이라는 점이다.(이영미)

〈참고문헌〉

● 길성호, 수용미학과 현대건축, 시공문화사, 2003.

● _____, 「현대건축가의 신체 담론에 나타난 공간성 비교 연구」, 『대한건축학회 논문집』, 20권 4호, 2004.

● 김동욱, 「담양면앙정의 형태」, 『건축역사연구』, 제9권 3호, 2000.

● 김선영, 「한국전통가옥에서 나타나는 시지각적 특성에 관한 연구」, 한서대 석 사논문, 2004.

● 김영철, 「건축공간의 운동성에 관한 현상학적 연구」, 『대한건축학회논문집』, 제7권1호, 1991.

● 김태우, 「메를로 퐁티의 현상학을 통해서 본 독락당의 특성에 관한 연구」, 국 민대 석사논문, 2007.

● 김홍수, 「메를로 퐁티의 현상학으로 조명한 1980년대 이후의 새로운 건축 공 간 개념에 관한 연구」, 한양대 석사논문, 2001.

● 메를로 퐁티, 『지각의 현상학』, 류의근 역, 문학과 지성사, 2002.

● 모니카 M. 랭어, 『지각의 현상학』, 서우석 역, 서광사, 1990.

● 박준규 · 최한선, 달관과 관용의 공간 면앙정, 태학사, 2001.

● _____, 시와 그림으로 수놓은 소쇄원 사십팔경, 태학사, 2006.

● 박경애, 「텍스트해석학적 관점에서 한국전통공간의 유형해석에 관한 연구」, 『한국실내디자인학회 논문집』, 제15권 4호, 2006.

● 이선정, 「현상학적 체험을 통한 건축의 의미생성에 관한 연구」, 『대한건축학 회학술발표논문집』, 제15권 2호, 1996.

● 임승빈, 『도시에서의 현상적 체험』, 공간, 1994.

- 조광제, 『몸의 세계 세계의 몸』, 이학사, 2004.

- Bloomer, Kent, C&Moor, Charls W., Body Memory and Architecture, New Haven : Yale Univ. Press, 1977.

- D.Hume, A Treatise of Human Nature, ed.L.A. Selby-Bigge, New York, Oxford Uni., Press, 1941.

- Steven Holl, Anchoring, New York : Princeton Architectural Press, 1989.

- Steven Holl, Interwing, Selected Projects, New York : Princeton Architectural Press, 1996.

- Tadao Ando(1988), "Shintai and Space", Tadao Ando : Complete Works, Francesco Dal Co(ed.)(1995), London : Paidon Press Limited.

소쇄원의 공감 미학

1. 감성적 공간 구조로 보는 소쇄원

소쇄원은 문학, 조영, 건축 등 여러 분야에서 주목받는 조선시대 전통 별서정원 가운데 하나로, 소쇄공瀟灑公 양산보梁山甫(1503~1557)가 조영한 원림이다. 그동안 소쇄원이 가진 이러한 문학적 · 건축적 가치로 인해 이를 통합하여 연구해 보려는 시도가 많았다. 그 결과 각 분야에서마다 특성화된 다양한 연구 성과를 내놓기도 하였다.

조영 분야의 경우 매우 드물기는 하지만 주로 작시의 기법과 원림 구성 요소 사이의 상관성에 대하여 연구하고자 한 시도도 있었다. 먼저 김용수 · 김재호는 「소쇄원에서 보는 명명命名과 시음詩吟의 계획론적 의미」에서 소쇄원 구성물의 명명과 시음이라고 하는 적극적 행위 안에서 그 계획적 의미를 논구하고자 한 바 있다. 또한 천득염 · 한승훈은 「소쇄원도와 (소쇄원)사십팔영을 통하여 본 소쇄원의 구성요소」에서 「소쇄원도」와 「사십팔영시」를 통해 소쇄원림을 구성하는 각 요소들을 명확히 구분하고 분석한 연구 성과를 내놓기도 하였다. 그러면서 이러한 관련성이 시문과 원림 조영 사이에서도 나타날 수 있다는 가능성을 열어두었다. 그리고 김영모는 「시짓기와 원림 조영방법에 관한 연구」에서 소쇄원 「사십팔영」을 통하여 소쇄원의 조영 방법에 대해 그 상관성을 고찰하기도 하였다.

문학분야에서 소쇄원에 관한 연구는 주로 '사십팔영시'에 주목하는 편이다. 더불어 이에 관하여 일일이 열거할 수 없을 만큼 많은 연구 성과가 도출되었음도 주지의 사실이다. 그러나 그것들이 대개 소쇄원을 매개로 한 당대 문인들의 교유적 측면과 시의 미학적 특질 분석 등에 치중되어 있다는 점이 연구의 한계로 지적된다. 그런 점에서 정경운의 「심미적 경험 공간으로서의 소쇄원 – 시청각적 경험을 중심으로」라는 논문은 소쇄원에 대한 문학적 성과를 넘어 문화담론적 가치로까지 확대했다는 점에서 의미가 있다고 하겠다.

현재 구성된 소쇄원의 모습이 처음부터 그러한 것은 아니었다. 소쇄원은 소쇄정(지금의 대봉대)이라 불리는 초정을 건립한 데서부터 시작한다. 정철이 쓴 "소쇄원 초정에 제하다"라고 하는 시를 보면 이러한 사실을 짐작할 수 있다. 특히 이 시에는 자신이 태어난 해에 정자가 지어졌다고 하였는데 정철이 태어난 해는 1536년이다. 이 시에서는 그때 초정이라는 정자가 세워졌다고 했으며, 이때 양산보의 나이는 34세로, 기묘년의 화를 피해 지곡리에 터를 잡은 지 17년이 지난 후가 되는 것이다. 또한 정원의 규모로 볼 때 사돈 간이었던 하서 김인후와 외종형인 면앙 송순의 도움이 있었던 것으로 알려져 있다.

여하튼 아직까지 소쇄원의 모습을 사실적으로 보여주는 것은 아무래도 김인후의 소쇄원 「사십팔영」이라고 할 수 있다. 소쇄원의 공간과 그 안의 경물, 그리고 그것들이 풍기는 소소한 감흥까지 시로 담아 표현한 작품인 것이다. 물론 지금은 존재하지 않는 경물이나 건축물, 공간 등을 노래한 것들도 있는 까닭에 지금의 소쇄원 모습과는 분명 다름이 있어 보인다. 그러나 그가 작품을 통해 시선을 모아둔 그 공간을 따라가는 것만으로도 소쇄원을 알아가는 데는 부족함이 없을 것이다.

이러한 시선마다에 스며든 작가적 감성과 그것이 투사된 소쇄원 공간 구조 사이의 미학적 관계를 추론해보는 것이 이 글의 주된 목적이기도 하다. 그런 까닭에 이 글에서는 기왕의 연구 성과들이 차용한 방법론들에서 벗어나 우리의 전통 사상이라고 할 수 있는 음양설을 소쇄원 공간 구조 분석의 주요한 토대로 삼는다. 그리하여 이러한 사상이 원림의 조영과 「사십팔영」의 작시에 있어 어떤 방식으로 투영되었는지를 추적해보고자 한다. 사상은 작품을 이루게 하는 작가적 감성의 주요한 축이 된다고 보기 때문이다.

이를 해결하는 과정으로 우선 원림의 조영과 작가적 감성 투사 방식의 상관관계를 밝혀야 한다. 그리고 그러한 상관관계 속에서 감성 공유의 형상을 알아내는 작업이 그 다음이다. 이런 과정을 통하여 비로소 소쇄원 「사십팔영」이라는 작품에 투영된 작가적 감성과 원림 조영 방식 사이의 상관관계가 어떤 식으로 구현되는가에 대한 대답이 이루어질 것으로 기대한다.

소쇄원은 당대 유가 지식인들의 지성과 이성, 예술과 흥취가 소통하고 융합하는 공간이었다. 이러한 공간이 탄생할 수 있었던 배경에는 소쇄원 조영에 있어 당대인들의 공간 미학이 스며든 감성 공간을 창출한 데 있었다고 볼 수 있다. 또한 소쇄원 조영을 통하여 구현된 감성적 공간 구조는 한마디로 조영인과 그 주변 인물들의 작가적 감성이 공유된 까닭이었기 때문이기도 하다. 열려 있으면서도 닫혀 있고, 그 가운데에서 또다시 소통하는 밀접한 상호관련성을 확인하는 과정에서 이 점은 더욱 명확하게 확인될 수 있다고 여긴다.

2. 작가적 감성의 투영과 소쇄원 조영

감성은 사전적 정의에 의하면 외부로부터의 감각 자극에 대한 반응이라고 할 수 있다. 외부로부터의 감각 자극은 그것의 축적 형태로 개인의 다양한 생활 경험으로 발전할 수 있다. 생활 경험은 개인의 삶을 결정하는 모든 요소로부터 비롯한다. 이를테면 연령, 성별 등의 개인적 요소에서부터 가족, 자연환경, 사회 환경 등의 사회적 요소, 그리고 전통이나 풍습, 종교, 사상 등의 문화적 요소가 그것이다(이구형, 「감성과 감정의 이해를 통한 감성의 체계적 측정 평가」, 『한국감성과학회지』 vol. 1, 한국감성과학회, 1998). 따라서 감성은 인간 정신의 어느 한 요소로서만 이야기될 수 있는 것이 아니라 전체 삶의 모습으로서 조명되어야 할 것이다. 그런 까닭에 감성은 지극히 개인적인 문제가 될 수도 있고, 때에 따라서는 집단적인 문제가 될 수도 있겠다.

여기에서 작가로서의 개인이 가지는 감성을 작가적 감성이라고 말한다면, 이는 이러한 모든 요소들의 집합적 표현물이라고 할 수 있는 텍스트를 통해 파악하는 수밖에 없다. 따라서 소쇄원 「사십팔영」에 나타난 작가적 감성은 이러한 요소들의 분석, 특히 사상적 요소의 분석을 통해서도 밝혀질 수 있을 것이며, 그 결과물에 의해 소쇄원의 조영을 재조명해 볼 수도 있을 것이다.

「사십팔영」에 투영된 작가의 감성은 일단 긍정적이다. 소쇄원이 주는 감각 자극에 대해 작가는 그것을 위한 적극적 행위, 즉 작시를 행했다는 점에서 긍정적 감성이라고 볼 수 있는 것이다. 작가의 적극적 행위 또한 그의 사상에서 기인한다. 여기에서는 음양론이 해당한다. 이런 작가의 사상은 동시대 교유인들에게도 공통된 사상의 축이었다고 할 수 있다. 따라서 그것이 투영된 작품에 대해서도 모두 같은 감성으로 대할 수 있었던 것이다. 역으로 소쇄원 조영 당시 이미 그 방식에 이러한 사상이 원용되었음을 어렵지 않게 추측할 수도 있을 것이다.

「소쇄원도」에 나타난 소쇄원 구성물의 각 명칭은 이러한 점을 알 수 있게 하는 매우 유용한 도구가 된다. 그런 점에서 천득염·한승훈(1994)의 「소쇄원도」에 대한 다음 진술은 시사하는 바가 매우 크다.

> 담장 밖, 소위 외원外園의 영역에 대하여는 실제적인 거리에 관계하지 않고 담장의 외곽부분에 상징적으로 건물과 마을의 이름을 표현하고 있다. 정원의 그림은 평면과 입면이 혼합해 그려져 있어 그림을 4방향으로 돌려보면 시점에 따라 보이는 경관이 나타나게 표현되어 있다. 특히 시점을 주로 계곡의 양쪽에서 바라볼 수 있게 하였으며 이동하는 시점과 관련시켜 제작되었다.

이러한 진술은 시점과 이동 거리에 따라 다르게 보이는 소쇄원의 조영 특성을 반영하는 것이라고 할 수 있다. 또한 그 시점이 계곡의 양쪽에서 바라볼 수 있게 하였다는 점은 그 양쪽 공간이 가지고 있는 의미가 다를 수도 있다는 점을 시사한다고도 볼 수 있다. 바로 그 의미를 필자는 음양론에서 찾고자 하는 것이다. 더불어 그 공간적 구성과는 별개로 소쇄원 원림 건물의 이름에도 음양적 사고가 반영되어 있지 않을까 하는 추측을 해볼 수도 있다. 소쇄원을 구성하는 건물 중 당堂[제월당]이나 정사精舍[고암정사]는 내원 공간에 위치한다. 이는 닫힌 공간으로서 음에 해당한다고 볼 수 있다. 그리고 각閣[광풍각]은 경계의 공간으로서 음양의 소통疏通 공간에 해당한다고 볼 수 있다. 또한 정亭[소쇄정]과 단壇[애양단] 등은 외원 공간에 위치하며, 열린 공간이자 열린 건축물이므로 양에 해당한다고 볼 수 있기 때문이다.

　이를 건축 양식의 특성과 관련지어 다시 설명하자면, 일반적인 의미에서 당이란 주거형식을 갖추는 까닭에, 주로 방이나 대청이 있는 건물을 지칭한다. 때로는 본채가 아닌 별당을 말하기도 한다. 또한 정사란 대개 강학을 하기 위한 용도의 건물을 말하며, 개인적인 서재나 사숙私塾을 지칭하는 경우도 있다. 따라서 이들은 모두 닫힌 공간, 즉 음의 공간으로 보는 것이 타당하다. 또한 각이란 석축이나 단상에 높게 지은 집을 말하며, 정이란 정자의 약어로 사방이 뚫려 있다는 점이 일반적인 건축적 특성이다. 그리고 대臺란 높이 쌓아서 사방을 바라볼 수 있는 곳이나 혹은 그곳에 위치한 정자 형식의 건물을 지칭한다. 따라서 이들 공간의 경우 모두 열린 공간으로서 양의 공간이라고 볼 수 있으며, 소통의 공간으로도 매우 적절하다고 보인다.

　이러한 다양한 건축 양식적 특성뿐만 아니라 소쇄원 「사십팔영」 또한 소쇄원 조영에 대한 제반 사항을 알 수 있게 하는 대표적인 매개체가 될 수 있다. 소쇄원을 조영한 양산보의 관련 기록을 찾아볼 수 없는 현 상황을 고려한다면, 이러한 방식의 탐색은 더욱 큰 의미를 가질 수밖에 없다. 조영물의 명칭, 계절의 순환, 시선 이동의 순서, 소쇄원에 대한 작자의 인식 방법 등 소쇄원과 직·간접적으로 연관이 있다고 여겨지는 모든 사실이 이 작품에 담겨 있다고 보기 때문이다.

　김영모 역시 이와 관련하여, "시짓기가 궁극적으로는 단순히 경물의 묘사에만 머물지 않고 객관경물에 주관적 정의를 불어넣음으로써 정경이 융합된 '의경'을 추구하고 원림조영도 객관 경물(자연적인 경물이든 인공적인 경물이든)을 통하여 의경을 지향하고 있다는 점에서 관련성을 찾을 수 있다."(김영모, 「시짓기와 원림 조영방법에 관한 연구」, 『한국정원학회지』 21, 한국전통조경학회, 2003)고 말한다. 그리하여 그는 소쇄원의 조영방법 중의 하나로 '대구적 구성 / 사시가경적 구성 / 실경과 허경의 결합 / 형태와 행위의 일치성 / 작은 것으로 큰 것을 나타냄' 등을 들고 있다. 그러나 보다 엄밀하게 텍스트 분석적 관점에서 보자면 이는 소쇄원 「사십팔영」의 각 작품에 소쇄원의 조영 방식을 일방적으로 대입시킨 것이라고 볼 수 있다. 그런 까닭에 일반화의 오류를 범할 가능성도 있을 수 있다. 그가 "대구적 시어를 사용하는 하서이기에 그의 소쇄원사십팔영에서도 빈번히 대구적 시어들의 사용은 가장 일반적이고도 공통적으로 나타나는 시짓기의 특성이기도 하며, 소쇄원 조성 방법이기도 하다"고 한 진술이 바로 이러한 사례에 해당한다고 할 수 있다.

그렇다면 이제 하서의 대구적 작시법이 소쇄원 조영 방식의 어떤 것에 해당하는가의 문제가 남는다. 다시 말해 대구적 작시법과 조영 방식과의 상관관계가 밝혀져야 하는데 그 부분에 대한 설명이 보이지 않는다는 것이다. 단지 우리 고시가의 관습적 표현론에 입각하여 설명을 덧댈 뿐이다. 물론 이러한 시도가 부정적이지만은 않다. 그의 말대로 관습적 표현이 대구적 작시법에 연결되고, 그것이 소쇄원의 조영에 영향을 끼쳤음을 부인할 수는 없다. 우리 시가에 표현된 관습적 표현에 대해 김신중은 그의 저서에서,

우리 고시가에 활용된 관습적 표현의 두드러진 예로는 산과 물의 대응을 들 수 있을 것이다. 정적이면서 변함이 없는 인자의 기품을 지닌 산. 이에 반해 동적이면서 즐거움을 찾는 지자의 품성이 깃든 물. 산과 물은 '음과 양', '내면적 침잠과 외향적 발산' 등으로 서로 선명히 대비되면서도, 궁극적으로는 '산수山水'라는 하나의 이상적 합일체로 조화롭게 어울리는 동반자적 관계에 있다.

그런데 이 산과 물이 구체적 시어로 작품에 활용될 경우에는 여기에 다시 얼마간의 수사적 변용이 가해지기 마련이다. 대개의 경우 산은 '푸른 산'이어야 하고, 물도 '푸른 물'이어야 한다. '청산靑山'과 '녹수綠水'가 그것으로, 이 둘은 모두 조선시대 선비들의 성리학적 상상력이 빚어낸 푸른빛으로 채색되어 있다. 하서 김인후(河西 金麟厚 : 중종 5년, 1510~명종 15년, 1560)의 시조 「자연가自然歌」는 바로 이 청산과 녹수의 절묘한 짝짓기에서 오는 묘미가 돋보이는 작품이다.(김신중, 『은둔의 노래, 실존의 미학』, 도서출판 다지리, 2001)

라고 말한 바 있다. 따라서 「자연가」에 녹아든 작가의 감성이 소쇄원 「사십팔영」에도 그대로 투영되리라는 점은 어렵지 않게 추측할 수 있을 것이다. 게다가 밑줄 친 문구들은 모두 '음양론'과 연결되어 있다고 추측할 수 있는 진술임은 부인할 수 없다. '선명히 대비'되면서도 '절묘한 짝짓기'로 인해 '이상적 합일체로 조화'한다는 것은 음양의 개별적 특성이자 궁극적 지향점이라고 할 수 있다. 그런 까닭에 이러한 작시에 임하는 선비 작가들의 '성리학적 상상력'은 결국 음양론의 다른 이름이 될 수도 있는 것이다. 따라서 대구적 구성이라는 측면에서 '대구'라는 용어, 그리고 '관습'이라는 용어 자체 또한 음양의 이론이 녹아든 것이라고 볼 수 있겠다.

그러나 이러한 면면들이 소쇄원 조영에 있어 의미를 갖기 위해서는 각 작품의 작시 의도가 공간의 설정과 배치 의도와 맞아 떨어지거나 혹은 최소한의 의미적 단서를 내포하고 있어야 할 것이다. 그런 점에서 정경운의 연구는 주목할 만하다. 그의 연구가 비록 어떤 특정 이론에 입각하여 공간을 재구조화한 것은 아니다. 그렇지만 관람객의 심미적 경험공간이라는 관점에서 '예술텍스트로서의 소쇄원'이 구현될 가능성이 있는가라는 문제의식에서 출발하여, 소쇄원에 대해 '48영의 빛 / 소리' 기호를 접근 키워드로 삼아 그 가능성을 찾았다는 점은 매우 고무적이라고 할 수 있다.

필자는 소쇄원 조영과 관련한 최소한의 의미적 단서를 『소쇄원사실』에서 찾을 수 있다고 본다. 이 책에 의하면 그는 도연명, 주무숙을 사모하며 그들이 저술한 「귀거래사」, 「오류선생전」, 「산해경」, 「통서」, 「애련설」, 「태극도설」 등을 문방 좌우에 열거해 놓고 애독했다고 한다. 「통서」나 「태극도설」을 애독했다는 사실에 주목한다면, 그가 원림을 조영하고자 할 때 음양설이 전혀 도외시되지는 않았을 것으로 생각된다. 마찬가지로 소쇄원 「사십팔영」의 작가인 하서 김인후의 작시 배경 또한 여기에 바탕을 둔 바가 크다고 여겨진다.

따라서 바로 이 지점에서 소쇄원의 공간 조영과 작가적 감성이 공유된다고 할 수 있다. 소쇄원의 공간 구조와 그에 따른 작시는 소쇄원 경관으로부터 촉발된 작가적 감정(혹은 느낌)이 거기에서만 머무르지 않고, 공간과 감정에 대한 이성적 작용을 불러일으킨다고 보기 때문이다. 나아가 여기에서는 특히 음양론의 영향으로 말미암아 작가적 감성 혹은 공간적 감성으로 승화된다고 보기 때문이다.* 그런 까닭에 우리는 소쇄원 「사십팔영」에 나타난 작가적 감성을 바탕으로 소쇄원의 공간 조영에 나타난 감성적 구조를 다시금 파악해 낼 수 있는 것이다.

---

* 감성이란 감정의 초보 단계에서 주체의 경험이 축적되어 '정서'로 승화되고, 이러한 정서에 앎의 작용, 즉 지성이나 이성의 작용이 더해져 이루어진다는 가설 하에 이루어진 진술임을 미리 밝힌다.

3. 소쇄원 「사십팔영」으로 본 감성적 공간 미학

소쇄원의 모습을 가장 적실하게 보여주고 있는 것은 「소쇄원도」일 것이다. 이에 의하면 소쇄원은 크게 외원과 내원으로 구성되어 있다. 또 이를 구획하는 기준점은 일반적으로 오곡伍曲의 바로 위쪽에 위치한 담장이 된다. 담장 너머 산으로 향하는 쪽이 외원이요, 그 안쪽이 내원이 되겠다. 내원은 또 소쇄계瀟灑溪와 광풍각을 기준으로 하여 안팎으로 나눌 수 있다. 대표적으로 매대와 제월당은 '안'의 공간이요, 애양단과 소쇄정(대봉대)은 '밖'의 공간으로 볼 수 있으며, 소쇄계와 광풍각은 두 지점의 경계이자 소통의 공간으로 볼 수 있다는 것이다.

이러한 구획은 음양론과도 밀접하다는 것이 필자의 생각이다. 음양은 우리가 살고 있는 이 광대한 우주 속의 생명법칙이자 도道라고 할 수 있다. 나아가 태극이 변한 후의 첫 단계라고도 할 수 있으며, 오행의 전 단계이기도 하다. 이러한 음양의 변화로 우주나 인간 사회의 모든 현상과 생성·소멸을 설명하려는 이론이 바로 음양론이다. 좀더 자세히 보자면, 어원적으로 음은 우선 어둠이며, 언덕[丘]과 구름[雲]의 상형이 포함되어 있다. 또한 양은 밝음이며, 모든 빛의 원천인 하늘이 상징되고 있는데, 이 하늘에서 비스듬히 비치는 태양광선 또는 햇빛 속에서 나부끼는 깃발을 나타내고 있다.

결국 음은 고요함[靜], 닫힘[閉], 아래[下], 엎드림[伏], 감춤[藏], 부드러움[柔], 뒤[後], 땅[地], 여성[女], 밤[夜], 달[月] 등 소극성 또는 여성성의 의미를 가지고 있다고 하겠다. 그리고 양은 음과 반대로 움직임[動], 열림[開], 위[上], 나타남[顯], 굳셈[剛], 앞[前], 하늘[天], 남성[男], 낮[晝], 해[日] 등 적극성 또는 남성성의 의미를 가지고 있다고 하겠다. 이 장에서는 이러한 사

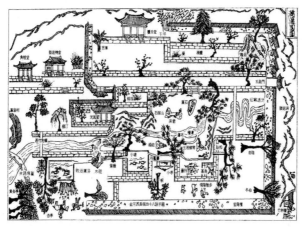

[그림 1] 소쇄원도

상적 토대를 근거로 하여 소쇄원에 대해 음의 공간과 양의 공간, 그리고 음양의 경계 혹은 소통의 공간으로 나누어 그것이 가지는 미학적 자질을 파악해보고자 한다.

1) 음, 사유의 공간

내원에서 음에 해당하는 공간은 오곡류를 지나 처음 맞는 매대와 제월당이다. 소쇄원 「사십팔영」에서 매대는 '요월邀月', 즉 달맞이 하는 공간이다. 오곡류를 건너 제월당에 이르는 길 사이에 축대를 쌓고, 그곳에 매화를 기르면서 밝은 달이 뜨는 밤이면 줄곧 달맞이를 했다고 알려진 바로 그 공간이다. 시간적으로는 두말 할 나위 없이 밤이 된다. '달'과 '밤'은 음의 대표적인 표상이자 현상이다.

> 수풀 베어내니 매대는 너욱 드여
> 비스듬히 기울어 달 떠오는 때

구름 걷혀 너무도 사랑스러이
차가운 밤 얼음 자태 비추네
      - 제12영 매대요월梅臺邀月

제12영은 한 겨울 매대梅臺에서 맞이하는 달을 노래한다. 소쇄원 공간에
서 매대는 동쪽에 위치해 있다. 따라서 서쪽인 애양단의 담장 멀리 위쪽으
로 떠오는 달을 감상하기에는 더없이 좋은 장소였을 것이다. 시간적 배경
역시 자연스럽게 밤이 된다. 따라서 이 작품에 등장하는 달[月], 차가운 밤
[寒夜], 얼음 자태[氷姿] 등의 주요 시어는 모두 음을 상징하는 것이며, 이들
시어는 매대를 당연히 음의 공간으로 지정하게 한다. 이 공간에서 이루어
지는 행위에는 화자 혹은 청자의 행위적 적극성이 전혀 보이지 않는다. 그
저 충만한 감정과 더불어 사유를 불러일으키는 정적 정서만을 엿볼 수 있
을 뿐이다.

이슬 맞으며 눕자니 하늘엔 맑은 달
너른 바위는 좋은 자리 되겠네
긴 숲에 맑은 그림자 드리우니
깊은 밤 잠 들 수가 없구나
      - 제13영 광석와월廣石臥月

제13영은 너른 바위에 눕자 보이는 달을 노래한다. 여기에서 화자는 지
금 돌에 누운 '와석臥石'의 상태이다. 또한 그 옆엔 마치 누워있는 듯한 '와
폭臥瀑'도 있다. 그러면서 누워 달[臥月]을 노래한다. 너럭바위에 누워, 누운
폭포의 물소리를 들으며, 맑은 밤 떠오는 달을 감상하는 흥취가 너무나 선

[사진 1] 제월당과 오른쪽 방향에 보이는 매대

연하다. 이 작품은 또한 계절적으로 가을을 추측하게 한다. 이슬[露]과 맑은 하늘[靑天]이라는 시어가 이러한 추측을 가능하게 한다. 따라서 양에서 음으로 진입하는 시기라고도 하겠다. 게다가 밤이 되면 모든 공간은 음의 공간이 된다. 음과 양이 소통했던 공간 역시 밤이 되면 음이 지배한다. 광풍각 앞 너럭바위[廣石]는 그런 의미에서 음을 맞이하는 공간이 될 수도 있는 것이다.

복사꽃 언덕에 봄철이 찾아드니
만발한 꽃들 새벽안개에 묻혔구나
바윗골 안쪽이라 더더욱 미혹되니
무릉의 세곡을 거니는 듯
　　　－ 제36영 도오춘효桃塢春曉

[사진 2] 복사꽃 언덕과 너럭바위

'복사꽃 언덕에 깃드는 봄날 새벽'라는 이 작품에 보이는 복사꽃 언덕은 광풍각과 제월당의 사이에 위치해 있다. 즉, 음의 공간[제월당]에서 양의 기운[봄]을 맞아 조화를 이루게 하는 곳이라고 볼 수 있다. 소쇄처사가 소쇄원 곳곳에 사계화四季花를 조성한 연유도 여기에 있다. 사계화란 말 그대로 사계절에 맞게 각각 피어나는 꽃들로, 흔히 매란국죽梅蘭菊竹을 일컫는다. 이들은 각각 해당 계절의 마지막 달에 피는 꽃들이며, 그런 까닭에 각 계절의 대표적인 꽃이라 하여 월계화라 부르기도 한다. 따라서 이 시에는 사시四時의 조화 나아가 음양의 조화, 세상의 조화를 이루는 곳이 바로 소쇄원이라는 뜻을 함의하고 있기도 하다.

2) 양, 감성 공유의 공간

양의 공간은 말 그대로 역동적이다. 소쇄원에서 보자면 입구에 들어서서 처음 맞는 소쇄정(대봉대), 소당, 애양단, 장원 등에 걸쳐 구성된 공간이라고 할 수 있다. 이 공간은 손님을 맞고 시를 나누어 걸며, 담소를 나누는 그야 말로 역동적 감성 공유의 공간이라고 할 수 있다. 물론 이들의 공유는 공간 의 공유뿐만 아니라 그 공간에서 행하여지는 그들의 주요한 행위 또는 마음의 공유이다. 그 중 시를 통하여 나누는 작가적 감성 공유의 공간으로서의 역할 또한 빠지지 않는다.

> 소쇄원의 빼어난 경치
> 한데 어울려 소쇄정 이루었네
> 눈을 들면 시원한 바람이 불어오고
> 귓가엔 구슬 구르는 청아한 소리
>   - 제1영 소정빙란小亭憑欄

이 작품은 소쇄원 조영의 핵심 축이라고 할 수 있는 소쇄정에서의 흥취를 읊고 있다. 이 정자는 소쇄원을 조영할 때 가장 먼저 지은 것이다. 원래 띠집으로 지었다고 해서 초정草亭 혹은 소정小亭으로 불렸다. 그런 이곳에서 소쇄원의 모든 곳을 조망할 수 있으며, 또한 경청할 수 있으니 과연 〈사십팔영〉의 제1영으로도 손색이 없다. 소쇄정은 소쇄원으로 들어서는 과정에서 가장 먼저 만나는 건물이다. 내원 중에서도 바깥쪽에 애양단과 함께 위치해 있어 그대로 양의 공간이라고 할 수 있다. 주인은 이곳에서 손님을 기다리고, 손님은 여기에서 주인을 만난다. 시적 감성의 주체와 주체가 결합을 시작하는 첫 공간인 것이다. 따라서 그들의 공유는 여기에서 시작된다고 할 수 있다.

[사진 3] 대봉대 위의 소쇄정

한 이랑도 안 되는 네모난 연못

맑은 물 담기엔 넉넉하구나

주인의 그림자에 고기떼 뛰노는데

낚싯줄 드리울 마음은 전혀 없다네

       - 제6영 소당어영小塘魚泳

소당은 소정의 옆에 위치해 있다. 예로부터 정자를 조성하면 사정이 허
락하는 한 연못을 두고자 하였다. 이러한 의도에서 제1영에서 노래한 소정
과 더불어 네모난 연못[方塘]을 함께 조영하였다고 볼 수 있다. 소정 난간에
기대어 연못에서 물고기 뛰노는 정경을 함께 바라보는 주인과 손님의 모습
을 어렵지 않게 떠올릴 수 있다.

  또한 이 시의 결구와 관련하여 감성의 공유적 측면에서 주목되는 부분이

있다. 박준규의 해석에 따르면 결구의 '무심無心'이라는 시구와 관련하여 "소당의 물고기는 주인의 그림자만 보아도 반가워서 찾아드는 다정한 벗이다. 거기에 무심히 던지는 낚시일망정 조어釣魚를 연상시키는 인간 행위는 톱니바퀴가 서로 어긋나듯 시상의 전후에 서어鉏鋙함을 느끼게 한다. 시제에서 굳이 내세운 '어영魚泳'의 의미에 착안하고 보면 고기 낚는 데에 뜻을 두었다기보다 자연스럽게 물속에서 뛰노는 어약魚躍에 흥이 있음을 주목해야 한다. 그렇기 때문에 시의 결행結行은 '낚싯줄 내던질 마음 전혀 없다'고 하여 종래에 일반화되어온 고기와 낚시와의 관념을 부정으로 묵살해버린 것으로 읽을 수 있다."(박준규 외, 『시와 그림으로 수놓은 소쇄원 사십팔경』, 태학사, 2006)고 하였다. 여기에서 물고기와 주인을 시적 주체와 주체의 관계로 보면 그들 간의 암묵적 관계는 마음을 주고받는 감성적 공유 관계로 치환되어 읽힐 수도 있는 것이다.

> 애양단 앞 시냇물 아직 얼어 있지만
> 애양단 위의 눈은 모두 녹았네
> 팔 베고 따뜻한 볕 맞이하다 보면
> 한낮 닭울음소리 타고 갈 가마에 들려오네
>   – 제47영 양단동오陽壇冬午

　이 작품은 겨울날 오후 애양단에서 즐기는 햇볕에 대해 노래한다. 여기에 나타난 계절적 배경은 겨울이지만, 그 계절이 벌써 봄으로 향하고 있음은 작품의 내용에서 어렵지 않게 짐작할 수 있다. 따라서 음의 기운이 이미 양의 기운으로 기울었다는 사실 또한 명백해진다. 시제에 보이는 애양단이라는 이름 자체만으로도 이곳은 이미 충분히 양의 공간이 된다. 소쇄원 내

[사진 4] 장원에서 바라본 애양단과 대봉대

애양단의 위치 또한 외원에 해당하는 곳에 있기에 이곳은 더 말할 것도 없이 양의 공간인 것이다.

결구에 보이는 '타고 갈 가마'는 물론 작자인 하서 김인후 자신의 것이다. 그 역시 이곳에서는 손님이었다. 그러나 소쇄원에 대한 그의 인상은 원주인과 다를 바 없었다. 팔 베고 따뜻한 볕 맞이하면서 그는 이미 소쇄원의 일부가 되었던 것이다. 다시 말해 소쇄원이 주는 인상과 작가의 인식이 상호 합일화 되었고, 그것이 곧 감성의 공유라고도 할 수 있는 것이다. 계속해서 제48영을 보자.

> 긴 담은 옆으로 백 자나 뻗었는데
> 하나하나 옮겨 놓은 새로운 시
> 마치 병풍처럼 펼쳤는듯

비바람이여 업신여기지나 마시게

       - 제48영 장원제영長垣題詠

　장원은 말 그대로 긴 담장이다. 이곳에 걸린 시인묵객들의 무수한 작품을 노래하고 있다. 이곳은 소쇄원에 들어설 때 가장 먼저 만나는 공간으로, ㄷ자형 모양을 갖추고 소쇄정을 맞보고 있는 곳이기도 하다. 이 담장에서 남서쪽으로 향한 곳이 바로 애양단 쪽으로서 역시 양의 공간이라고 이야기 할 수 있다. 백 자나 되는 담벼락에 수없이 걸려있는 시편들이 바람에 저마다 나부끼는 모양이 마치 수많은 시인묵객들의 수창만큼이나 소란스러운 듯한 정경을 떠올리게 한다. 그것 자체로 활기찬 기운의 요동을 느끼게 하는 공간이라고 할 수 있겠다.

3) 음양의 경계, 혹은 소통의 공간

　소쇄원, 특히 내원을 가르는 물은 '소쇄계'이다. 물이 일반적으로 어떤 '경계'를 함의한다면, 여기에서는 음과 양의 공간을 나누는 경계라고 상정할 수 있을 것이다. 그 경계를 읊은 작품으로는 '원규투류(제14영) - 행음곡류(제15영) - 위암전류(제3영)'가 있다. 이 작품들을 순서대로 배열하지 않은 것은 소쇄계를 흐르는 물줄기의 흐름을 고려하였기 때문이다.

물을 보며 한 걸음씩 발길 옮기니

읊조리는 생각은 더욱 그윽해

사람들은 참 근원이 어디인지 찾지도 않고

담 밑에 흐르는 물만 부질없이 바라보네

       - 제14영 원규투류垣竅透流

지척엔 졸졸 연못에 흐르는 물

분명코 다섯 구비 돌아 흘러드는 물

지난 날 川上意를

오늘은 행변에서 찾는다네

　　　– 제15영 행음곡류杏陰曲流

시냇물 흘러내려 바위를 씻고

한 바위는 골짜기에 가득 통하네

그 사이 비단을 펼쳤는듯

누워있는 골짜기는 하늘이 깎았는가

　　　– 제3영 위암전류危巖展流

　애양단을 지나 장원을 따라 걷다보면 외원과 내원을 가르는 담장 밑으로 물이 유입되는 큼지막한 구멍 2개가 있다. 이곳을 원규垣竅라고 한다. 그리고 외원의 물이 여기를 통과하여 내원으로 들어오니, 그것이 투류透流가 되겠다. 언뜻 보면 제14영은 화자가 물을 따라 그윽하게 발걸음 옮기며 사색에 잠기는 듯한 풍광을 떠올리게 한다. 그러나 보다 깊은 의미는 '성찰'에 있다고 봄이 정확할 듯하다. 박준규의 지적대로 "공연히 투장하여 흐르는 물에만 흥미를 느끼고, 그 뜻깊은 진원에는 별다른 관심이 없어 그곳을 거슬러 올라가 보려 하지도 않는 사람들을 질타하는 표현 기법을 취"(박준규 외,『시와 그림으로 수놓은 소쇄원 사십팔경』)한 것이다.

　다시 이곳에 이르러 바라본 오곡五曲의 모습을 읊은 시가 제15영이다. 이 시의 전구에 사용된 '천상의川上意'란 『논어』의 〈자한〉편에 나오는 말인데, 공자가 천상川上에서 세월은 물과 같아서 밤낮으로 쉬지 않고 흘러간다고 말한 데서 비롯한 시어다. 물론 학문을 닦는데 있어 그만두지 않도록 힘쓰게 한 말에 다름 아니다. 따라서 이 시에 대한 대부분의 해석은 공자의 가르침에 대한 화자의 학자적 관심이라고 말한다.

이러한 해석에 한 가지 덧붙이자면, 이 시는 학문에 대한 열린 욕망이라고도 할 수 있겠다. 욕망은 이루고자 하는 마음만을 의미하지는 않는다. 특히 '열린 욕망'이라고 한다면 그것은 곧 성취를 의미한다.

[사진 5] 원규와 투류

이러한 성취에 대해 당대의 도학자들은 소통과 조화를 그 매개로 삼았다. 그 대상이 책이든 사람이든, 옛 것이든 지금의 것이든 그것들과의 소통은 성취의 핵심 매개였던 것이다. 그런 이유로 이 시에서 물은 소쇄원의 오곡과 주자의 무이구곡을 소통하게 하는 매개가 되는 것이다.

이들 작품에서 물이 음과 양의 공간을 구획하는 인위적 경계라는 의미는 물론 찾을 수 없다. 그러나 그것을 소통의 관점에서 본다면 소쇄계는 합일의 공간이 될 수 있다. 음과 양이 소통하는 공간이요, 물 흐르듯 상달해야 하는 학문 사이의 소통이 될 수 있는 곳이다. 근원이 어디인지 찾아보아야 한다는 다짐 혹은 채근의 공간, 그리고 지난 날 성현의 말씀을 되새기는 공간, 물과 바위의 관계처럼 씻고 씻기는 과정에 비유된 학문 담론의 공간이 소쇄계를 통해서 나타나고 있는 것이다. 소통은 필연적으로 상대를 전제한다. 그런 까닭에 소통은 본질적으로 경계를 함의한다. 따라서 소쇄원에서의 소쇄계는 그것의 의미를 보는 관점에 따라 소통의 공간이요, 경계의 지점이 될 수도 있는 것이다.

다음은 소통처로의 역할을 제공했던 광풍각光風閣을 노래한 작품이다.

> 첨축까지 맑게 하는 밝은 창
> 서책까지 비치는 물과 돌
> 세심히 생각하며 한가로이 따르노니
> 오묘한 인연은 조화의 작용이라
>
>   - 제2영 〈침계문방枕溪文房〉

작품의 제목에 보이는 침계枕溪는 말 그대로 시내를 베개 삼는다는 뜻이겠는데, 여기서는 소정에서 바라본 광풍각의 모습이 마치 소쇄계를 베고 있는 것처럼 보여 이른 말이다. 밝은 창을 통해 첨축까지 맑게 하는 바람[風]과, 물과 돌에 서책까지 비치게 하는 빛[光]은 그대로 이름이 되었다. '광풍각'은 본래 송나라의 명필이었던 황정견의 말에서 나왔다. 그가 주무숙의 인물됨을 평하면서 '흉중쇄락여광풍제월胸中灑落如光風霽月'이라 하였는데, 바로 이에서 차용한 이름이다. 소쇄원의 주인이었던 양산보는 평소 주무숙을 흠모해마지 않았으니, 그런 까닭에 소쇄원은 물론이요, 광풍각, 제월당의 이름이 나왔음도 결코 우연히 아닐 것이다.

또한 결구의 '연어鳶魚'는 그야말로 조화를 상징하는 대표적인 시어라고 볼 수 있다. 박준규의 말처럼 "원림에서 누리는 그들의 삶은 하늘에 솔개가 자연스럽게 날고, 물속에서 고기가 뛰노는 것과 같이 천지조화의 작용이 오묘함으로 해득되기"(박준규 외, 『시와 그림으로 수놓은 소쇄원 사십팔경』) 때문에 광풍각은 곧 조화의 공간이 될 수 있었던 것이다. 따라서 소쇄원 「사십팔영」의 제2, 3, 14, 15영이 지향하는 바는 결국 소통과 조화였다고 할 수 있겠다. 소통의 모습을 흐르는 물의 모습에서 찾고자 하였고, 그것은 물의 심상이 갖는 항구성恒久性과도 관련이 있다. 학문의 추구, 도의 추구에 있어 변치 않고 지속되어야 할 지향점이었던 것이다.

4. 소쇄원의 감성적 가치

작가적 감성이란 일단 하나의 작품을 제작할 때 투영되는 작가의 포괄적 마음 상태라고 말할 수 있다. 여기서 포괄적이라고 함은 한 작품에 투영된 작가의 특정한 마음 상태뿐만 아니라 그러한 상태에 이르기까지 작가가 경험하고 학습하여 축적한 유무형의 지적, 심적 자산을 모두 염두에 둔다는 의미이다. 이는 미학적 관점에서의 감성의 일면을 파악하려는 이 글의 의도와도 무관하지 않다.

문학에서 작가의 심적 정황과 관련해서는 '정서'라는 용어를 흔히 사용한다. 정서란 물론 감정의 상위 층위에서 논할 수 있는 마음 상태일 것이다. 감정이 인간이 느낄 수 있는 가장 기본적인 마음 상태라고 한다면, 정서는 이러한 마음 상태에 대해 그것에 대한 자신의 경험의 축적으로 구성된다고 보인다. 또한 이러한 경험의 축적은 곧 감수성과도 무관하지 않을 것이다.

감수성이 주체의 경험을 미학적으로 받아들이는 능력이라면, 감성은 그러한 능력에 의해 축적된 주체의 경험에 이성 혹은 지성의 작용이 더해져 발현될 수 있는 문학적 자질이라고 할 수 있다. 따라서 작가적 감성은 어느

[사진 6] 광풍각과 소쇄계

한 자질로서만 이야기될 수 있는 성질은 아니며, 작가가 포착한 시적 대상, 혹은 시적 감흥을 토대로 축적된 그의 경험적 작용과 학습된 이성에 의해 설명 가능한 것이 될 수 있는 것이다.

소쇄원의 '소쇄'는 한자 그대로 풀이하면, 맑고 깨끗하다는 의미를 지니고 있다. 또한 양산보가 가장 흠모했던 인물은 도잠과 주돈이였다는 사실은 앞서 밝힌 바 있다. 『소쇄원사실』에는 그가 도연명, 주무숙을 사모하며 그들이 저술한 「귀거래사」, 「오류선생전」, 「산해경」, 「통서」, 「애련설」, 「태극도설」 등을 문방 좌우에 열거해놓고 애독했다고 한다. 「통서」나 「태극도설」을 애독했다는 사실에 주목하면 그가 원림을 조영하고자 했던 이유들을 충분히 미루어 짐작할 수 있는 것이다.

또한 소쇄원의 조영과 관련해서는 소쇄원 「사십팔영」의 작가인 김인후의 작가적 감성에 주목해보지 않을 수 없다. 앞서 이야기했다시피 그는 철저한 도학자였다. 따라서 그의 이성을 지배하는 사상은 도학적 면모에 기인할 수밖에 없었을 것이며, 이러한 사상이 그의 작품에 반영되는 것은 매우 당연한 귀결일 것이다. 물론 소쇄원은 양산보가 조영하고 운영하였던 곳이다. 그러나 그와 양산보와의 교유관계를 전제한다면 조영에 있어서부터 이후 공간을 노래하기까지 그들의 사상이 스며들지 않은 곳이 없다고 보아도 무방할 것이다.

소쇄원을 읊은 노래는 비단 소쇄원 「사십팔영」 뿐만 아니다. 이곳을 다녀 간 수많은 시인묵객들은 너나 할 것 없이 소쇄원에 관한 무수한 시문을 남겼다. 소쇄원의 출입 인사들을 보면 당대의 명류라 일컫는 인물들이 총망라되어 있다고 보아도 무방하다. 고경명, 기대승, 김대기, 김선, 김성원, 김언거, 김인후, 백광훈, 백진남, 송순, 신필, 오겸, 유사, 윤인서, 임억령, 정철 등이 그 주인공 들이다. 당시 주인이었던 양산보를 중심으로, 그의 아들과 손자로 이어지는 인물과 많은 시인묵객들의 교유는 조선 중기 시문학의 활동의 핵이었다고도 볼 수 있다. 그런 까닭에 이곳의 작시 활동을 묶어 소쇄원시단瀟灑園詩壇이라고 부르는 것이다.

또한 이들이 남긴 시문에 보이는 소쇄원 공간은 다양한 방식의 시선이 투사되어 있다고 할 수 있다. 물론 이러한 시선이 그들의 교유를 가능하게 했던 사상적 끈으로부터 비롯되었음은 더 말할 나위 없다. 따라서 소쇄원 「사십팔영」을 비롯한 여타의 시문들은 모두 소쇄원이라는 조영물에 대한 교유인들의 긍정적 감성의 표출이었다고 볼 수 있다. 곧 소쇄원을 조영한 조영인과 동일한 감성의 표출이자 공유라고 할 수 있으며, 이러한 현상은 소쇄원의 공간 구조마다 그리고 각 조영물의 명칭마다 다양한 방식으로 표출되었음을 확인할 수도 있었다.(조태성)

〈참고문헌〉

● 『論語』
● 『瀟灑園事實』
● 김신중, 『은둔의 노래, 실존의 미학』, 도서출판 다지리, 2001.
● 김영모, 「시짓기와 원림 조영방법에 관한 연구」, 『한국정원학회지』 21, 한국전통조경학회, 2003.
● 김용수, 김재호, 「소쇄원에서 보는 명명과 시음의 계획론적 의미」, 『경북논문집』 제49집, 경북대학교, 1990.
● 박준규 외, 『시와 그림으로 수놓은 소쇄원 사십팔경』, 태학사, 2006.
● 이구형, 「감성과 감정의 이해를 통한 감성의 체계적 측정 평가」, 『한국감성과학회지』 Vol. 1., 한국감성과학회, 1998.
● 정경운, 「심미적 경험 공간으로서의 소쇄원 - 시청각적 경험을 중심으로」, 『호남문화연구』 제41집, 전남대학교 호남문화연구소, 2007.
● 천득염, 한승훈, 「소쇄원도와 소쇄원 사십팔영을 통하여 본 소쇄원의 구성용소」, 『건축역사연구』, 제3권 2호, 한국건축역사학회, 1994.
● 정명철, 사진자료.

책에 실린 글의 원출처 및 제목

▶ 자기기만의 감정과 반사실적 자아

정용환, 「자기기만의 감정과 반사실적 자아」, 『호남문화연구』 제45집, 전남대
학교 호남학연구원, 2009.

▶ 고통, 말할 수 없는 것

한순미, 「고통, 말할 수 없는 것-역사적 기억에 대해 문학은 말할 수 있는가」,
『호남문화연구』 제45집, 전남대학교 호남학연구원, 2009.

▶ '고품'에서 '낙樂'에 이른 길

김경호, 「선비의 감성-고봉의 '樂'을 중심으로」, 『호남문화연구』 제45집, 전남
대학교 호남학연구원, 2009.

▶ 치욕에서 저항으로

김창규, 「지식인의 사회참여 동인으로서의 감성-1978년 '교육지표' 사건을
중심으로」, 『호남문화연구』 제45집, 전남대학교 호남학연구원, 2009.

▶ 사회개혁에서 감성의 위상

박우룡, 「19세기 영국 사회개혁 전통의 삼성직 기원 리스킨의 자연과 예술」,
『호남문화연구』 제45집, 전남대학교 호남학연구원, 2009.

▶ 감성동원의 수사학

정명중, 「파시즘과 감성동원-일제하 '국민문학'에 대한 고찰」, 『호남문화연구』 제45집, 전남대학교 호남학연구원, 2009.

▶ 지나간 미래, 굿문화의 역능과 현재성

이영배, 「굿문화 속 감성의 존재 양상과 그 특징」, 『호남문화연구』 제45집, 전남대학교 호남학연구원, 2009.

▶ 예술로 승화된 여항인의 분노

이선옥, 「조희룡의 감성과 작품에 표현된 미감」, 『호남문화연구』 제45집, 전남대학교 호남학연구원, 2009.

▶ 자연 속에서 자연을 완성하는 건축

이영미, 「현상학적 체험공간으로서 '정자'에 나타난 감성의 트랜스액션」, 『호남문화연구』 제45집, 전남대학교 호남학연구원, 2009.

▶ 소쇄원의 공감 미학

조태성, 「소쇄원 조영에 투영된 감성 구조와 공감의 미학-소쇄원 사십팔영과 공간 명칭에 투사된 음양설을 중심으로」, 『호남문화연구』 제44집, 전남대학교 호남학연구원, 2009.

감성총서 ●❶●

감성담론의 세 층위
― 균열·분출·공감

인 쇄   2010년 8월 20일
발 행   2010년 8월 25일
필 자   호남학연구원 인문한국사업단
발행인   한정희
발행처   경인문화사
등록번호   제10-18호(1973. 11. 8)
편 집   신학태 김지선 문영주 안상준 정연규
영 업   이화표 · 관 리   하재일 양현주
주 소   서울특별시 마포구 마포동 324-3
전 화   02-718-4831~2 · 팩 스   02-703-9711
이메일   kyunginp@chol.com
홈페이지   http://www.kyunginp.co.kr

ISBN : 978-89-499-0742-0 93810
값 19,000원